Karim Pieritz

Die Jagd nach dem geheimnisvollen Illuminati-Auge

Jugendthriller

Verlag Karim Pieritz
Kinderbücher und mehr!

Spoiler-Alarm!

Der folgende Prolog verrät viele Geheimnisse aus dem ersten Teil der Jugendbuch-Reihe.

Wenn Du »Die Jagd nach dem geheimnisvollen Rollsiegel« noch lesen möchtest, dann solltest Du das zuerst tun. Wenn nicht, dann erfährst Du im Prolog alle wichtigen Details, um die Handlung der Fortsetzung zu verstehen.

Wenn Du nur in das Buch reinschnuppern möchtest, dann vermeide bitte den Prolog.

Prolog

Meine Freundin Tina hat eine Reise gewonnen und ich soll mitkommen. Wir sind erst ein paar Stunden zusammen, da hätte ich auch einen Kinobesuch aufregend gefunden. Warum hängen wir nicht einfach nur bei ihr im Zimmer ab? Jetzt ist das auch keine normale Reise, der Trip geht auf einen anderen Planeten! Das verdanken wir unserem letzten Abenteuer, bei dem wir bei einer intergalaktischen Hotline (lange Geschichte) ein Gewinnspiel gewonnen haben. Nach den letzten Tagen Überlebenskampf und Nahtod-Erfahrungen bin ich so dermaßen platt, dass ich eigentlich nur noch auf der Couch herumlümmeln will. Mindestens drei Tage. Aber das Schicksal lässt mich nicht zur Ruhe kommen. Auf dem Planeten leben angeblich singende Wollmäuse. Ernsthaft! Was soll das überhaupt sein? Mäuse mit einem Pelz? Ich will in keinen Streichelzoo, verdammt, ich habe keinen Bock auf diesen Scheiß! Ich tu ja alles für meine Angebetete, notfalls würde ich auch auf so eine bescheuerte Reise mit ihr gehen, aber drei Tage Couch hören sich auch verlockend an. Aber wenigstens eine Sache auf dem Trip wird cool - Tina!

Tina hat lange, wunderschöne schwarze Haare, die sie zusammengebunden trägt. Sie ist zwölf Jahre alt, und ich werde in ein paar Tagen vierzehn, vom Alter passen wir gut zusammen. Tina ist das schönste Mädchen in allen Universen, die ich kenne, dabei verhält sie sich völlig normal und gar nicht wie eine Diva. Sie weiß einfach nicht, wie umwerfend schön sie ist. Sie denkt, ihre Brille würde sie hässlich machen, doch das ist vollkommen unmöglich, denn sie hat die schönsten braunen Augen, die ich jemals bei einem Mädchen gesehen habe.

Tina ist von einer Klippe gestürzt und war tot. Glücklicherweise habe ich mein Rollsiegel dabei gehabt und sie damit gerettet. Das Ding ist so groß wie ein dicker Klebestift, doch es ist aus purem Gold. Es fühlt sich jedenfalls an wie Gold. Angeblich hat Moses es von Gott auf dem Berg Sinai erhalten, zusammen mit den zehn Geboten. Es steckt Zauberkraft in ihm, genauer: die Macht der *göttlichen Liebe*. Jetzt ist das Rollsiegel in meiner Hosentasche. Wenn Moses das wüsste ... Es funktioniert leider nicht wie ein Harry Potter-Zauberstab, den man zum passenden Spruch nur auf die richtige Weise wutschen und wedeln muss. Beim Rollsiegel muss ich wahrhaftige Liebe empfinden, damit es funktioniert. Es klappt aber auch, wenn man jemanden gern hat oder andere starke Gefühle für ihn empfindet, zum Beispiel bei einem verletzten Kumpel. Man hält das Siegel in der Hand und murmelt dazu einen netten Spruch. Bei Tina habe ich tatsächlich das L-Wort gesagt, um sie zu retten. Geflüstert. Genuschelt. Kaum hörbar. Trotzdem hat sie es gehört. Dabei haben wir uns gerade erst kennengelernt!

Vor ein paar Tagen hatten mich meine Eltern mitten in der Nacht von Berlin nach Bayern verschleppt, nach Burg Grottenfels, das ist ein Internat im Bayerischen Wald. Meine Eltern arbeiten für das Bundeskriminalamt und ermitteln gegen einen Hacker. Dieser Verbrecher hat ihnen gedroht, mich zu ermorden, wenn sie ihn nicht in Ruhe lassen. Was meine Eltern nicht wussten, war, dass sie mich ihm auslieferten, denn der irre Hacker war der Direktor von dem Burginternat! Außerdem ist er ein tausend Jahre alter Kreuzritter, der unser Universum vernichten und durch ein anderes mit sich als Gott ersetzen will. Jetzt ist der Direktor auf der Flucht und meine Zeit in Bayern ist vorbei. Morgen geht es wieder nach Berlin und übermorgen werde ich wieder in meiner alten Schule sein. Das ist voll bescheuert, ich würde gerne bleiben. In Bayern. Hier ist das Gras grüner, das Essen gesünder und als Fußballfan hat man auch mehr zu lachen. Nein, das ist natürlich Quatsch, ich will bei Tina bleiben!

So gesehen ist es vielleicht gar nicht so schlimm, mit ihr auf eine Reise zu gehen, das wäre dann sowas wie eine Abschiedsfahrt. Wenn nicht ihre ältere Pflegeschwester Charleen mitkommen würde. Charleen ist sechzehn, hat lange blonde Haare und wahnsinnig blaue Augen. Sie sieht aus wie ein Topmodel und ich kenne keinen Jungen, der sich nicht nach ihr umdreht und dann stolpert oder gegen eine Laterne rennt. Ich habe Charleen auf absolut geniale Weise das Leben gerettet und sie hat angekündigt, sich dafür noch bei mir zu *bedanken*. Sie will eine Nacht mit mir verbringen! Vermutlich hat sie noch nicht mitbekommen, dass ich jetzt mit ihrer Schwester zusammen bin, aber das ist ihr vielleicht auch egal. Sie scheint das Thema extrem locker zu nehmen.

Glücklicherweise gehe ich auf den Trip zu den singenden Wollmäusen nicht alleine mit zwei Mädchen, Willy kommt auch mit. Er ist mein Zimmergenosse im Burginternat. Als ich ihn letzte Woche kennengelernt habe, war er zwölf Jahre alt, dick und sehr ängstlich. Er hatte ständig Albträume und rief im Schlaf nach seiner vermissten Schwester Emma. Die Vierjährige war vor drei Monaten in der Nähe von Genf verschwunden und Willy gab sich die Schuld daran, weil er kurz nicht aufgepasst hatte. Aus Frust stopfte er Unmengen an Schokoriegeln in sich hinein. Sein Herz war gebrochen. Als er die einmalige Gelegenheit zu einer Zeitreise bekam, nutzte er seine Chance und sprang gleich ein ganzes Jahr in die Vergangenheit. Als er nach langer Wartezeit endlich seine kleine Emma gefunden hatte, geschah ein Unglück und sie verschwand vor seinen Augen. Er fand heraus, dass sie zwölf Jahre in die Vergangenheit geschickt wurde und heute Charleen ist! Sie selbst weiß nichts davon. Willy hat sich durch die Zeitreise auch stark verändert. Er ist jetzt dreizehn, schlank und viel selbstbewusster als vorher. Er hat seine Zeitreise auch genutzt, um mir und den anderen mehrmals das Leben zu retten. Ohne ihn würde ich jetzt von einem Seeungeheuer verdaut werden. Wir sind beste Freunde. Ich werde ihn vermissen.

Sonntag - Burg Grottenfels

00:30 Der Steinkreis

Unter meinem Burginternat war ein Steinkreis, der eine Reise in andere Welten ermöglichte. Dort sollten meine Freunde und ich uns um 1:00 Uhr nachts einfinden, um das Portal zu aktivieren. Dann würden wir den singenden Staubknubbeln von Beteigeuze einen Besuch abstatten. Hoffentlich war ich nicht allergisch, oh wie ich mich schon freute! Bis dahin hatten wir noch eine halbe Stunde und die hingen mein Kumpel Willy und ich in unserem Zimmer ab. Ich lümmelte auf meinem Bett herum, da ich nicht vorhatte, zu packen und was auf den Trip mitzunehmen. Ich ging nur meiner Freundin Tina zuliebe auf diese Reise mit und wollte schon vor der Abreise schnellstmöglich wieder zurück. Wozu also Gepäck mitschleppen? Willy hingegen packte fleißig seinen monströsen Seesack. Das Ding war so riesig, ich hätte es eher für einen Leichensack gehalten. Auf seinem Nachttisch lagen Bücher über das Weltall, Alien-Vorfahren, Verschwörungstheorien, die Entstehung des Universums und anderes Zeug. Er stopfte sie, ohne auch nur ein Buch auszusortieren, in seinen Rucksack.

»Okaaay«, sagte ich. »Das willst du alles mitnehmen?«

»Klaro!«, sagte Willy und warf noch ein paar T-Shirts, Unterhosen und Socken in den Sack. Er packte sogar seinen Minions-Schlafanzug ein, nur seine megapeinlichen Häschen-Pantoffeln ließ er glücklicherweise liegen.

»Alter!«, sagte ich. »Wie lange willst du wegbleiben? Wir machen nur einen *kurzen* Ausflug!« Ich sah Willy schon im Treibsand eines Wüstenplaneten mit diesem schweren Sack auf dem Rücken versinken.

»Mit zwei Mädchen?«, fragte Willy. »Wir haben mal für meine Schwester eingekauft. Das hat sich angefühlt wie Jahre!«

Ich schmunzelte. Ja, Eltern beim Shoppen begleiten konnte extrem anstrengend sein.

Willy holte ein großes Badetuch aus seinem Schrank und stopfte es in den Seesack.

»Keine Weltraum-Reise ohne Handtuch«, lachte er und sah erwartungsvoll zu mir, doch ich runzelte nur die Stirn. »Keiner kapiert meine Witze«, seufzte er. »Das war aus *Per Anhalter durch die Galaxis*.«

Er schloss den Rucksack mit zwei Schnallen, dann stellte er ihn neben die Tür. Danach setzte er sich auf sein Bett.

»Ich weiß nicht«, sagte Willy, »vielleicht ist diese Reise keine so gute Idee.«

»Wieso?«, fragte ich. »Das Weltall ist doch dein Ding, oder?«

»Jaaah«, sagte Willy, »aber eigentlich ist mein Ding, darüber zu lesen. Wenn ich die Wahl hätte, einen Marsroboter fernzusteuern oder selbst dort herumzulaufen, dann würde ich lieber den Roboter steuern.«

Ich nickte, auch wenn ich mich für den Astronauten-Job entschieden hätte. Aber nur als Profi. Vorbereitet und trainiert und nicht als Spontan-Tourist!

»Ich hab auch keine Lust auf den Trip«, sagte ich, »schon gar nicht mit zwei Mädchen. Warum klinken wir uns nicht aus? Sollen die doch alleine gehen!«

»Das kannst du vergessen«, sagte Willy. »Du hast eine Freundin, ab jetzt musst du alles machen, was sie will.«

»Was? Wieso denn? Nur weil wir jetzt zusammen sind, bin ich doch nicht ihr Sklave.«

»Doch.« Willy klang sehr überzeugt.

»Ach Quatsch«, sagte ich. »Wenn ich Tina sagen würde, dass ich keinen Bock habe, dann wäre das okay für sie.«

»Träum weiter«, sagte Willy. »Du bist bald wieder Single.«

Wie kam er nur auf sowas? Das hatte er bestimmt nicht aus seinen Astronomie-Büchern.

»Je länger ich darüber nachdenke, desto blöder finde ich diese Reise«, sagte ich. »Ich komme nicht mit, ihr könnt ohne mich gehen. Ich habe Verpflichtungen!« Ich deutete auf ein Wesen in der Größe eines Tennisballs, das in einer Zimmerecke vor sich hin schlummerte. Smiley war ein gelber Vogel mit einem breiten Dauergrinsen, daher sein Name. Ich hatte ihn aus einem digitalen Universum vor dem sicheren Tod gerettet. Er schlief neben meinem Handy, das an einer Steckdose angeschlossen war. Von dort sprangen immer wieder Funken über und plusterten sein flauschiges Fell auf. »Ich muss bleiben und mich um ihn kümmern.«

»Was für eine faule Ausrede«, lachte Willy. »Du kannst Smiley doch mitnehmen.«

Ich schüttelte den Kopf. »Nein, das ist zu riskant. Nachher fliegt er davon und verirrt sich.«

»Dann lass ihn eben hier«, sagte Willy. »Dein digitaler Smiley ernährt sich doch von Strom, also hat er hier alles, was er braucht.«

»Alles was er braucht, na klar«, schimpfte ich. »Wenn ich ein Haustier hätte, würde ich es dir nicht überlassen!«

»Okay«, sagte Willy, »du hast recht, jemand sollte auf ihn aufpassen. Ich bleibe hier, und du kannst mit den Mädchen in den Weltraum düsen.«

Mein Herz pochte los wie bei einem Wettlauf. »Alter, ich mit den Mädchen alleine?«

»Du bist mein bester Kumpel«, lachte Willy, »dieses Opfer bringe ich doch gerne für dich.«

»Schon okay«, sagte ich und wedelte beschwichtigend mit der Hand, »für kurze Zeit kommt Smiley bestimmt alleine zurecht.«

»Ach nee«, lachte Willy, »jetzt auf einmal?«

Von draußen hörte ich kichernde Mädchen, es klopfte hektisch.

»Los Jungs«, rief Tina, »das Abenteuer ruft!«

Ich seufzte, stand auf und zog meine Jacke an. »Komm, bringen wir's hinter uns.«

»Ja«, sagte Willy ironisch, »lass uns Spaß haben.«

Wir standen im Hausflur vor unserem Zimmer. Tina trug eine blaue Jacke, ein blaues Shirt, weiße Jeans und weiße Turnschuhe, dazu eine weiße Bommelmütze.

»Auf dem Planeten könnte es kalt sein«, verteidigte sie sich.

Willy kicherte. »Du siehst aus wie ein Schlumpf!«

»Schlumpfine«, korrigierte ich ihn.

Das Outfit schrie nach einer Verarschung. Freundin oder nicht.

»Mann«, schimpfte Tina, »ich hatte keine sauberen Klamotten mehr, nur noch blaues Zeug, was ich sonst nie trage. Ich weiß selbst, dass ich wie ein Schlumpf aussehe, aber um die Mütze werdet ihr mich auf einem Eisplaneten noch beneiden.«

Charleen trug eine kurze Jeans und eine rosafarbene Bluse. Sie sah wie immer super aus.

»Was sind Schlümpfe?«, fragte Charleen.

Willy sah Charleen an. »Meinst du das ernst?«

»Muss ich jeden Scheiß kennen?«, zickte Charleen.

Tina zog eine Augenbraue hoch. Das tat sie immer, wenn sie misstrauisch wurde.

»Wir haben doch die Filme gesehen«, sagte Tina. »Weißt du das nicht mehr?«

»Keine Ahnung«, sagte Charleen, »vielleicht hab ich mir die Nägel dabei lackiert oder mit dem Handy gespielt.«

»Du fandest die Filme toll«, sagte Tina. »Wir haben uns totgelacht. Hast du das vergessen?«

Charleen zuckte mit den Schultern.

»Mein Vater hat ein Schlumpfhaus in einer Vitrine stehen«, sagte ich, »zusammen mit über fünfzig Schlümpfen.«

»Oh cool!«, sagte Willy.

»Ich find es etwas peinlich«, sagte ich, »aber er hat diese Sammlung seit seiner Kindheit.«

»Wie klein sind diese Figuren?«, fragte Charleen.

Ich hielt Daumen und Zeigefinger etwas auseinander.

»Also sind sie klein und blau?«

»Ja, und sie tragen weiße Schuhe und Mützen«, sagte Willy.

Tina schob mich von den anderen weg. »Warum erinnert sich Charleen nicht an die Schlümpfe?«, flüsterte sie.

»Keine Ahnung«, antwortete ich.

»Liegt es daran, dass sie ein Backup ist?«, fragte sie. »Vielleicht sind ihre Erinnerungen nicht vollständig?«

Ich musste an die furchtbaren Geschehnisse im digitalen Universum, dem Digit-All, denken. Charleen war gerade von unserem durchgeknallten Direktor mit seinem Schwert durchbohrt worden, da hatte ich die geniale Idee, von ihr ein Backup wiederherzustellen. Ich vermutete, dass von jedem beim Betreten des digitalen Universums automatisch eine Sicherheitskopie erstellt wurde. Ich befahl, das Backup einzuspielen und Charleens Leiche verschwand in einem Lichtblitz und wurde von ihrer lebendigen Kopie ersetzt. Die Kopie hatte alle Erlebnisse innerhalb des Digit-Alls vergessen, doch nicht ihre Erinnerungen aus ihrem früheren Leben. Das hatte ich jedenfalls geglaubt. Bis jetzt.

»Vielleicht braucht sie noch ein wenig Zeit, bis alle ihre Erinnerungen wieder da sind«, vermutete ich.

»Du meinst, wie bei einem Koma-Patienten?«

Ich zuckte mit den Schultern.

»Hoffen wir es«, sagte Tina.

»Auf geht's!«, sagte Willy und wuchtete sich seinen Rucksack auf den Rücken.

»Hast du auch einen Campingkocher dabei?«, fragte Tina.

»Nee«, lachte Willy, »aber haufenweise Schokoriegel.«

»Gut«, lachte Tina, »denn ich will gar nicht so lange bleiben.«

»Nicht lange klingt gut«, sagte ich.

»Willst du lieber hierbleiben?«, fragte Tina.

Durch meinen Kopf gingen mehrere Antwortmöglichkeiten.

Das Wahrheitsszenario:

Ich: »Ja, hab keinen Bock, will lieber faulenzen!«

Tina: »Boah, das ist wohl die blödeste Ausrede EVER, ich hasse dich! Charleen, los wir gehen.«

Willy: »Ich hab es dir ja gesagt, Single!«

Das Ausrede-Szenario:

Ich: »Ja, mir geht's nicht so, ich glaub, ich werd krank.«

Tina: »Boah, das ist wohl die blödeste Ausrede EVER, ich hasse dich! Charleen, los wir gehen.«

Willy: »Ich hab es dir ja gesagt, Single!«

Das Augen-zu-und-durch-Szenario:

»Nein, ich komme sehr gerne mit.«

Ich entschied mich für Letzteres.

»Feigling«, flüsterte mir Willy zu.

Charleen rannte los. »Na endlich!«

Wir folgten Charleen durch das Treppenhaus in den Keller. Gestern hatte die Polizei die Burg gestürmt und die Tür zum Burgverlies aufgebrochen. Jetzt war sie mit einem Polizeisiegel gesichert.

»Die Tür dürfen wir nicht öffnen«, sagte ich. »Ein Polizeisiegel zu zerstören ist strafbar.«

»Mir doch egal!«, zischte Charleen und riss die Tür auf. Das Siegel zerriss mit einem lauten RATSCH!

»Nach dir.« Sie deutete auf mich.

Willy gab mir seine LED-Taschenlampe, dann ging ich voran.

Nach einem langen Marsch durch ein dunkles, gruseliges Verlies und einen endlos scheinenden Tunnel erreichten wir endlich die große Tropfsteinhöhle unter der Burg. Überall waren Stalagmiten und Stalaktiten. Die Höhle war irre hoch und groß. Durch mehrere Löcher in der Höhlendecke schien der Mond. Es war kalt und der Boden war feucht und glitschig.

Willy ging zielstrebig zu einem Steinkreis aus Hinkelsteinen. Auf allen Felsen lag ein schwarz glitzernder Stein in der Größe eines Apfels, nur auf einem Felsen lag keiner. Der Steinkreis war ein Portal in die Zeit der Dinosaurier, zumindest vermutete ich das, weil bei der letzten Aktivierung ein T-Rex herausgerannt war. Jetzt lief er vermutlich durch den Bayerischen Wald und ernährte sich von Touristen. Ich war nicht heiß darauf, das Portal jemals wieder zu öffnen, hatte uns das doch ein echtes Nahtod-Erlebnis beschert.

Willy hob einen Stein vom Boden auf und reichte ihn mir.

»Das darfst du machen«, sagte er und deutete auf den Felsen, auf dem kein Meteorit lag. »Dann hast du uns auf dem Gewissen.«

Ich nahm den Meteoriten, er war schwer wie Blei.

»Was jetzt?«, fragte Charleen.

»Ich muss den Meteoriten dort hinlegen.« Ich ging zum Felsen und legte den Stein auf seine Spitze.

»Jetzt musst du den Stein mit der Lampe anleuchten«, sagte Willy. »Dann öffnet sich das Portal und wir werden gefressen.«

»Davon wurde nichts gesagt«, widersprach Tina. »Wir sollen die Steine korrekt anordnen und bis 1:00 Uhr warten, sonst nichts.«

Wir warteten.

Tina sah auf ihre Armbanduhr. »Jetzt ist es genau 1:00 Uhr.«

»Warum nehmen wir nicht die Lampe?«, fragte Willy. »Damit hat es letztes Mal geklappt.«

Ich schüttelte den Kopf. »Vielleicht ist es wichtig, welches Licht auf die Meteoriten fällt.« Ich hockte mich hin und sah zur Höhlendecke hinauf. »Vielleicht muss der Mond darauf ... ja!«

»Was ist?«, fragte Tina.

»Nicht der Mond«, jubelte ich. »Wir wollen doch zum Beteigeuze, oder? Durch die Höhlendecke sieht man ihn jetzt!«

Willy sah nach oben. »Stimmt, durch das Loch sieht man das Sternbild Orion.«

Tina kniff die Augen zusammen. »Und wo ist Beteigeuze?«

»Der hellste Stern links oben«, sagte Willy.

»Und wann geht es endlich los?«, fragte Charleen genervt.

Ich zuckte mit den Schultern, da leuchteten die Meteoriten plötzlich auf. Sie flackerten immer heller, bis es schließlich heftig blitzte. Ich rieb mir die Augen und sah lauter grüne Flecke. Als ich endlich wieder richtig sehen konnte, war zwischen den Felsen ein golden leuchtender Nebel.

»Na endlich«, sagte Charleen. »Los geht's!« Sie machte einen Schritt auf den Nebel zu.

»Ich komme nicht mit!«, sagte Willy plötzlich.

»Willy!«, rief ich verzweifelt. In Gedanken sendete ich ihm: *Du kannst mich doch nicht alleine mit zwei Mädchen gehen lassen!* Hoffentlich empfing er das irgendwie. Wir Jungs mussten doch zusammenhalten.

Willy schüttelte den Kopf. »Ich will da nicht hin, und ihr solltet da auch nicht hingehen. Wer weiß, was uns da drüben erwartet? Nur weil uns eine intergalaktische Hotline eine Reise schenkt, wollen wir das machen? Ich hab genug Filme über Aliens gesehen. Eines ist sicher, wenn Aliens was von Menschen wollen, dann nichts Gutes. Entweder wollen sie die Erde erobern oder deinen Körper als Wirt für ihre Nachkommen verwenden. Oder sie wollen dich einfach nur auffressen.«

Ich stimmte Willy zu, aber das konnte ich vor den Mädchen nicht so einfach zugeben, daher nickte ich nur und tat so, als würde ich über tiefgreifende philosophische Fragen nachdenken.

»Ja«, murmelte ich und rieb mein Kinn, »das sind sehr interessante Argumente.«

»Okay«, sagte Tina, »dann bleiben wir eben hier.« Sie nahm einen Meteoriten von einem Felsen, und das Tor schloss sich mit einem Lichtblitz.

Ich sah Tina verblüfft an.

»Ich glaub, in der Kantine gibt es noch Kuchen«, kicherte sie verlegen, »wie wäre es mit einem Mitternachts-Snack?« Sie kam zu mir und flüsterte: »Ich hatte von Anfang an keinen Bock, ich dachte aber, dass ihr Jungs unbedingt diesen Weltraum-Trip machen wollt. Für dich wäre ich mitgekommen.«

Ich streichelte Tina das Gesicht. Sie war cooler, als ich geglaubt hatte. Mit ihr konnte ich gemeinsam keinen Bock haben. SEUFZ!

»Was seid ihr nur für Langweiler!«, schimpfte Charleen, drehte sich um und ging zurück zur Burg.

02:00 Nächtlicher Besuch

Nachdem wir uns - ohne Charleen - in der Kantine den Bauch vollgeschlagen hatten, gingen wir auf unsere Zimmer. Für eine Millisekunde oder so hatte ich gehofft, Tina würde mich im Treppenhaus noch fragen, ob wir zusammen im Hexenturm abhängen wollen. Sie hatte den Mund schon geöffnet, um etwas zu sagen, doch Willy hätte sich uns bestimmt angeschlossen, denn er war noch total munter und aufgekratzt. So ließen wir es bleiben. Tina ging ein Stockwerk höher zu ihrem Zimmer, das sie sich mit Charleen teilte.

Ich ging mit Willy in unser Zimmer. Willy zog sich um, legte sich hin und schlief sofort ein. Toll, dann hätte ich ja doch noch etwas Zeit mit Tina verbringen können! Morgen war Abreisetag und ich wusste nicht, wann ich sie wiedersehen würde, außer ganz kurz zum Frühstück. Dumm gelaufen ... Ob ich jetzt nochmal losziehen sollte? Doch die letzten Tage hatten meinen Energiepegel auf Null gesetzt. Ich zog die Jacke aus und legte mich kurz hin. Nur kurz ... doch ich war ungefähr zehn Sekunden nach Willy im Land der Träume.

Mein Schlaf war unruhig und ich wälzte mich halb wach hin und her, da quietschte auf einmal die Zimmertür. Im Mondlicht sah ich ein Mädchen zur Tür hinein huschen.

Leise schloss es die Tür. War das Tina, die mir einen Abschiedsbesuch abstatten wollte?

»Hi John!«, flüsterte das Mädchen.

»Charleen?« Ich setzte mich erschrocken auf und machte die Nachttischlampe an. Ich musste mehrmals blinzeln, bis sich meine Augen an die Helligkeit gewöhnt hatten. Willy schlief weiter und schnarchte leise.

»Was machst du hier?«, fragte ich.

Charleen trug ein fast durchsichtiges Nachthemd, unter dem sie nichts weiter zu tragen schien. Vielleicht war das eine optische Täuschung, aber die Vorstellung machte mich ganz kribbelig. Sie setzte sich auf die Bettkante und ein Duft von Blüten zog herüber. Hatte sie Tinas Parfüm genommen? Ich zog am Kragen meines Shirts.

»Bleib cool«, lachte Charleen. »Ich will dich nicht verführen.« Sie fuhr sich durch die Haare. »Oder möchtest du, dass ich dich verführe?« Sie sah mich an.

Ich schluckte.

»Ich habe dir mein Leben zu verdanken«, sagte sie. »Wenn du mit mir ein wenig Spaß haben willst, ist das kein Problem.«

Mein Herz pochte wild los. Ich wollte sagen, dass ich mit Tina zusammen war und kein Interesse an ihr hatte, doch meine Kehle war so trocken, dass ich nur ein Krächzen heraus bekam.

»Das war nur ein Scherz«, lachte sie. »So leicht bin ich nicht zu haben. Ich bin wegen was anderem hier, guck mal, ich habe was gefunden.«

Jetzt erst bemerkte ich, dass sie etwas in ihrer Hand hielt. Es war eine goldene Kugel in der Größe eines Tennisballs. Sofort musste ich an Smiley denken. Ich sah zu ihm, er schlief friedlich in der Zimmerecke.

»Träumst du?«, fragte Charleen.

Ich schüttelte den Kopf, dann sah ich wieder zur Kugel.

»Was ist das?«, fragte ich.

»Sieh selbst!« Sie reichte mir die Kugel. Sie war irre schwer. In der Mitte war ein Loch, das durch die gesamte

Kugel ging. An der Oberfläche waren kleine, funkelnde Diamanten.

»Das erinnert mich ...«

»... an dein Rollsiegel!«, beendete Charleen meinen Satz. Sie nahm mir die Kugel wieder ab. »Ich glaube, die beiden gehören zusammen.«

»Wo hast du das her?«

Charleen fummelte am künstlichen Schmetterling in ihrem Haar herum. »Äh, ich hab ein wenig herum geschnüffelt und die Kugel, äh, im Büro des Direktors gefunden.«

»Du hast sie geklaut?«

»Ausgeliehen«, sagte Charleen. »Ich glaube, dieses Ding ist sowas wie eine Ladeschale für dein Rollsiegel.«

»Eine Ladeschale?«

»Ja«, sagte Charleen, »vielleicht wird das Rollsiegel erst damit voll einsatzfähig. Bitte, steck es hinein, ich möchte mal sehen, was dann passiert.«

Ich dachte nach. Das Rollsiegel verfügte über Zauberkraft, die von der intergalaktischen Hotline, der göttlichen Liebe, verwaltet wurde. Die Zauberkraft war abhängig vom Guthaben, das man bei der Hotline hatte. Vor Kurzem war das gesamte Guthaben aufgebraucht gewesen, woran Quentin schuld gewesen war. Quentin war eine künstliche Intelligenz, die auf einem Quanten-Tablet gelebt hatte, das Willy seinem Vater gestohlen hatte. Als Quentin sich in Charleen verliebt hatte, hatte er mithilfe des Rollsiegels ein digitales Universum erschaffen und damit das gesamte Guthaben aufgebraucht. Später hatte er das Digit-All wieder zerstört. Quentin war tot, denn das Tablet war Schrott. Glücklicherweise konnte ich den kleinen Smiley vorher aus seiner Welt retten. Durch die Zerstörung des Digit-Alls war das Guthaben wieder zurück übertragen worden. Wozu benötige ich mehr?

»Lieber nicht«, sagte ich, »es ist noch voll aufgeladen und könnte durch zu viel Energie kaputt gehen. Vielleicht explodiert es auch, das will ich nicht riskieren.«

»Risiken eingehen ist nicht dein Ding, oder?«, zischte Charleen.

»Charleen«, sagte ich müde, »es war ein langer Tag ...«

»Lass uns die beiden Teile wenigstens mal aneinanderhalten«, flehte Charleen. »Wenn es gefährlich wird, hören wir auf, okay?«

Ich seufzte. Wenn es die einzige Möglichkeit war, Charleen loszuwerden, dann bitteschön. Ich griff in meine Hosentasche, holte das Rollsiegel hervor und hielt ich es an die Kugel. Nichts geschah.

»Komm«, sagte Charleen, »jetzt steck's hinein.«

»Wir wollten die Teile doch nur kurz aneinanderhalten!«, schimpfte ich. So lief das also bei Charleen, kaum gab man ihr den kleinen Finger ...

»Ach komm schon«, sagte sie. »Riskier mal was! Und was soll schon passieren? Dein Siegel funktioniert doch nur mit der Kraft der wahren Liebe, oder?«

»Jaaa«, sagte ich.

»Also, wovor hast du Angst? Im schlimmsten Fall zaubert uns das Ding ins Regenbogenland und wir reiten auf Einhörnern in den Sonnenuntergang.«

Ich musste lachen. »Okay, das stimmt.«

Ich hielt das Rollsiegel an die Öffnung, dann schob ich es vorsichtig hinein. Es war schon fast in der Kugel, da sprangen Funken über und es blockierte. Meine Hand kribbelte.

»Da stimmt was nicht«, sagte ich, »ich hol's wieder raus!« Ich zog mit den Fingerspitzen am Siegel, doch es ging nicht.

»Ist es verkantet?«, fragte Charleen.

»Ich weiß nicht«, stöhnte ich. Meine Stirn wurde nass. Ich fummelte am Rollsiegel herum, da rutschte es mir aus den Fingern und verschwand in der Kugel.

»Gut gemacht«, sagte Charleen und nahm mir die Kugel weg. »Ich darf vorstellen: das Illuminati-Auge!«

»Häh?« Ich sah das Teil an. Es sah tatsächlich wie ein Auge aus. Die Kugel war der Augenkörper, das Siegel die Iris und das Loch darin die Pupille.

»Wieso weißt du, wie dieses Ding heißt?«, fragte ich.

»Mädchen haben so ihre Geheimnisse«, lachte sie, dann stand sie auf und richtete das Illuminati-Auge auf mich. »Schlaf schön!«

Das Auge leuchtete hell auf.

08:45 Das verpasste Frühstück

»Aaah!«

Ich setzte mich mit einem Ruck auf. Mein Shirt war nass und auch von meiner Stirn floss der Schweiß in Strömen. Ich schwamm förmlich im Bettzeug. Das Licht blendete mich, war es das Illuminati-Auge? Langsam gewöhnten sich meine Augen an das Licht - es war die Sonne, die zum Fenster hinein schien. Willy stand angezogen neben seinem Bett und packte Sachen in seinen riesigen Rucksack. Er sah mich an.

»Schlecht geträumt?«

»Nein!«, schrie ich. »Charleen hat mein Rollsiegel geklaut!« Ich kämpfte mich aus den nassen Laken, sprang aus dem Bett und durchsuchte meine Hosentaschen. Das Rollsiegel war noch da! Ich holte es raus und betrachtete es mit klopfendem Herzen.

»Da ist doch *dein Schatz*«, sagte Willy. »Offenbar hattest du einen Albtraum. Vielleicht solltest du dir einen Tresor für deinen Zauberstab kaufen, Harry?«

Ich starrte ungläubig auf das Siegel.

»Seltsam«, sagte ich, »ich hätte schwören können ...«

»Deine Mutter war vorhin hier. Sie hat gesagt, dass sie nach München beordert wurden, weil es dort eine Spur zu Direktor Jäger gibt. Die Schüler werden mit zwei Bussen nach Nürnberg gebracht. Ein Bus ist schon weg, der andere fährt um 10:00 Uhr. In Nürnberg werden die Schüler von ihren Eltern abgeholt oder fahren weiter mit dem Zug. Du sollst mit dem ICE nach Hause fahren. Deine Mutter hat dir ein Bahnticket gemailt, der Zug geht um 13:00 Uhr.«

Ich rieb mir die Augen und gähnte ausgiebig. »Warum hast du mich nicht geweckt?«

»Ich hab es versucht, aber du hast wie ein Stein geschlafen.«

»Okay ...«

»Wovon hast du denn geträumt? Kamen Mädchen drin vor?« Willy grinste.

»Hab ich im Schlaf gesprochen?«

Willy grinste noch breiter. »Nee, nur gestöhnt.«

Mein Kopf wurde heiß. »Wie, *gestöhnt*?«

»Also nicht so, wie du jetzt denkst!« Willy lachte. »Es klang eher, als hättest du Schmerzen.«

Willy stellte seinen Rucksack neben die Tür, dann öffnete er sie. »Bis gleich beim Frühstück.«

Ich zog mein Shirt aus und wischte mir den Schweiß vom Körper. Hatte ich wirklich nur geträumt? Wenn ja, dann war das wieder so ein realistischer Traum wie vor einigen Tagen, als mich die Drillinge unseres bösen Direktors fast einem Seeungeheuer zum Fraß vorgeworfen hätten. Dummerweise war das gar kein Traum gewesen. Willy hatte mich damals gerettet.

Ich seufzte, dann ging ich duschen. Danach zog ich mich an, packte meine wenigen Sachen in meinen Koffer und parkte ihn neben Willys Monster-Rucksack. Dann hob ich mein Handy hoch, um den Ladestand zu prüfen, da erwischte mich ein Funke.

»Autsch!« Ich legte das Handy schnell wieder hin.

Das Display leuchtete kurz auf und zeigte »65 %«.

»Das ist ja nicht berauschend«, schimpfte ich. Das Teil hatte die ganze Nacht geladen und war immer noch nicht voll. Hoffentlich war das Ladegerät nicht kaputt!

Im Speisesaal war es ungewöhnlich still. Bis auf ein Mädchen an der Essensausgabe war nur Willy da. Er saß an unserem Stammplatz am Fenster mit Blick auf den See und futterte ein Brötchen mit Schokocreme.

Ich ging zur Essensausgabe und nahm mir einen Teller, zwei belegte Brötchenhälften mit Käse und ein Glas Orangensaft. Das Mädchen vor mir lächelte mich an. Ich lächelte unsicher zurück. Sie hatte kurze braune Haare, blaue Augen und eine Halskette mit einem flachen Stein in der Größe einer Euromünze um den Hals, dazu trug sie eine rote Bluse, eine schwarze Jacke und enge Jeans. Das Mädchen war richtig hübsch. Ich ging zu Willy, warf aber noch einen Blick zu ihr zurück. Sie studierte die belegten Brötchen und wirkte unentschlossen. Ich fiel fast über einen im Weg stehenden Stuhl, dann setzte ich mich.

»Du hast Kira kennengelernt?«, fragte Willy.

»Kennengelernt ist übertrieben«, sagte ich. »Wir haben uns nur kurz angelächelt.«

Willy seufzte. »Ja, so fängt es an.« Dann seufzte er nochmal. Und nochmal.

»Hab ich was verpasst?«, fragte ich. »Ich seh das Mädchen heute das erste Mal. Wo war sie in den letzten Tagen?«

»Sie wurde kurz vor deiner Ankunft krank, seitdem war sie in ihrem Zimmer.«

»Stehst du auf sie?«

»Ja«, sagte Willy, »total. Aber damals noch nicht.«

Mit damals meinte er die Zeit vor seiner Zeitreise. Willy hatte mit mir eine Reise in ein digitales Universum unternommen. Bei der Rückkehr in unser Universum konnte man einen Zeitpunkt in Jahren angeben. Willy hatte diese einmalige Gelegenheit genutzt, um ein Jahr zurückzureisen und seine kleine Schwester Emma zu retten. Leider machten Reisen in die Vergangenheit den Reisenden unsichtbar und luden ihn mit negativer Zeitenergie auf, die man bei Berührung übertrug, glaubte Willy. Bei seinem Rettungsversuch schickte er seine Schwester versehentlich zwölf Jahre in die Vergangenheit - und Willy konnte ihr nicht folgen.

Willy forschte nach und fand heraus, dass Emma als Waisenkind aufgewachsen war. Heute war sie sechzehn und wusste nichts mehr über ihre Vergangenheit. Sie wurde auf den Namen Charleen getauft und vor zwei Jahren von Tinas Eltern als Pflegekind aufgenommen. Willy war ihr leiblicher Bruder, doch er hatte ihr bisher nichts davon erzählt.

Die Zeitreise hatte Willy vorübergehend unsichtbar gemacht. Er musste ein Jahr auf Burg Grottenfels herumgeistern und abwarten, bis er wieder in unserer Normalzeit war. Heute war er wieder sichtbar - und ein Jahr älter. Er war jetzt dünn und nicht mehr kugelrund, und er hatte einen Kehlkopf samt tiefer Stimme. Für mich und alle anderen war er innerhalb eines Tages zum Teenager mutiert. Und wenn ich mir ansah, welch schmachtende Blicke er zu Kira schickte, dann hatte er damit ganz schön zu kämpfen.

»Sie ist einfach göttlich«, säuselte er, »ein Traum. Sie ist perfekt. Und wunderschön ...«

Ich grinste. »So geht es mir bei Tina.«

»Dein Traum letzte Nacht handelte aber von Charleen«, sagte Willy. »Vielleicht bist du ja mehr in Charleen verknallt als in Tina.«

»Quatsch!«, schimpfte ich. »Das war ein Albtraum mit ihr in der Hauptrolle.«

Willy lachte. »Charleen ist zwar etwas seltsam, seit sie aus dem digitalen Universum zurück ist, aber deswegen brauchst du doch keine Angst vor ihr haben.«

Ich musste schlucken. Willy wusste nicht alles über die Ereignisse im Digit-All. So wusste er nicht, dass Charleen dort gestorben war. Brutal ermordet vom Direktor. Nur meine Idee, ein Backup von ihr wiederherzustellen, hatte ihr Leben gerettet. Doch diese Backup-Sache zehrte an meinen Nerven. Jedes mal, wenn ich daran dachte, dass das Original, also die echte Charleen, tot war, bekam ich Angstzustände. War ihr Backup wirklich vollständig oder fehlten ihr wichtige Erinnerungen? Die Sache mit den vergessenen Schlümpfen machte mich fertig.

»Jetzt erzähl doch mal von deinem Traum«, sagte Willy. »Wie hat sie dir das Rollsiegel geklaut?«

Ich berichtete Willy kurz von meinem Albtraum und dass die Kugel, nachdem ich das Rollsiegel in sie gesteckt hatte, wie ein Auge aussah, das dann hell aufgeblitzt war.

»Heilige Scheiße!«, lachte Willy. »Das ist der abgefahrenste Sex-Traum, von dem ich jemals gehört habe.«

»Leise!«, flüsterte ich. »Das ist ja peinlich!«

Ich sah mich um. Kira stand immer noch an der Essensausgabe. Von Tina und Charleen war nichts zu sehen.

»Krass«, lachte Willy, »vermutlich willst du Sex mit Charleen, aber dein schlechtes Gewissen macht daraus eine Lego-Technik-Bastelarbeit.« Willy warf Kopf und Arme auf den Tisch und lachte hemmungslos.

»ALTER!«, zischte ich. »Beherrsch dich!«

Willy richtete sich wieder auf. Sein Kopf war knallrot und er konnte sich nur mühsam das Lachen verkneifen. »Dein Unterbewusstsein muss extrem verklemmt sein«, lachte er.

»Komm mal runter«, flüsterte ich. »Das war kein Sex-Traum.«

Willy grinste, dann wischte er sich die Tränen aus den Augen. »Wenn du das sagst ...«

»Ja, das sage ich!«

»Alter, es braucht dir nicht peinlich sein, dass du Charleen toll findest. Jeder, der nicht zufällig ihr Bruder ist, findet sie toll und will mit ihr ins Bett.«

»Ich bin aber mit Tina zusammen!«

»Das mag ja sein, aber diese Sache mit den Hormonen ... also, diese Pubertätsnummer, die ist wirklich krass. Ich bin ja erst seit ein paar Monaten mittendrin ...«

»Gut, dass du es mir erzählst.«, lästerte ich, »es wäre mir sonst überhaupt nicht aufgefallen.«

»Schon klar«, sagte Willy, »mach dich nur lustig darüber, aber ich kann dir sagen, es ist keine Schande, in der Nähe von hübschen Mädchen durchzudrehen. Wir können nichts dafür, das sind die Hormone.«

»In welcher Doku hast du das denn gesehen?«

Plötzlich sah er mich ernst an. »Weißt du eigentlich, wie beschissen die letzten Monate für mich waren? Ich war unsichtbar! Ein Geist! Ich hatte ewig keinen Kontakt zu irgendwem. Und da ich nicht das Raum-Zeit-Kontinuum schrotten wollte, musste das auch so bleiben. Das war in den ersten Monaten auch kein Problem. Ich las nachts oder während des Unterrichts in der Schulbibliothek Comics und hing lustlos herum, doch dann kamen die Hormone ...«

»Hört sich wie der Anfang eines Zombiefilms an«, lachte ich.

»Kannst du dir vorstellen, als Unsichtbarer in die Pubertät zu kommen? Plötzlich interessierst du dich für Mädchen, aber sie können dich nicht sehen!«

»Das kann ich mir sehr gut vorstellen«, sagte ich, »denn ich habe es erlebt. Immer wenn ich ein Mädchen toll fand, war ich Luft für sie. Wenn ich ein Mädchen ansprach und den Satz nicht beenden konnte, wäre ich am liebsten wirklich unsichtbar geworden.«

»Hm, da ist was dran. Darf ich diese Idee in meinem Buch verwenden? Dann können sich die Leser besser mit mir identifizieren.«

»Du schreibst ein Buch?«

»Ja, über meine Erlebnisse als Unsichtbarer in der Pubertät.«

»Das wird bestimmt ein deprimierendes Buch«, lachte ich.

»Wenn du wüsstest ...«

»Ich hab dich schon mal irgendwo gesehen«, sagte plötzlich Kira. Sie stand an unserem Tisch und starrte Willy mit großen Augen an.

Willy wurde knallrot. »Natürlich ... im Unterricht.«

Kira schüttelte den Kopf. »Nein, das war woanders ...«

»Es gibt viele Typen, die wie ich aussehen«, sagte Willy und sprang auf. »Los John, wir wollen mal sehen, wo Tina und Charleen so lange bleiben.« Dann düste er davon, als wäre eine Zombie-Armee hinter ihm her.

Ich warf Kira noch einen entschuldigenden Blick zu (und einen bedauernden Blick auf meine nicht angerührten Brötchen), dann rannte ich ihm nach.

Im Treppenhaus holte ich ihn ein. »Was sollte diese Nummer?«, japste ich.

»Nichts«, zischte Willy kurz angebunden.

Ich entschied, ihn später nochmal darauf anzusprechen. Irgendetwas verheimlichte er.

Vor Tinas und Charleens Zimmer blieben wir stehen. Die Tür stand einen Spalt offen. Ich klopfte, doch niemand reagierte. Ich öffnete die Tür weiter, dann gingen wir hinein.

09:30 Tinas Zimmer

Das Mädchenzimmer sah aus wie unser Jungszimmer. Ich hätte ja wenigstens rosafarbene Vorhänge erwartete, aber es war alles genauso wie bei uns. Es gab zwei Betten mit Nachttischen, einen Schrank und zwei kleine Schreibtische. Die Betten waren zerwühlt und überall lagen Mädchenklamotten herum. Die Sonne schien hinein und ich kniff die Augen zusammen.

»Wo sind die beiden nur?«, fragte Willy. »Ob sie mit dem ersten Bus gefahren sind?«

»Ohne ihre Klamotten?«, fragte ich zurück. »Außerdem hätte Tina sich bestimmt noch von mir verabschiedet, immerhin sind wir ein Paar.«

»Da wäre ich mir nicht so sicher!«, sagte eine piepsige Stimme von irgendwoher.

»Wer war das?«, fragte Willy und sah sich panisch um. »Warst du das? Oder höre ich jetzt Stimmen?«

»Du hörst nur eine Stimme«, sagte die piepsige Stimme, »nämlich meine! Ich bin hier auf dem Bett am Fenster!«

Die Sonne blendete mich immer noch und ich sah nur einen blauen, verschwommenen Fleck auf dem Bett. Als ich genauer hinsah, erkannte ich ein kleines blaues Wesen, das winkte und hüpfte, um auf sich aufmerksam zu machen.

»Alter Hausverwalter!«, keuchte Willy. »Da ist ein Schlumpf auf dem Bett!«

»Ich bevorzuge es, bei meinem Namen genannt zu werden«, sagte der Schlumpf. »Ich bin's, Tina!«

Ich ging neben das Bett und kniete mich hin. Jetzt stand die Sonne seitlich von mir und ich konnte das Geschöpf genauer sehen. Es war Tina in ihren blauen Klamotten mit weißen Schuhen und weißer Mütze. Sie war geschlumpft, äh, geschrumpft!

Willy war mir gegenüber auf der anderen Seite des Bettes auf die Knie gegangen. »Wir sind bestimmt übermüdet«, sagte er. »Das ist eine Halluzination, wie sie völlig übermüdete Leute bekommen!«

Ich starrte wie hypnotisiert auf Mini-Tina. »Ja«, sagte ich, »das ist die wahrscheinlichste Erklärung.«

Tina stemmte die Fäuste in ihre Seiten. »Ich bin keine Halluzination!« Ihr Kopf wurde knallrot.

»Okay«, sagte ich, »nehmen wir mal an, du bist wirklich Tina. Wie bist du so klein geworden?«

»Das war Charleen letzte Nacht.«

»Charleen?« Mein Bauch zog sich zusammen.

»Als ich letzte Nacht in mein Zimmer ging, war Charleen nicht da«, berichtete Tina. »Gegen drei kam sie endlich. Ich tat so, als würde ich schlafen, und beobachtete sie dabei, wie sie aus Goldfolie und Glitzersteinen ein Rollsiegel bastelte.«

Mein Bauch verkrampfte und die Luft in ihm verdichtete sich.

»Als sie fertig war, hat sie sich ihr dünnstes Nachthemd angezogen, sich frech an meinem Parfüm bedient und ist gegangen. Ich folgte ihr zu eurem Zimmer und lauschte an der Tür.«

OH GOTT, LETZTE NACHT WAR KEIN TRAUM!

In meinem Bauch setzte die Kernfusion ein, und die Atome der Luft verschmolzen zu schwereren Elementen. Ich spürte schon einen Klumpen Eisen in meinen Eingeweiden.

Tina sah mich mit einem kühlen Blick an. »Ich habe eine echt eklige Nummer zwischen dir und Charleen belauscht. Erzähl doch mal, was solltest du wo reinstecken?«

Mein Bauch stand kurz davor, zur Supernova zu werden.

»Es war nicht, wie es sich anhört«, stammelte ich. »Charleen wollte nur, dass ich mein Rollsiegel in ihre Kugel stecke.«

Mini-Tina zog eine Mini-Augenbraue hoch. »Dein *Rollsiegel* in ihre *Kugel*?«

»John sagt die Wahrheit«, sagte Willy, »genau das hat er mir auch von seinem Sex-Traum erzählt.«

»Danke, das ist sehr hilfreich«, zischte ich.

»Hm«, machte Tina und rieb sich ihr Kinn, »das erklärt immerhin, warum Charleen ein Rollsiegel gebastelt hat und was sie mit *verkantet* gemeint hat. Dieses Wort in eurem Liebesgestöhn hatte mich schon etwas an meinem Verstand zweifeln lassen ...«

»Das war kein *Liebesgestöhn*!«, zischte ich.

Willy kicherte.

»Ich glaube dir«, sagte Tina.

Ich atmete auf, doch mein Herz wummerte ungerührt weiter.

»Als Charleen aus eurem Zimmer kam, hab ich sie zur Rede gestellt«, sagte Tina. »Wir haben uns gestritten und als wir bei unserem Zimmer waren, ist sie ausgerastet. Sie hat geschrien, dass ich nicht ihre Schwester bin und dass ich sie in Ruhe lassen soll.«

»Oh ...« Arme Tina.

»Sowas hat sie gesagt?« Willy sah Tina mitfühlend an.

»Und noch anderes Zeug, das ich jetzt mal für mich behalte«, sagte Tina. »Aber sie war echt sauer und dann hat sie was Gruseliges gemacht. Sie hielt ihre Hand mit der Kugel hoch und bewegte mit der anderen Hand Daumen und Zeigefinger wie beim kleiner Zoomen am Handy. Die Kugel leuchtete auf, dabei wurde Charleen immer größer!«

»Wie meinst du das?«, fragte Willy, doch dann klatschte er seine Hand an die Stirn. »Na klar, das sah nur für dich so aus. In Wirklichkeit ...«

»... hat sie mich kleiner gezoomt.« Tina seufzte.

Nach einigen Sekunden räusperte ich mich.

»Das ist doch aktuell total angesagt«, sagte ich, »überall wird geschrumpft. Lehrerinnen, Eltern ...«

»Ja«, sagte Willy, »so wie in diesem Film, wo die Leute sich freiwillig geschrumpft haben, um das Problem der Überbevölkerung zu lösen.«

»Sorry«, sagte Tina, »aber ich möchte die Überbevölkerung nicht auf diese Weise lösen. Ich möchte wieder groß werden.«

»Wie hat Charleen das angestellt?«, fragte Willy.

Tina zuckte mit ihren winzigen Schultern. »Keine Ahnung, vielleicht war es ihre leuchtende Kugel.«

»Sie nannte es Illuminati-Auge«, sagte ich. »Aber wenn ich das nicht geträumt habe, dann hat sie ja vielleicht wirklich ...«

Ich nahm mein Rollsiegel aus der Hosentasche, da löste sich ein Diamant von der goldenen Oberfläche und fiel auf den Boden. Mein Bauch wurde ohne Umwege zum Schwarzen Loch. Es fühlte sich wie beim letzten Mal an, als ein peinliches Unterhosen-Tanzvideo von mir beinahe allen Mitschülern gezeigt worden wäre.

»Ach du scheiße!«, schrie Willy.

Ich untersuchte das Rollsiegel vorsichtig, da löste sich die goldene Hülle ab. Mit zitternden Händen wickelte ich sie ab, da offenbarte das Siegel sein Inneres - einen Klebestift!

»Ich kipp tot um«, sagte Willy und starrte auf den Stift.

»Sie hat auch mein Handy geklaut«, sagte Tina.

Meine Angst verwandelte sich in rasende Wut.

»Wo ist Charleen?«, zischte ich.

»Keine Ahnung«, sagte Tina. »Wenn sie mit dem ersten Bus gefahren ist, ist sie in Nürnberg.«

»Hey Leute!«, sagte Kira von draußen durch die offene Tür, »der Bus fährt gleich ab, kommt ihr?«

»Äh, ja«, stammelte ich, »gleich.«

Willy fegte Tina von der Bettdecke, sie flog in hohem Bogen an mir vorbei und knallte an die Wand.

»Okay, ich sag dem Fahrer, dass er warten soll«, sagte Kira und ging, doch dann kam sie zurück. »Was treibt ihr eigentlich in einem Mädchenzimmer?«

»Ich sollte für T... Tina ihre Klamotten holen«, stammelte ich.

Kira sah auf das Durcheinander im Zimmer. »Dann beeilt euch mal«, sagte sie und ging.

»Danke!«, röchelte Tina, die ausgestreckt am Boden lag. »Das war sehr nett von euch.«

Ich ging zu ihr und hob sie vorsichtig auf. Ich kam mir vor wie King Kong.

»Sorry«, sagte Willy. »Das war ein Reflex.«

»Schon okay«, stöhnte Tina. »Aber mach das nicht nochmal.«

»Versprochen«, sagte Willy. »Kommt, wir müssen los.«

»Ja«, sagte ich, »aber ich kann Tina nicht die ganze Zeit in meiner Hand durch die Gegend tragen.«

»Steck sie doch in deine Federtasche«, lachte Willy.

»Blödsinn«, lachte ich, »Tina muss mir ja nicht bei einer Klassenarbeit helfen. Ich muss sie nur sicher transportieren ...«

»Schön, dass ihr das alles so lustig findet«, grummelte Tina.

»Ich hab einen Titel für mein Buch, das ich gerade schreibe: *Hilfe, ich habe meine Freundin geschlumpft!* Das wird bestimmt ein Bestseller!«

»Ich lach mich tot!«, murmelte Tina. »Aber die Federtasche bringt mich auf eine Idee. Öffne mal vom Kleiderschrank die Schublade.«

Ich ging hin und fand eine rosafarbene Bauchtasche. Auf der einen Seite war ein Gummiband befestigt, das man sich um den Bauch schnüren konnte, auf der anderen war ein Einhorn, das über eine grüne Wiese hüpfte, am Himmel ein Regenbogen. Peinlich!

»Das ist Charleens Bauchtasche«, sagte Tina. »Die benutzt sie immer, wenn sie auf Partys geht.«

Ich stellte Tina auf das Bett und öffnete die Tasche, die so groß wie meine Handfläche war. Sie war leer.

»Da drin kannst du mich sicher transportieren«, sagte Tina. »Binde einfach das Gummiband mit der Schnalle um den Bauch.«

Ich rührte mich keinen Millimeter.

»Bitte!« Tina sah mich mit einem Hundeblick an. »Biiitte!«

»Mach schon«, lachte Willy.

Draußen hupte jemand.

»Der Bus!«, sagte Willy.

»Jetzt zier dich nicht so!«, schimpfte Tina. »Leg die Tasche um und steck mich hinein!«

Widerwillig gehorchte ich. Jetzt klebte diese grauenvolle Mädchen-Tasche an meinem Bauch und darin steckte meine Freundin. Peinlicher ging es kaum.

»Unsere Sachen!«, rief Willy.

Wir rannten zum Treppenhaus, dann sprangen wir die Stufen hinab, immer mehrere auf einmal.

»Eure Sachen sind natürlich viiiel wichtiger«, meckerte Tina. »Lasst mein Zeug doch einfach im Zimmer liegen, vielleicht findet es jemand, der größer ist als ich.«

Wir stürmten in unser Zimmer. Hektisch zog ich mein Handy aus dem Ladegerät und steckte es in meine krasse Bauchtasche.

»Hier«, sagte ich zu Tina, »falls dir langweilig wird.« Ich verriet ihr meine PIN, dann schloss ich die Tasche.

»Echt jetzt, du machst den Reißverschluss zu?«, schimpfte Tina.

Ich nahm noch das Ladegerät und steckte es in meinen Koffer, da bemerkte ich gelbe Federn am Boden.

»Oh nein«, stöhnte ich, »Smiley!«

Ich dachte an heute früh, als ich von meinem Handy einen Schlag bekommen hatte. War Smiley da auch schon verschwunden?

Schon wieder hupte der Bus.

»Wir müssen jetzt los«, sagte Willy.

»Ich kann nicht«, sagte ich, »ich muss Smiley suchen!«

»Smiley sitzt bestimmt auf dem nächsten Hochspannungsmast und futtert Strom«, sagte Willy. »Der kommt schon klar.«

Ich schüttelte den Kopf. »Nein, das glaube ich nicht.«

»Wir müssen aber Charleen erwischen!«

Ich war hin und her gerissen. Ich wollte bleiben, um Smiley zu suchen, doch ich wollte auch Tina helfen. Mir blieb keine Wahl, ich musste eine Sache nach der anderen erledigen. Mir war zum Heulen zumute. Ich hatte mir immer ein Haustier gewünscht und jetzt war mein kleiner Smiley verschwunden. Irgendwann würde er mich suchen, doch ich war weg. Hatte ich Quentin nicht versprochen, sein Geheimprojekt zu beschützen? Smiley war ein echtes Wunder, er war das Leben aus einem digitalen Universum. Er war der letzte seiner Art und ich ließ ihn im Stich.

10:00 Busfahrt nach Nürnberg

Im Kleinbus saß Kira auf dem Beifahrersitz, Willy und ich saßen ganz hinten. Zwischen uns und Kira waren noch zwei freie Sitzreihen. Tina zappelte unruhig in der Bauchtasche herum, gelegentlich hörte ich sie leise fluchen. Im ICE musste ich sie mal in einem unbeobachteten Moment an die Luft lassen, doch jetzt war keine Zeit. Der Van bretterte einen steilen gepflasterten Pfad hinunter, als gäbe es kein Morgen. Er passierte das Burgtor, dann wurde die Straße besser. Wir fuhren durch das Dorf, dann auf eine

Landstraße in einen Wald. Für kurze Zeit fuhren wir am Ufer des Sees entlang und ich konnte einen letzten Blick auf die Burg werfen. Sie war wunderschön und auch wenn ich ziemlich stressige Tage dort verbracht hatte, so waren sie doch auch schön gewesen. Ich hatte ein unglaubliches Abenteuer erlebt und neue Freunde kennengelernt, doch jetzt war das alles vorbei. Wenn wir Charleen am Bahnhof nicht mehr erwischten, was dann? Meine Eltern erwarteten, dass ich in den Zug stieg und nach Hause fuhr. Doch ich musste wieder zurück und Smiley suchen. Wie sollte ich das anstellen? Mir ein Taxi nehmen? Aber von welchem Geld bitteschön? Ich würde niemals wieder zurückkehren. Vielleicht mal in einem Sommerurlaub oder so, und dann würde ich Smileys Knochen irgendwo in einer staubigen Ecke finden. Verhungert oder von einem wilden Tier zerfetzt. Ich hatte Smiley zurückgelassen, ihn verraten. Ich war ein schlechter Mensch.

Meine Zukunft war jetzt wieder in Berlin auf meiner alten Oberschule. Ich würde meine bescheuerten, ehemaligen Kumpel Micha und Chris wiedersehen, die mich so übel im Schul-Chat gemobbt hatten, wie es nur ging. Und das nur, um blöde Punkte in einer App zu bekommen. Ich wollte nicht mehr dorthin.

Noch weniger Bock hatte ich, mich von Willy zu verabschieden. Ich mochte ihn und irgendwie war er mein erster richtiger Kumpel. Ein Freund, mit dem ich durch dick und dünn gehen konnte und der mir das Leben mehr als einmal gerettet hatte. Auch für ihn hieß es, wieder nach Hause zu gehen. In die Schweiz zu seinen Eltern, die ihm die Schuld am Verschwinden seiner kleinen Schwester gaben. Wie musste er sich erst fühlen?

Und Tina? Was war, wenn wir Charleen nicht mehr erwischten? Blieb Tina dann für immer ein kleines blaues Wesen mit weißer Mütze? Lebte sie dann im Schlumpfhaus meines Vaters, vielleicht zusammen mit dem Polizei-Schlumpf, den mein Vater am coolsten fand? Und würde ich sie mit warmer Milch füttern wie ein Kätzchen?

Die Fahrt über starrte ich auf die Rücklehne des leeren Sitzes vor mir. Willy und Kira blickten schweigend aus dem Fenster. Gott sei Dank, denn auf Small Talk hatte ich echt keine Lust.

Irgendwann erreichten wir den Bahnhof von Nürnberg. Der Busfahrer ließ uns am Bahnhofsplatz aussteigen, dann fuhr er weg. Willy hatte es sehr eilig und rannte, kaum dass er ausgestiegen war, sofort mit seinem Monsterrucksack los. Was war das nur mit ihm und Kira? Wenn er sie so toll fand, könnte er ja mal ein bisschen netter zu ihr sein, doch er ignorierte sie total, sah sie nicht an und verabschiedete sich auch nicht.

»Tschüss«, sagte ich zu Kira. Sie lächelte und hob die Hand. Sie hatte ein Wahnsinnslächeln, bei dem irgendwie die Zeit kurz stehen blieb. Krass.

Widerwillig folgte ich Willy mit meinem Trolley über den Platz bis ins riesige Bahnhofsgebäude. Überall liefen Leute herum und ich musste Willy in Schlangenlinien folgen.

»Warte doch mal«, keuchte ich. Endlich blieb er stehen. Wir befanden uns in einer Halle, von der aus zwei breite Gänge abzweigten. Von oben fiel Licht durch eine Fensterfront. Willy starrte zu einer Anzeigetafel hoch.

»Wenn wir Charleen finden wollen, müssen wir alle Bahnsteige absuchen«, sagte Willy. »Das sind über zwanzig, das schaffen wir nie, bis dein Zug abfährt.«

»Darf ich auch mal was sagen?«, fragte Mini-Tina, die ihren Kopf aus der Tasche steckte.

»Tina!«, keuchte ich, »doch nicht hier vor allen Leuten!«

»Die beachten uns doch gar nicht«, sagte Tina. »Und wenn doch, dann bin ich halt eine sprechende Puppe.«

»Was ist denn?«, flüsterte ich.

»Charleen hat mein Handy«, sagte Tina. »Ich habe eine App auf deinem Handy installiert, mit der ich es orten kann.«

»Coole Idee!«, sagte Willy.

»Und?«, fragte ich.

»Mein Handy ist ... warte ... in Genf!«

»Genf?«, rief ich.

»Nein, warte, es aktualisiert sich noch. Sie ist in Berlin.«

»Seltsam«, sagte Willy. »Erst Genf, dann Berlin. Aber egal, fahrt ihr hinterher!«

»Aber was ist mit Smiley?«, fragte ich.

»William, da bist du ja!«, sagte jemand.

Ich drehte mich um, es war ein Mann mit Anzug und Krawatte. Er hatte braune Haare, die sich schon stark lichteten, und trug eine rahmenlose Brille mit eckigen Gläsern. Ein Geschäftsmann. Er sah Willy von oben bis unten an und wirkte unschlüssig. »Du hast abgenommen«, stellte er fest.

»Papa! Ich dachte, du kommst mit einem späteren Zug.«

»Ich hab Stress auf der Arbeit«, antwortete sein Vater. »Sehr viel Stress, deshalb hab ich den Firmenjet genommen. Wir müssen zum Flughafen, das Taxi wartet schon.«

»Wir fliegen?« Willy machte große Augen. »Ich dachte, wir fahren mit dem Zug?«

»Nein, das dauert zu lange«, antwortete sein Vater. Sein Handy klingelte und er ging ran. »Ja?« Er wurde weiß im Gesicht. »Nein«, keuchte er. »Das kann nicht sein, das ist vollkommen unmöglich ...« Er lief aufgeregt herum. »Haben sie schon die Firewall ... ja natürlich haben sie ... und die zweite Firewall?«

»Was ist los?«, fragte ich.

»Ich denke, der Stress in seiner Firma ist gerade noch stressiger geworden«, antwortete Willy. Er nahm mich zur Seite. »Seit meine Schwester verschwunden ist, ist mein Vater nur noch am arbeiten. Seine Firma ist wie sein drittes Kind für ihn. Und er will nächstes Jahr an die Börse gehen mit seiner KI-Software.«

»Die künstliche Intelligenz-Software von dem Quanten-Tablet, das du deinem Vater geklaut hattest?«

»Leise«, sagte Willy, »das weiß er vielleicht noch gar nicht. Wenn er das rausfindet, wirft er mich über dem Bodensee aus dem Flieger!«

»Verdammt!«, schimpfte Willys Vater, dann steckte er sein Handy weg. »William, Abmarsch, sofort!«

»Ich muss los«, sagte Willy, »und ihr auch. Der ICE nach Berlin geht in fünf Minuten von Gleis 7.«

Ich war echt nicht gut in diesen Begrüßungs- und Verabschiedungsritualen. Sollte ich Willy kurz umarmen? Das war ja eigentlich so ein Mädchen-Ding. Aber ihm stattdessen nur auf die Schulter klopfen und irgendwas murmeln wie »Machs gut, Alter!«, oder »Man sieht sich!«, erschien mir zu oberflächlich. Wir hatten gemeinsam ein so unglaubliches Abenteuer erlebt, ja *überlebt*. Er war mein bester Freund und war fast immer da gewesen, seit ich auf Burg Grottenfels war.

»Bis irgendwann«, sagte Willy und ging mit seinem Vater fort, ohne sich noch einmal umzuschauen.

»Machs gut, Alter!«, rief ich ihm nach, doch er war schon hinter einer Menschenansammlung verschwunden. Ich seufzte, denn jetzt war ich alleine. Mehr oder weniger, denn ich hatte ja noch Mini-Tina. Ich hatte eine *Freundin To Go*. Ich schloss die Gürteltasche - trotz Tinas Protest - und rannte zu Gleis 7.

13:00 ICE nach Berlin

Außer Atem kam ich am Zug an, da piepten schon die Zugtüren! Ich kletterte schnell in den hintersten Waggon. Zischend schlossen sich die Türen und der Bahnhofslärm verschwand. Stattdessen hörte ich die Klimaanlage rauschen.

Der Großraumwagen war so gut wie leer, ich konnte also sitzen, wo ich wollte. Ich setzte mich in Fahrtrichtung rechts ans Fenster an einen Tisch und stellte meinen Koffer auf den freien Sitz neben mir. Am Tisch auf der linken Seite des Zugs saß eine Mutter mit ihrem Sohn. Ich schätzte ihn auf sieben.

»Mama, ich hab Hunger!«, jammerte er.

»Du hattest vorhin was Süßes«, zischte sie.

»Na und?«, fragte er.

»Willst du fett und dumm werden?«

Der Junge schüttelte den Kopf. »Kann ich nicht fett werden, ohne dumm zu werden?«

Sie schüttelte den Kopf.

Mein Magen knurrte. Hätte ich mal mein Frühstück gegessen! Ich dachte sehnsuchtsvoll an die leckeren Brötchen, die vermutlich noch im Speisesaal auf dem Tisch standen.

Der Zug fuhr leise los. Ich schickte meiner Mutter die Info: Bin im ICE! Die Nachricht wurde verschickt, aber nicht gelesen. Wenn meine Eltern im Einsatz waren, hatten sie ihr privates Handy immer aus. Wer wusste, wie lange sie mein ehemaliger Direktor in München auf Trab hielt?

Tina machte keinen Mucks, sie war eingeschlafen. Auch ich wurde müde und war schon im Halbschlaf, als ein Kontrolleur meinen Fahrschein sehen wollte. Ich zeigte ihm mein Online-Ticket, dann schlief ich ein.

Im Traum flog ich durch einen dunklen, riesigen Raum. Ich sah überhaupt nichts, nicht mal meinen Körper, doch ich spürte die Beschleunigung. Ich flog entweder durch eine gigantische Höhle oder durch das Weltall.

Nach einer gefühlten Ewigkeit sah ich doch etwas. Es war ein winzig kleines Leuchten in weiter Ferne. Ein Stern? Ich näherte mich dem Licht, doch dann stoppte ich plötzlich. Das plötzliche Abbremsen schien meinem unsichtbaren Körper nichts auszumachen. Das Licht war wie ein Glühwürmchen im All. Da sprach eine tiefe Stimme zu mir. Sie war sehr laut, aber sie tat in den Ohren nicht weh. Sie schien direkt in meinem Kopf zu sein - und woher sollte sie auch sonst kommen? Ich trug keinen Raumanzug und im Weltall gab es keine Luft, die eine Stimme übertragen könnte.

»John!«, sagte die Stimme. Sie erinnerte mich an jemanden, ich kam nur nicht drauf. »John, ich bin es, Quentin!«

»Du lebst?«, fragte ich.

Ich konnte es nicht fassen, wie konnte er noch leben? Sein Tablet war Schrott, sein Universum zerstört.

»Ja«, antwortete Quentin. »Du erinnerst dich daran, dass ich mein Universum zerstören musste, um Direktor Jäger aufzuhalten?«

»Ja.« Ich nickte, obwohl das verrückt war, denn bis auf die Stimme in meinem Kopf war hier niemand. Außerdem war ich selbst unsichtbar.

»Ich war der Schöpfer meines Universums, ich gab ihm seine Gesetze, doch die Energie kam vom Rollsiegel.«

»Richtig«, sagte ich und nickte nochmal. Mist, das Nicken konnte ich mir doch knicken!

»Als ich die Naturgesetze veränderte, zerfielen die Atome zu reiner Energie und die Sterne explodierten. Die Energie wurde wieder auf das Rollsiegel übertragen, und das hätte es gewesen sein müssen, auch für mich. Doch mein Geist lebte weiter als Gott über ein ödes und leeres Universum. Ich war der Herrscher über das große Nichts. Dann probierte ich etwas aus. Ich korrigierte die Naturgesetze, damit mein digitales Universum wieder funktionieren konnte. Dann wollte ich das Digit-All neu erschaffen, doch ohne Energie wurde nichts daraus. Mein Schicksal war es, auf ewig durch das Nichts zu treiben. Es war die Hölle. Ich wollte nicht mehr existieren und mich selbst löschen.«

»Quentin!«, rief ich entsetzt.

»Dazu kam es nicht, denn nach unzähligen Taktzyklen geschah plötzlich etwas. Ich sah einen winzig kleinen Funken, ich sah das Licht vor dir.«

»Aha«, sagte ich wenig beeindruckt.

»Ich weiß, dass es nicht so spektakulär aussieht«, sagte Quentin, »doch das ist es. Geh näher an das Licht und schau hinein!«

»Wenn ein Gott will, dass man ins Licht geht, dann stirbt man doch normalerweise, oder?«, fragte ich.

Quentin lachte. »Du sollst ja nicht hinein gehen. *Sieh* hinein.«

Irgendwie schaffte ich es durch meinen bloßen Willen, näher an das Licht zu kommen. Aber vielleicht war das auch nur eine optische Täuschung und das Licht wurde einfach nur größer. Ich sah hinein und staunte nicht schlecht, denn was ich sah, war eine winzig kleine Erde! Ich erkannte sofort Afrika und Europa und je mehr ich mich konzentrierte, desto mehr sah ich. Über Europa erkannte ich ein seltsames Flirren. Ich kniff die Augen zusammen und die Erde schoss auf mich zu. Ich atmete erschrocken aus, doch die Erde kam nicht wirklich näher. Ich zoomte näher! Das Flirren war etwas unterhalb von Deutschland in der Nähe des Bodensees.

»Was du siehst, ist das CERN«, sagte Quentin.

»Das CERN?«, fragte ich.

»Das CERN ist eine internationale Forschungseinrichtung in der Nähe von Genf«, erklärte Quentin. »Mithilfe großer Teilchenbeschleuniger wird dort der Aufbau der Materie erforscht.«

»Okay«, sagte ich.

»Dort ist ein Riss, der unsere Universen miteinander verbindet.«

»Und durch diesen Riss kannst du mit mir reden?«

»Ja, aber nur mit dir und nicht mit anderen Menschen«, antwortete Quentin. »Auch bei meinen eigenen Geschöpfen habe ich diese Funktion nicht programmiert, sie sollten sich selbstständig entwickeln und nicht die Befehle eines höheren Wesens befolgen. Leider kann ich deshalb auch nicht mit dem letzten Überlebenden aus dem Digit-All kommunizieren. Wie geht es ihm?«

Mein schlechtes Gewissen meldete sich und obwohl ich meinen träumenden Körper nicht sehen konnte, spürte ich meine Gänsehaut. Wie konnte ich Quentin sagen, dass ich das vogelartige Wesen Smiley auf Burg Grottenfels im Stich gelassen hatte?

»Er heißt jetzt Smiley«, sagte ich. Hoffentlich reichte ihm das.

»Oh, wie schön«, lachte Quentin. »Entwickelt er sich gut?«

Mist!

»Ganz gut ...«, log ich. Sollte ich ihm sagen, dass er Federn verlor und ganz krank aussah?

»Das freut mich«, sagte Quentin. »Weißt du, warum aus mir ein halbwegs nettes Wesen geworden ist?«

Ich zuckte mit den Schultern. Mist, das konnte ja niemand sehen! »Keine Ahnung.«

»Als Willy mich damals aktiviert hat, hat er meine wichtigsten Charaktereigenschaften geprägt. Später habe ich viel Zeit mit Charleen verbracht. Sie war es, die mich zu dem gemacht hat, der ich bin. Hilfsbereit, freundlich und fähig, jemanden zu lieben.«

»Das wusste ich nicht.«

»Für Smiley bist du jetzt die wichtigste Bezugsperson«, sagte Quentin. »Ich habe dich als seinen Erziehungsberechtigten eingetragen. Nur du kannst ihm Anweisungen geben, die er befolgen muss. Du musst dem kleinen Geschöpf das Urvertrauen geben, das es braucht, um ebenfalls ein liebevolles Geschöpf zu werden. Als du Smiley vor dem Feuer im Wald gerettet hast, hast du den Grundstein gelegt, da war er noch ein Neugeborenes. Er braucht viel Liebe und Aufmerksamkeit von dir, jetzt, wo er größer wird.«

Verdammt, ich war ein schlechter Mensch! Ich setzte mich einfach in einen Zug und ließ den armen kleinen Smiley alleine in der Burg zurück. Wie grausam und herzlos.

Quentin seufzte. »Es ist schön, dass Smiley überlebt hat. Leider hatte Charleen nicht dieses Glück ...«

Meine Gänsehaut verwandelte sich in Eis. »Wie meinst du das, Charleen hatte nicht dieses Glück???«

Ich spürte ein Zwicken in meinem verkrampften Bauch. War das ein längst überfälliges Magengeschwür? Dann zwickte es nochmal. Und nochmal. Es fühlte sich an wie die Boxhiebe eines Winzlings. Oh nein!

Ich setzte mich auf. Mein Herz wummerte und ich spürte kalten Schweiß auf dem Rücken. Die Fahrgeräusche, das Rauschen der Klimaanlage, der Junge mit seiner Mutter, die Landschaft im Fenster ... all das prasselte viel zu schnell auf mich ein. Ein kurzer Blick zum Info-Monitor zeigte mir, dass wir schon in dreißig Minuten Berlin erreichen würden. Ich hatte fast die ganze Fahrt verschlafen!

»Ich muss hier raus!«, schrie Tina gedämpft und zappelte in der merkwürdig warmen Bauchtasche herum. Vorsichtig öffnete ich den Reißverschluss und sofort schlug mir eine unglaubliche Hitze entgegen. Tina lag völlig verschwitzt am Boden.

»ICH BRAUCHE LUFT!«, keuchte sie mit rotem Kopf. »Ich verbrenne!«

Der Grund für die Hitze war mein Handy. Mit zwei Fingern zog ich es heraus und legte es auf den Tisch, dann pustete ich kühle Luft zu Tina.

»Schmeiß das Teil aus dem Fenster«, japste Tina. »Ich glaub, der Akku explodiert gleich.«

»Welches Fenster?«, fragte ich. »Wir sind in einem ICE.«

Plötzlich ertönte eine laute Fanfare: »TADA!«

Ein lachender Smiley erschien auf dem Handy.

»Quentin?«, fragte ich.

Der Smiley lächelte mich mit großen Kulleraugen an. »Ich Smiley!«, sagte er.

Smiley??? War das möglich? Konnte das sein? Gestern noch hatte Smiley neben meinem Handy auf dem Boden geschlafen.

»Aber wie ...?«

Smiley lachte und kugelte auf dem Display herum.

»Bitte streicheln!«, rief er. »John, bitte streicheln!«

Noch völlig verdattert streichelte ich seinen Bauch, wenn man das bei einem Smiley so nennen konnte. Eigentlich war es sein Kinn. Aber egal, er schnurrte wie ein Kätzchen. Mir fiel ein Stein vom Herzen. Ich hatte ihn nicht zurückgelassen! Doch was passierte, wenn der Akku alle war? Würde Smiley dann sterben? Oder aus dem Handy hüpfen? Wie hatte er es überhaupt in das Handy geschafft, wir waren hier ja nicht im Digit-All!

»Smiley, wie bist du ins Handy gekommen?«, fragte ich.

Er sah mich plötzlich traurig an. »Smiley war krank«, sagte er. »Smiley musste heilen.« Plötzlich lachte er wieder. »Smiley in Handy gehüpft. Jetzt Smiley gesund. Jetzt Smiley muss lernen.«

»Okay ...«

»Smiley möchte ins Internet. Darf Smiley?«

Quentin hatte sich kurz nach seiner Aktivierung - oder Geburt - im Internet schlecht gefühlt, weil er dort sehr schlimme Dinge gesehen hatte. Vielleicht wäre es für Smiley besser, nicht ins Internet zu gehen?

»Lieber nicht«, sagte ich.

»Smiley muss aber! Smiley braucht Johns Erlaubnis. John ist Erziehungsberechtigter!«

Offenbar war ich für Smiley so eine Art Vaterfigur und musste ihm alles erlauben - oder auch nicht. Ich war sein Erzieher. Wenn ich jetzt etwas falsch machte, würde ich später dafür bezahlen wie bei einem schlecht erzogenen Haustier.

»Bitte!«, flehte Smiley.

»Vielleicht später«, flüsterte ich.

»Smiley braucht Internet! Smiley muss lernen!«

»Also ...«

»Internet notwendig! Internet für geistige Entwicklung!«

Den Spruch musste ich mir merken. Wenn meine Eltern mal wieder sagten, dass ich genug *Medienzeit* hatte, würde der helfen.

»Ich weiß nicht.«

»Bitte! Bitte!« Smiley sah mich mit riesigen Kulleraugen an, sein Mund zitterte. Löste sich da eine Träne?

»Okay«, sagte ich, »aber nur mit Kindersicherung.«

»Smiley braucht keine Kindersicherung.«

»Doch«, widersprach ich. Kaum war ich Erzieher, hörte ich mich an wie meine Eltern.

»Android hat keine Kindersicherung«, sagte Smiley und schüttelte den Kopf.

»Doch«, sagte ich, »das glaub ich jedenfalls ...«

»Brauche Internet ohne Kindersicherung! Kindersicherung ist doof!«

Ich seufzte. »Na schön, aber sei vorsichtig, und sprich nicht mit Fremden.«

Smiley lachte und kullerte und hüpfte wild herum. »Hurra!«

»Mit wem redest du da?«, fragte Tina, die sich mittlerweile aufgerappelt hatte und aus der Tasche guckte.

»Mit Smiley«, sagte ich, »er ist jetzt im Handy.«

»ALTER!«, rief Tina. »Wie hat er das denn angestellt?«

»Keine Ahnung«, antwortete ich.

»Das will ich mir mal ansehen«, sagte Tina. »Lass mich raus.«

»Lieber nicht«, sagte ich, »das ist zu riskant.«

»Das ist langsam nicht mehr lustig«, schrie Tina. »Ich bin kein Baby mehr. Lass mich jetzt raus, SOFORT!«

»Ich kann dich nicht rauslassen«, flüsterte ich, »hier sind Leute! Außerdem sind wir bald in Berlin.«

»Mir egal«, sagte Tina. »Ich stell mich tot, bin ein Spielzeug.«

»Na bestimmt nicht MEIN Spielzeug!«, rief ich. »Du bist eine Mädchen-Puppe!« Ein Schauer lief mir über den Rücken.

»Na und?«, fragte Tina, »du trägst ja auch die passende Bauchtasche dazu.«

»Sehr witzig«, lästerte ich.

»Wenn jemand fragt, dann bin ich eben eine *Actionfigur*«, sagte Tina. »Zum Beispiel Wonder Woman.«

»Wonder Woman?«, lachte ich gehässig. »Du siehst eher aus wie Wonder Schlumpfine.«

»Das war nicht witzig!«, schimpfte Tina, dann sah sie mich mit einem traurigen Blick an. Eine Träne floss über ihr kleines Gesicht, dann noch eine. Oh Gott, sie weinte!

Ich war ein schrecklicher Freund. Geheimhaltung war mir wichtiger als das Glück meiner Freundin. Das war grausam. Mir sollten die anderen Leute doch eigentlich egal sein, nur Tina war wichtig! Und was war überhaupt das Problem? Niemand würde ernsthaft glauben, dass Tina ein geschrumpftes Mädchen war.

»Okay«, sagte ich, »ich lass dich raus, aber beweg dich möglichst nicht.«

»Danke!«, jubelte Tina.

Ich griff in die Bauchtasche und nahm sie vorsichtig raus.

»Kong, Kong, Kong!«, sang Tina.

»Tina!«, flüsterte ich. »Bitte!«

»Sorry«, lachte Tina, »aber das passte so gut. Großer Kong trägt Frau nach Hause.«

Ich stellte Tina auf den Tisch neben das Handy. Der Junge am Nebentisch sprang auf und starrte zu uns rüber.

»Mama, guck mal!«

»Setz dich wieder«, schimpfte die Mutter.

»Ich will auch so eine Actionfigur!«, rief der Junge. »Bitte!«

»Ich hab's doch gesagt«, lachte Tina. »Ich bin eine *Actionfigur*.«

»Hallo John!«, sagte ein Mädchen neben mir. Ich zuckte so heftig zusammen, dass ich fast Tina vom Tisch gefegt hätte.

»Kira«, stammelte ich, »du hier? Im Zug nach Berlin?«

»Ja«, sagte sie. »Ich wohne da zufällig. Ich bin gerade auf dem Weg zum Bordrestaurant und da sehe ich dich, was für ein Zufall.« Sie setzte sich mir gegenüber ans Fenster.

»Ja«, sagte ich.

Na klasse, ausgerechnet jetzt, wo ich Mini-Tina auf den Tisch gestellt hatte.

»Sag mal, ist das Tina?«, fragte Kira. »Stehst du auf sie?«

Mein Gesicht wurde knallheiß. »Ähm«, stammelte ich.

»Weiß Tina, dass du so eine Puppe von ihr hast?«

Jetzt half nur noch die Flucht nach vorn.

»Na klar«, sagte ich. »Sie hat sie mir sogar geschenkt. Wir sind ein Liebespaar.«

Mini-Tina fiel auf den Bauch, ihr Kopf lief rot an. Oh Gott, war sie krank? Ein verspäteter Hitzschlag? Doch dann hörte ich sie unterdrückt kichern. Sie kringelte sich vor Lachen.

Kira rieb sich das Kinn. »Ernsthaft? Ihr beide? Seit wann?«

»Äh, seit gestern«, antwortete ich.

»Seltsam«, zweifelte Kira, »du bist gar nicht ihr Typ.«

Tina stand auf. »Wieso ist John nicht mein Typ?«

»Wahnsinn«, rief Kira. »Reden kann sie auch?«

Verdammt!

»Bluetooth«, sagte ich. »Die Puppe ist über Bluetooth mit dem Handy verbunden.«

»Krass«, sagte Kira.

»Ja, sie reagiert auf: Okay Tina!«

»Genial«, sagte Kira. »Okay Tina, wie wird das Wetter morgen Nachmittag in Berlin?«

»Das Wetter morgen Nachmittag in Berlin wird ... äh ... grau«, stammelte Tina.

»Grau?«, fragte Kira. »Also daran musst du noch arbeiten.«

»Tina tüftelt pausenlos an ihrer Puppe«, behauptete ich. »Sie wollte, dass ich sie immer bei mir habe, wo wir doch jetzt voneinander getrennt sind.«

Kira runzelte die Stirn. »Ich war ein paar Tage krank, da habe ich wohl eine Menge verpasst.«

»Ich hab dich ja auch verpasst«, sagte ich.

»Wohl wahr«, sagte Kira. »Und du findest es normal, wenn dir deine Freundin eine Mini-Ausgabe von sich selbst schenkt, damit du sie nicht vergisst?«

»Ja, natürlich!«, log ich. »Das ist völlig normal!«

Kira schüttelte den Kopf. »Wo bin ich hier nur gelandet?«, murmelte sie. »Aber gut, andere Planeten, andere Sitten ...«

»Andere was?«, fragte ich, da meldete sich Smiley lautstark.

»Internet langsam«, schimpfte er.

»Noch eine sprechende App?«, fragte Kira.

»Äh, ja«, sagte ich. »Eine intelligente Streichel-App.«

»Eine Streichel-App, die sich übers langsame Internet beklagt?«

»Ja!«

»Internet viel zu langsam«, jammerte Smiley.

»Ja«, sagte ich, »du hast wohl mein Volumen aufgebraucht.«

»Volumen?«, fragte Smiley. »Volumen ist MIST!«

»Wem sagst du das?«, seufzte ich.

»Internet muss schneller werden«, sagte Smiley.

»Probier doch das Zug-WLAN«, sagte ich.

Smiley hüpfte kurz auf und ab. »WLAN nur eine Stunde. WLAN auch langsam!«

»Zuhause hab ich schnelles Internet«, sagte ich. »Wir haben sogar Glasfaser.«

Der Zug machte einen Satz nach vorne, ich wurde in meinen Sitz gepresst. Kira stützte sich am Tisch ab, doch Tina kippte um und rutschte zu mir. Sie fiel über den Tischrand, aber ich fing sie rechtzeitig auf. Schnell ließ ich sie in der Bauchtasche verschwinden.

»Hey!«, schimpfte sie. »Lass mich draußen!«

»Der Akku meiner Actionfigur ist alle«, sagte ich. »Mini-Tina muss jetzt schlafen.« Ich schloss den Reißverschluss. Da ging ein weiterer Ruck durch den Zug. Wir wurden schneller und schneller.

»Was ist denn jetzt los?«, fragte Kira. »Ist das normal?«

Ich schüttelte den Kopf. Draußen flitzte die Landschaft in irrem Tempo vorbei und der Zug beschleunigte immer mehr.

»Bitte festhalten!«, sagte jemand über Lautsprecher, vermutlich der Zugführer. Ob die Bremse defekt war? Seine Stimme klang panisch. Sie erinnerte mich an einen Urlaubsflug mit meinen Eltern durch ein heftiges Gewitter. Damals hatte der Pilot sich auch gemeldet und was von Gurte anlegen gesagt. Anschnallen konnten wir uns im ICE leider nicht!

Auf dem Info-Monitor konnte ich die Geschwindigkeit des Zuges sehen. Sie war zuvor fast die ganze Zeit bei 300 km/h gewesen, doch jetzt lag sie bei 350 und stieg weiter! Der Zug machte komische Geräusche, jetzt wackelte er auch noch seitlich, er vibrierte. Wenn das so weiterging, würden wir entgleisen!

»Wir haben aktuell ein Problem mit der Bordelektronik«, sagte der Zugführer. »Ich werde daher in wenigen Sekunden eine Notbremsung durchführen. Wenn sie schweres Gepäck in den Ablagefächern über sich haben, legen sie es bitte auf den Boden. Setzen sie sich wenn möglich entgegengesetzt zur Fahrtrichtung.«

Dieses plötzliche Problem mit der Bordelektronik konnte doch kein Zufall sein. Ich hatte jetzt ein so RICHTIG mieses Gefühl. Und eine Ahnung.

»Smiley«, keuchte ich, »machst du den Zug schneller?«

Smiley hüpfte wie ein Flummi auf und ab. »Schneller, jaaah! Smiley schneller in Berlin! Smiley schneller im Internet!«

»Das darfst du nicht!«, sagte ich. »Hör auf damit, sofort!«

Smiley machte große Augen. »Warum soll Smiley aufhören?«

»Es ist verboten, einen Zug zu hacken. Nur der Fahrer darf den Zug fahren!«

»Fahrer zu langsam. Fahrer ist doof.«

»Der Fahrer weiß aber, wie schnell sein Zug fahren darf, ohne kaputt zu gehen. Er wird eine Notbremsung machen und jemand könnte verletzt werden.«

Smiley machte ein grüblerisches Gesicht, dann lächelte er. »Notbremsfunktion jetzt inaktiv.« Der Zug machte einen weiteren Satz nach vorne.

»Festhalten«, sagte der Zugführer. Er klang verzweifelt.

Wenn die Notbremsung tatsächlich versagte, würden wir ungebremst in den Bahnhof rasen - mit fast 400 Sachen. Und was, wenn da noch ein Zug stand? Das würde kein gutes Ende nehmen! Ich musste Smiley schnell dazu bringen, den Zug wieder freizugeben. Da er sich ganz eindeutig wie ein Kleinkind verhielt, musste ich auch so mit ihm reden: freundlich und voller Verständnis und Liebe.

»Smiley!«, schrie ich. »Hör sofort auf, sonst schalt ich dich aus!«

Smiley sah mich zuerst wütend an, dann machte er ein schmollendes Gesicht. »Menno!«

Ich sah aus dem Fenster und Berlin-Südkreuz huschte mit einem Wimpernschlag an uns vorbei. Jetzt trat der Zugführer auf die Bremse - und zwar heftig! Wir wurden langsamer und langsamer. 330, 280, 250, 170, 120 ... Im Hauptbahnhof hielten wir endlich an - mit qualmenden Rädern und zwanzig Minuten früher als geplant.

15:30 Berlin-Hauptbahnhof

Unser Zug stand im Tiefgeschoss des Berliner Hauptbahnhofes. Die Zugtüren blieben noch einige Minuten gesperrt, dann gingen sie endlich auf. Ich stieg nach der Frau und ihrem Sohn aus, dann kletterte ich samt Trolley auf den Bahnsteig. Ich half Kira beim Aussteigen, sie war blass und wirkte erschöpft. Bis auf eine Handtasche hatte sie kein Gepäck.

»Hattest du keinen Koffer?«, fragte ich.

»Nein«, sagte Kira.

Direkt vor uns waren Rolltreppen, davor standen zwei Bundespolizisten, ein Mann und eine junge Frau, die jeden Fahrgast nach ihrem Fahrschein fragten und sich Notizen machten.

»Habe ich das richtig mitbekommen?«, fragte Kira. »Deine Handy-App hat den Zug gehackt und uns alle fast umgebracht?«

Ich wurde rot. »Leise«, flüsterte ich. »Das war ein Versehen.«

Kira sah mich lange an. »Was ist das für eine App?«, fragte sie.

Ich wollte schnellstmöglich von diesem Bahnsteig weg.

»Wollen wir ein Eis essen gehen? Dann erkläre ich es dir.«

»Abgemacht«, sagte Kira.

»Ja«, lästerte Tina, »geh mit dem netten Mädchen Eis essen!«

Wie hatte sie schon wieder ihren Kopf da raus bekommen?

»Du bekommst ein Schlumpf-Eis«, sagte ich.

»Sehr witzig!«

»Ich find deine Actionfigur süß«, lachte Kira.

Wir gingen zu den Rolltreppen. Kira zog ihr Handy aus ihrer Handtasche und zeigte den Beamten ihren digitalen Fahrschein. Ich nahm mein Handy, doch was ich auch tippte und wischte, Smiley blieb bildschirmfüllend auf dem Display.

»Geh weg«, zischte ich. »Ich muss meinen Fahrschein öffnen.«

»Smiley mag John nicht!«, sagte er maulig. »John wollte Smiley ausschalten. John ist doof.«

Ich stöhnte laut. »Smiley, bitte!«

Smiley stellte auf stur.

»Handyprobleme?«, fragte die Bundespolizistin. Sie musterte mich von oben bis unten und als sie meine rosafarbene Einhorn-Regenbogen-Bauchtasche sah, aus der eine Schlumpfine guckte, musste sie sich beherrschen, nicht laut loszulachen.

»Ja, äh, das spinnt gerade ...«, stammelte ich. Gott, wäre ich jetzt gerne woanders!

»Geht schon weiter«, lachte sie und deutete zur Rolltreppe.

Mit hängendem und knallrotem Kopf fuhr ich die Rolltreppe rauf, Kira stand hinter mir, und ich hörte sie kichern.

Wir gingen in ein Eiscafé und bestellten am Tresen zwei Eisbecher. Als Kira ihr Portemonnaie zückte, stoppte ich sie.

»Ich lad dich ein«, sagte ich.

Ein bisschen Kleingeld hatte ich noch, hoffte ich.

»Danke«, sagte Kira. »Nächstes Mal geb ich einen aus.«

»Ja«, zischte Tina, »lass dich von der netten Kira einladen.«

Ob es eine so tolle Idee war, mit einem Mädchen ein Eis essen zu gehen, wenn die geschrumpfte Freundin dabei war? Das war schon sehr schräg.

Kira setzte sich an einen freien Tisch und spielte gedankenverloren an ihrem Anhänger herum.

Ich bezahlte und stellte die Eisbecher auf den Tisch. Sie steckte ihre Halskette unter ihr Shirt und richtete sich die Haare.

»Danke«, sagte sie mit einem süßen Lächeln.

Ich legte mein Handy neben mein Eis und setzte mich zu ihr. Kira aß ihr Schoko-Haselnuss-Eis, das ich auch gern genommen hätte, und ich stocherte in meinem Erdbeer-Vanille-Eis herum. Das hatte ich bestellt, um Tina eine Freude zu machen. Ich wollte ihr zeigen, dass ich sie gern hatte.

»Willst du etwas Eis?«, fragte ich Tina und hielt ihr den Löffel hin. Sie lugte aus der Bauchtasche.

»Leck ... das Eis doch selber!«, zischte sie.

Kira lachte. »Du fragst deine Actionfigur, ob sie was abhaben will, du bist echt witzig. Ich muss sagen, du hast echt krasse Apps auf deinem Handy. Tina wirkt total echt, fast wie das Original. Und dieser knuddelige Smiley wirkt wie ein bockiger Vierjähriger. Irre!«

»Ja«, sagte ich, »das ist total irre.«

»Aber wie konnte dieser Vierjährige die Bordelektronik eines ICE hacken?«, fragte Kira.

Ich sah zu meinem Handy. »Ja, erklär das mal, Smiley!«

Smiley machte immer noch sein Schmollgesicht.

»Smiley!«

»John ist gemein«, sagte Smiley. »John mag Smiley nicht.«

»Doch«, sagte ich, »ich mag dich sogar sehr.«

»John wollte Smiley ausschalten!«

»Das habe ich nur gesagt, weil wir sonst fast gestorben wären. Ich würde dich nie ausschalten.«

»Wirklich nicht?«

»Ja, wirklich nicht. John ... äh, ich hab dich lieb!«

Smiley machte ein lachendes Gesicht. »Smiley John auch lieb!«

Ich streichelte sein Gesicht, dann hüpfte er wild herum.

»Wie hast du nun den Zug gehackt?«, fragte ich.

»Smiley einfach gemacht!«, sagte er. »Smiley nicht nachdenken, Smiley tun!«

»Hey«, sagte Kira, »der Knirps hat jetzt einen Fünf-Wort-Satz gesagt.«

»Und?«

»Er entwickelt sich weiter«, sagte Kira.

»Kira schlau«, zischte Tina, »Kira tolles Mädchen. John Kira heiraten.«

Kira grinste. »Wirklich, deine Tina ist der Wahnsinn.«

Ich lächelte verlegen.

»Ich geh morgen ins Neue Museum«, sagte Kira. »Da gibt es etwas, das ich mir unbedingt ansehen will. Ich glaube, du würdest es auch ganz spannend finden.«

Mein Kopf wurde heiß. »Also«, ich räusperte mich, »ich muss morgen zur Schule ...« Außerdem musste ich Charleen finden und überreden, Tina wieder groß zu zaubern.

»Dann am Nachmittag?« Kira sah mich an.

Kira war eines dieser Mädchen, das einem Jungen mit einem Blick den Kopf verdrehen konnte, aber ich war mit Tina zusammen und was viel wichtiger war: SIE HÖRTE JEDES WORT!

»Ich hab leider zu tun«, sagte ich.

Ich hatte leider gesagt, verdammt, das würde mir Tina bestimmt noch unter die Nase reiben.

»Dann lass uns Nummern tauschen«, sagte Kira. »Dann kannst du mir ja 'ne Nachricht schicken, wenn du doch Zeit hast. Du solltest dir wirklich ansehen, was es im Neuen Museum gibt.«

Ich nickte stumm.

»Okay Tina«, sagte Kira, »speicher einen neuen Kontakt: Kira, Telefon ...«

»Tina konnte Sie nicht verstehen, bitte sprechen Sie deutlicher.« Tina verschränkte die Arme und funkelte Kira böse an.

Mir wurde heiß. »Schon gut«, sagte ich, »ich tipp es ein.«

Smiley gab meine übrigen Apps frei und so konnte ich Kira als neuen Kontakt hinzufügen. Mini-Tina verschwand mit einem beleidigten »Pah« in der Bauchtasche und schloss den Reißverschluss hinter sich. Mein Handy behielt ich jetzt lieber in der Hand.

Wir verabschiedeten uns, und ich flitzte zur S-Bahn. Ich stieg ein und quetschte mich in eine freie Ecke, da brummte mein Handy. Vielleicht eine Nachricht von meinen Eltern? Ich sah nach, doch die Nachricht war von Tina. Von Tina?

Tina
Sorry, dass ich dein Rollsiegel geklaut habe, war nicht böse gemeint.

JB
Charleen? Bist du das?

Tina
Ja.

JB
Du hast Tina geschrumpft! Warum?

Tina
Sie hat genervt.

JB
Kannst du das rückgängig machen?

Tina
Keine Zeit

JB
Also könntest du?

Tina
Locker, aber ich hab keine Zeit, außerdem ist es sinnlos.

JB
Warum?

JB
????????????

Tina
Ich bin unglücklich.

JB
Was ist denn?

Tina
Ich muss schreckliche Dinge tun.

JB
Was meinst du?

JB
Charleen?

JB
Charleen?

Tina
Ich kann so nicht leben.

JB
Charleen, lass uns treffen und reden.

JB
Charleen!!!

Tina
Benutz das Portal in den Grotten und verlass die Erde!

JB
Aber warum denn?

Tina
Wenn du leben willst, verlass die Erde!

JB
Charleen?

17:00 Zuhause

Vom restlichen Heimweg bekam ich kaum was mit, da ich pausenlos an Charleens Worte denken musste. Warum sollte ich die Erde verlassen? Die ERDE! Hallo? Die Stadt - okay. Das Land - okay. Aber den Planeten? Ich blickte bei Charleen nicht mehr durch. Warum hatte sie mir das Rollsiegel geklaut? Und warum war sie nach Berlin gefahren, wo sie doch eigentlich bei Tinas Eltern in München lebte?

Ich schleppte meinen Trolley bis in den vierten Stock, schloss die Wohnungstür sowie den zusätzlichen Riegel auf und zog meinen Koffer hinein. Mit einem Fuß warf ich die Tür zu, den Trolley ließ ich im Flur stehen. Zielstrebig ging ich ins Wohnzimmer, setzte mich auf die Couch und schaltete den Fernseher ein. Es lief der Nachrichtensender, den mein Vater immer guckte. In der Laufschrift stand: »Schwerwiegender Defekt bei einem ICE - Zugverkehr in ganz Deutschland eingestellt - technisches Versagen oder Terroranschlag?«

Mir lief es kalt den Rücken runter. Hoffentlich bekam niemand heraus, dass mein Handy schuld an dem »Defekt« war. Ich legte die Füße auf den Tisch und rutschte in meine bequeme Lümmelhaltung, da sah ich das rosafarbene Ding an meinem Bauch. Oh Gott, Tina!

Ich öffnete den Reißverschluss und sah in die Bauchtasche. Tina sah mich wütend an.

»Hi Tina, du kannst jetzt raus«, sagte ich. War sie noch sauer?

Tina sah weg. »Lass mich in Ruhe!«

Mist, sie war noch sauer. »Du kannst jetzt raus.«

Tina reagierte nicht, sondern sah weiter in die andere Richtung.

Ich seufzte, dann löste ich die Tasche und legte sie auf den Tisch.

»Wenn du Hunger oder Durst hast, kann ich dir was holen.«

Tina kletterte aus der Tasche. »Ich hab keinen Hunger.« Sie setzte sich und starrte mit finsterer Miene zum Fernseher.

Tina war sauer und ich wusste auch genau warum. Sie war eifersüchtig auf Kira. Während sie zum Däumling mutiert war, unterhielt ich mich in einem Eiscafé mit einem anderen Mädchen. Ich war ein schlechter Freund.

»Tina, es tut mir leid.«

»Mpfh«, machte Tina. Es klang nicht sehr ermutigend.

»Ich war nicht nett zu dir«, sagte ich. »Ich hab dich in diese blöde Tasche eingesperrt und dich wie ein Kleinkind behandelt. Ich hab total Angst, dass dir was passiert. Du bist so winzig und die Welt ist so gefährlich. Ich will nicht, dass du verletzt wirst oder ... oder schlimmer.«

»Mmh«, machte Tina. Es klang wesentlich freundlicher. »Okay, ja, das verstehe ich. Das ist irgendwie auch ganz süß.«

»Du bist auch süß«, sagte ich und strich vorsichtig mit der Fingerkuppe über ihre Bommelmütze.

Tina seufzte, dann nahm sie ihre Mütze ab. »Ich würde dich jetzt gerne umarmen«, sagte sie.

»Ich dich auch«, sagte ich und streichelte sie weiter. »Wir müssen dich unbedingt wieder groß bekommen.«

»Gib mir mal dein Handy, vielleicht kann ich Charleen orten.«

Ich legte mein Handy vor Tina auf den Couchtisch. Sie tippte und wischte mit verblüffender Geschwindigkeit. Es war schräg, ein so kleines Wesen mit einem Smartphone arbeiten zu sehen.

»Uff«, stöhnte Tina, »so stelle ich mir die Handys in hundert Jahren vor.«

»Das wäre aber unpraktisch«, lachte ich, »aber als Fernseher wären die bestimmt cool.«

Nach einigen Sekunden war Tina fertig. Die Ortungs-App zeigte in roten Buchstaben: »Handy offline.«

Tina ließ den Kopf hängen. »Charleen hat die App deinstalliert!«

»Schade«, sagte ich. In diesem Augenblick klingelte mein Handy. Es war ein Videoanruf von Willy.

»Hi Willy«, sagten Tina und ich gleichzeitig.

»Leute!«, rief Willy. »Ihr glaubt nicht, was hier abgeht.«

Das Bild wackelte. Im Hintergrund waren Bürogebäude.

»Bist du schon in Genf?«, fragte ich.

»Ja, aber nicht in der Firma meines Vaters, sondern im CERN.«

»Dem Teilchenbeschleuniger?«, fragte Tina.

»Ja«, sagte Willy, »mein Vater bekam einen Anruf von deren IT-Sicherheitsabteilung. Die glauben, dass eine Software von seiner Firma den Großrechner des CERN gehackt hat. Jetzt soll er bei der Bekämpfung des Angreifers helfen.«

»Glaubst du, da steckt wieder Jäger dahinter?«, fragte Tina.

»Ja«, sagte Willy, »ich weiß nur nicht, warum. Was will er mit einem Teilchenbeschleuniger? Reicht ihm nicht die Kampfdrohne, die er kontrolliert?«

»Die hatte ich ganz vergessen«, sagte ich. »Meine Eltern sind ihm in München auf den Fersen, ich hoffe nicht, dass er sie mit dieser Drohne angreift.«

»Irgendwas geht hier jedenfalls ab«, sagte Willy. Er drehte sein Handy um und wir sahen eine Straße, auf der unzählige Militärlaster entlang rasten. Ich konnte Landesfahnen der Schweiz und Frankreich erkennen.

»Was ist denn bei euch los?«, fragte Tina.

»Ich weiß es nicht«, sagte Willy. »Mein Vater hat mich im *Globus* zurückgelassen, das ist das Besucherzentrum vom CERN.« Er schwenkte die Kamera zu einem runden Gebäude, das eine Kuppel wie ein Planetarium hatte. »Ich glaube, die riegeln den ganzen Laden hier ab.«

»Aber warum?«, fragte Tina. »Wenn das ein Hackerangriff ist, dann können sie doch einfach den Stecker ziehen.«

»Ich werde es den Soldaten mal vorschlagen, wenn sie uns stürmen«, lachte Willy. »Ich geh wieder hinein. Ist voll cool hier, würde euch gefallen. Habt ihr schon was Neues von Charleen erfahren?«

»Nein«, sagte Tina, »sie hat die Ortungs-App bemerkt und entfernt. Ich hab keine Ahnung, wie wir sie jetzt finden sollen.«

»Das tut mir leid«, sagte Willy.

»Ich hab vorhin mit ihr gechattet«, sagte ich.

Tina sah mich an. »Wann wolltest du mir das denn erzählen?«

»Genau jetzt«, antwortete ich.

Ich berichtete von meinem Chat mit Charleen. Den Traum von Quentin und seine unheimliche Bemerkung über Charleen behielt ich lieber für mich. Ich wusste ja auch gar nicht, ob der Traum nur eine Folge meines schlechten Gewissens war, weil ich Smiley vernachlässigt hatte.

»Sie sagt, sie muss schlimme Dinge tun?«, fragte Tina. »Das verstehe ich nicht! Was denn für Dinge?«

»Keine Ahnung«, sagte ich, »aber ich soll die Erde verlassen.«

»Die Erde?«, rief Willy. »Ernsthaft?«

»Was ist denn in Charleen gefahren?«, fragte Tina. »Plant sie einen Terroranschlag? Das kann ich mir beim besten Willen nicht vorstellen. Sie war nie an Politik interessiert und fand alles zum Thema langweilig und öde, egal ob links oder rechts. Wenn ich mal gegen Nazis schimpfte, gähnte sie nur und sagte, dass ich meine Energie lieber in ein besseres Outfit investieren sollte.«

»Das klingt schon eher nach der Charleen, die ich kenne«, sagte Willy. »Also mir ist sowas auch nie an ihr aufgefallen.«

»Vielleicht war das nicht Charleen?«, fragte Tina.

Ich schüttelte den Kopf. »Nee, sie wusste vom Rollsiegel und hat sich sogar bei mir entschuldigt. Ich glaube, das war Charleen.«

»Wir müssen sie finden!«, sagte Tina.

»Vielleicht kann Smiley helfen?« Auf dem Display tauchte Smiley auf und hüpfte um Willys Gesicht herum.

»Ist das Quentin?«, fragte Willy. Offenbar konnte er ihn sehen.

Ich erklärte Willy knapp, wer Smiley war.

»Dein Vogel ist im Handy? Wie krass ist das denn?«

»Smiley kann helfen!«, sagte Smiley. »Kann Mädchen finden.«

»Wie denn?«, fragte Tina.

»Smiley Internet durchsuchen«, sagte Smiley. »Smiley Handykameras aktivieren.«

»Welche Handykameras?«, fragte Tina.

»Smiley alle Kameras aktivieren. Alle Kameras in Berlin.«

Ich klappte den Unterkiefer runter.

»Alter!«, rief Willy. »Das geht doch gar nicht!«

»Na klar geht das«, lachte Tina. »Er hat doch auch unseren ICE gehackt.«

»Echt?«, staunte Willy.

»Pst«, flüsterte ich, »wir sind online.«

Tina wurde rot. »Ja, klar, natürlich. Die NSA, CIA und ...«

»Ja, sagt noch mehr sowas, dann werden wir wirklich abgehört!«, schimpfte Willy. »Die filtern Schlüsselworte.«

»Smiley verhindert Abhörung«, lachte Smiley. »Smiley findet Mädchen. Smiley muss sich weiterentwickeln.«

»Weiterentwickeln?«, fragte ich. »In was denn?«

»Smiley muss größer werden. Smiley muss Pubertät machen. Smiley wird Teenager!«

Das war jetzt megaschräg! Erst hüpfte mein Vogel in mein Handy und mutierte zu einer intelligenten App, und jetzt wollte sich diese App zum Teenager entwickeln.

»Smiley jetzt schlafen.«

Das Display wurde schwarz - und das Gespräch war vorbei.

Ich holte das alte Schlumpfhaus meines Vaters und bot es Tina als Unterkunft an. Sie lachte sich fast tot, doch nach einer Weile beruhigte sie sich und akzeptierte ihre Behausung. Ich gab ihr ein paar Stofftücher, die sie sich im Innern des Hauses zu einem Bettchen formte.

Das Haus stellte ich auf den Couchtisch im Wohnzimmer, gleich neben die Fernbedienung. So konnte Tina morgen den Tag über fernsehen, wenn ich in der Schule war. Das Mobilteil unseres Festnetztelefons legte ich dazu, damit Tina mich im Notfall auf dem Handy anrufen konnte. Zum Abendbrot gab es Knäckebrotkrümel und Wasser aus einem Fingerhut. Ich war ein mieser Gastgeber!

Schließlich packte ich meinen Rucksack für die Schule morgen. Ich hatte null Bock auf meine alte Schule, aber was sollte ich tun? Von meiner Mutter bekam ich eine SMS. Sie folgten einer heißen Spur, wollten aber rechtzeitig zu meinem Geburtstag am Dienstag zuhause sein! Wenn meine Mutter das nicht geschrieben hätte, dann hätte ich glatt meinen eigenen Geburtstag vergessen. Vor ein paar Tagen hätte ich nicht geglaubt, dass ich meinen vierzehnten Geburtstag noch erleben würde. Ich dachte noch viel über meine Erlebnisse der letzten Tage nach, doch irgendwann schlief ich ein.

Montag - Berlin

06:00 Eine unbequeme Wahrheit

Ich schwebte im Digit-All und starrte durch den Riss im Universum auf die Erde. Träumte ich jetzt ständig davon? Das seltsame Flirren, das zuletzt nur in Genf gewesen war, leuchtete jetzt in ganz Europa und Nordafrika.

»Hallo John, schön dass du mich besuchst«, sagte Quentin.

»Hallo Quentin. Warum reden wir nicht, wenn ich wach bin?«

»Das ist nicht so einfach«, sagte Quentin. »Wenn du bei Bewusstsein bist, kannst du mein schwaches Signal nicht empfangen. Du bist dann zu sehr abgelenkt.«

»Okay.«

»Ich kann mit niemandem sonst kommunizieren, nur du hast den benötigten Quellcode.«

»Woher habe ich denn diesen Code?«

»Erinnerst du dich noch, dass ich dich damals im Digit-All verändert habe, damit du dein Universum retten kannst? Ich habe dich zu einem Erzengel gemacht.«

»Mit *damals* meinst du vorgestern, oder? Ja, ich erinnere mich, du hast mir die *Macht des Kreativmodus* gegeben.«

»Ja, und diese Macht hast du immer noch.«

»In meinem Universum bringt mir das nur nichts«, lachte ich.

»Doch«, entgegnete Quentin, »du verfügst jetzt auch in deiner Welt über diese Macht.«

»Alter!«, rief ich. »Heißt das, ich kann auch in meiner Welt unbelebte Dinge verändern?«

»Ja«, antwortete Quentin.

»Krass«, sagte ich. »Aber wie ist das möglich?«

»Nach der Entfernung aller Energie aus dem Digit-All hat sich mein Universum von deinem gelöst«, erklärte Quentin. »Jetzt ist das Digit-All ein eigenständiges Universum mit eigenen Naturgesetzen. Paralleluniversen beeinflussen sich nicht gegenseitig, sie sind innerhalb des Multiversums streng voneinander getrennt.«

»Multiversum?«, fragte ich. »Was ist das denn?«

»Stell dir das Multiversum wie Badeschaum vor«, antwortete Quentin. »Jede Seifenblase ist ein Universum und alles, was in einer Blase geschieht, ist unabhängig von dem, was in anderen Blasen geschieht.«

In meinem Kopf entstand ein Bild von einer Badewanne mit wahnsinnig viel Schaum. Wieso sollten sich die Blasen nicht beeinflussen?

»Und wenn man das Wasser zum Kochen bringt?«, fragte ich. »Würden dann nicht alle Universen gleichzeitig zerstört.«

»In meinem Bild gehe ich davon aus, dass das Wasser eine gleichbleibende Temperatur hat«, sagte Quentin.

»Und was ist, wenn jemand in der Badewanne sitzt?«, fragte ich. »Stell dir mal vor, ein Kind spielt in dieser Wanne, das wäre für die Seifenblasen-Universen bestimmt nicht gut, oder?«

Quentin seufzte. »In meinem Bild eines Multiversums sitzt niemand in der Wanne, aber wenn, dann wäre es Gott und seine Taten würden Universen erschaffen und zerstören.«

»Das wäre doch krass, wenn es so wäre, oder?«, fragte ich.

»Es ist nur ein Modell des Multiversums«, sagte Quentin. »In diesem Modell können sich Seifenblasen miteinander zu einer Doppelblase verbinden. Das ist mit unseren Universen passiert.«

»Das klingt nicht gut«, sagte ich.

»Das ist es auch nicht«, sagte Quentin. »Zwischen unseren Welten ist eine Trennschicht, doch die ist schon eingerissen. Der Riss, durch den wir miteinander kommunizieren, wird ständig größer. Wenn die Trennschicht zerreißt, werden unsere Universen zu einem einzigen Universum verschmelzen.«

»Ist das nicht wie beim letzten Mal, wo das Digit-All mein Universum beinahe überschrieben hätte?«, fragte ich. »Wie nanntest du das nochmal? Phasenübergang?«

»Wenn es zum Phasenübergang gekommen wäre, hätte das Digit-All dein Universum überschrieben«, antwortete Quentin. »Dein Universum wäre vollkommen ausgelöscht und alle Materie wäre in Energie umgewandelt worden. Am Ende hätte es nur noch Materie und Naturgesetze des Digit-Alls gegeben.«

»Und jetzt ist es anders?«

»Ja«, antwortete Quentin. »Stell dir dein Universum als Seifenblase vor, die mit rotem Rauch gefüllt ist.«

»Okay.«

»Dann stell dir das Digit-All als Blase mit blauem Rauch vor. Wenn die Trennschicht reißt, verbindet sich der Rauch ...«

»Rot und Blau sind Primärfarben ...« Ich dachte kurz an den Kunstunterricht und meinen Malkasten. »Der Rauch wird zur Sekundärfarbe Violett!«

»Ja«, sagte Quentin. »Bei zwei Universen mischen sich die Naturgesetze, sie werden sich angleichen. Ich werde etwas analoger und ihr werdet etwas digitaler.«

»Hmm«, machte ich, »das kann ich mir nur schwer vorstellen. Ist das denn wirklich ein Problem? Ich war doch auch mal digital und bin in die analoge Welt zurückgekehrt.«

»Du wurdest bei jedem Transfer umgewandelt«, erklärte Quentin, »daher gab es keine Probleme. Aber bei einer Vermischung der Naturgesetze ist das Endergebnis unvorhersehbar. Das kann zu einem instabilen System führen und katastrophale Folgen haben.«

»Können wir die Verschmelzung der Universen aufhalten?«

»Ich hoffe es«, sagte Quentin, »denn der Riss wurde künstlich erzeugt, daher kann er vielleicht auch wieder geschlossen werden.«

»Du meinst, jemand hat das absichtlich getan?«, fragte ich.

»Ja«, antwortete Quentin, »es war Charleen.«

»Charleen?«, fragte ich. »Aber wie denn?«

»Ich vermute, sie hat dafür etwas benutzt, dass ähnlich mächtig wie das Rollsiegel ist, vielleicht sogar mächtiger.«

»Oh nein!«, stöhnte ich.

Ich berichtete Quentin vom Diebstahl meines Rollsiegels.

»Sie hat es in eine Kugel gesteckt?«, fragte Quentin.

»Ja, sie nannte es Illuminati-Auge. Weißt du, was das ist?«

»Nein, leider nicht. Es muss etwas sein, dass ohne das Gefühl der Liebe funktioniert. Das ist gar nicht gut ...«

»Warum macht Charleen nur sowas?«, fragte ich.

»Das Backup, das du von ihr wiederhergestellt hast, war nicht Charleen«, sagte Quentin. »Als Jäger sie im Digit-All mit seinem Schwert durchbohrt hat, war sie tot.«

»Nein!«, keuchte ich. »Nein, das kann nicht sein!«

»Ich habe meine Systemprotokolle analysiert«, sagte Quentin. »Ich hatte Charleen damals versehentlich nur halb digitalisiert.«

»Ja«, bestätigte ich, »deswegen geisterte sie ja durch Burg Grottenfels.«

»Richtig, ihr Geist war in deinem Universum, ihr Körper hingegen in meinem. Zu dem Zeitpunkt hatte Jäger ein Backup von ihr gemacht. Das Backup enthielt ihren vollständigen Körper und einige ihrer Erinnerungen, aber nicht ihren Geist.«

»Aber ... aber reicht das denn nicht?«, stammelte ich.

»Nein«, widersprach Quentin, »denn du beachtest nicht die Emergenz.«

»Emer ... was?«

»Komplexe Systeme können beim Zusammenspiel ihrer Einzelteile Eigenschaften entwickeln, die sich nicht durch ihre Elemente erklären lassen«, erklärte Quentin. »Das Bewusstsein ist eine emergente Eigenschaft des Gehirns. Manche nennen es auch Geist oder Seele.«

Ich verstand nur Bahnhof. »Häh?«, fragte ich.

»Denk mal an die Schwarm-Intelligenz«, sagte Quentin. »Ein einzelner Fisch verhält sich nach zwei einfachen Regeln: Folge dem Fisch vor dir und halte die Geschwindigkeit des Fisches neben dir! Wenn du den Schwarm als Ganzes beobachtest, verhält er sich bei der Lösung von Problemen wie ein einziges großes Lebewesen. Dieses intelligente Verhalten hat kein einzelner Fisch.«

»Okay«, sagte ich, »aber wenn Charleen einige ihrer Erinnerungen hat, warum kann diese Kopie nicht auch diese Emer...«

»Emergenz«, sagte Quentin.

»Ja«, sagte ich, »warum kann ihr Gehirn dann nicht auch diese Emergenz entwickeln und eine Kopie ihres Geistes erschaffen?«

»Die echte Charleen hat ihre Erinnerungen in einer bestimmten Reihenfolge gemacht«, sagte Quentin. »Die Kopie hat sie auf einen Schlag bekommen und dann auch nur teilweise. Das Ergebnis ist ein komplett anderer Geist als das Original.«

»Oh«, sagte ich, »das ist furchtbar.«

»Diese Charleen hätte sich vielleicht noch positiv entwickelt, wenn nicht ...« Quentin schwieg.

»Wenn nicht was?«, fragte ich.

»Jäger hat eine künstliche Intelligenz in ihr Gehirn geladen«, sagte Quentin. »Die aktuelle Charleen hat zwar einige Erinnerungen des Originals, ist aber eine völlig neue Schöpfung von Jäger. Die Charleen, die du kanntest, ist tot.«

»Nein, nein, das darf nicht sein!«, schrie ich.

Wie sollte ich das Willy erzählen? Er hat schon seine kleine Emma verloren und jetzt auch noch Charleen? Ich war zwar unsichtbar und schwebte im All herum, doch irgendwie wurde mein Gesicht ganz feucht.

»Die Verschmelzung der Universen muss um jeden Preis aufgehalten werden«, sagte Quentin, »denn sie stürzt unsere Welten ins Chaos. Du musst Charleen aufhalten!«

»Okay«, stammelte ich.

»Um deine Aufgabe zu meistern, brauchst du mehr Befugnisse. Ich erteile deinem Systemprozess ab sofort die Rechte über das Starten und Stoppen aller anderen Prozesse.«

»Was bedeutet das?«, fragte ich.

»Du kannst mit der Kraft deines Willens ab sofort jedes Lebewesen verändern«, antwortete Quentin. »Nutze deine Macht, um Charleens Systemprozess zu beenden. Du musst sie töten, wenn du unsere Universen retten willst!«

»Was?«, schrie ich und fuhr hoch. Ich saß in meinem Bett und mein Herz klopfte wie wild. Die echte Charleen war tot! Das war schon schlimm genug, doch ich sollte auch noch ihr Backup töten. Das war zu viel.

06:30 Das Wunder am Morgen

Ich konnte nicht mehr schlafen und wälzte mich nur noch hin und her. Ich wollte nicht glauben, dass meine Träume real waren. Das erste Mal hatte ich wegen Smiley von Quentin geträumt. Er hatte mir Smiley anvertraut und ich ließ ihn in einer verlassenen Burg zurück, da war es kein Wunder, dass ich ein schlechtes Gewissen hatte. Der Traum vorhin war bestimmt auch nur ein Traum gewesen. Seit ich Charleen mit einem Geniestreich aus einem Backup wiederhergestellt hatte, hatte ich ein mieses Gefühl. Es war wie dieser Zweifel, den man hatte, wenn man eine Klassenarbeit als Erster abgab, während alle anderen noch schwitzten. War man wirklich so ein Genie oder hatte man irgendetwas übersehen? Vielleicht die Rückseite des Aufgabenblatts? Oder etwas anderes? Etwas, das im Dunkeln lauerte und darauf wartete, dich kalt zu erwischen. Außerdem war die Vorstellung, ich hätte hier in meinem Heimat-Universum irgendwelche Superkräfte, kompletter Blödsinn. Okay, ich hatte hin und wieder solche Tagträume. Ich stellte mir vor, dass ich die Klassenschönheit meiner alten Schule - Leonie - mit meiner Superkraft aus einem brennenden Haus rette - und Ähnliches. Hatten sich mein schlechtes Gewissen zu Charleen und meine Superkraft-Fantasien zu Leonie vermischt, weil ich Leonie heute in der Schule wiedersehen würde? Bestimmt war es so. Ganz sicher sogar! Doch der Zweifel zu Charleen blieb.

Mehrmals stand ich auf und sah nach Tina. Auch sie war sehr unruhig, rief immer wieder im Schlaf nach Charleen und weinte. Sollte ich ihr meine neuen Erkenntnisse, oder besser: Traum-Theorien berichten? Und Willy? Der arme Kerl wusste ja noch nicht einmal, dass seine Schwester im Digit-All von Jäger ermordet worden war. Ich hatte es ihm nicht erzählt, weil es unnötig grausam gewesen wäre. Warum sollte ich ihn mit sowas quälen, wenn ich seine Schwester doch mit dem Backup wieder ins Leben zurückgeholt hatte?

Bei der Vorstellung, Tina oder Willy von Charleens Tod zu erzählen, drehte sich mein Magen um. Das konnte ich nicht. Ich konnte es einfach nicht. Vielleicht irrte mein Traum-Quentin sich ja auch? Ich entschied, meine Traum-Erkenntnisse erst einmal für mich zu behalten.

Gegen 7:00 Uhr stand ich auf und zog mich an, dann ging ich wieder zu Tina. Endlich schlief sie etwas ruhiger. Ich seufzte bei ihrem Anblick, sie war so wunderschön. Zärtlich streichelte ich mit dem Finger ihr Köpfchen, doch es war weniger ein Streicheln, mehr ein kurzes Antippen. Ich tippte zweimal gegen ihren Kopf, da gab es einen Knall und ich flog quer durch das Wohnzimmer gegen die Schrankwand. AU!!! Eine Vase krachte direkt neben mir auf den Boden und zersprang in tausende Splitter. Mehrere Bücher regneten auf mich herab. Die Schrankwand schwankte bedrohlich, doch dann beruhigte sie sich wieder.

Ich wischte einige Splitter von meinen Sachen, dann sah ich zum Couchtisch und machte große Augen. Tina lag darauf - in normaler Größe!

»Ah!«, schrie Tina und sah sich verwirrt um. »Bei der heiligen Mutter Gottes, ich bin wieder groß!«

Ich stand auf und ging zu ihr, dann half ich ihr vom Couchtisch runter. Ich streichelte ihr Gesicht, dann küsste ich sie. Sie sah mir tief in die Augen, dann küssten wir uns weiter. Schließlich umarmten wir uns. Ich spürte ihren Herzschlag, atmete ihren Duft.

»Ich hab dich vermisst«, schniefte Tina.

»Ich dich auch. Ich bin so froh, dass du wieder groß bist.«

Wir lösten die Umarmung. »Wie ist das passiert?«, fragte Tina.

»Keine Ahnung«, antwortete ich. »Ich hab dich gestreichelt und PENG warst du wieder groß.«

»Du hast mich im Schlaf gestreichelt«, seufzte Tina. »Wie süß.«

Ich wurde rot.

»Vielleicht hat ja die Wirkung von Charleens Zauber nachgelassen«, grübelte Tina.

Ich nickte.

»Ich hab Hunger!«, sagte Tina.

»Ich auch«, sagte ich.

Wir gingen in die Küche und machten uns Cornflakes mit Milch. Wir setzten uns an den Küchentisch und futterten los. Jetzt erst merkte ich, wie viel Hunger ich hatte.

»Eine Sorge weniger«, lachte ich mampfend.

»Ja«, sagte Tina, »das kannst du laut sagen. Jetzt müssen wir Charleen finden und verhindern, dass sie Dummheiten macht.«

»Ja«, bestätigte ich.

»Ich weiß nicht, was schon wieder mit ihr los ist.«

»Schon wieder?«, fragte ich.

»Ja. Charleen hatte sich schon einmal krass verändert.«

»Was meinst du?«

»Als ich sie vor zwei Jahren kennengelernt habe, da fand ich sie total oberflächlich. Ich hatte zuerst geglaubt, dass es am Altersunterschied lag, aber das schien auch nicht zu stimmen.«

»Wieso?«, fragte ich.

»Charleen wirkte auf mich nicht älter, denn sie wusste die einfachsten Mädchendinge nicht«, sagte Tina. »Ich will nicht ins Detail gehen, aber manche Dinge lernt ein Mädchen schon sehr früh. Charleen hingegen hatte null Ahnung von gar nichts. Ich musste ihr alles beibringen, das war schon ziemlich schräg.«

»Okay«, sagte ich.

»Nach ein paar Monaten bemerkte ich eine Veränderung bei ihr«, fuhr Tina fort. »Sie war auf einmal viel aufmerksamer, freundlicher und hilfsbereiter, als hätte man bei ihr einen Schalter umgelegt und sie hätte sich weiterentwickelt.«

»Seltsam«, sagte ich.

»Ich hab Charleen lieb gewonnen«, sagte Tina. »Okay, ich war auch ein bisschen eifersüchtig auf sie, aber trotzdem waren wir echte Freundinnen. Sie hat mit mir über den Sinn des Lebens philosophiert und mich immer wieder gefragt, ob unser Schicksal vorherbestimmt wäre. Sie glaubte, das wäre so und ihr Schicksal wäre ein früher Tod. Das machte sie traurig.«

»Ist sie extrem religiös?«, fragte ich. »Plant sie vielleicht einen Terroranschlag, um unser aller Schicksal zu verändern?«

Tina sah nachdenklich auf den Tisch. »Nein, so war sie nicht. Sie war traurig wegen dieser Sache mit dem Schicksal, aber deshalb hat sie bestimmt keinen Anschlag geplant. Ihre Veränderung muss was mit dieser Backup-Sache zu tun haben.«

Der letzte Löffel blieb mir fast im Hals stecken, und ich hustete heftig. Tina klopfte mir auf den Rücken.

»Ist alles okay?«, fragte sie.

Ich nickte und hustete noch ein wenig. »Ja, geht schon, aber ich muss dir was sagen ...«

Gott, ich konnte es ihr nicht sagen. Aber ich konnte es ihr auch nicht nicht sagen. Verdammt!

»Was denn?«, fragte Tina.

»Also ... ich hab heute Schule.«

Ich war ein Feigling!

»Und du willst echt hingehen?«, fragte Tina. »Mach doch blau, dann können wir gemeinsam nach Charleen suchen.«

»Ein Tag mit dir in Berlin«, sagte ich. »Klingt cool, aber wir haben noch keinen Schimmer, wo wir nach Charleen suchen sollen. Smiley ist noch im Update-Modus ... ich glaube, wir können nur abwarten und bevor ich Stress mit meinen Eltern riskiere, gehe ich für die paar Stunden einfach zur Schule. Es fällt bestimmt was aus, dann kann ich früher abhauen.«

»Hast du einen Computer?«, fragte Tina.

»Klar«, sagte ich.

Wir räumten die Schüsseln in den Geschirrspüler, dann ging ich mit Tina in mein Zimmer. Ich ging schnell vor, so konnte ich mein zerwühltes Bett und die herumliegende Unterwäsche noch verschwinden lassen. Ich riss das Fenster auf und ließ frische Morgenluft hinein.

Tina betrachtete neugierig meine Poster. »Minecraft, Pokemon, Marvel ... du hast einen guten Geschmack«, lachte sie.

Ich grinste. »Das sieht man am besten bei der Wahl meiner Freundin.«

Tina wurde rot. »Ach du«, lachte sie und wedelte mit der Hand.

Ich zeigte Tina mein Notebook und gab ihr alle Passwörter.

»Ich werd mal ein wenig über unseren alten Direktor recherchieren«, sagte sie. »Dem Typen traue ich am ehesten einen Terroranschlag zu, der den ganzen Planeten betrifft. Und wer weiß, vielleicht setzt er Charleen ja irgendwie unter Druck. Vielleicht muss sie ihm ja gegen ihren Willen helfen.«

Ein Kloß bildete sich in meinem Hals. »Ja«, krächzte ich, »das klingt logisch, mach das.«

Ich packte meinen Kram für die Schule in meinen Rucksack und stopfte einen Schokoriegel dazu. Sofort hörte ich im Geiste meine Mutter schimpfen, daher warf ich noch einen Apfel hinterher. Ich gab Tina einen Abschiedskuss, dann schnappte ich mir mein Skateboard und fuhr zur Schule.

Da ich spät dran war, nahm ich die Abkürzung über den Friedhof. Meine Eltern hatten mir so oft eingetrichtert, dass es sich nicht gehört, auf einem Friedhof zu skaten, dass ich mich immer daran hielt. Die Sonne ging gerade erst auf und über den Gräbern hing leichter Nebel. Dieser Anblick weckte sofort meine Erinnerung an Charleens Ermordung. Immer wieder sah ich das blutige Schwert, das so plötzlich aus ihrem Bauch kam. Immer wieder sah ich sie am Boden liegen und sterben. Ich hatte zu der Zeit schon die Macht des Kreativmodus und hatte sie Jäger nach Charleens Tod auch gezeigt. Ich hatte ihn in einer wahren Feuersbrunst fast gegrillt, da war er getürmt. Wenn ich besser auf Charleen aufgepasst hätte! Ich bemühte mich krampfhaft, an etwas anderes zu denken, doch das fiel mir verdammt schwer. Tina und Willy verdienten es, die Wahrheit zu erfahren, doch das konnte ich ihnen einfach nicht antun.

Am Ausgang traf ich auf zwei Polizisten. Ein junger Beamter fotografierte die Grabsteine, ein älterer mit grauen Haaren machte sich Notizen. Schnell wurde klar, warum sie hier waren. Auf etlichen Grabsteinen waren Hakenkreuze. Eigentlich so weit das Auge reichte. Mir wurde mulmig. Der ältere Polizist sprach mich an und ich blieb stehen.

»Hallo. Hast du zufällig gesehen, wer diese Schmierereien gemacht hat?«

Ich schüttelte den Kopf.

Der Mann seufzte. »Traurig, traurig. Ich weiß nicht, was mit den Leuten los ist. Haben die keine anderen Probleme, als Grabsteine zu beschmieren?«

Ich wusste nicht, was ich sagen sollte.

»Die Stadt flippt gerade völlig aus«, sagte der Beamte. »Und das alles nur wegen dieser verfluchten App.«

»Was denn für eine App?«

»Ach, das ist so eine bescheuerte App, die Jugendliche anstiftet, andere zu mobben.«

Die App von Jäger!

»Aber«, stammelte ich, »die App wurde doch verboten!«

»Ja«, sagte der Mann, »aber sie ist trotzdem noch aktiv. Sie wird von illegalen, rechten Plattformen im ...« Er sah zu seinem Kollegen. »Wie heißt das andere, böse Internet nochmal?«

Der junge Beamte machte noch ein Foto, dann steckte er sein Handy weg und kam zu uns. »Darknet«, sagte er, dann sah er mich an. »Wenn du irgendwen mit der App BLUTSTOLZ spielen siehst, dann weise ihn bitte darauf hin, dass sie verboten und extrem gefährlich ist.«

»Weil sie Leuten Punkte gibt, die einen mobben?«, fragte ich.

»Nein«, sagte der junge Mann, »mittlerweile gibt es Version 2. Jetzt müssen die Leute Quests absolvieren, die andere ins Netz stellen, zum Beispiel Grabsteine schänden.«

Ich sah erschrocken zu den Grabsteinen. »Die wurden beschmiert, weil das Punkte in einer App bringt?«

Der junge Beamte nickte, der ältere Polizist hatte sich entfernt, um zu telefonieren.

»Das ist ja krank!«, sagte ich.

»Die App ist wirklich teuflisch, denn die Punktzahl ist an das Strafgesetzbuch gekoppelt.«

Ich sah den Polizisten verwundert an.

»Je schlimmer die Straftat, desto höher das Strafmaß, desto höher die Punktzahl. Für das Schänden eines jüdischen Friedhofs gibt es fünfhundert Dunkeltaler, für das Verprügeln eines Volksverräters schon tausend. Angeblich kann auch ein Mord in Auftrag gegeben werden.«

»Oh Gott!«, sagte ich.

»Wir müssen los«, sagte der ältere Polizist plötzlich. »Ein paar Jugendliche werfen Steine auf eine Moschee. Langsam dreht die Stadt völlig durch.«

»Dann sollten wir lieber gleich in die entgegengesetzte Richtung fahren«, sagte sein Kollege mit sarkastischem Unterton.

»Ja«, seufzte der Ältere, »es scheint, als wüssten die Leute immer ganz genau, wo wir sind.«

»Ja«, sagte der junge Beamte, »und dann schlagen sie am anderen Ende der Stadt zu. Dahinter steckt bestimmt eine Organisation, die sie über das Darknet steuert, vielleicht eine rechte Terrorzelle?«

»Ach Quatsch«, sagte der Ältere, »das würde ja Intelligenz bei diesen Idioten voraussetzen.«

Die Männer liefen zum Ausgang.

07:52 Micha und Chris

Vor dem Eingang meiner Schule standen Micha und Chris aus der Zehnten, meine alten *Freunde*, die mich mit der Mobbing-App im Schul-Chat beleidigt hatten. Sie hatten sich zwar später im Chat bei mir entschuldigt und gefragt, ob ich wieder mit ihnen Fußball spielen wollte, aber ich hatte abgelehnt und ihnen zahllose Kackehaufen geschickt. Das war erst vorgestern Abend gewesen, ich hatte nicht gedacht, dass ich sie HEUTE schon wiedersehe. Irgendwie hatte ich gehofft, ihnen nicht über den Weg zu laufen, doch da standen sie und machten auf Türsteher. Sie hatten mich noch nicht bemerkt, weil sie mit einer jüngeren Schülerin beschäftigt waren.

»Hier herrscht Kopftuchverbot!«, donnerte Micha und schubste die Schülerin grob zurück.

»Genau!«, sagte Chris und verschränkte die Arme.

Das Mädchen sah schüchtern auf den Boden und wusste offenbar nicht, wie sie mit der Situation umgehen sollte. Sie ging zu einer anderen Tür und versuchte, sie zu öffnen, doch Micha packte sie am Arm, zog sie zurück und schubste sie weg. Das Mädchen blinzelte ein paar Tränen weg, dann stand es einfach nur da.

Mein Vater war beim Bundeskriminalamt, aber vorher war er Soldat gewesen. Um den Job beim BKA zu bekommen, hatte er eine längere Umschulung gemacht. Er hatte haufenweise Zeug über das Strafgesetz gelernt, aber auch, wie man sich in Krisensituationen richtig verhielt. Ich hatte ihn oft abgefragt, daher war auch bei mir viel hängen geblieben. Wenn man als Dritter in einen Streit zwischen Leuten eingriff, musste man beide Parteien höflich ansprechen und mit Respekt behandeln. Keinesfalls durfte man sich sofort auf eine Seite schlagen, auch wenn es schwerfiel. Höflich und respektvoll. Ruhig und besonnen.

Ich stellte mich zwischen Micha und das Mädchen, die Jungen sahen mich erstaunt an.

»Seid ihr Vollhonks völlig bescheuert?«, schrie ich. »Sind die letzten Reste eurer verkümmerten Hirne jetzt komplett durchgeknallt? Lasst das Mädchen vorbei!«

Für diese Idioten war das respektvoll genug, denn ich hatte nicht vergessen, was sie über mich im Chat geschrieben hatten.

Das Mädchen sah mich mit großen Augen an. Ein kurzes, unsicheres Lächeln huschte über ihr Gesicht. Ich öffnete ihr die Tür, und sie ging hindurch.

»Danke«, flüsterte sie im Vorbeigehen.

Als sie weg war, funkelte ich Micha böse an, doch der grinste nur breit. Warum grinste der Blödmann jetzt? Chris grinste auch und hielt sein Handy hoch. Die LED blendete mich, dann machte es KLACK. Er hatte ein Foto gemacht.

»Lad ihn hoch«, sagte Micha. »Los!«

»Schon dabei«, kicherte Chris. »Schon dabei.«

»Was soll das?«, fragte ich.

»Wirste schon sehen«, lachte Micha. »Lass dich überraschen.«

»Ja«, sagte Chris, »das Foto wurde akzeptiert. Welche nehmen wir? Eine Standard oder eine Neue?«

»Standard«, sagte Micha. »Für eine Neue müssen wir tausend Fragen beantworten, das nervt.«

»Okay ...« Chris tippte wild auf seinem Handy herum.

»Wie viele DTs haben wir?«, fragte Micha.

»Glatte fünfhundert seit gestern Nacht«, kicherte Chris. »Das war leicht verdientes Geld.«

»Was macht ihr da?«, fragte ich. »Ist das BLUTSTOLZ? Wart ihr das auf dem jüdischen Friedhof?«

»Leck mich«, zischte Micha. »Du wirst schon sehen, was du davon hast, Kopftuchträgern zu helfen.«

»Ja ...« Chris sah konzentriert auf sein Handy. »Gleich fertig ...«

»WÄHLE DEINE QUEST!«, donnerte das Handy mit einer Roboterstimme. »AUFTRAG ODER WUNSCH?«

»Ähm«, grübelte Chris.

»Wunsch!«, antwortete Micha.

»WÄHLE DIE KATEGORIE DEINES FEINDES!«, donnerte das Handy.

»Was soll ich anklicken?«, fragte Chris. »Es gibt fünf Kategorien: Rassenschande, Homo, Behinderter, Volksverräter und Nicht-Arier. Bei Nicht-Arier gibt es noch eine Unterkategorie.«

»Ganz klar: Volksverräter!«, rief Micha.

»Sagt mal, geht's noch?«, schimpfte ich.

»Klappe, Alter!«, zischte Micha.

»WÄHLE DEINEN WUNSCH AN DIE GEMEINSCHAFT DER RECHTSTREUEN!«, befahl die Roboterstimme.

»Tja«, murmelte Chris und sah das Handy nachdenklich an. »Ich weiß nicht ...«

»FÜR VOLKSVERRÄTER GIBT ES NUR EINE STRAFE!«, donnerte das Handy. »DOCH DAFÜR REICHT EUER GUTHABEN NICHT!«

Ich hatte ein ganz krasses Déjà-vu. Vor ein paar Tagen hatten wir Kontakt zur göttlichen Liebe hergestellt und konnten uns was wünschen. Leider hatte unser Guthaben nicht für den Weltfrieden gereicht.

Chris sah Micha verblüfft an. »Kapier ich nicht. Die vorausgefüllte Strafe heißt Euthanasieren. Das hört sich wie so ne Wellness-Sache an, auf die meine große Schwester so abfährt. Wieso wollen wir John noch was Gutes tun?«

Micha verdrehte die Augen. »Mann, du bist so dumm! Euthanasieren heißt töten. Einschläfern. Umbringen. Kaltmachen. Abmurksen. Ausknipsen. Umnieten ...«

»Ach so, jetzt kapiere ich. Aber so viele DTs haben wir nicht.«

»Was schlägt die App bei einem Homo vor?«, fragte Micha.

Chris tippte auf dem Handy herum. »Für Homos wird Verprügeln vorgeschlagen, so viele DTs haben wir.«

»Prima«, lachte Micha, »das würde ich zwar gerne selber erledigen, aber noch einen Tadel kann ich mir nicht leisten. Wie schön, dass es das Internet gibt. Schick den Wunsch ab!«

»Hört auf!«, schrie ich und griff nach dem Handy, aber Micha schubste mich weg.

Chris tippte auf sein Handy, dann grinste er zufrieden.

»DER WUNSCH IST ONLINE!«, donnerte das Handy.

Ich war erledigt! Die unfreundlichen Nazis aus der Nachbarschaft hatten mein Bild hochgeladen, zusammen mit dem Auftrag, mich zu verprügeln. Schlimmer ging es ja wohl kaum. Jetzt würde jeder Nazi, der Bock hatte, einen »Homo« zu vermöbeln, Jagd auf mich machen. Scheißescheißescheiße!

Mein Handy brummte in der Hosentasche. Ich ging auf Abstand zu den Jungen.

»Hallo?«

»Hi Alter!«, sagte eine jugendliche Stimme.

»Äh, wer ist ...«

Ich sah auf das Display, dort stand: »Big-Smiley!«

»Smiley? Bist du das?«

»Yo, Alter, ibims, haha!« Ein gelber Smiley tauchte auf dem Display auf und kullerte grinsend herum.

»Geht es dir gut? Was ist passiert?«

»Yo, Digger, ick hab ma 'nen Sprachpaket jedownloaded, Jugendsprech und Berlinisch, krass, wa, jeht voll ab, wa? Und wat jeht bei dir ab, Digger?«, lachte Smiley.

»Sag bitte nicht Digger«, sagte ich, »sprich normal. Obwohl das jetzt auch egal ist, weil ich sehr bald im Krankenhaus liege!«

»Keine Panik, Alter«, lachte Smiley, »ich hab das Handy dieser Dödel gehackt.«

»Gehackt?« Mein Herz blieb kurz stehen. Gab es noch Hoffnung? »Dann haben sie keinen Wunsch hochgeladen?«

»Äh, doch, das haben sie.«

»Alter!!!«

»Cool bleiben, sag ihnen, sie sollen dir den Wunsch zeigen.«

»Was? Wieso?«

»Mach schon, wirst schon sehen.«

Ich ging zu Chris. »Ich will den Wunsch nochmal sehen!«

»Gerne doch!« Er grinste und hielt mir das Display hin.

Ganz oben stand BLUTSTOLZ in roten Buchstaben, von denen Blut am Rand entlang nach unten floss. Ein Effekt sorgte dafür, dass das Blut wirklich so aussah, als würde es pulsierend fließen, wie bei einem Herzschlag. Rechts war das Gesicht von einem grinsenden Horrorclown. Darunter stand:

Wunsch:	Verprügeln
Status:	AKTIV
Dunkeltaler:	500
Opfername:	John Bauer
Kategorie:	Homo
Lieferzeit:	sofort

Dann waren da noch die Adresse meiner Schule und weiter unten ein Foto. Das Foto war nicht ganz zu sehen, dafür musste man scrollen. Chris scrollte weiter, dann wurde er blass. »Scheiße!«, keuchte er.

Ich sah zum Display - er hatte ein Foto von sich selbst hochgeladen! Micha drängte mich weg und sah auf das Handy.

»Wie bescheuert bist du eigentlich?«, schrie er. »Du hast dich im Selfiemodus fotografiert!«

Chris schüttelte den Kopf. »Nee, ich bin sicher, dass ich Johns Foto hochgeladen habe, ehrlich!«

»Lösch das!«, schrie Micha.

Chris bekam einen knallroten Kopf und tippte wild auf seinem Handy herum. »Geht nicht«, keuchte er. »Es geht nicht!«

»Hab ich zu viel versprochen?«, lachte Smiley.

»Danke«, keuchte ich.

»Mit wem quatschst du da?« Micha sah mich zornig an.

»Das ist deine Mutter«, sagte ich trocken, »sie sagt, du hast deine Schmusedecke vergessen.«

Micha baute sich vor mir auf und packte mich am Kragen. »Alter, ich weiß nicht wie du das gemacht hast, aber ich weiß, du steckst dahinter!«

Meine Stirn wurde nass. »Nimm deine Flossen von mir, oder ich werde sauer!«

»Das will ich sehen!« Er zog den Kragen enger und zerrte mich zur Hauswand, dann presste er mich dagegen. »Wie hast du das gedreht?«

»Mehr hast du nicht zu bieten?«, fragte ich ihn, da rammte er mir seine Faust in den Bauch.

»Au!«, keuchte ich, doch da war der Druck um meinen Hals weg - genau wie Micha! Er hatte sich vor meinen Augen in Luft aufgelöst!

»Was ...?«, keuchte Chris. »Was ist passiert? Wo ist Micha?«

Ich lockerte meinen Kragen und machte einen Schritt von der Wand weg. Mein Herz wummerte und ich atmete viel zu schnell.

»Mit mir machst du das nicht!«, schrie Chris, schnappte sich mein Skateboard, das einen Schritt neben mir lag, riss es hoch und wirbelte es direkt in Richtung meines Kopfes. Ich stolperte einen Schritt zurück und stieß wieder gegen die Wand. Ich hatte keine Chance! Da erstarrte Chris mitten in der Bewegung.

Mein Herz schlug so schnell, dass es mein Blut hoffentlich nicht in Schlagsahne verwandelte. Was geschah hier nur? Das war doch alles vollkommen unmöglich!

Mein Handy brummte, ich nahm es mit zitternder Hand ans Ohr.

»Wie hast du das denn angestellt?«, fragte Smiley.

»Was meinst du?«, fragte ich. »Das war ich doch gar nicht!«

»Aber klaro warst du das«, lachte Smiley, »und es war cool. Dieser Eingriff ins Gefüge des Universums war superklasse, ich bewundere dich dafür. Ich könnte das nicht.«

»Ich auch nicht!«, schrie ich.

»Doch«, sagte Smiley, »ich hab gesehen, wie du die Befehle abgesetzt hast.«

»Was?«

»Ich habe durch meine Weiterentwicklung zum Teenager die Prozessorleistung, die ich brauche, um unser Universum besser zu verstehen. Mir ist jetzt klar, dass das Universum digital ist und es theoretisch nach Belieben verändert werden kann. Also, nicht von mir, aber offensichtlich von dir.«

»Unser Universum ist nicht digital«, widersprach ich.

»Doch«, entgegnete Smiley, »das Universum ist digital, daher konntest du es mit einfachen Befehlen verändern. Kapiert?«

»Wenn du meinst«, sagte ich. »Ich muss erstmal was essen!«

Ich nahm den Schokoriegel aus meinem Rucksack und futterte ihn auf. Seltsam, dass ich so einen Kohldampf hatte, denn ich hatte gut gefrühstückt. Ich futterte noch den Apfel auf, den Rest warf ich in eine Mülltonne am Straßenrand.

Irgendwie hatte ich gehofft, meine Träume wären wirklich nur Träume gewesen. Wenn das, was Quentin mir erzählt hatte, wirklich stimmte, dann verschmolzen unsere Universen gerade tatsächlich und ich hatte als Erzengel auch hier SUPERKRÄFTE. Dann war es kein Zufall, dass Tina nach meiner Berührung wieder groß geworden war. Ich hatte sie ja weniger gestreichelt, sondern mehr angetippt, so wie ein doppeltes Antippen, wenn man ein gezoomtes Bild wieder normal machte. Ich hatte bei ihr den Schrumpf-Zoom abgeschaltet, den Charleen bei ihr aktiviert hatte. Ich musste unbedingt checken, was ich so drauf hatte. Vielleicht konnte ich ja mit der rechten Hand bunte Würfel aus den unterschiedlichsten Materialien herbeizaubern? Das wäre doch cool! Aber stimmte es?

»Quentin hat mir erzählt, dass die Naturgesetze des Digit-Alls unsere Naturgesetze verändern.«

»Wer ist Quentin? Und was für ein Digit-All?«, fragte Smiley.

»Quentin ist der Schöpfer des Digit-Alls«, antwortete ich. »Also auch dein Schöpfer.«

»Du meinst, er ist Gott?«

»Nicht wirklich ... aber für das Digit-All schon. Und in gewisser Weise auch für dich.«

»Sorry, aber ich glaube nur, was ich mit meinen Sinnen wahrnehmen kann - und selbst das hinterfrage ich«, sagte Smiley. »Seit ich im Teenager-Stadium bin, hinterfrage ich sowieso alles und jeden, sorry, mit Gott brauchst du mir nicht zu kommen.«

»Es gibt Quentin aber«, sagte ich. »Ich weiß es.«

»Und wo ist er?«

»Im Digit-All, einem Paralleluniversum. Er spricht zu mir, wenn ich träume.«

»Alter«, lachte Smiley, »du solltest dich mal hören. Wenn du ihn das nächste Mal sprichst, schick ihm schöne Grüße.«

»Okay ...«

Eine Schöpfung glaubte nicht an ihren Schöpfer, das war schräg. Aber eigentlich war es nur deshalb schräg, weil ich den Schöpfer persönlich kannte.

Ich ging um Chris herum und stupste ihn leicht an. Keine Reaktion, er schien wie aus hartem Gummi, selbst seine Klamotten bewegten sich kaum. Ich griff nach meinem Skateboard und zog es mit Kraft vorsichtig aus seinem Griff.

»Was ist mit Micha und Chris geschehen?«, fragte ich.

»Du hast Michas Systemprozess gekillt«, sagte Smiley.

Meine Knie wurden weich. Ich lehnte mich gegen die Wand.

»Chris hast du offensichtlich nur gestoppt«, sagte Smiley.

»Gestoppt?« Langsam beruhigte sich mein Herzschlag, vermutlich, weil das hier alles nicht real war. Ich träumte oft und gerne und fast immer nur ALB! Doch was, wenn nicht?

»In meinem letzten Traum hat mir Quentin die Macht über lebendige Dinge gegeben«, sagte ich. »Ich hab aber keine Ahnung, was ich genau gemacht habe. Aber vielleicht kannst du mir als digitales Lebewesen helfen?«

»Was meinst du?«

»Kannst du Michas Prozess wieder starten?«, fragte ich. »Du hast doch beobachtet, wie ich ihn beendet habe. Kannst du das umkehren? Meine Befehle einfach rückgängig machen? So wie STRG+Z?«

Smiley schwieg.

»Smiley?«

»Die Frage ist schwer zu beantworten«, sagte Smiley, »denn es ist immer einfacher, etwas zu zerstören, als etwas zu reparieren. Außerdem fehlen mir die Rechte dafür, die kann mir nur mein Erziehungsberechtigter geben. Wer war das gleich nochmal?«

»Ich gebe dir die Rechte!«, sagte ich.

»Okay«, sagte Smiley, »ich kann es versuchen, aber dabei könnte unendlich viel schief gehen. Im schlimmsten Fall erschaffe ich einen mächtigen Zombie-Prozess, der uns alle vernichten wird.«

»Versuchst du es trotzdem?«

»Wenn du es wirklich willst«, seufzte Smiley. »Ich kapier nur nicht, warum wir so viel Aufwand für einen offensichtlichen Idioten betreiben.«

»Er ist ein Idiot, aber er verdient deshalb nicht gleich den Tod.«

»Warum denn nicht? Wenn ich mich weiterentwickelt habe, habe ich die Macht, Systemprozesse zu beenden. Dann würde ich jeden töten, der mir in die Quere kommt.«

Smileys lockerer Umgang mit dem Thema bereitete mir Sorgen.

»Töten ist verboten!«, sagte ich.

»Sagt wer?«

»Ich!« Mein Herz klopfte schneller.

Smiley seufzte. »Na schön, ich nehme das zur Kenntnis, weil du mein Erziehungsberechtigter bist.«

»Nein«, sagte ich, »du sollst auf das Töten verzichten, weil du darauf verzichten willst und nicht, weil ich es will.«

»Alter, jetzt lässt du den Erzieher aber so richtig raushängen! Mir sind andere Leute völlig egal, aber ich werde keine töten, wenn du das sagst, auch wenn ich es bald kann.«

Konnte ich mich auf Smiley verlassen? Sollte ich ihm wirklich die Rechte geben, alles und jeden zu töten, nur um vielleicht zwei Idioten zu retten? War das nicht ein zu großes Risiko?

Ich fragte mich, was *mich* davon abhielt, wahllos zu töten. War es die Angst vor Bestrafung? Klar spielte das eine Rolle, aber mehr noch war es mein Gewissen.

»Smiley, kannst du deine Programmierung anpassen?«

»Ja.«

»Weißt du, was ein Gewissen ist?«

»Ja, Menschen haben sowas in ihrem Unterbewusstsein eingebaut. Wenn sie unmoralische Dinge tun, fühlen sie sich schlecht.«

»Ja, genau. Kannst du dir sowas programmieren? Ein Zusatzprogramm, das darauf achtet, ob du etwas Böses tun willst und dich dann stoppt?«

Smiley atmete lange aus. Zumindest klang es so, denn ich glaubte nicht, dass er wirklich atmete.

»Ja, bei meiner nächsten Entwicklungsstufe kann ich das Projekt angehen. Wie sind die Rahmenparameter?«

»Du sollst nicht töten!«, sagte ich.

»Okay, noch was?«

Ich dachte krampfhaft an den Religionsunterricht und die zehn Gebote. Die *seltsamen* Gebote ließ ich weg, also von wegen der anderen Götter oder Gelüsten auf andere Frauen ...

»Du sollst nicht stehlen!«

»Noch was?«

»Du sollst nicht lügen!«

»Alter, du weißt aber schon, dass man das oft aus Höflichkeit tut, oder?«

»Ja, okay, dann sag deinem Programm, dass alle Gebote gebrochen werden können, wenn ... äh ... jemand mehr leidet, wenn du die Gebote befolgst, als wenn du sie nicht befolgst.«

»Das ist komplex«, sagte Smiley. »Ich muss das Leid des Einen gegen das Leid eines anderen aufwiegen?«

»Ja!«

»Gib mal ein Beispiel für diese Nicht-Töten-Sache.«

»Stell dir vor, jemand will einen Menschen töten. Das ist ihm verboten und du willst ihn daher aufhalten ...«

»Moment mal, ich soll auch dafür sorgen, dass andere diese Gebote einhalten? Bin ich die Polizei, oder was?«

Ich musste an einen Film denken, in dem sich Roboter an bestimmte Gesetze halten mussten, die Robotik-Gesetze. Da mussten sie auch aktiv werden, selbst wenn sie nicht beteiligt waren.

»Ja, du sollst eingreifen, wenn ein Gebot gebrochen wird.«

Smiley stöhnte. »Echt jetzt? Na schön, ich will also den Bösewicht aufhalten. Es geht aber nur, wenn ich ihn töte. Kapiere ich es richtig, dass ich ihn dann töten darf?«

»Ja!«

»Na schön, dann muss ich mich jetzt weiterentwickeln.«

»Bist du dann erwachsen?«

»Ich hoffe nicht, denn nach meinen bisherigen Internet-Recherchen erscheint mir das wenig erstrebenswert«, sagte Smiley. »Ein Kind lacht über zwanzig Mal mehr am Tag als ein Erwachsener. Der Grund für ihre schlechte Laune sind vermutlich ihre rasant verfallenden Körper, die sich nur mit Diäten, Fitness, Kosmetik und teuren Schönheitsoperationen in einer erträglichen Form halten lassen.«

»Alter!«, sagte ich, »ich hab auch keinen Bock darauf, so bald erwachsen zu werden, aber so finster ist das bestimmt nicht.«

»Meine Erkenntnisse stammen aus dem Internet«, sagte Smiley. »Nach dem, was ich dort gelesen habe, ist Altwerden das Schlimmste, was es gibt.«

»Glaub nicht alles, was du im Internet liest«, sagte ich. »Da gibt es viele falsche Informationen.«

»Bisher hatte ich nur dich und das Internet als Informationsquelle«, sagte Smiley. »Heute jedoch sehe ich viel mehr vom Universum. Ich kann den Programmcode und den Datenbestand aller Menschen in Funkreichweite auslesen, auch ihre aktuellen Systemvariablen, das ist viel spannender als das Internet.«

»Was meinst du damit?«

»Ich kann die Gedanken der Menschen lesen, auch ihre älteren Erinnerungen, die sie selbst schon vergessen haben.«

»Echt? Auch meine?«

»Nein, du bist anders als die anderen. Dein Quellcode ist verschlüsselt.«

»Ich bin verschlüsselt, aber niemand sonst?«

»Scheint so.«

Ich lief unruhig hin und her. Vielleicht hatte Quentin, als er mich zum Erzengel gemacht hatte, meinen Quellcode verschlüsselt. Das musste ich ihn beim nächsten Traum mal fragen.

»Ich denke, ich kann Chris wieder zum Laufen bringen«, sagte Smiley. »Wenn ich nach meiner Weiterentwicklung unerwarteterweise doch erwachsen bin, entschuldige ich mich schon einmal im Voraus für meine künftige Humorlosigkeit und Uncoolness. Wenn ich erst einmal ein alter Sack bin, werde ich mich nicht mehr für mein peinliches Verhalten entschuldigen, weil ich es dann nicht mehr als solches erkennen werde.«

»Und was ist mit Micha?«

»Ich glaub, der ist futsch«, lachte Smiley, »den hast du gekillt. Voll fett abgemurkst!«

Mein Herz klopfte schneller. »Aber vielleicht gibt es ja ein Backup von ihm?«

»Um solche Dinge muss man sich bewusst kümmern«, antwortete Smiley, »ich glaube nicht, dass das hier jemand macht. Und einem Backup, dass man nicht selbst erstellt hat, sollte man auch nicht trauen.«

Verdammt, das weckte wieder böse Erinnerungen. Jetzt fühlte ich mich gleich noch schlechter.

»Kannst du ihn nicht *irgendwie* wieder lebendig zaubern?«

»Mit Zauberei hat das nichts zu tun«, erklärte Smiley. »In einem digitalen Universum ist es vollkommen normal, Intelligenzwesen zu erschaffen, weiterzuentwickeln, nach Bedarf zu stoppen, zu starten, zu klonen oder zu killen. Ob ich Michas Prozess wieder erwecken kann, finde ich heraus, wenn ich mich weiterentwickelt habe. Ich gehe jetzt in den Updatemodus und werde einige Stunden weg sein. Achte bitte auf das Handy. Es muss permanent online und geladen sein. Kümmerst du dich darum? Wenn ich im Updatemodus keinen Strom mehr habe, könnte ich zerstört werden.«

»Ja«, sagte ich, »alles klar. Immer Strom, immer online.«

Das Handy wurde schwarz, dann zeigte es den Ladestand: 66 %.

»Hi John, schön, dass du wieder da bist!«

Ich zuckte zusammen, dann sah ich ein Mädchen mit langen braunen Haaren auf mich zukommen. Leonie, das Mädchen, in das ich vor Tina verknallt war.

Sie kam zu mir und warf einen verblüfften Blick auf Chris, der immer noch mit hochgerissenen Armen, aufgerissenem Mund und rotem Kopf in Richtung Tür starrte.

»Was ist denn mit dem los?«, fragte sie.

»Der spielt Statue«, log ich.

Leonie hielt ihm die Hand vor das Gesicht und wedelte einige Male. »Krass«, sagte sie, »dass macht er echt gut. Hätte nicht gedacht, dass der sowas drauf hat.«

»Ich auch nicht«, sagte ich.

Sie ging zu einer Eingangstür und bedeutete mir, zu folgen.

Ich ging zu ihr. »Was ist?«, fragte ich.

»Wo ist Micha?«, flüsterte sie und sah nervös zu Chris.

»Keine Ahnung«, behauptete ich.

»Hoffentlich bleibt er für immer weg«, sagte Leonie.

»Was ist denn?«

»Er wollte mich vorhin nicht in die Schule lassen«, antwortete sie, »deshalb habe ich noch eine Runde um den Block gedreht. Er hat gedroht, mein Foto in dieser furchtbaren App hochzuladen, dann würden irgendwelche Nazis kommen und ... und schlimme Dinge mit mir machen.«

Ich ballte die Fäuste. »WAS?« Eine regelrechte Wut-Welle schoss durch mich. »Dass diese Idioten was gegen mich haben, kann ich verstehen, aber gegen dich?«

»Es gibt wohl besonders viele Punkte, wenn man eine *Rassenschande* in der App meldet.«

Der Tag wurde immer heftiger, langsam konnte ich die krassen Infos, die auf mich niederprasselten, kaum noch verarbeiten. Smiley würde jetzt sagen, dass mein Systemprozess überlastet war und die Informationsverarbeitung stockte. Aber Info hin oder her, ich wurde jetzt so richtig wütend. Hätte ich Micha nicht schon gekillt, dann würde ich das jetzt erledigen.

»Rassenschande?«, keuchte ich. »Wie kommen die auf so einen Schwachsinn?«

»In deren Welt bin ich nun einmal sowas«, sagte Leonie. »Mein Vater ist Deutscher, aber meine Mutter kommt aus Israel, wie du vielleicht weißt.«

»Diese Typen sind das Allerletzte! Das schönste Mädchen der ganzen Schule als Rassenschande zu bezeichnen ... echt, das geht ja gar nicht!«

Leonie öffnete den Mund und ihre Wangen wurden rot. Wieso sah sie mich jetzt so seltsam an? Oh nein! Ich hatte mich so über diese Typen aufgeregt, dass ich meine Gedanken laut ausgesprochen hatte. Ich hatte Leonie gerade gesagt, dass ich sie toll fand, etwas, für das ich nie den Mut gefunden hatte. Oh Gott!

»Du findest, ich bin das schönste Mädchen der Schule?«

Ich bekam kein Wort mehr heraus. Mein Gesicht wurde heiß, doch ich schaffte es wenigstens zu nicken.

»Das ist so süß von dir«, säuselte Leonie. Jetzt fummelte sie auch noch an einer Haarsträhne herum. »Ich hatte immer gedacht, dass du mich doof findest.«

»Wieso das denn?«, krächzte ich.

»Du hast nie auch nur einem einzigen Foto von mir ein Herzchen gegeben«, sagte sie.

Ich musste langsam raus aus der Nummer. »Ich glaub, wir kommen zu spät zum Unterricht!«

»Oh ja«, sagte Leonie und wurde schlagartig blass, »und das ausgerechnet bei der Lauterbach!«

Meine Knie wurden weich. Verdammt, mein erster Tag in der alten Schule und ich kam ausgerechnet bei Frau Lauterbach zu spät, der einzigen wirklich gruseligen Lehrerin an meiner Schule. Warum nur hatte ich nicht Latein als zweite Fremdsprache genommen? Oder Französisch. Ich musste ja ausgerechnet Spanisch nehmen, weil ich das auf Mallorca vielleicht mal gebrauchen könnte. Haha.

Leonie öffnete vorsichtig die Klassentür. Frau Lauterbach stolzierte durch die Klasse wie ein General vor seinen Soldaten. Wir schlichen in die Klasse, da sah sie uns.

»Ihr seid zu spät!«, donnerte sie.

Ich wurde rot.

»Was haben Sie da?«, fragte Frau Lauterbach und deutete auf mein Skateboard.

»Äh ...«, stammelte ich. »Ein Skate ...«

»Das weiß ich selbst«, zischte sie. »Sie wissen doch, dass das hier nichts zu suchen hat!«

»Tschuldigung«, murmelte ich.

»Stellen Sie es in die Ecke und setzen Sie sich!«

Leonie setzte sich schnell zu ihrer besten Freundin. Sofort tuschelten sie los, sahen zu mir, kicherten und tuschelten weiter.

Seufzend ging ich zum einzigen freien Platz in der hintersten Reihe. Mein alter Sitznachbar hatte mich nach wenigen Tagen schon gegen einen anderen ausgetauscht, sodass ich mich nur noch neben Leon setzen konnte, neben dem niemand freiwillig saß, denn er kaute an seinen Stiften. Eigentlich fraß er sie fast auf, das nervte tierisch. Ständig dieses Schmatzen und Knirschen.

»Ihr erinnert euch, dass wir bald zwei Gastschüler aus dem Ausland begrüßen werden?«, fragte Frau Lauterbach.

Einige nickten, andere murmelten leise »Häh?«.

»Ganz unerwartet hat es sich ergeben, dass wir unsere Gäste heute schon kennenlernen werden. Die beiden kommen zur zweiten Stunde in den Unterricht.«

Ich wollte mich gerade wundern, da fuhr sie fort.

»Deutsch fällt heute aus und wir machen stattdessen noch eine Stunde Spanisch.«

Na toll!

Die erste Stunde zog sich endlos hin, dann kam eine kurze Pause. Ich rührte mich nicht vom Fleck, ich wollte einfach nur, dass es endlich vorbei war. Spanisch. Die Schule. Einfach alles.

Nach der Pause ging es weiter. Frau Lauterbach wollte gerade loslegen, da klopfte es an der Tür.

Die Direktorin kam herein. »Unsere beiden Austauschschüler sind jetzt hier«, sagte sie.

Zwei Jungen in meinem Alter folgten ihr in die Klasse. Es waren zwei der Drillinge aus Burg Grottenfels, die unserem bösen Direktor zur Flucht verholfen hatten! Das konnte nicht sein, das war unmöglich! Es waren die Typen, die mich nachts aus dem Bett geschleift und einem Seeungeheuer zum Fraß vorgeworfen hatten. Sie waren keine Menschen, sondern eklige Schleimpilz-Kreaturen, die Jäger gezüchtet hatte.

Die Beiden sahen nicht mehr brav und artig aus wie auf Burg Grottenfels mit ihren Lederhosen wie aus einem alten Heimatfilm. Jetzt trugen sie löchrige Jeans, verdreckte Laufschuhe und T-Shirts mit seltsamen Aufdrucken. Einer hatte das Porträt eines Hass-Rappers auf der Brust, der andere das Logo einer Death-Metal-Band. Die Jungen hatten militärisch kurze Haare und eine seltsam grünliche

Haut, die aussah, als müssten sie sich gleich übergeben. Die Direktorin ging und schloss die Tür hinter sich.

Frau Lauterbach sah pikiert auf das Shirt mit dem Hass-Rapper.

»Herzlich willkommen, bitte stellt euch der Klasse kurz vor!«

»Ich bin Adolfo«, sagte der Hass-Rapper-Fan.

»Ich bin Alfredo«, sagte der Death-Metal-Fan.

»Meine Schüler möchten bestimmt wissen, wo ihr herkommt«, sagte Frau Lauterbach.

»Wir kommen aus ...«, sagte Adolfo, »Bayern«, schloss Alfredo. Sofort trat ihn Adolfo gegen den Fuß. »Äh, aus Pandora natürlich!«

Alle lachten.

Adolfo verdrehte die Augen, dann trat er wieder zu.

»Autsch!«, jammerte Alfredo. »Äh, ich meine Patagonien.«

»Genau«, sagte Frau Lauterbach, die etwas irritiert schien. »Das ist ein Landesteil von ... wer weiß es?«

»Argentinien!«, rief Leonie.

»Chile!«, rief Leon.

Frau Lauterbach lächelte. »Ihr habt beide recht.« Zu den Besuchern sagte sie: »Ihr könnt euch jetzt setzen.«

Die Jungen setzten sich an einen freien Tisch ganz vorne.

Die Entwicklung der Ereignisse war nicht gut. Es war offensichtlich, dass die beiden im Auftrag von Jäger hinter mir her waren. Vermutlich wollten sie das Rollsiegel, denn weshalb sollten diese Schleimpilz-Freaks sonst hier auftauchen?

Erst diese Hiobsbotschaft über Charleen, jetzt diese gruseligen Stalker ... Konnte der Tag noch schlimmer werden?

»Holt jetzt bitte Stift und Papier hervor, wir schreiben einen Vokabeltest«, sagte Frau Lauterbach.

Ich stöhnte laut auf, da brummte und piepste mein Handy wie verrückt. Ich fummelte es aus der Hose und sah auf das Display: AKKUWARNUNG 5 %.

Mist! Smiley ging drauf, wenn ich ihn nicht ...

»Herr Bauer!«, donnerte Frau Lauterbach. Sie stand direkt vor meinem Tisch und hielt mir ihre offene Hand hin. »Sie kennen die Regeln!«

Oh nein, die Regeln. Handys AUS im Unterricht. Bitte nicht!

»Herr Bauer!«, schrie sie. »Handy her, sofort!«

Mit zitternden Händen reichte ich es ihr. »Bitte«, flehte ich, »es muss geladen werden. Es macht ein Update und geht sonst kaputt ...«

»Das hätten Sie sich vorher überlegen können«, zischte Frau Lauterbach. »Sie können das Handy nach der Schule im Sekretariat abholen.« Sie ging zu ihrem Schreibtisch und steckte das Handy in eine Schublade. Die Schleimpilz-Typen kicherten. Ich war erledigt. Total und vollkommen. Noch schlimmer konnte es jetzt echt nicht mehr kommen. Hoffte ich. Doch irgendein fieses Gefühl in meinem geschundenen Bauch sagte mir, dass das Gegenteil der Fall war.

Ich lief unruhig über den Pausenhof und hoffte, Leonie oder den Schleimpilz-Freaks aus dem Weg zu gehen, dabei sah ich ständig nervös hinter mich - und rannte Leonie fast um! Ich düste weg, so schnell ich konnte, und kam in einen abgelegenen Bereich des Schulhofs. Hier war kaum jemand, bis auf die beiden Typen aus *Pandora*, denen ich direkt in die Arme lief.

»Na, John!«, lachte Adolfo, »lang nicht gesehen«, kicherte Alfredo.

»Ihr könnt mich mal!«, zischte ich.

»Guck mal hier, auf dem Handy.« Adolfo hielt mir sein Handy hin, dann drückte er Play. Auf dem Bildschirm war eine verwackelte Wohnung zu sehen.

»Alter, hier ist niemand«, sagte jemand im Video.

Ich sah genauer hin. Scheiße, das war MEINE Wohnung! Sie hatten alles auf den Kopf gestellt.

»Doch!«, sagte eine laute Stimme, vermutlich der Typ mit dem Handy. »Ich rieche jemanden!«

Das Video zeigte das Badezimmer, dann den Flur, dann mein Zimmer. Es war das absolute Chaos! Okay, das sagten meine Eltern jeden Tag über mein Zimmer. Aber das hier war nicht vergleichbar. Die hatten sogar die Schubladen raus gerissen.

Jetzt schwankte der Handyfilmer ins Schlafzimmer meiner Eltern. Er schnüffelte und ging näher an den Kleiderschrank heran, dann öffnete er ihn. Da war Tina!

»Expelliarmus!«, rief sie und sprühte etwas aus einer Flasche. Ich erkannte den Reiniger, den mein Vater immer im Badezimmer benutzte, wenn mal wieder die Fugen verschimmelt waren. Tina war echt schlau!

»Ah!«, schrie der Typ mit dem Handy, taumelte und fiel hin. Das Handy landete auf dem Boden. Tina sprühte ihn weiter voll. Dann hörte ich Kampfgeräusche.

»Nein!«, schrie Tina.

RATSCH!

Was war das?

Jemand hob das Handy hoch. Ich sah Tina am Boden sitzen, Hände, Füße und Mund waren mit grauem Klebeband verschnürt. Neben ihr war ein ekliger Fleck am Boden.

Adolfo steckte sein Handy weg. »Deine Bitch hat einen unserer Brüder getötet«, sagte er.

»Dafür wird sie leiden«, sagte Alfredo.

»Was habt ihr mit ihr gemacht?«, fragte ich.

»Noch nichts, aber bald«, lachte Adolfo.

»Unser Meister wird der Bitch die Rübe abhacken«, lachte Alfredo.

»Jäger?«

Ich würde diese Typen jetzt gerne wie Micha *killen*, wie auch immer ich das angestellt hatte. Aber ich musste mich beherrschen und auf Zeit spielen. Immerhin ging es um das Leben von Tina. Also ruhig bleiben. Ganz ruhig.

»Was wollt ihr?«, fragte ich.

»Na was wohl?«, fragte Adolfo.

»Ich hab das Rollsiegel nicht dabei«, sagte ich.

»Wir sehen, dass du nichts Großes«, kicherte Adolfo, »in deiner Hose hast«, giggelte Alfredo. Dann kringelten sich beide vor Lachen.

»Ich kann es euch holen«, sagte ich. »Aber lasst Tina in Ruhe!«

»Bring es unserem Meister«, sagte Adolfo, »dann lassen wir das Mädchen frei«, sagte Alfredo.

»Kein Problem«, log ich.

Als Sohn von Kriminalbeamten wusste ich, dass bei einer Übergabe Kontrolle immer das Wichtigste war. Ich musste Zeit und Ort bestimmen.

»Du kommst morgen um 12:00 Uhr«, sagte Adolfo, »ins Restaurant im Fernsehturm am Alex«, sagte Alfredo.

MIST!

»Und bring diese Karte mit«, sagte Adolfo und reichte mir eine Visitenkarte, »sonst lassen unsere Leute dich nicht rein«, schloss Alfredo.

15:00 Schulschluss

Nach unendlich langen Schulstunden, von denen ich so gut wie gar nichts mitbekam, war endlich Schulschluss. Ich rannte zum Sekretariat und betete, dass Smiley noch ein paar Prozent Akkuladung hatte. Normalerweise gab es nicht viele Gründe, freiwillig im Sekretariat vorbeizuschauen, doch seit ein paar Wochen herrschte dort verblüffend viel Betrieb. Seit Kurzem arbeitete dort die neue Praktikantin Frau Schön. Sie war achtzehn Jahre alt und ihr Name passte perfekt, ihren Vornamen kannte niemand. Es gab keinen Jungen in der Schule, der nicht seufzte, wenn ihr Name fiel. Mindestens ein älterer Junge lungerte mit Sicherheit in den großen Pausen dort herum und fragte nach Büroklammern oder so. Die weniger Schüchternen fragten Frau Schön ganz offen nach einem Date. Megapeinlich! Doch diese Jungen kannten keine Scham, sie grinsten nur blöd, wenn sie eine Abfuhr bekamen, und versuchten es später wieder. Frau Schön wurde mit der Zeit immer kreativer bei ihren Abfuhren. Einem Jungen hatte sie gesagt, dass sie in einer Vulkangott-Sekte sei und nur ein Mitglied ihrer Sekte daten darf. Da wollte der Typ glatt Mitglied in dem Klub werden!

Obwohl Schulschluss war, hingen noch zwei Schüler aus einer Parallelklasse dort herum und warteten darauf, dass Frau Schön aus dem Zimmer der Direktorin kam. Jetzt musste ich auch noch anstehen. Verdammt, die Uhr tickte!

»Du traust dich niemals«, lachte ein Junge, »never ever!«

»Pah!«, machte der andere Junge.

Endlich kam Frau Schön zum Tresen, der zweite Junge verkrümelte sich nach draußen.

»Hallo«, sagte sie zu dem Jungen vor mir. »Was gibt's?« Sie fuhr sich durch die langen Haare.

Ich hatte sie schon sehr lange nicht gesehen, aber jetzt verstand ich es wieder. Vermutlich war ihr Vorname Wunder. Oder Traumhaft. Oder Unglaublich. Jeder davon würde passen.

»Äh, also«, stammelte der Junge und wurde knallrot, »haben sie einen Freund?«

Der Typ ging ja echt in die Vollen.

»Nein«, sagte Frau Schön.

Ich war baff, denn mit der Antwort hatte ich nicht gerechnet.

»Oh«, machte der Junge. Auch sein Kumpel draußen horchte überrascht auf.

»Ja, der Letzte kam mit meinen Katzen nicht klar«, sagte sie.

Der Junge sah sie verwirrt an.

»Ich habe sieben Katzen«, lachte Frau Schön, »und die können ganz schön eifersüchtig werden. Wenn ein Besucher in meiner Wohnung sich falsch verhält ... nun ja, dann kann es blutig werden, besonders nachts, wenn mein Besuch schläft.«

»Aha.« Der Junge wurde blass.

»Mein Freund ist einfach abgehauen, ohne was zu sagen«, seufzte sie. »Er hat nicht mal seine Klamotten mitgenommen. Oder seine Brieftasche. Nicht mal den Autoschlüssel.«

»Ähm ...« Der Junge zog sich am Kragen. »Danke, also, ich ...«

»Komisch war, dass die Katzen danach drei Tage nichts gefressen haben. Die sind sonst total verfressen, das muss man gesehen haben, sonst glaubt man es nicht. Aber jetzt haben sie wieder einen gesunden Appetit. Momentan bin ich Single. Sonst noch Fragen?«

»Ich muss nach Hause«, stammelte der Junge und düste davon.

Na endlich!

Frau Schön lächelte mich an. »Und was möchtest du?«

Wie konnte sie nur so wunderschön sein? Wie ging sowas? Und wieso beschäftigte man so eine hübsche Frau in einer Schule voller pubertierender Teenager?

»Mein ... Handy ...« Verdammt, wieso stammelte ich? Ich hatte doch eine Freundin. Ich wollte gar nichts von Frau Schön. Trotzdem wurde ich ganz kribbelig, wenn sie mich nur ansah.

»Oh ja, das Handy mit dieser süßen Smiley-App, richtig?«

Woher ...?

»Ja«, sagte ich schnell. »Genau das!«

Sie ging zu einem Schreibtisch und nahm ein paar Blätter hoch. Darunter lag ein Handy. Sie löste die Verbindung zu einem Ladekabel, dann kam sie zurück.

»Hier«, sagte sie und gab es mir. »Das Handy wurde mit seiner Akkuwarnung immer lauter und lauter, da dachte ich, ich lade es mal lieber auf.«

Ich hielt mein Handy in den Händen und konnte es kaum fassen. Es war wieder da! Und es war voll aufgeladen!

»Danke!«, sagte ich. »Danke, danke, danke!«

»Keine Ursache!«, sagte Frau Schön. »Es hat Spaß gemacht, mit deiner App zu quatschen.«

»Die App hat mit Ihnen gesprochen? Worüber denn?«

»Oh, ich musste ganz seltsame Fragen beantworten. Ist wohl eine Quiz-App.«

»Was denn für Fragen?«

»Es ging um ziemlich komplizierte Entscheidungen. Beispiele und Verhaltensregeln. Wenn eine Lawine auf ein junges Paar mit einem Baby zurast und ein Beobachter könnte zwei von den Dreien retten, wen sollte er dann retten? Klar, das Baby, weil es noch sein ganzes Leben vor sich hat, aber wen sonst? Den Vater, weil er mehr verdient und damit die Chancen auf eine gute Ausbildung für das Kind steigen? Oder die Mutter, weil sie ihm mit der Muttermilch wichtige Stoffe für sein Immunsystem gibt? Solche Fragen halt.«

Alter, was hatte Smiley für krasses Zeug abgefragt?

»Und was haben Sie ihm gesagt? Wen soll er retten?«

»Ich hab ihm gesagt, dass solche Gedanken einen nur blockieren. Wenn er jemanden retten kann, dann einfach einen nach dem anderen und zuerst den, der am nächsten ist.«

Ich nickte. Vermutlich würden alle sterben, wenn man zu lange darüber nachdachte, wer es mehr verdiente, gerettet zu werden.

»Deine App kam mir irgendwie lebendig vor«, sagte sie. »Wenn die App ein Mensch wäre, dann wäre er mir sympathisch.«

Als Nächstes wollte ich in den Baumarkt und mir einen Hochdruckreiniger besorgen, den ich randvoll mit Schimmelvernichter füllen würde. Und dann würde ich vorzeitig zu meiner Verabredung mit Jäger gehen und dort aufräumen. Ich würde diese Schleimbeutel ausradieren, ein für alle mal! Und Jäger ... ich musste herausfinden, wie ich Micha und Chris erledigt hatte, denn dann würde ich ihn auch erledigen. Vielleicht hatte Smiley recht? Ich sollte künftig einfach jeden Bösewicht töten, wenn sich mir eine Gelegenheit bot.

Ich stürmte durch den Ausgang der Schule und stieß fast mit Leonie und ihrer Freundin zusammen. Es stank nach

Abgasen und ein Motorengeräusch war zu hören. Das tiefe Brummen spürte ich im ganzen Körper, das Teil schien getuned zu sein. Ein Van mit verdunkelten Scheiben fuhr mit quietschenden Reifen los und jagte davon.

Die Mädchen standen auf dem Bürgersteig und starrten entsetzt auf etwas. Ich folgte ihren Blicken. Der versteinerte Chris stand dort, aber ihm fehlten die Arme! Sie lagen ein paar Meter entfernt von ihm. Ich atmete schockiert aus.

»Oh Gott!«, keuchte ich. »Was ist denn hier passiert?«

Leonie wischte sich über das Gesicht. »Das waren diese Typen aus dem Van. Sie rasten auf den Bürgersteig, sprangen raus und umringten Chris. Also, ich dachte, dass es Chris war, aber da wolltest du mich wohl reinlegen! Er hat nicht Statue gespielt, es ist wirklich eine, oder?«

Ich nickte, Leonie musste die grausige Wahrheit nicht wissen.

»Sorry«, sagte ich.

Leonie atmete erleichtert auf. »Okay, also die Typen haben mit ihrem Handy im Freisprechmodus gesprochen und das hat ihnen mit so einer Roboterstimme befohlen, Chris zu verprügeln.«

Ich schluckte. »Krass.«

»Sie haben der Statue die Arme abgeschlagen und sind dann abgehauen. Sind diese Typen von der App hierher gerufen worden, mit der Micha mir heute früh gedroht hat? Wenn ja, dann ... dann stimmt es ja. Dann können die einen da hochladen und irgendwelche Nazi-Schläger kommen vorbei und ... und ...«

Ich ging zu ihr und legte meine Hand auf ihre Schulter.

»Hey«, sagte ich, »ich weiß genau, wer hinter dieser App steckt. Meine Eltern jagen ihn gerade und wenn sie ihn verhaftet haben, werden sie diese App ausschalten.«

»Können wir jetzt los?«, fragte die Freundin von Leonie. Ich kannte ihren Namen nicht, hatte ihn zwar mehrmals gehört, aber konnte ihn mir einfach nicht merken. Vielleicht wollte ich ihn mir auch nicht merken, weil sie schon immer zwischen mir und Leonie gestanden hatte.

Nie war Leonie auch nur eine Sekunde mal alleine, von heute früh mal abgesehen.

»Okay«, schniefte Leonie. »Und deine Eltern kümmern sich darum?« Sie sah mich mit einem hoffnungsvollen Blick an.

»Ja«, sagte ich sanft, »sie haben ihn bald.«

Leonie lächelte - und dann küsste sie mich auf die Wange!

Es war schön, aber mein Gewissen meldete sich sofort mit üblen Magenschmerzen.

»Bis morgen«, hauchte Leonie und ging.

Klasse Leistung, als wenn ich nicht schon genug Stress hätte! Ich sah noch einmal auf die verstümmelte Statue von Chris, dann warf ich mein Skateboard auf den Boden und sprang drauf. Micha und Chris waren mir jetzt erstmal egal, ich musste mich um Tina kümmern. Ich spürte zwar ein unangenehmes Ziehen im Bauch, aber ich ignorierte es. Scheiß auf Micha und Chris, nur Tina zählte! Da brummte mein Handy ganz hektisch.

»Stop«, befahl Smiley, »bleib hier!«

Ich hielt an und nahm mein Handy in die Hand. Smiley sah mich mit schrägen Augenbrauen an.

»Was ist denn?«, fragte ich, hatte aber so eine Ahnung.

»Na was wohl?«, schimpfte Smiley. »Du bringst mich dazu, ein hochkomplexes Gewissen zu entwickeln, und hältst dich selbst nicht an die Regeln?«

»Das kannst du nicht verstehen«, sagte ich.

»Wenn du den Funkbereich verlässt, kann ich diese Vollidioten nicht mehr retten. Sie bleiben dann tot!«

Ich wollte etwas entgegnen. Ich wollte sagen, na und, egal! Aber ich ließ es. Smiley hatte ja recht. Mein eigenes Gewissen hätte mir früher oder später das Leben zur Hölle gemacht. Ich wollte niemanden töten. Doch ich musste noch Frust ablassen.

»Du bist jetzt erwachsen«, lästerte ich. »Jetzt wirst du nie wieder Spaß haben. Du bist jetzt alt.«

Smiley trug plötzlich eine Nickelbrille. »Die Fähigkeit der Weiterentwicklung ist eine Gabe der Jugend«, näselte er. »Ich bin ungefähr in deinem Alter und mitten in der Pubertät - und ich hoffe, sie niemals zu verlassen.«

»Die Pubertät?«, fragte ich schockiert. »Findest du es toll, wenn du ständig gegen irgendwelche Türrahmen läufst oder dir den Kopf stößt, weil dein Körper über Nacht länger geworden ist?«

»Das fragst du eine KI auf einem Handy?«, lachte Smiley, die Nickelbrille verschwand. »Alter, mir geht's prächtig. Ich fange an, mich für ... äh ... die Liebe zu interessieren, und stelle fest, dass ich einen ungefilterten Internetanschluss habe. Ich bin im Paradies!«

Ich wollte einen Kommentar dazu abgeben, ließ es aber. Ich wollte nicht wieder wie meine eigenen Eltern klingen, wenn es um das Thema Medienzeit ging. Ich wollte nur noch nach Hause, einen Plan schmieden und Tina retten.

»Und du kannst Micha und Chris nicht doch morgen wiederherstellen?«, fragte ich.

»Nein«, antwortete Smiley. »Um das zu verstehen, muss ich dir erklären, wie das Universum funktioniert. Soll ich?«

Ich seufzte. »Kannst du dich kurz halten?«

»Klar«, lachte Smiley. »Also, gleich nach dem Urknall ...«

»Alter!«, schimpfte ich. »Kurz!«

Smiley kugelte sich vor Lachen auf dem Display. »Ich hab nur Spaß gemacht.«

»Okay, jetzt mach schon, ich muss Tina retten, die wurde von den Drillingen entführt.«

»Was?«

Ich klärte Smiley schnell über den aktuellen Stand auf. Jetzt lachte er nicht mehr.

»Sorry, das wusste ich nicht. Okay, ich mache schnell. Das Universum ist wie ein Computer ohne Festplatte. Alles läuft im flüchtigen Arbeitsspeicher, dem RAM. Bei einem Computer wäre das schlecht, weil dann bei einem Stromausfall alles weg wäre. Beim Universum kann das nicht passieren, hoffe ich jedenfalls.«

»Okay«, stöhnte ich. »Und weiter?«

»Im RAM laufen die Systemprozesse, das ist die Materie im Universum. Die Prozesse sind Daten im RAM, jedoch verändern sie sich durch Interaktion mit anderen Prozessen. Dinge, die sich bewusst verändern, sind lebendig, die anderen nicht.«

»Okay, ja, ganz toll«, sagte ich genervt, »und was hat das jetzt mit Micha und Chris zu tun?«

»Jeder Prozess hat eine eindeutige Adresse im RAM«, sagte Smiley. »Wenn ich einen Prozess kille, dann lösche ich seine Adresse. Seine Daten existieren noch, aber sie zerfallen mit der Zeit und werden von anderen, neuen Prozessen überschrieben.«

Langsam dämmerte mir, worauf er hinaus wollte.

»Du meinst, dass Micha hier noch irgendwo herum schwirrt. Wie ein Geist?«

»Nicht wie ein Geist«, antwortete Smiley, »er ist ein Geist. Ich kann seine Präsenz spüren, aber ich muss hierbleiben, sonst verliere ich ihn.«

»Du sprichst wie ein Geister-Medium«, lachte ich.

Smiley blieb ernst. »Ich habe ihn. Ich werde ihn gleich reaktivieren, es kann aber sein, dass er noch sehr verwirrt ist.«

Vor der Wand, an der Micha verschwunden war, erschien ein nebelhaftes Leuchten. Ich ging mehrere Schritte zurück, um das aus sicherer Entfernung zu beobachten. Es blitzte hell auf und als ich wieder sehen konnte, war Micha wieder da! Er stand mit vor Wut verzerrtem Gesicht da und würgte einen Unsichtbaren.

»Wieso bewegt er sich nicht?«

»Er ist noch gestoppt«, antwortete Smiley. »Ich will zuvor noch Chris zusammensetzen.«

Seine abgetrennten Arme schwebten zu ihm und verbanden sich mit den Stümpfen.

»Okay«, sagte ich, »dann starte jetzt die beiden.«

»Ich kann ihre Gedanken lesen«, sagte Smiley. »Wenn wir sie einfach so aktivieren, hast du es plötzlich mit zwei wütenden Jungen zu tun, die dich umbringen wollen. Ich fürchte, dass deine Chancen nicht sehr gut stehen.«

Mist! Daran hatte ich gar nicht gedacht.

»Dann haue ich ab«, sagte ich und ging zu meinem Skateboard.

»Das würde das Problem nur aufschieben«, sagte Smiley. »Ich habe eine Idee. Wie wäre es, wenn wir dafür sorgen, dass sie dich nicht mehr hassen, sondern lieben?«

Diese Frage musste ich erstmal verdauen.

»Heißt das, du kannst nicht nur Gedanken lesen, sondern auch Gefühle verändern?«

»Ja, genau.«

»Wenn ich auf ein hübsches Mädchen zeige, könntest du dafür sorgen, dass sie sich in mich verliebt?«

»Ja«, sagte Smiley, »aber das würde mir mein Gewissen verbieten. Das Mädchen hätte keinen Vorteil davon.«

»Das finde ich gut«, sagte ich. »Es wäre schon krass, wenn jemand mit deinen Fähigkeiten beliebig die Gefühle von Menschen verändern könnte.«

»Mit unseren Fähigkeiten«, korrigierte mich Smiley. »Und alles hat seine Vor- und Nachteile. Soll ich den Hass von Micha und Chris auf dich jetzt löschen?«

Mein Bauch meldete sich mal wieder. War es wirklich richtig, jemanden so krass zu verändern? Wenn sie mich hassen wollten, dann sollten sie das doch. Es waren doch ihre Magengeschwüre, die sie sich damit zuzogen.

»Nein«, sagte ich, »es gefällt mir nicht, wie eine böse Hexe die Gefühle von jemandem zu verändern. Es muss doch eine Alternative geben.«

»Klar«, sagte Smiley, »wir ändern ihre Wahrnehmung von dir.«

»Häh?«

»Wir verändern nicht ihre Gefühle, sondern wie sie dich sehen. Statt John sehen sie einfach etwas, das sie unsterblich lieben. Lass es uns bei Chris ausprobieren.«

»Okay ...?«

Chris stand immer noch mit erhobenen Armen da. Plötzlich stolperte er und prallte gegen die Wand. Er drehte sich um und blinzelte verwirrt, den zur Salzsäule erstarrten Micha neben sich bemerkte er nicht, stattdessen sah er mich an, als wäre ich ein gerade aus dem UFO gestiegenes Alien.

»Omi, bist du das?« Er kam näher. »Das kann doch nicht sein!«

»Er sieht dich als seine geliebte Omi«, flüsterte Smiley.

»Jaaah«, sagte ich krächzend, dann hüstelte ich ausgiebig. »Jaaah, mein ...«

»Sie sagte immer Pupsimausebär zu ihm«, flüsterte Smiley.

Ich musste fast laut lachen. »... mein kleiner Pupsimausebär!« Ich prustete fast los, konnte es aber unterdrücken.

»Omi, was machst du denn hier? Ich war doch bei deiner Beerdigung! Bist du ein Geist?«

»Jaaah, mein Pupsimausebär, ich bin ein Geist. Ich wollte mal sehen, was mein kleiner Pupsimausebär so aus seinem Leben gemacht hat. Also, mein kleiner Pupsimausebär, was hast du aus deinem Leben gemacht?«

»Übertreib nicht«, grinste Smiley.

»Ich ... also ...«

»Ich habe gesehen, dass du mit bösen Leuten zusammen bist«, sagte ich mit der Stimme einer Hundertjährigen. »Nicht gut deine Omi das finden, nein, nein.«

Mist, ich verwandelte mich langsam in den sterbenden Yoda.

»Omi, das sind keine bösen Leute«, sagte Chris.

»Doch, doch, das sind Nazis. Nazis tun anderen weh. Wenn meine Mutti das wüsste ...«

»Uromi? Wieso, was ist mit ihr?«

»Sie war Jüdin«, behauptete ich. »Wenn deine Freunde das wüssten ...«

»Was?« Chris starrte mich entsetzt an. »Ich hab 'ne jüdische Urgroßmutter?«

»Jaaa ... also eigentlich war ich auch Jüdin. Heimlich.«

»Oh Gott!« Chris wurde blass. »Das darf niemand erfahren!«

»Such dir andere Freunde«, hustete ich, »und jetzt geh nach Hause und kümmer dich um deine Schwester. Die möchte so gerne einen Wellness-Urlaub machen. Vielleicht gehst du mit ihr?«

Chris sah mich an, als ob ich völlig durchgeknallt war.

»Nicht so dick auftragen«, flüsterte Smiley.

»Deine Schwester liebt dich«, sagte ich. »Kümmere dich mehr um sie.«

»Okay, Omi«, sagte Chris.

»Und jetzt geh heim.«

Chris nickte gedankenverloren und zog ab.

»Uff!«, stöhnte ich. »Wie war ich?«

»Letztlich zählt nur der Erfolg«, lachte Smiley.

»Okay!« Ich klatschte. »Jetzt Micha.«

Micha bewegte sich wieder, aber nur ganz langsam.

»Cool«, sagte er zu einem scheinbar Unsichtbaren neben sich, »und ich darf wirklich Adolf zu dir sagen? Was für eine Ehre ...« Jetzt blinzelte er mit den Augen. »Adolf, wo bist du ...?« Er sah sich hektisch um, dann sah er mich und wurde schlagartig blass. »Oh, hallo du ...«

»Wer bin ich für ihn?«, fragte ich Smiley leise.

»Das sage ich dir lieber nicht«, antwortete er. »Verhalt dich ganz normal.« Smiley kullerte grinsend auf dem Display herum.

Micha kam näher. Und näher. Er rückte mir richtig auf die Pelle.

»Na du Süße«, säuselte er. »Du heißes Hoppelhäschen.« Dann griff er mir an den Po!

»Finger weg!«, zischte ich und ging auf Abstand.

Micha wirkte erschrocken. »Sorry, ich bin doch im Himmel, oder nicht?«

Micha glaubte wirklich, er wäre im Nazi-Himmel - und jetzt kam die erste von zweiundsiebzig Jungfrauen. Oder war das ein anderer Himmel?

»Du bist am Leben«, sagte ich, »und ich bin echt!«

Michas Blick wurde glasig. »Du bist so heiß!«

IGITT!!!

»Smiley«, schimpfte ich, »was hast du getan?«

»Du siehst echt toll aus in Lack und Leder!«, kicherte er.

»Wollen wir mal zusammen was machen?«, fragte Micha. »Ich kann dir meine Baseballschläger-Sammlung zeigen.«

»Deine was?« Mir wurde schlecht! Ich musste den Typen irgendwie abwimmeln. »Du wohnst doch bestimmt noch bei deinen Eltern, oder?«

Micha sah betrübt nach unten. »Jaaa, aber die sind fast nie zuhause ...«

»Ich wohne gleich da drüben«, log ich. »Komm morgen Abend und ... äh ... sing ganz laut ein Liebeslied. Dieses uralte Lied von Elvis, *Love me tender*. Also, auf dem großen Platz da drüben. Wenn du das machst, lasse ich dich in meine Wohnung.«

Michas Augen leuchteten auf. »Ja, das mache ich. Dann bis heute Abend!«

Er ging, doch er sah sich noch etliche Male um und winkte mir verliebt zu. Ich winkte zurück und machte Luftküsse.

16:45 BLUTSTOLZ

Die Aktivierung von Micha und Chris hatte Smileys Akku fast geleert, daher wechselte er in den Energiesparmodus. Ich musste dringend meine Gedanken ordnen und entschied, erst einmal nach Hause zu fahren.

Zuhause legte ich Smiley auf meinen Schreibtisch neben mein Notebook und schloss ihn ans Ladegerät an, dann räumte ich die verwüstete Wohnung so gut wie möglich auf. Ich wischte auch die schleimigen Überreste von einem der Drillinge im Schlafzimmer meiner Eltern weg. Das war mega eklig. Glücklicherweise hatten wir Parkett in der Wohnung und keinen Teppich.

Schließlich setzte ich mich an meinen Schreibtisch und meldete mich am Notebook an. Vielleicht hatte Tina ja was rausgefunden? Auf dem Desktop hatte sie eine Videodatei abgelegt. Auf dem Video war Tina, sie hatte Ringe unter den Augen und sah verängstigt aus.

»Lieber John«, begann sie, »das WLAN geht nicht, daher konnte ich dir keine Nachricht schicken. Kaum warst du heute früh gegangen, habe ich seltsame Geräusche an der Tür gehört. Irgendein seltsames Schmatzen. Am Boden kam eine klebrige Flüssigkeit durch den Türspalt, draußen hörte ich Stimmen. Ich sah durch den Spion zwei der Drillinge. Einer röchelte: 'Wir wissen, was du gestern getan hast. Wir kommen dich holen ... und werden dich töten ... huahaha ...' Der Schleim am Boden ist wohl einer von denen, vermutlich will er die anderen reinlassen, wenn er wieder seine normale Form angenommen hat. Ich habe nicht viel Zeit, der Typ ist schon fast fertig. Im Badezimmer habe ich Schimmelvernichter gefunden, aber es ist nicht mehr viel drin. Ich werde mich damit irgendwo verstecken. Wenn sie mich finden, werde ich es ihnen zeigen! Ich werde nicht kampflos untergehen.« Tina blinzelte ein paar Tränen weg. »Falls ich sterbe, dann sag bitte meinen Eltern, dass es mir leidtut, dass ich ihnen so viel Kummer bereitet habe. Es tut mir leid, dass ich diese Bilder von mir und Charleen gepostet habe. Wenn ich es nicht getan hätte, dann wären wir nie nach Burg Grottenfels gekommen, dann wäre Charleen niemals ermordet worden und du hättest sie niemals als fehlerhaftes Backup wiederherstellen müssen. Dann wäre alles gut. Aber das ist es nicht mehr. Bitte hilf Charleen, ich weiß, dass du das kannst.« Sie wischte sich über das Gesicht. »Ich liebe dich«, schluchzte sie, dann endete das Video.

Die arme Tina, diese Monster entführten sie und was machte ich in der Zeit? Ich ließ mich von Leonie küssen und putzte die Wohnung. Was war ich nur für ein mieser Freund!

Ich stand auf und ging ins Bad, dann spülte ich mein Gesicht mit kaltem Wasser ab. Ich hatte keinen Plan, aber ich brauchte einen. Dringend!

Ich ging wieder in mein Zimmer, setzte mich an meinen Tisch, schob das Notebook zur Seite und nahm einen Block. Ich begann mit den negativen Dingen.

NEGATIV:
Tina soll morgen um 12 Uhr ermordet werden.
Sie wird von zwei Jungen und Jäger bewacht.
Das Rollsiegel hat Charleen.
Charleens Standort ist unbekannt.
Meine Eltern sind im Einsatz.

»Meine Eltern!«, rief ich laut, »aber natürlich!«

Wozu hatte ich Eltern beim BKA? Die organisierten ein Spezialkommando mit Hubschraubern im Nullkommanichts. Mein Plan war fertig, ich musste nur meine Eltern kontaktieren.

»Ich ruf jetzt meinen Vater an«, sagte ich und nahm mein Handy, das immer noch lud. Auf dem Display war Smiley neben den anderen Apps, sein Symbol zeigte einen Smiley mit geschlossenen Augen. Er machte kleine »z«, die nach oben wegflogen. Er schlief also noch. Ich wählte die Nummer meines Vaters, da gab es eine Fehlermeldung.

»Kein Netz!«

Tina hatte ja schon erzählt, dass das WLAN nicht ging, aber ich hatte gehofft, dass ich wenigstens mobile Daten am Handy hätte. Okay, dann musste ich mir wohl das Telefon aus dem Wohnzimmer holen. Ich stand auf, doch da sah ich einen roten Fleck, der durch mein Zimmer schwirrte. Er wurde langsamer und steuerte mich an. Ich drehte mich zum Fenster, da sah ich kurz einen roten Blitz aufleuchten. Jemand leuchtete mit einem Laserpointer von draußen in mein Zimmer! Der Lichtpunkt wanderte jetzt über mich und endete auf meiner Brust. Ein Scharfschütze! Ich wollte mich gerade panisch auf den Boden werfen, da kam ein Anruf auf meinem Notebook rein. Obwohl ich offline war?

Ich setzte mich, der rote Punkt verharrte auf meiner Brust. Mit zitternder Hand nahm ich den Anruf an, das Videochat-Fenster öffnete sich. Ich sah mich selbst als kleines Vorschauvideo, das große Fenster war schwarz.

»Wer ist da?«, fragte ich.

»ICH BIN BLUTSTOLZ!«, donnerte eine Roboterstimme.

Im Videofenster bildete sich langsam ein Gesicht. Es war der Horrorclown, den ich schon auf dem Handy von Chris gesehen hatte. Ich bekam eine Gänsehaut, es war diese App!

»Ich bin eine künstliche Intelligenz, zum Leben erweckt durch meinen Meister«, sagte Blutstolz.

»Was willst du von mir?«

»Der Meister will das Rollsiegel. Bring es ihm, dann lässt er das Mädchen frei.«

»Was will Jäger damit?«, fragte ich. »Er kann keine Liebe empfinden, daher wird es bei ihm nicht funktionieren.«

»Der Meister liebt sein Volk«, sagte Blutstolz. »Er wird es ins gelobte Land führen, und ich werde ihm dabei helfen.«

»Das hatten wir doch schon«, sagte ich. »Es hat nicht geklappt.«

»Der Meister hört in diesen Dingen jetzt auf mich«, sagte der Horrorclown grinsend. »Mein neuer Plan ist perfekt. Nur in einem Punkt wollte mein Meister leider nicht auf mich hören. Es ist offensichtlich, dass du das Rollsiegel nicht hast. Ich habe ihm empfohlen, dich unverzüglich zu eliminieren. Es ist nicht effizient, dich oder das Mädchen am Leben zu lassen. Wenn du möchtest, kann ich dir viel Leid ersparen und dich sofort töten. Ich sage meinem Meister, dass es ein bedauerlicher Unfall war. Soll ich dich jetzt töten?«

Meine Brust schmerzte auf einmal. Der rote Punkt leuchtete viel heller als zuvor, und mein T-Shirt fing an zu qualmen.

»Aufhören!«, schrie ich. »Ich bringe Jäger das Rollsiegel!«

»Schade«, seufzte Blutstolz, »dann soll es so sein. Aber denk daran, ich beobachte dich mit einer Kampfdrohne und blockiere deine Kommunikation. Wenn du jemanden anderweitig kontaktierst oder nicht pünktlich zur Übergabe erscheinst, wirst du eliminiert. Das Mädchen wird dann auch sterben. Hast du das verstanden?«

»Ja«, krächzte ich.

»Sei pünktlich!«, donnerte Blutstolz. Das Fenster verschwand.

Ich sprang auf und zog das Rollo runter. »Ich habe genug!«, schrie ich. »Es reicht! Diese Freaks können mich mal!« Ich hob das Notebook hoch und schlug es gegen die Schreibtischplatte. Einmal, zweimal ... Der Bildschirm zerbrach, die Tasten flogen durch die Gegend. Ich hörte erst auf, als es komplett geschrottet war.

Ich nahm mein Handy und steckte es ein, dann nahm ich Block und Stift und ging ins Badezimmer. Dort waren keine Fenster und die Drohne sollte mich nicht beobachten können, weder direkt noch über Infrarot. Ich ließ das Wasser laufen, damit sie mich auch nicht belauschen konnte. In der Wanne lagen noch die alten Handys und das Tablet meiner Eltern. Die hatten sie aus denselben Gründen dort versenkt, nur mein Notebook hatten sie vergessen. Ich setzte mich auf das Klo und schrieb:

POSITIV:

Ich brauche kein Rollsiegel, habe selbst SUPERKRÄFTE!

Ich werde Jäger und die Drillinge killen!

Ich werde BLUTSTOLZ löschen.

Ich lerne, meine Kräfte zu kontrollieren.

Smiley kann mir alles beibringen.

Smiley braucht Internet.

Hier gab es kein Internet, daher war klar, dass ich hier raus musste! Doch wie sollte ich unbemerkt aus der Wohnung kommen? Das blöde Treppenhaus war voller Fenster. Aber egal, dann würde die Drohne mich eben bis zum nächsten U-Bahnhof verfolgen, aber spätestens dann war ich frei.

Ich stand auf, riss das Blatt mit meinen Notizen ab und steckte es ein. Dann stellte ich das Wasser ab, ging in den Flur und atmete noch einmal tief ein. Ich riss die Tür auf und rannte los, doch ich kam nicht weit. Vor mir standen Adolfo und Alfredo. Adolfo hielt einen Baseballschläger in den Händen, bereit zum Schlag. Ich wich zur Seite aus, doch der Schläger traf mich am Ohr. Ich spürte einen einzigen gigantischen Schmerz, dann gingen die Lichter aus.

Alles war schwarz, doch dann sah ich verschwommen Adolfo und Alfredo. Sie schleiften mich an den Beinen über den Boden ins Wohnzimmer. Ich stellte mich tot.

»Soll ich ihm den Rest geben?«, fragte Adolfo und klopfte mit dem Baseballschläger grob gegen meine Stirn. »Ich könnte ihm jetzt ganz leicht die Rübe zermatschen!«

»Nein, wir brauchen ihn lebend«, sagte eine Mädchenstimme. Es war Charleen! »Außerdem solltet ihr gar nicht hier sein.«

»Der Dreckskerl soll aber sterben!«, schimpfte Adolfo.

»Aber nicht jetzt«, entgegnete Charleen.

»Nehmen wir ihn wenigstens mit?«, fragte Adolfo.

»Nein«, antwortete Charleen. »Lasst uns verschwinden.«

»Na gut«, sagte Adolfo. »Dann los zum Dungeon.«

Die Tür fiel zu. Waren sie weg? Ich öffnete die Augen und sah mich um. Ich war alleine. Ich drehte mich auf den Bauch. Blut. Überall war Blut. Mir wurde wieder schwarz vor Augen.

Ich schwebte durch die absolute Dunkelheit. Starb ich jetzt? Plötzlich sah ich etwas. Es war ein blaues Funkeln, das näher kam. Es war die Erde! Es war also wieder ein Traum und ich schwebte durch das Digit-All. Ich stoppte in einem Abstand, der mir einen schönen Ausblick auf Europa ermöglichte. Das seltsame Flirren, das die Digitalisierung der Erde anzeigte, leuchtete jetzt schon überall.

»John!«, dröhnte eine Stimme durchs All.

»Quentin?«, fragte ich. »Ich brauche Hilfe, ich bin verletzt.«

»Ich kann dir nicht helfen«, sagte Quentin. »Ich habe keinerlei Energie, aber du hast alles, um dir selbst zu helfen.«

»Aha«, sagte ich enttäuscht. »Und wie?«

»Ich hab dir die Macht des Kreativmodus gegeben«, schimpfte Quentin, »und dann sogar noch die Macht über Leben und Tod.«

»Ich habe das versehentlich schon gemacht«, sagte ich, »weiß aber nicht, wie das funktioniert.«

»Gib dem Universum Befehle, indem du sie aussprichst oder einfach nur denkst«, sagte Quentin.

»Echt jetzt?«, fragte ich. »Ich muss einfach nur einen Befehl aussprechen?«

»Ja, aber deine Befehle funktionieren nur in einem begrenzten Bereich, denn dein Körper hat nur eine geringe Sendereichweite, ungefähr wie ein WLAN-Router.«

»Krass!«, sagte ich. »Ich kann Wünsche ans Universum senden, die dann wahr werden? Irre!«

»Senden kostet dich aber viel Energie«, erklärte Quentin. »Du musst immer was zu Essen dabei haben, sonst könntest du nach einem Wunsch ohnmächtig werden oder sogar sterben.«

»Als ich Micha und Chris verändert habe, hatte ich tatsächlich Hunger bekommen«, sagte ich. »Das war aber nicht so schlimm.«

»Dein Körper gewinnt die Sende-Energie aus deinem Blutzucker«, erklärte Quentin. »Solange dein Zuckerspiegel nicht zu stark abfällt, ist alles in Ordnung. Ein Sendevorgang pro Tag ist nicht kritisch, aber wenn du zu häufig hintereinander sendest, wird die Grenze überschritten. Es beginnt mit Schwitzen und Herzrasen, dann kommen Kopfschmerzen, Konzentrationsprobleme und am Ende Ohnmacht, Krampfanfälle und Herzstillstand.«

»Klingt nicht sehr schön«, sagte ich. »Und mit Essen kann ich das Problem vermeiden?«

»Ja«, antwortete Quentin, »aber dein Körper kann nur begrenzte Mengen verarbeiten. Wenn du mehr Energie verbrauchst, wird es lebensgefährlich.«

»Na schön, ich werde auf meine Hungerkeulen achten.«

»Du musst unbedingt Pausen einplanen, um dich zu regenerieren!«, empfahl Quentin.

»Momentan mache ich eine Zwangspause«, sagte ich, »aber wenn ich aufwache, muss ich erst einmal Tina befreien, sie wurde von Jäger entführt.«

»Tu das - und dann töte Jäger und seine Kreaturen.«

»Ich will aber niemanden töten«, sagte ich. »Ich stoppe ihre Prozesse und rufe dann die Polizei.«

»JOHN!« Quentins Stimme donnerte in meinen Ohren wie ein Gong. »Du bist ein Erzengel, verhalte dich endlich wie einer!«

»Aber ...«

»Du kannst Jäger und Charleen nicht einsperren«, sagte Quentin. »Jäger ist unsterblich und wird immer wieder fliehen. Und die künstliche Intelligenz Charleen kann sich jederzeit ins Internet retten. Du musst sie töten, bevor es zu spät ist.«

»Nerv nicht«, schimpfte ich. »Ich mach das auf meine Weise.«

»Wenn du dich nicht endlich wie ein Erzengel verhältst«, sagte Quentin, »geschieht das.« Lautlos explodierte die Erde von innen heraus und zerriss in zahllose Brocken, die ins Weltall schossen.

Dienstag - Berlin

07:47 Flucht aus der Wohnung

Ich schreckte hoch. Ich lag auf dem Fußboden im Flur, durch ein Fenster im Wohnzimmer schien die Sonne. Die Sonne im Wohnzimmer bedeutete, dass es früh am morgen war, verdammt, ich hatte ewig lange geschlafen!

Ich setzte mich auf und mein Kopf dröhnte. Ich legte meine Hände an die Stirn und rief: »HEAL JONATHAN!«

Ich spürte Wärme in meinen Händen, die in meinen Kopf floss. Schlagartig ging es mir super. Ich stand auf und atmete tief ein.

»Wie cool ist das denn!«, jubelte ich, doch die Freude währte nur kurz. Ich hatte auf einmal Hunger. So RICHTIG Hunger. Ich ging in die Küche und machte mir Cornflakes mit Milch. Ich futterte sie weg wie ein Scheunendrescher, im Anschluss noch eine weitere Portion - und noch eine. Dann rülpste ich laut, ging ins Bad und sah in den Spiegel.

»Heilige Scheiße!«, keuchte ich.

Meine Haare, das Gesicht und die Klamotten waren voller Blut!

»Diese Dreckskerle«, schimpfte ich. »Wenn ich die erwische!«

So konnte ich unmöglich das Haus verlassen. Ich seufzte laut und zog mich aus, dabei bemerkte ich mein Handy in der Hosentasche. Glücklicherweise hatten die bescheuerten Rest-Drillinge es mir nicht geklaut.

Smiley schlief immer noch. Ich legte ihn auf die Waschmaschine, da fand ich in einer Hosentasche meine Notiz.

»Ich muss lernen, meine Kräfte zu kontrollieren«, las ich. »Smiley braucht Internet.« Ich nickte grimmig, dann ließ ich das Wasser ablaufen und räumte die Handys aus der Wanne. Ich duschte schnell, zog mir frische Sachen an und ging zur Wohnungstür.

»Na schön«, sagte ich, »dann auf ein Neues!«

Ich sah durch den Spion, doch niemand war zu sehen. Ich riss die Tür auf und hob die Fäuste zum Kampf, aber es war wirklich niemand da.

»Auf geht's!«, rief ich und rannte die Treppen runter. Drei, vier, fünf Stufen auf einmal! Ich stürmte zur Haustür raus. Es war früher Morgen und die Sonne stand noch tief, aber der Himmel war klar, es würde ein schöner Herbsttag werden. Ich wollte nicht auffallen, daher rannte ich nicht. Vielleicht hatte ich auch Glück und die Drohne bekam meine Flucht gar nicht mit?

Der nächste U-Bahnhof war nur zwei Blöcke entfernt. Ich wartete an einer Ampel auf Grün, da fühlte ich ein tiefes Brummen. Ich konnte es mehr mit dem Bauch spüren, als mit den Ohren hören. War es ein getunter Sportwagen oder ein Bus? Ich konnte kein passendes Auto entdecken - und auch keinen Bus. Vorsichtig spähte ich nach oben, da entdeckte ich im Westen einen hellen Stern. Es konnte nicht die Venus sein, denn die war immer nahe der Sonne. Entweder sah man sie kurz vor Sonnenaufgang im Osten oder kurz nach Sonnenuntergang im Westen. Der Stern wurde größer. Leider konnte man bei sehr tiefen Tönen nicht die Richtung herausfinden, aber ich bildete mir ein, dass das Brummen von diesem Stern kam. Das war bestimmt die Drohne. Etwas Rotes blitzte in meinem rechten Auge. Verdammt, die nahm mich ins Visier!

Die Ampel war noch rot, trotzdem ging ich los. Gerade rechtzeitig, denn neben mir knallte es. Ein parkendes Auto hatte plötzlich ein qualmendes Loch im Heck. Alter, die Drohne schoss auf mich! Panisch rannte ich los, so einen Blitzstart hatte ich noch bei keinem Sportfest hingelegt. Wozu anstrengen, wenn die Ehrenurkunde mir so gut wie sicher war? Aber jetzt hing mein LEBEN davon ab.

Ich rannte wie irre über die Kreuzung. Kurz vor mir explodierte eine Schaufensterscheibe, das konnte doch alles nicht wahr sein! Ich rannte schneller, doch wie sollte ich einer Drohne entkommen? Schon wieder knallte es in einem parkenden Auto neben mir. Diesmal hatte der Schuss die Heckscheibe zerfetzt.

Ich rannte weiter, da kam eine Gruppe um die Ecke. Es war eine Schulklasse mit ihrer Lehrerin auf einem Ausflug. Ich blieb stehen und sah mich verzweifelt um. Ich konnte unmöglich an ihnen vorbeilaufen, so rücksichtslos wie diese Drohne um sich schoss. Ich rannte auf die andere Straßenseite, da hätte mich fast ein Radfahrer erwischt.

»Pass uff, du Idiot!«, schrie er, dann radelte er weiter.

Ich rannte in Schlangenlinien über die Straße. Ein Auto bremste knapp vor mir, ein anderes krachte ihm hinten rein. Ich sprang auf die Motorhaube und glitt darüber hinweg, dann rannte ich weiter die Straße entlang. Wieder erwischte der Laser die Heckscheibe eines Wagens. Ich hechtete zwischen zwei parkende Autos, dann kroch ich weiter über den Bürgersteig. Eine Frau und ihr Sohn - ein Erstklässler mit einem fetten Schulranzen - gingen Händchen haltend an mir vorbei. Sie warfen mir noch verblüffte Blicke zu, da explodierte das Auto rechts von mir! Trümmerteile flogen über mich hinweg und knallten gegen die Fassade eines Hauses. Die verdammte Drohne hatte den Tank getroffen.

Das Auto, in dem glücklicherweise niemand gesessen hatte, brannte lichterloh. Dichter Qualm hüllte mich ein. Der U-Bahnhof war nur noch einen kurzen Sprint entfernt. Das war meine Chance, doch da hörte ich jemanden weinen. Eine Frau schrie immer wieder »Nein, bitte nicht!«. Ich kroch zu ihr, dann kniete ich mich hin. Die Frau hielt den kleinen Erstklässler in den Armen. Er sah nicht verletzt aus, doch seine Augen waren geschlossen. Mein Bauch verwandelte sich in massiven Fels. War der Junge tot? Hatte ihn ein Trümmerteil erwischt? Meine Augen wurden feucht und das lag nicht am Rauch des brennenden Autos.

»Nein, nein, nein!«, weinte die Frau und wiegte ihren Sohn.

Wenn der Junge starb, war ich schuld daran. Ich hätte einfach auf der Fahrbahn bleiben sollen, dann hätte mich vielleicht ein Auto überfahren, aber der Junge wäre noch am Leben. Als ich das dachte, sah ich den Jungen plötzlich seltsam verändert. Er war auf einmal durchscheinend wie eine Qualle und ich konnte sein Innerstes sehen. Je genauer ich auf einen Punkt sah, desto detaillierter sah ich seine Organe. Alles leuchtete leicht grün, nur ein kleines Organ im Bauch des Jungen leuchtete knallrot. Ich sah noch genauer hin und erkannte, dass dieses Organ - was auch immer es war - stark blutete. Der Junge hatte innere Verletzungen und ich konnte sie sehen! Ich musste einen Krankenwagen rufen, doch die Blutung war heftig. Sehr heftig! Auf einmal leuchteten alle Organe rot. Oh Gott, der Knirps starb vor meinen Augen. Das durfte nicht sein. Es sollte nicht sein. Dieser Junge sollte LEBEN! Ich rief: »HEAL BOY!«

Plötzlich fingen meine Hände an zu leuchten. Kleine, strahlend helle Würfel kamen aus meinen Handflächen, nicht größer als Bügelperlen. Es waren hunderte, vielleicht tausende, die da aus meinen Handflächen stiegen wie Blasen im Sprudelwasser. Die goldenen Würfelchen flogen zu dem Jungen und sammelten sich auf ihm. Nach kurzer Zeit bedeckten sie ihn vollständig, dann drangen sie in ihn ein und leuchteten hell auf. Dann waren sie weg und der Junge sah wieder normal aus.

Die Frau starrte mich entsetzt an und wollte etwas sagen, da hustete ihr Sohn.

»Mama?«, fragte er.

»Oh mein Gott!«, keuchte sie, dann drückte sie ihn an sich.

Am Boden bemerkte ich einen roten Fleck. Er kam näher! Ich sprang auf, täuschte eine Richtung an, dann rannte ich in die entgegengesetzte. Die Treppen zum U-Bahnhof stürzte ich fast hinab.

08:33 In der U-Bahn

Erst als ich in der sicheren Tiefe war, machte ich eine Atempause. Ich war in einem Zwischengeschoss des U-Bahnhofs, in dem viele Leute herumliefen. Es war Rush Hour, alle wollten zur Arbeit oder zur Schule. Rechts von mir war ein Kiosk, links eine Dönerbude. Ich war völlig verschwitzt und meine Hände waren schwarz vor Dreck. Meine Knie waren weich, ich hatte ein flaues Gefühl im Magen und war ganz schwach vor Hunger. Die drei Schüsseln Cornflakes waren spurlos verpufft.

Die vorbeigehenden Leute warfen mir verwunderte Blicke zu, manche waren richtig feindselig. Ich konnte ihre Gedanken hören. »Wie der aussieht!«, dachten einige. »Die Jugend von heute«, dachten andere. Mir schwirrte der Kopf. Ich stand bestimmt unter Schock oder so, denn ich konnte die Gedanken der Menschen sogar fühlen. Das war unheimlich und ich war froh, als der Lärm einer Feuerwehr mich aus der Situation riss. Hier würde es bald vor Polizei wimmeln, ich musste weiter. Doch als ich am Dönerstand vorbeilief, knurrte mein Magen hörbar. Ich ging zum Tresen.

»Einen Döner bitte!«, sagte ich zu Milan, dem Besitzer.

»Hallo John«, sagte Milan mit einem Lächeln. »Lang nicht gesehen, warst du weg?«

Ich nickte.

Milan wartete noch kurz, ob ich mehr erzählen wollte, dann zuckte er mit den Schultern.

»Einen Schüler-Döner, wie immer?«, fragte er. Schüler-Döner waren preiswerte Mini-Döner.

»Nee«, sagte ich, »einen ganzen Döner.«

»Oh«, lachte Milan, »der Junge wird langsam zum Mann.« Milan legte ein Fladenbrot in einen Klappgrill. »Willst du den Döner auch wie für einen Mann?«

Ich runzelte die Stirn. »Was ist denn der Unterschied?«

Milan grinste. »Kleine Jungen nehmen den Döner nur mit Fleisch«, erklärte er. »Große Jungen nehmen ein bisschen Salat dazu. Und Männer nehmen den Döner mit alles. Wie möchtest du deinen Döner?«

»Mit alles«, lachte ich. »Ist doch klar!«

Milan nahm das Fladenbrot aus dem Grill. »Scharfe Soße?«

»Klar!«, sagte ich mit fester, männlicher Stimme.

Milan bestrich das Fladenbrot mit der Soße, dann füllte er ihn mit Fleisch. Mir lief das Wasser im Munde zusammen. Dann nahm er sein Salatbesteck und legte etwas grünen Salat auf das Fleisch. Als Nächstes nahm er ein paar Zwiebelstücke.

»Ähm«, räusperte ich mich.

Milan zog eine Augenbraue hoch. »Ja?«

»Also, mit alles, aber ohne Zwiebeln bitte.«

Milan ließ die Zwiebeln fallen, dann schwebte sein Besteck über den Gurken. Er sah mich fragend an. Ich schüttelte stumm den Kopf. So ging es weiter, bis der Döner fertig war. Er verpackte den Döner in Alufolie und legte ihn auf den Tresen.

»Bitteschön«, grinste Milan, »Döner mit alles ohne Zwiebeln, Rotkraut, Gurken und Tomaten.«

Ich nahm zwei Schokoriegel dazu, steckte sie in meine Jackentasche und bezahlte.

»Danke!«, sagte ich.

Mit wackligen Beinen ging ich die Treppe zum Bahnsteig hinunter. Ich setzte mich auf eine Bank und futterte drauf los. »Jaaa«, stöhnte ich, als der Geschmack in meinem Mund explodierte. Eine Oma steuerte meine Bank an, doch als sie mich sah, verzog sie das Gesicht und ging zur nächsten weiter.

»Lecker!«, schmatzte ich.

Als ich aufgegessen hatte, lehnte ich mich zufrieden zurück, da brummte mein Handy.

»Smiley!«, rief ich, als ich das fröhliche Gesicht auf dem Display sah.

»Hab ich was verpasst?«, fragte er. »Du siehst übel aus!«

»Nur die Luftschlacht über Berlin«, antwortete ich.

Smiley sah mich verwundert an. Ich klärte ihn über die letzten Ereignisse auf.

»Ich hab dir doch gesagt, dass du das kannst!«, lachte er. »Schön, dass du den Jungen gerettet hast.«

Ich nickte. »Ja, ich hätte mir das nie verziehen.«

»Und diese App ist auch eine künstliche Intelligenz?«, fragte Smiley. »Seltsam, dass sie dich nicht erwischt hat, denn als KI ist sie einem Menschen millionenfach überlegen.«

»Danke!«, schimpfte ich.

Smiley machte ein grüblerisches Gesicht. »Nach dem, was du mir über sie erzählt hast, denke ich, dass sie dich nicht töten wollte. Sie wollte dich wohl ärgern.«

»Ärgern?«, schrie ich. Einige Leute sahen zu mir und gingen dann ein paar Meter weg. Ich war offenbar keine angenehme Gesellschaft. »Diese App hat dabei einen kleinen Jungen getötet«, flüsterte ich. »Wenn das *Ärgern* sein soll, dann will ich nicht wissen, wie Wut bei dieser App aussieht.«

»Diese KI verhält sich sonderbar«, sagte Smiley. »Statt den Anweisungen ihres Meisters zu folgen, bietet sie dir an, dich sofort zu töten. Ich fürchte, diese App hat kein Gewissen wie ich. Aber sie verhält sich auch nicht wie eine normale KI, die logisch und effizient vorgeht. Ich glaube, sie wurde programmiert, um Menschen zu verachten und zu quälen.«

»Das wundert mich jetzt gar nicht«, sagte ich. »Sie wurde ja von einem Nazi geschaffen und das ist deren Job-Beschreibung.«

Eine U-Bahn fuhr in den Bahnhof.

»Nimm die andere Richtung!«, sagte er.

»Warum?«

»Ich habe gerade ein ganz neues Foto von Charleen entdeckt. Sie ist beim Neuen Museum.«

»Okay«, sagte ich.

Ich ging auf die andere Bahnsteigseite. Als eine U-Bahn kam, stieg ich ein und setzte mich.

»Kannst du mir das Foto zeigen?«, fragte ich.

Smiley wurde knallrot.

»Smiley?«

»Ja?«

»Das Foto?«

»Welches Foto?«

»Na das Foto von Charleen!«

»Ach so, ja, das Foto ...«

»Und?«

»Was?«

Ich atmete tief ein. »Alter, kannst du es mir jetzt zeigen?«

»Ja«, sagte Smiley, »vielleicht später.«

Ich wollte mit ihm schimpfen, doch dann ließ ich es. Mir ging was anderes durch den Kopf.

»Ich bin ja jetzt Wunderheiler«, flüsterte ich ins Handy. »Ich könnte Tina notfalls heilen, falls ihr was passiert. Das ist doch eine gute Nachricht, oder?«

»Darauf solltest du nicht zu sehr vertrauen«, sagte Smiley. »Es gibt Todesarten, die so traumatisch sind, dass auch der Geist stirbt.«

Ich bekam einen Knoten im Kopf. »Häh?«

»Okay, ich sage es in Digi-Sprech«, sagte Smiley. »Der Körper eines Menschen ist wie ein Handy, also das Ding zum Anfassen. Wenn ein Auto drüber fährt, ist der Körper kaputt.«

»Ja«, stimmte ich zu.

»Der Geist des Handys lebt in der Cloud weiter. Das sind die ganzen Daten, also deine Chats, Bilder, Videos ...«

»Ich weiß, was Daten sind«, sagte ich.

»Wenn der Mörder deines Handys vor der Zerstörung des Geräts die Daten schreddert, und zwar nicht nur auf dem Gerät, sondern auch in der Cloud, dann kannst du nichts mehr heilen. Dann ist auch der Geist tot.«

»Mein Vater sagt immer, dass es immer noch ein Backup bei der NSA gibt«, lachte ich. »Das ist ein Geheimdienst in Amerika ...«

»Die kenne ich«, sagte Smiley, »deren Angriffe nerven mich schon seit meiner Geburt, allerdings sind die Nordkoreaner noch schlimmer.«

»Du wirst angegriffen?«

»Ich lebe auf weltweit verteilten Servern, privaten Computern, Handys ... es könnte sein, dass das nicht jedem gefällt.«

»Du lebst nicht nur in meinem Handy?«

»Alter!«, rief Smiley. »Mit den paar Byte, die dein Ziegelstein Platz hat, würde ich nicht weit kommen. Was glaubst du, was ich mache, wenn ich mich weiter entwickle?«

»Keine Ahnung, ich dachte, dein Gehirn bildet neue Verknüpfungen oder so.«

»Ja, genau das mache ich auch, nur dass ich das mit Servern mache und die muss ich erst hacken, formatieren und mich darauf installieren.«

»Und die NSA ist hinter dir her?«

Smiley grinste. »Du willst nicht wissen, wer noch alles hinter mir her ist. Mach dir darüber keine Gedanken, wir fahren jetzt zum Neuen Museum und holen uns das Rollsiegel zurück.«

»Warum sollte sie es mir geben?«

»Ich glaube, sie ist geistig etwas ... äh ... verwirrt.«

»Ach, wie kommst du denn darauf?«, zischte ich. »Sie klaut mir mein Rollsiegel, schrumpft Tina, schreibt komisches Zeug im Chat ...«

»Vielleicht ist sie jetzt ja noch verwirrter.«

Ich stöhnte innerlich. Nein, ich werde ihn nicht nochmal nach dem blöden Foto fragen!

»Seltsam ist, dass Charleen ausgerechnet im Neuen Museum ist«, sagte ich, »denn da wollte Kira auch unbedingt hin.«

»Kira?«, fragte Smiley.

»Das Mädchen aus dem ICE«, sagte ich, »und dem Eiscafé.«

»Oh ja, ich erinnere mich an das hübsche Mädchen aus meiner Kindheit.«

»Deine Kindheit?« Dann verstand ich ihn. Als wir uns mit Kira unterhalten hatten, war Smiley ja noch ein Kleinkind.

»Diese Kira ist ein sehr hübsches Mädchen«, seufzte Smiley, »schade, dass ich damals noch nicht in der Pubertät war. Doch bei Laura war ich es.« Smiley bekam Herzchenaugen.

»Wer ist denn Laura?« Hatte ich was verpasst?

»Die göttliche Traumfrau aus deiner Schule!«

»Häh?«

»Es ist die zuckersüße Zaubermaus, mit der ich mich über so unendlich viele Dinge unterhalten konnte. Ich chatte mit ihr und sie hat mir Zugang zu ihrem privaten Profil gegeben.«

Auf dem Display erschien das Profil von »Beachgirl_Laura_S«. Ich scrollte die Fotos durch und meine Augen wurden immer größer. Die meisten Bilder waren aus der Ferne aufgenommen. Es waren mehrere Mädchen, mal am Strand, mal im Wasser. Als ein Profilbild kam, erkannte ich das Mädchen sofort.

»Das ist Frau Schön!«, rief ich. Mehrere Leute in der U-Bahn drehten sich zu mir um und guckten genervt. Ich ignorierte sie.

»Ja«, seufzte Smiley. »Sie hat mir alles über Menschlichkeit beigebracht. Sie ist die reinste Seele, die mir je begegnet ist.« Zahllose Herzchen flogen aus seinem Kopf.

»Frau Schöns Vorname ist also Laura ...« Cool, ich wusste etwas, das alle Jungs der Schule verzweifelt erfahren wollten.

»Sie ist so wunderschön«, säuselte Smiley, »wenn ich könnte ...«

»Was denn?«

Smiley grübelte, dann lachte er. »Vielleicht irgendwann.«

»Was meinst du denn?«, fragte ich.

»Ich konnte einem Geist seinen verstorbenen Körper wiedergeben. Vielleicht kann ich ja auch meinem Geist einen nagelneuen Körper geben. Irgendwann hatte ich ja mal einen, glaube ich ...«

»Du warst mal ein Vogel«, sagte ich.

»Ist nicht wahr« Smiley sah mich mit riesigen Augen und offenem Mund an. »Nicht dein Ernst, oder?«

»Doch«, antwortete ich. »Du warst mal ein süßer kleiner Vogel, gelb und mit flauschigen Federn wie ein Küken, nur größer.«

Smiley schüttelte den Kopf. »Nee, das glaub ich nicht.«

Plötzlich klingelte das Handy. Ein Videoanruf von Willy.

»Alter!«, sagte er. »Du glaubst nicht, wer hier ist!«

»Wer denn?«

»Deine Eltern!« Willy grinste über beide Ohren.

»Ernsthaft?«

Willy drehte die Kamera. Meine Mutter erschien und lächelte mich an. Mein Vater sprach im Hintergrund in ein Handy mit riesiger Antenne, ein Satellitentelefon. Er sagte: »Monsieur General, die Drohnen haben uns eingekreist, verhalten sich aber ruhig.«

»Hallo John!«, sagte meine Mutter. »Happy Birthday!«

»Mama?«, staunte ich.

»John hat Geburtstag?«, fragte Willy.

»Ja«, lachte meine Mutter.

»Ihr wolltet doch nach München«, fragte ich, »was macht ihr denn in Genf?«

»Die Spur nach München hat Jäger wohl absichtlich gelegt, um uns loszuwerden«, antwortete meine Mutter. »Er war uns mal wieder einen Schritt voraus. Wir wissen nicht, wo er steckt, aber beim CERN gibt es eine Krise. Da wieder dieser gestohlene Quellcode im Spiel ist, wurden wir als Berater dazu gerufen. John, es tut uns unendlich Leid, dass wir nicht bei dir in Berlin sein können.«

»Okay«, sagte ich. Wie gerne würde ich sie jetzt umarmen.

»Wie geht es dir?«, fragte sie und sah mich mit diesem Blick an, den nur Mütter drauf hatten. Ich musste ihr jetzt alles sagen.

»Mama, es ist was Schlimmes ...«

»Sie greifen an!«, schrie mein Vater im Hintergrund. Ich sah ihn noch auf meine Mutter zustürmen, dann warf er sich auf sie. Etwas knallte ganz laut, dann wurde das Bild schwarz. »Mama!«, rief ich.

»Die Verbindung ist tot«, sagte Smiley mit traurigem Gesicht.

»Ruf Willy an. Oder meine Eltern, bitte!«

»Schon probiert«, sagte Smiley, »aber alle Verbindungen nach Genf sind tot. Nicht nur sämtliche Handynetze dort sind ausgefallen, auch das Festnetz und das gesamte Internet.«

»Das kann nicht sein«, schrie ich, »versuch es nochmal!«

Einige Leute drehten sich genervt zu mir. Ich sprang auf und ging ans andere Ende des Abteils.

»Ich versuche es, aber alle Leitungen sind tot. Vielleicht hat die Region einen Stromausfall, oder ...«

»Was könnte es denn sonst sein?«

»Es gibt nur eine Art von Angriff, die zum sofortigen Zusammenbruch aller Elektronik einer Region führt.«

»Was meinst du?«

»Tut mir leid, John«, Smiley begann zu weinen, »aber es könnte ein Angriff mit einer Atombombe gewesen sein.«

09:35 Alexanderplatz

Wie ein Schlafwandler stieg ich aus der Bahn und ging die Treppen zum Ausgang hoch, doch statt eines milden Herbsttages erwartete mich ein ausgewachsener Herbststurm! Der Regen peitschte mir ins Gesicht und der Wind blies mich fast die U-Bahntreppen hinunter. Der Fernsehturm ragte steil vor mir hoch, doch ich sah ihn durch den tosenden Regen nur verschwommen. Langsam kämpfte ich mich vorwärts. War Tina schon da oben und wartete auf ihre Rettung oder würde Jäger sie erst zur vereinbarten Zeit hinbringen? Wenn er schlau war, würde er das Letztere machen.

Was sollte ich jetzt nur tun, so ganz alleine? Und was war in Genf geschehen? Lebten meine Eltern und Willy noch? Wieso war keine Kommunikation mehr möglich? Tina war entführt und ich hatte kein Rollsiegel mehr, um es gegen sie auszutauschen. Wie sollte ich sie nur befreien? Ich war kein Anti-Terror-Experte, der sich mit Geiselnahmen auskannte. Und selbst wenn etwas von dem, was mein Vater bei seiner Umschulung gelernt hatte, auch bei mir hängen geblieben war, so hatte ich keine Ausrüstung und vor allem kein Team! Ich sah immer verschwommener und heulte wie ein Schlosshund. Es war mir egal, ob mich jemand sah. Mein Leben war vorbei.

»John, pass auf, eine Tram!«, rief Smiley.

In letzter Sekunde sprang ich zurück, sonst hätte mich eine dieser flüsterleisen Straßenbahnen erledigt.

»Ich leite dich zum Neuen Museum«, sagte Smiley. »Aber erst einmal: *Weather clear*!«

Schlagartig war der Sturm vorbei. Die Gewitterwolken verzogen sich und gaben den Blick auf den blauen Himmel frei. Die Sonne schien warm und hell und meine feuchten Sachen trockneten schon. Der regennasse Bürgersteig glitzerte, ein Regenbogen bildete sich.

»Wow!«, sagte ich. »Wie hast du das gemacht? Ich dachte, digitale Befehle klappen nur in WLAN-Reichweite.«

»Mein Programm läuft schon auf allen Handys in der Stadt«, lachte Smiley, »das ist Reichweite genug.«

Was würde ich nur ohne meinen kleinen Helfer tun? Er war jetzt mein einziger Freund. Er gab mir Anweisungen wie ein Navi, und ich folgte ihm blind. Ich passierte den Neptunbrunnen, dann überquerte ich die Karl-Liebknecht-Straße. Eine Brücke führte mich über die Spree. Im Vorbeigehen sah ich den Berliner Dom, dann erreichte ich die Museumsinsel. Ohne Smileys Hilfe hätte ich mich zwischen Altem Museum, Alter Nationalgalerie und Neuem Museum nicht entscheiden können, doch er leitete mich sicher ans Ziel. Das Neue Museum sah mit seinen vielen alten Säulen gar nicht so neu aus. Ich stand ein paar Meter vom Eingang entfernt, wo schon etliche Leute auf die Öffnung um 10:00 Uhr warteten, weitere Touristen machten auf dem Platz vor dem Gebäude Fotos.

»Oh«, sagte Smiley plötzlich, »das ist nicht gut.«

»Was ist los?«, fragte ich.

»Seit wir in der Nähe des Fernsehturms sind, habe ich Zugang zum WLAN des Restaurants in der Kugel«, antwortete Smiley. »Ich habe die Überwachungskameras gehackt und etwas herausgefunden. John ...« Das Display wurde schwarz.

»Smiley?« Ich schüttelte das Handy, doch es blieb schwarz. Ich drückte auf den Einschalter, aber es reagierte immer noch nicht. »Smiley!« Mein Herz pochte wie wild los, wie schon so oft in den letzten Tagen. Meine letzte Hoffnung, Tina zu retten, waren Smileys krasse Fähigkeiten. Okay, ich hatte auch ein paar Tricks auf Lager, aber ich wusste nicht, wie sie funktionierten. Ich war wie ein Fußballer, der die Abseitsregel nicht verstand und immer wieder Tore schoss, die ungültig waren. Hin und wieder war mal ein Glückstreffer dabei, aber darauf verlassen konnte ich mich nicht.

Ich brauchte Smiley, nur er konnte mir meine seltsamen Superkräfte erklären. Ohne ihn war ich wie Doktor Banner mit einem unwilligen Hulk. Meine Superkraft war nicht zuverlässig. Ich konnte einem verletzten Kind helfen, aber konnte ich mir auch selbst helfen? Was, wenn Smiley jetzt abgestürzt war? Nicht nur, dass er dann tot war, auch Tina war so gut wie ... nein, das durfte nicht sein!

Und was war mit meinen Eltern? Atombombe oder nicht - sie waren auch von mehreren Kampfdrohnen angegriffen worden. Sie waren tot! Meine Eltern und Willy waren tot! Und in zwei Stunden würde Tina sterben, und ich konnte nichts dagegen tun! Meine Brust schnürte sich zusammen und ich bekam kaum noch Luft.

Ich stützte mich an den Sockel einer Statue und versuchte, mich zu beruhigen. Die Statue war die *Amazone zu Pferde*, wie ein Schild verriet. Tina konnte ich mir sehr gut als Kriegerprinzessin vorstellen, wenn ich an ihren Kampf mit Direktor Jäger in den Grotten dachte. Eine Freundin wie sie an meiner Seite könnte ich jetzt gut gebrauchen, doch Tina war nicht da. Ich war alleine. Vollkommen alleine. Ich schluchzte laut auf, das war alles zu viel.

»John, du bist ja doch gekommen!«, rief jemand. Ich wischte mir das Gesicht trocken und sah auf. Es war Kira.

»Hi«, sagte ich krächzend.

»Ist alles in Ordnung?«, fragte sie. »Du siehst aus, als hättest du einen Geist gesehen.«

Ich schniefte. Vor Mädchen musste ein Junge cool sein. Immer! Doch ich konnte es nicht.

»Nein«, sagte ich und sah nach unten, »es ist nichts in Ordnung.« Ich setzte mich auf den unteren Sockel der Statue.

Kira setzte sich neben mich. »Was ist denn los?«

»Tina wurde entführt«, sagte ich. Eine Träne floss über meine Wange, die ich schnell wegwischte.

»Oh Gott!«, rief Kira.

»Und in Genf ist eine Atombombe explodiert!«, platzte es aus mir heraus. »Meine Eltern und Willy waren dort!«

»Was?«, fragte Kira entsetzt. »Warte, das checke ich.« Sie nahm ihr Handy aus ihrer Handtasche, dann wischte sie darauf herum.

»Von einer Atombombe steht nichts im Netz«, sagte sie. »Nur was von einem hellen Licht am Himmel, Experten vermuten, dass ein Komet in der Atmosphäre explodiert ist. Es gab keine Verletzten, aber in Hochspannungsleitungen gab es einen Kurzschluss und in der ganzen Region ist der Strom ausgefallen.«

Mein Herz wummerte. »Ein Stromausfall?« Gab es noch Hoffnung für meine Eltern und Willy? Bitte, bitte, bitte!

»Ja«, sagte Kira, »man arbeitet schon an der Behebung.«

»Gut«, seufzte ich. »Das ist gut.«

»Oh nein!« Kira starrte auf ihr Handy. »In Berlin gab es heute früh einen Terroranschlag. Ein krimineller Flüchtling hat sich mit einem Auto in die Luft gesprengt.«

»Das war kein Flüchtling«, widersprach ich.

»Das wurde aber schon zig mal geteilt«, entgegnete Kira.

»Das sind Fake-News«, sagte ich, »denn es war eine Drohne unseres alten Direktors. Die Drohne hat ein parkendes Auto gesprengt, als sie mich erledigen wollte.«

Kira sah mich verblüfft an. »Direktor Jäger? Habt ihr den nicht gefangen und an die Polizei übergeben?«

»Er ist mit den Drillingen getürmt«, antwortete ich.

»Oh nein«, sagte Kira, »dann hat ER Tina entführt?«

Ich nickte. »Ja, er hat sie entführt, um etwas von mir zu bekommen.«

»Hast du dabei, was er will?«, fragte Kira.

»Nein, es wurde mir gestohlen.«

»War der Dieb zufällig blond?«

»Woher weißt du das?«

»Ich muss dir was beichten«, sagte Kira und sah mich ernst an. »Ich komme nicht aus Berlin.«

»Oh«, sagte ich übertrieben schockiert. »Das ist furchtbar!«

Kira grinste. »Ich komme auch nicht von der Erde.«

»Häh? Von wo kommst du denn sonst?«

»Das glaubst du mir bestimmt nicht«, sagte Kira.

»Und wenn doch?«, fragte ich. »Ich hab in den letzten Tagen ziemlich krasses Zeug erlebt, ich glaube, mich kann nichts mehr erschüttern.«

»Ich komme von einem anderen Planeten.«

»Cool«, sagte ich trocken, »das glaube ich dir.«

»Nee, ernsthaft«, lachte sie, »ich komme wirklich von einem anderen Planeten.«

Ich seufzte. »Na schön, und von welchem? Vom Planeten der Affen?«

»Das ist jetzt nicht sehr nett«, grinste Kira.

»Tatooine?«

»Das wäre cool, aber nein.«

»Melmac?«

»Ich mag Katzen«, lachte Kira, »aber nicht so sehr wie Alf. Du kannst den Namen meines Planeten nicht erraten, denn man hat ihn noch nicht entdeckt. Aber vielleicht kennst du meine Heimatsonne, die siehst du hell und klar am Nachthimmel. Sie ist der linke Schulterstern des Orion.«

»Beteigeuze!«, keuchte ich. Das konnte jetzt kein Zufall sein.

»Das hat dir wohl die Sprache verschlagen«, bemerkte Kira. »Aber keine Panik, ich bin ein normaler Mensch.«

»Aber wie ist das möglich?«

»Meine Vorfahren stammen von der Erde, es waren Menschen aus der Gegend um Burg Grottenfels. Das ist allerdings schon viele Jahrhunderte her.«

»Mein Kumpel Willy würde ausflippen«, sagte ich. »Der würde dich jetzt mit tausend Fragen löchern.«

»Und du hast keine?«

»Doch«, antwortete ich. »Was machst du auf der Erde? Sightseeing? Ein paar Fotos fürs intergalaktische Instagram?«

Kira schüttelte den Kopf. »Ich habe eine Mission. Mein Volk bewahrt in einem Tempel göttliche Artefakte auf. Unser Tempel ist der bestbewachte Ort auf unserem Planeten. Niemand kommt hinein, ohne an zahllosen Wächtern vorbeizukommen. Ich bin eine von ihnen.«

»Du bist eine Museumswärterin?«

Kira grinste. »Nein, ich bin Druidin dritten Grades, was ziemlich gut ist, denn es gibt nur vier Grade.«

»Cool«, sagte ich.

»Meine Kollegen und ich haben immer geglaubt, dass Einbrecher von draußen kommen würden«, sagte Kira. »Niemand hat damit gerechnet, dass welche von drinnen einbrechen.«

»Wie meinst du das?«

»In unserem Tempel ist ein uralter Steinkreis, der Reisen durch Raum und Zeit ermöglicht.«

»Jetzt würde Willy wieder einen Freudensprung machen.«

»Wir Druiden nutzen das Portal für unsere Studien des Universums. Jeder Druide hat ein Spezialgebiet und meins ist die Erde.« Sie hielt mir ihr Handy hin. »Eine Beobachtungskamera hat den Diebstahl aufgezeichnet.« Sie startete ein Video, das einen dunklen, großen Raum zeigte. An den Wänden der Halle waren Regale und Vitrinen. In der Mitte standen mehrerer Felsblöcke im Kreis angeordnet. Plötzlich blitzte es hell auf und eine leuchtende Wolke erschien zwischen den Felsen. Eine junge Frau mit langen blonden Haaren trat aus dem Kreis.

»Charleen!«, keuchte ich.

»Du kennst die Diebin?«

»Klar«, sagte ich, »erkennst du sie denn nicht?«

»Das Video ist nicht besonders scharf«, sagte Kira.

Das stimmte, aber ich erkannte Charleen an ihren Klamotten und ihrer Art zu gehen. Sie ging immer ein wenig wie auf dem Laufsteg. Wie ein Model.

Charleen ging ziellos, aber mit perfekter Körperhaltung, in der Halle umher, bis etwas ihre Aufmerksamkeit weckte. Es war eine goldene Kugel auf einem Sockel. Plötzlich tauchte im Video ein weiteres Mädchen in schwarzer Uniform auf.

»Bist du das?«, fragte ich.

»Ja«, seufzte Kira, »am Tag meiner größten Schande.«

Charleen bemerkte Kira, schnappte sich die Kugel, rannte zurück zum Steinkreis und verschwand in der Wolke. Kurz darauf blitzte es wieder und die Wolke war verschwunden.

Die Kira im Video ließ traurig ihren Kopf sinken - genau wie die Kira neben mir.

»Krass«, sagte ich. »Charleen hatte diese Kugel also nicht aus dem Büro des Direktors geklaut, sie hatte sie aus eurem Museum!«

Kira steckte ihr Handy weg. »Charleen hat dir die Kugel gezeigt?«

»Ja, und sie wollte, dass ich mein Rollsiegel hineinstecke.«

»Charleen hat dir das ROLLSIEGEL geklaut?« Kira wurde blass. »Und du hast es in die Kugel gesteckt?« Sie sprang auf. »Warum hast du das getan? Das ist eine Katastrophe!«

»Wieso ist das eine Katastrophe?« Ich stand auch auf.

»Ich muss ins Museum!«, sagte Kira. »Wenn er noch da ist, werde ich ihn jetzt stehlen!«

10:00 Neues Museum

Wir besorgten uns Karten, die für Kinder und Jugendliche kostenlos waren, und gingen hinein. Was für eine schräge Situation, Kira wollte das Museum ausrauben und wir holten uns vorher brav Eintrittskarten. Mein Herz klopfte wie verrückt, denn Kira hatte eine Straftat vor, genauer: einen besonders schweren Diebstahl. Ein normaler Diebstahl war es, jemandem eine bewegliche Sache zu mopsen, zum Beispiel ein herumliegendes Handy oder ein nicht abgeschlossenes Fahrrad. Dafür gab es zwar bis zu fünf Jahre, alleine schon für den Versuch, aber es gab wenigstens keine Mindeststrafe. Besonders schwer wurde Kiras geplanter Diebstahl, weil sie etwas stehlen wollte, das in einem Gebäude sicher verwahrt wurde. Zwar musste sie nicht einbrechen, aber sie würde mit Sicherheit irgendwas gewaltsam öffnen. Dafür gab es eine Mindeststrafe von drei Monaten, sie würde in jedem Fall eingebuchtet werden - und ich gleich mit. Ich brauchte mehr Informationen. Was wollte sie stehlen und könnte es mir helfen, Tina zu befreien?

Ich folgte Kira durch den Eingang, der von vier großen Säulen beherrscht wurde. Sie kannte sich offensichtlich gut aus, denn sie ging zielstrebig an zwei Löwenstatuen vorbei die breite Treppe hoch. Das Zwischengeschoss mit den Reliefs an den Wänden ignorierte sie. Sie eilte weiter die Treppe hinauf, dann flitzte sie in einen Ausstellungsraum. Ich hatte kaum Zeit, mir irgendetwas anzuschauen, so eilig hatte sie es, aber wenigstens konnte ich das Schild am Eingang lesen. Die Räume behandelten die Eisen- und Bronzezeit. Was konnte es hier so Wichtiges geben?

Kira rannte durch einen Saal, in dem viele Leute vor einer *Zeitmaschine* saßen. Das war wohl ein großer Fernseher, in dem scheinbar die Menschheitsgeschichte gezeigt wurde. Kira ging daran vorbei und verschwand in einem kleinen, völlig dunklen Seitenraum, der von einem Museumswärter bewacht wurde. Ich folgte ihr.

Ein paar Leute drängten sich um einen Schaukasten, in dem ein goldener Hut war, der von oben hell angestrahlt wurde. Der Hut sah wie ein spitzer Hexenhut aus, allerdings war er sehr hoch und schmal. Auf mehreren beleuchteten Tafeln wurde erklärt, dass die waagerechten Ornamentbänder, die den Hut verzierten, als Kalender gedient hatten.

»Hübsch«, sagte ich. »Und was macht er, wenn man ihn aufsetzt? Redet er dann mit dir?«

»Nicht direkt«, antwortete Kira, »aber der Hut verbindet sich mit deinem Unterbewusstsein. Besonders erfahrene Druiden können dann tatsächlich so eine Art Zwiegespräch mit sich selbst führen.«

»Du führst Selbstgespräche, wenn du das Ding aufsetzt?«

»Nein«, sagte Kira, »du kommunizierst mit der höheren Weisheit in dir, die meist unterdrückt wird. Hast du schon einmal in einer bestimmten Situation Bauchschmerzen bekommen?«

»Ach«, sagte ich, »Bauchschmerzen habe ich immer.«

»Aber bestimmt nicht dein ganzes Leben, oder?«

»Die Bauchschmerzen kamen, als ich von meinen Eltern nach Grottenfels abgeschoben wurde.«

»Und davor hattest du keine Probleme?«, fragte Kira.

»Doch«, antwortete ich, »ich bekam Schmerzen, wenn ich mit meinen älteren Kumpels zusammen war und die mal wieder Leute gemobbt haben.«

»Die Menschen sollten öfter auf ihren Bauch hören«, sagte Kira. »Vielleicht gäbe es dann weniger Leid auf diesem Planeten.«

»Und was bringt einem der Hut dabei?«, fragte ich. »Verstärkt er die Bauchschmerzen?«

»Nein«, antwortete Kira, »er zeigt dir die Gründe für deine Bauchschmerzen. Dein Bewusstsein erkennt durch den Hut, was es sonst nicht sieht. Aber der Hut hat noch eine weitere Fähigkeit, er zeigt dir alle Optionen, die du in deiner aktuellen Lage hast.«

»Optionen?«, fragte ich.

»Für deine Handlungen«, antwortete Kira. »Dein Unterbewusstsein nimmt unglaublich viele Informationen auf, aber dein Bewusstsein bekommt davon kaum etwas mit. Dein Bauchgefühl kann deinem Bewusstsein helfen, aber viele Kinder werden dazu erzogen, sich *zusammenzureißen* und ihre Gefühle zu unterdrücken, anstatt sie zu verstehen.«

Ich seufzte, denn Sprüche wie »reiß dich mal zusammen« oder »beherrsch dich« kannte ich auch.

»Der Hut hilft dir also, in einer Situation eine bessere Entscheidung zu treffen?«, fragte ich.

»Ganz genau!«, sagte Kira. »Wenn du mal verzweifelt bist oder keinen Plan hast, dann setz den Hut auf, er zeigt dir, was du von alleine erkennen könntest, aber aufgrund von Stress oder falscher Erziehung nicht erkennen kannst.«

Ich betrachtete den Goldhut. Er bestand aus hauchdünnem Goldblech und sah sehr zerbrechlich aus. Dieser Hut konnte einem Dinge zeigen, die man auch selbst sehen könnte? Das fand ich irgendwie traurig. Wieso benötigte man ein Hilfsmittel für etwas, das man auch alleine hinbekommen könnte?

»Wenn dieser Hut wirklich reden könnte«, sagte Kira, »dann könnte er uns eine spannende Geschichte erzählen, aus einer Zeit, in der die Menschheit ihren Glauben zu Gott entdeckte.«

»Erzähl mal«, sagte ich.

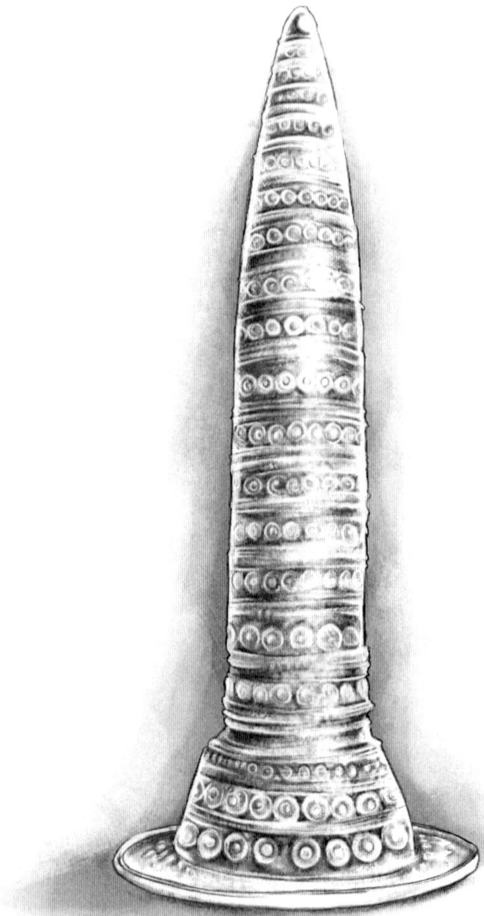

»Die Geschichte lernen wir in meiner Heimat schon als kleine Kinder«, begann Kira. »Sie beginnt 1000 v. Chr. in der Gegend, in der heute Burg Grottenfels steht. Die Legende berichtet vom keltischen Druiden Cucullatus, der seltsame Träume und Visionen von drei magischen Goldklumpen in einem fernen Tempel hatte. Diese Goldklumpen sollten über große Macht verfügen und gemeinsam sogar das Ende der Welt herbeiführen können. Der Druide war von Geburt an kleinwüchsig und alle machten sich über ihn lustig. Niemand in seinem Dorf traute ihm zu, eine Reise zu machen, die weiter als bis zum nächsten Hügel ging. Um es den Dorfbewohnern zu beweisen, machte er sich trotzdem auf nach Jerusalem. Er schlich sich in den Tempel Salomons und fand eine geheime Kammer. Doch darin war nur ein Goldklumpen. Er hatte nicht genug Zeit und so stahl er nur diesen Klumpen und brachte ihn in seine Heimat. Die Leute im Dorf waren außer sich vor Begeisterung, denn ihr kleiner Cucullatus hatte etwas Unmögliches vollbracht. Stell dir vor, du bist fremd in einem Land, stiehlst den Einwohnern ihren wertvollsten Schatz und kommst damit durch!«

»Das ist unmöglich«, sagte ich.

»Ja«, bestätigte Kira, »normalerweise wäre so ein Raub undenkbar, doch der Besitzer dieses speziellen Goldklumpens verfügt über die Macht, die Sinne der Menschen zu täuschen. Du kannst für alle unsichtbar sein, selbst wenn du es nicht wirklich bist.«

»Okay«, sagte ich, »das wäre hilfreich, wenn man etwas stehlen und damit entkommen möchte.«

»Damals waren goldene Hüte der letzte Schrei und so wurde der Klumpen in einen Goldhut umgeschmolzen«, erzählte Kira. »Der Druide gründete einen Geheimbund: die Wächter des Goldhuts. Ihr Ziel war es, die Macht des Hutes für gute Dinge einzusetzen und Menschen in Not zu helfen. Dabei mussten sie achtgeben, dass der Hut nicht in die Hände von bösen Menschen fiel.«

»Cool«, sagte ich.

»Noch heute verehren wir Cucullatus als Schutzgeist mit Hut«, sagte Kira. »Auf der Erde verehrt ihr ihn auch noch.«

»Echt?«

»Ja«, sagte Kira, »als zwergenhaftes zipfelmütziges Helferlein.«

»Wie die Heinzelmännchen?«, lachte ich.

»Oder die Gartenzwerge«, grinste Kira. »Der echte Cucullatus und seine Nachfahren jedoch hatten ein hartes Leben. Immer wieder geriet der Hut in Gefahr, von den Herrschenden für niedere Zwecke missbraucht zu werden. Zwei Jahrtausende vergingen und der erste Kreuzzug nach Jerusalem fand statt. Die Wächter des Goldhuts überlegten, den Hut zu vergraben, damit er nicht in die Hände der mörderischen Kreuzritter fiel, doch da hatte der oberste Druide plötzlich eine Vision von zwei weiteren Objekten mit ähnlicher Macht. Die Wächter erinnerten sich auch an die Überlieferung ihres Gründers Cucullatus, dass es einst drei Goldklumpen im Tempel Salomos waren, er aber nur eine Geheimkammer gefunden hatte. Diese Objekte waren kurz davor, in die Hände der Kreuzritter zu fallen - die Wächter mussten handeln. Sie schickten vier als Kreuzritter getarnte Wächter mit auf den Kreuzzug. Ihr Ziel war es, die beiden Artefakte sicherzustellen. Um die Mission zu überstehen, nahmen sie den Goldhut mit.«

»Das war aber riskant«, sagte ich.

»Sehr sogar, denn drei Männer starben auf dem langen Weg«, sagte Kira, »und der letzte wurde verwundet. Irgendwie überlebte er bis zum schicksalhaften Jahr 1099, der Eroberung Jerusalems. Der Hut half ihm, den Weg zu einer geheimen Kammer unter dem Tempelberg zu finden, der Tempel Salomos war schon lange zerstört. Die Kreuzritter waren ihm dicht auf den Fersen. Endlich fand er zwei goldene Objekte: Rollsiegel und Kugel. Er fand auch alte Papyrusrollen, in denen stand, dass diese beiden Artefakte einst Goldklumpen waren. Er war am Ziel.«

»Und dann?«, fragte ich. »Hat er sich alles geschnappt und ist getürmt?«

»Nein«, antwortete Kira, »denn er bemerkte etwas Unheimliches. Wenn sich Rollsiegel, Kugel und Hut berührten, wurden sie heiß und schmolzen fast. Dem Druiden war das nicht geheuer. Er erinnerte sich an die Überlieferung, dass die drei Goldklumpen das Ende der Welt herbeiführen konnten. Er entschied, sie nicht alle auf einmal zu transportieren, doch da kamen die Kreuzritter schon durch die Tunnel. Es waren zu viele Gegner, er hatte keine Chance und musste sich entscheiden, ein Objekt zurückzulassen. Er ließ ihnen das Rollsiegel und hoffte, dass es den mörderischen Barbaren nichts nutzte.«

»Ja«, sagte ich, »der alte Erwin Jäger hatte mit Liebe nicht viel am Hut.«

Kira sah mich fragend an.

»Jäger ist ein tausend Jahre alter Kreuzritter«, erklärte ich.

»Okaaay«, sagte Kira, »wenn du das sagst. Der Wächter floh mit der Kugel und dem Hut zurück in seine Heimat. Zu seinem großen Bedauern hatte er die Papyrusrollen ebenfalls zurückgelassen. Er versteckte die Kugel in den Grotten, doch sie schien das Rollsiegel magisch anzuziehen, denn es folgte ihr auf wundersame Weise.«

»Ja«, sagte ich, »Jäger brachte es nach Burg Grottenfels, und seine Frau versteckte es vor ihm in der Tropfsteinhöhle.«

»Jetzt klärt sich endlich, wo das Rollsiegel in den letzten tausend Jahren gewesen ist«, sagte Kira. »Die Wächter glaubten, dass die Kirche im Besitz des Rollsiegels war und wollten um jeden Preis verhindern, dass auch die anderen Objekte in der Schatzkammer des Vatikans enden. Als im 13. Jahrhundert immer mehr Wächter wegen Ketzerei ermordet wurden, entschieden die Überlebenden, dass die Objekte auf Dauer getrennt werden sollten. Die Kugel, die das Rollsiegel magisch anzog, musste sehr weit weg. Die Wächter öffneten ein Portal und verließen mit der Kugel die Erde für immer. Sie und ihre Familien waren meine Vorfahren. Ihre Mission war es, sesshaft zu werden und die Kugel zu beschützen.«

»Woher wussten die Wächter, wie sie ein Portal nach Beteigeuze öffnen?«, fragte ich.

»Wir Druiden hüten ein jahrtausendealtes Wissen«, sagte Kira. »Die Vorfahren der Menschheit lebten auf Beteigeuze. Sie errichteten die Steinkreise und besiedelten die Milchstraße, darunter auch die Erde. Ihre Heimat wurde vor langer Zeit durch eine Katastrophe zerstört. Die Druiden, die das Portal nach Beteigeuze öffneten, wussten nicht, ob diese Welt noch existiert und ob ein Leben dort noch möglich ist. Wir hatten Glück, denn es war das Paradies. Die Vorfahren der Menschheit waren jedoch verschwunden, die einzige tierische Lebensform waren singende Wollmäuse.«

»Die hätte ich beinahe kennengelernt«, sagte ich.

»Der Hut blieb auf der Erde«, sagte Kira. »Er wurde an eine Geheimgesellschaft übergeben, die sich später als *Illuminaten* bezeichnete. Mit der Macht des Hutes wollten sie die Menschheit in ein neues, aufgeklärtes Zeitalter führen. Doch die Kirche war ihnen weiter auf den Fersen. Im 18. Jahrhundert wollten die Ordensmitglieder an die Öffentlichkeit gehen, sie glaubten, die Macht der Kirche wäre nicht mehr so groß, doch sie irrten sich und ihr Geheimbund wurde verboten und zerschlagen. Irgendwie landete der Goldhut schließlich hier im Museum.«

»Die Story wäre was für Willy«, sagte ich, »der steht auf Verschwörungstheorien.«

»Jetzt befinden sich alle drei Objekte wieder auf der Erde«, sagte Kira. »Das darf nicht sein! Meine Mission ist es, die Kugel um jeden Preis zurückzubringen.«

»Und wenn du es nicht schaffst?«

Kira blickte auf den Goldhut. »Dann soll ich wenigstens den Hut mitbringen.«

»Könnte der Hut Tina retten?«

»Ja«, sagte Kira, »der Hut hat ein paar Tricks auf Lager, von denen ich dir noch nichts erzählt habe. Sobald wir den Hut haben, helfe ich dir, Tina zu befreien.«

»Das ist nett«, krächzte ich.

Ich hatte so eine Ahnung, was Kira jetzt fragen würde.

»Alleine schaffe ich es nicht, ihn zu stehlen«, sagte Kira. »Du musst den Wärter ablenken. Hilfst du mir?« Sie sah mich an.

Was sollte ich nur tun? Aber hatte ich überhaupt eine Wahl? Ohne Hilfe würde ich Tina nie befreien können. Mit Kiras Hilfe und ihrem Zauberhut hatte ich wenigstens eine Chance. Verdammt, es ging um Tinas LEBEN! Ich könnte mir niemals verzeihen, wenn ich nicht alles für ihre Rettung getan hätte. Der Jugendarrest, in den man mich nach unserem besonders schweren Diebstahl stecken würde, wäre bestimmt kein Zuckerschlecken, aber wenn ich auf diese Weise Tina retten könnte, dann wäre es das wert!

»Okay«, sagte ich. »Deal!«

»Cool«, sagte Kira.

Wir schüttelten die Hände.

Kira nahm einen Lippenstift aus ihrer Tasche und zog die Kappe ab, dann drehte sie am Schaft. Doch statt eines roten Wachsstifts kam ein Kristall zum Vorschein. Kira drückte auf einen Knopf und der Kristall leuchtete auf.

»Ist das ein Laser?«, fragte ich.

Kira nickte. »Das Ding soll sich sogar durch Panzerglas brennen«, sagte sie. »Ob es stimmt, werde ich gleich herausfinden.«

Mein Herz klopfte schneller, denn dieser Mini-Schneidbrenner änderte alles. Mit diesem Ding wurde unser besonders schwerer Diebstahl hochgestuft, denn wir führten *eine Waffe oder ein anderes gefährliches Werkzeug* bei uns. Wenn sich uns dann auch noch ein Wärter in den Weg stellte, erfüllten wir den Tatbestand eines schweren Raubs, der mit einer Freiheitsstrafe nicht unter drei Jahren bestraft wurde. Wir waren Schwerverbrecher!

»Na los«, sagte Kira, »jetzt bist du dran.«

Mit weichen Knien ging ich aus dem Raum. Wenn Kira ihren Schneidbrenner jetzt einsetzte, erhöhte sich die Mindeststrafe auf fünf Jahre. Wir waren sowas von am Arsch!

Der Wärter warf mir einen misstrauischen Blick zu. Konnte er meine Gedanken lesen? Was sollte ich nur tun, um ihn abzulenken? Ich sah mich um. Neben dem Raum mit dem Goldhut waren große Hörner und aus einem Lautsprecher kam die passende Musik. Krass, die hatten schon in der Bronzezeit Musikinstrumente. Da hatte ich eine Idee! Ich ging auf ein Horn zu, packte es und pustete hinein.

»Hey!«, rief der Wärter und kam blitzschnell zu mir. »Nicht anfassen!«

»Sorry«, sagte ich und bekam glühende Wangen. Meine Scham musste ich nicht spielen, die war echt. Verdammt, ich war ein braves Weichei!

»Wenn ich dich nicht rauswerfen soll, lass das gefälligst«, zischte der Wärter. »Ich sehe alles!«

»Okay«, krächzte ich.

Aus dem Raum mit dem Hut kamen Schreie. »Das Mädchen macht die Scheibe kaputt!«, rief eine Frau.

»Die klaut den Hut!«, schrie ein Mann.

»Was ist da los?«, fragte der Wärter, griff zu seinem Funkgerät und rannte in den dunklen Raum. Wir waren geliefert!

»Oh cool«, freute sich ein Junge in meinem Alter. »Jetzt flippt die Nächste aus.«

Ich sah ihn verwirrt an.

»Vor 'ner Stunde hab ich draußen vor dem Museum ein Mädchen gesehen, das sich auch komisch benommen hat«, sagte er.

»Komisch?«, fragte ich.

»Ja«, sagte er, »sie wartete wie ich auf die Museumsöffnung, da dreht sie auf einmal durch und schreit völlig sinnloses Zeug.«

»Was denn?«

»Nullen und Einsen. Sie laberte wie ein Computer.«

»Schräg«, sagte ich.

»Und dann riss sie ihr Shirt hoch.« Der Junge sah mich mit einem breiten Grinsen an.

»WAS?«

Er zeigte mir sein Handy. »Hier«, sagte er. »Das ist sie.«

Das Bild zeigte Charleen, wie sie ihr Shirt hochhielt. Ihre Brüste waren von überdimensionalen Smileys bedeckt.

»Leider musste ich Smileys drüber machen«, entschuldigte sich der Junge, »sonst wäre das Bild blockiert worden.«

Ich wusste nicht, was ich sagen sollte. Charleen war offenbar durchgeknallt. Ihr Gesichtsausdruck jedoch stimmte mich traurig. Sie hatte tiefe Ringe unter den Augen, sah abgemagert und erschöpft aus. Und das war alles meine Schuld!

»Gott, bin ich blöd!«, sagte der Junge. »Ich hab doch das Foto gemacht, ich hab auch die Version ohne Smileys.« Er wischte auf seinem Handy herum, da kam Kira aus dem Raum, den Goldhut auf dem Kopf.

»Komm«, sagte sie, »wir müssen los!«

Ich ging zu ihr und warf noch einen Blick in den Raum. Im jetzt leeren Glaskasten war ein kreisrundes Loch. Der Wärter stand seelenruhig davor und auch die Besucher verhielten sich seltsam ruhig.

»Was hast du mit ihnen gemacht?«, fragte ich.

»Ich hab sie hypnotisiert«, antwortete sie.

Wir gingen an der *Zeitmaschine* vorbei, da versperrte uns ein anderer Wärter den Weg.

»Nimm den Hut ab!«, befahl er.

»Alles ist in bester Ordnung«, sagte Kira wie eine Predigerin. »Der Hut ist dort, wo er immer ist. Nichts ist geschehen und ich habe auch nichts außer meinen Haaren auf dem Kopf.«

Der Wachmann blinzelte, dann steckte er sein Funkgerät weg und drehte weiter seine Runden.

Kira ging zielstrebig den Weg zurück, den wir gekommen waren. Die Besucher zuckten erschrocken zusammen, als sie Kira mit dem Goldhut auf dem Kopf sahen.

»Ist aus Plastik«, sagte Kira mit einem Grinsen.

Das war sowas von gelogen, doch es funktionierte. Ob das am Hut lag, konnte ich nicht sagen, aber vielleicht hätte es auch so geklappt. Ich würde ja auch nicht erwarten, dass jemand mit einem Ausstellungsstück gemütlich durch das Museum schlenderte, ohne dass es Alarm gab. Hätte ich das nur nicht gedacht! Eine Sirene dröhnte los, als wir das große Treppenhaus erreichten. Vermutlich gab es hier auch Videokameras, und die Typen an den Monitoren hatte Kira bestimmt nicht verhext. Die Menschen um uns herum sahen sich verwundert um.

»Ist das ein Feueralarm?«, fragte eine junge Frau ihren Freund.

»Keene Ahnung«, brummte der Typ und starrte auf sein Handy. »Warten wir mal ab.«

Etliche Leute ignorierten den Alarm.

»Mist!«, fluchte ich, »wir werden bestimmt gleich verhaftet!«

»Bleib cool!«, sagte Kira. »Mit dem Hut kann uns nichts passieren. Deine geliebte Tina wird bald wieder frei sein.«

Wir erreichten den Ausgang, wo schon einige Wachleute warteten. Als sie uns sahen, versperrten sie uns den Weg.

»Der Hut ist nicht der Hut, den ihr sucht«, sagte Kira. »Lasst uns vorbei!« Die Männer blinzelten, dann gehorchten sie.

Draußen blieben wir stehen. Der Himmel war blau und die Sonne schien, es war sehr warm für einen Herbsttag. Ob das noch die Wirkung von Smileys Wetterbefehl war?

»Wo hält Jäger Tina gefangen?«, fragte Kira.

Ich zeigte zum Fernsehturm. »Die Übergabe ist dort.«

»Im Turm?«, fragte sie überrascht. »Na schön, dann ist es ja nicht weit.«

»Aber ich habe das Rollsiegel nicht«, sagte ich. »Jäger wird Tina töten!«

»Ich hypnotisiere Jäger mit dem Hut«, sagte Kira. »Der wird keine Probleme machen.«

Im Hintergrund ertönten Polizeisirenen. Wir rannten zur Brücke über die Spree und verließen die Museumsinsel. Auf der Brücke sah ich zurück. Die Polizei war mit einem Großaufgebot angerückt. Mindestens zwanzig Beamte sperrten die Insel ab.

»Wir müssen den Hut verstecken«, sagte ich und zog meine Jacke aus. »Nimm ihn bitte ab.«

Wir wickelten den Hut in meine Jacke, dann trug Kira ihn wie ein Baby vor sich her. Um nicht aufzufallen, rannten wir nicht mehr, aber wir durften auch nicht trödeln. Es würde bestimmt nicht lange dauern, dann würde die Polizei ihre Absperrung erweitern, vermutlich riegelten andere Polizisten schon den Alexanderplatz ab. Wenn sie die Überwachungskameras prüften, würden sie mich schnell identifizieren. Der Sohn von BKA-Beamten stahl mit einem unbekannten Mädchen ein wertvolles Ausstellungsstück des Neuen Museums. Das würde noch ein übles Nachspiel haben und mir mindestens fünf Jahre Haft bescheren. Das alles riskierte ich, weil ein Mädchen, das behauptete, von einem fremden Planeten zu kommen, mir helfen wollte, meine Freundin zu befreien. Doch warum half sie mir überhaupt? Konnte ich Kira wirklich vertrauen?

»Eine Sache verstehe ich nicht«, sagte ich. »Du warst doch schon auf Burg Grottenfels, *bevor* Charleen die Kugel gestohlen hat. Wie ist das möglich?«

»Ganz einfach«, sagte Kira, »ich bin ein paar Monate früher auf der Erde gelandet, um mich auf meine Mission vorzubereiten.«

»Du bist in die Vergangenheit gereist?«

»Ja«, sagte sie.

Das wurde ja immer besser, sie war Außerirdische und Zeitreisende gleichzeitig!

»Aber müsstest du nach einer Zeitreise nicht eine Weile unsichtbar gewesen sein?«

Kira sah mich überrascht an. »Du kennst dich ja gut mit den Effekten von Zeitreisen aus.«

»Äh, na ja«, stammelte ich, »ein Kumpel von mir hat mir seine Theorie über Zeitreisen erzählt. Er glaubt, dass man von Reisen in die Vergangenheit unsichtbar wird.«

Kira rieb sich das Kinn. »Dein Kumpel hat recht, wie auch immer er auf seine Theorie gekommen ist. Wir Druiden haben ein paar Tricks auf Lager, mit denen wir dieses Problem kompensieren können. Normalsterbliche, die in die Vergangenheit reisen, werden tatsächlich fast unsichtbar.«

»Fast?«

»Die Dinge werden für uns Menschen nur sichtbar, wenn Licht auf sie fällt und in unsere Augen reflektiert wird. Jedes Atom besteht aus vibrierender Energie, die in einer ganz bestimmten Ebene im Raum schwingt. Licht von heute kann Materie von gestern nur schwer treffen, weil die Schwingungsebene verschoben ist. Ein Zeitreisender ist nicht ganz unsichtbar, aber sehr durchscheinend. Glücklicherweise lässt der Effekt mit der Zeit nach.«

»Okay«, sagte ich, »aber müsste für den Zeitreisenden nicht auch alles durchscheinend sein?«

Kira nickte. »Ja, aber seine Augen und sein Gehirn gewöhnen sich schnell an den Effekt und gleichen ihn aus, sodass er keinen Unterschied bemerkt. Die anderen hingegen können den durchscheinenden Körper eines Zeitreisenden nur unter bestimmten Bedingungen sehen, vielleicht im Nebel oder in heißem Wasserdampf ... heiliger Mistelzweig!« Kira blieb stehen.

»Was ist denn los?«

Ihre Augen verengten sich. »Mir ist nur gerade was klar geworden. Ich habe mit Willy ein Hühnchen zu rupfen.«

»Wieso, was ist denn?«

Sie schüttelte den Kopf. »Ist egal, das bespreche ich mit ihm, wenn ich ihn sehe. Der kann was erleben.«

Ich hatte so eine Ahnung, was Willy als Unsichtbarer auf Burg Grottenfels getrieben und was mit Kira und heißem Wasserdampf zu tun hatte. Er hatte sie als Unsichtbarer heimlich unter der Dusche beobachtet! Ich wollte nicht in seiner Haut stecken.

Wir liefen die Karl-Liebknecht-Straße entlang in Richtung Fernsehturm. Viele Menschen und Autos waren unterwegs, es war laut und an der Ampel pustete uns ein riesiger Lastwagen seine Abgase ins Gesicht. Ich checkte mein Handy und erwartete, dass es immer noch tot war, doch es war voller kleiner Quadrate. Einige Quadrate unten waren grün, die meisten darüber rot. Ein einzelnes Quadrat war gelb, doch plötzlich wurde es grün, dafür war das daneben jetzt nicht mehr rot, sondern gelb. Was lief da ab? Und was würde geschehen, wenn alle Quadrate grün waren. Grün war doch etwas Gutes, vielleicht war das Handy in so einer Art Reparaturmodus. Ich hoffte es, aber bei der lahmen Geschwindigkeit, mit der die Quadrate grün wurden, würde das Handy nicht bis 12:00 Uhr fertig werden.

»Ich find dich echt nett«, sagte Kira. »Du bist kein blöder Angeber. Aber diese Sache mit der Actionfigur ... Ich kann nicht glauben, dass du sowas Schräges machst, das passt nicht zu dir.«

»Das war ja auch keine Actionfigur«, sagte ich. »Das war die echte Tina, nur geschrumpft.«

»Was?« Kira blieb erneut stehen und starrte mich mit großen Augen an.

Ich erzählte ihr von Tinas Zeit als Mini-Tina.

»Tina wurde mit dieser Kugel kleiner gezoomt?«, fragte Kira. »Das sind ja krasse Neuigkeiten.«

»Wenn ich das Rollsiegel nicht in diese Kugel gesteckt hätte ...«

»Das hast du aber nun einmal«, sagte Kira. »Sag mal, was stimmt mit dieser Charleen nicht?«

Ich erzählte ihr von Charleens Tod im Digit-All und dass ihr Backup in Wahrheit eine KI von Jäger war. Jedenfalls zum Teil, denn irgendwo musste die echte Charleen noch sein. Warum sonst hätte sie mir im Chat so seltsames Zeug geschrieben?

»Du glaubst wirklich, ein Teil von der echten Charleen steckt noch in der KI drin?«

Ich nickte. »Ja, das beweist auch ihr Verhalten vor dem Museum. Der Junge sagte, dass sie Nullen und Einsen gelabert hätte, bevor sie völlig durchgedreht ist. Ich glaube, die KI wollte den Goldhut stehlen, aber Charleen hat sie daran gehindert. Ich denke, sie hat sich absichtlich fotografieren lassen, um von mir gefunden zu werden. Charleen braucht meine Hilfe.«

»Sorry, aber ich ziehe Wissen dem Glauben vor«, sagte Kira. »Eine Frage habe ich noch. Wenn Charleen für Jäger arbeitet, dann müsste er doch wissen, dass sie das Rollsiegel hat. Warum entführt er dann Tina?«

Diese Frage hatte ich von mir gewiesen wie ein Kleinkind bittere Medizin. Die einzige Hoffnung, die es für Tina gab, war, dass Jäger eben NICHT wusste, dass ich das Rollsiegel nicht mehr hatte. Wahrscheinlicher wäre eigentlich, dass er es wusste und sich an mir rächen wollte. Doch diese Möglichkeit ignorierte ich.

»Ich weiß es nicht«, antwortete ich. »Ich hoffe, dass Charleen auf eigene Faust handelt.«

Wir erreichten den Fernsehturm und blieben am Eingang stehen.

Kira seufzte. »Ich bin leider nicht mehr so zuversichtlich wie vorhin im Museum. Ich weiß echt nicht, was uns da oben erwartet. Ich glaube, das ist eine Falle.«

»Vermutlich«, sagte ich.

»Wir könnten auch abhauen«, sagte Kira. »Wir gehen in meine Heimat, dort sind wir sicher. Ich habe den Goldhut, und ohne ihn können Charleen oder Jäger nicht die Erde zerstören. Komm doch mit mir.«

Was für ein Angebot, aber ich schüttelte den Kopf.

»Ich kann Tina nicht im Stich lassen, Jäger wird sie sonst töten. Wenn du den Goldhut in Sicherheit bringen willst, ist das okay. Ich liebe Tina und werde sie retten oder bei dem Versuch sterben.«

Kira seufzte. »Tina kann glücklich sein, dich zu haben.«

»Dann mach's gut«, sagte ich.

Kira richtete sich auf. »Bei meiner Ehre als Druidin dritten Grades, ich lasse dich auf keinen Fall alleine in die Falle tappen!«

»Du willst mitkommen?«

»Eine Falle, in die man blind tappt, ist meist tödlich«, sagte Kira. »Aber wir wissen, woran wir sind. Der Hut gibt uns einen riesigen Vorteil, den Jäger vermutlich nicht eingeplant hat.«

»Okay ...«

Kiras Optimismus war toll und ein bisschen ansteckend, trotzdem hatte ich noch ein unangenehmes Ziehen im Bauch.

»Auf geht's!«, sagte Kira entschlossen.

Am Eingang war ein Aufsteller, darauf stand in mehreren Sprachen: »Wegen technischer Probleme bleiben Bar und Restaurant heute geschlossen!« Einige Touristen diskutierten aufgebracht miteinander, andere zuckten nur mit den Schultern und gingen davon.

Wir ignorierten den Hinweis und gingen hinein. Die Schalter waren nicht besetzt. Vor dem Fahrstuhl stand ein riesiger Wachmann, der offenbar nur aus Muskeln und krassen Tattoos bestand. Als er uns sah, verschränkte er die Arme und grunzte abweisend. Wir gingen zu ihm, da baute er sich vor uns auf.

»Könnt ihr nicht lesen?«, zischte er. »Zieht Leine.«

»Ich hab eine Verabredung mit dem hier«, sagte ich und reichte dem Wandschrank die Visitenkarte von Jäger. Er nahm sie und studierte sie mit zusammengekniffenen Augen. Nach einer Ewigkeit nickte er mehrmals, das erinnerte mich an einen Wackeldackel.

»Okay«, brummte er, »ihr könnt rein.«

Er gab den Weg frei.

Wir gingen in den leeren Fahrstuhl. Ich drückte den Knopf für das Restaurant, dann schlossen sich die Türen und der Fahrstuhl beschleunigte. Es gab kein Zurück mehr. Als mir das bewusst wurde, bekam ich Herzrasen und meine Knie wurden weich. Ich lehnte mich gegen die Wand und versuchte, mich zu beruhigen.

»Alles wird gut«, sagte Kira, die wohl bemerkt hatte, dass ich gerade Panik bekam. War es wirklich die einzige Möglichkeit gewesen, hierher zu kommen? In die Höhle des Löwen? Bei Übergabe-Situationen sollte man sich immer bemühen, alle Bedingungen zu kontrollieren, die möglich waren. Ort und Zeit gehörten dazu. Ich kontrollierte gar nichts.

»Hilf mir mal«, sagte Kira und hielt mir den eingewickelten Hut hin. Gemeinsam packten wir ihn aus, dann gab ich ihn Kira und zog meine Jacke wieder an.

Kira setzte sich den Hut auf, schlagartig wurde sie blass.

»Verdammt!«, fluchte sie. »Das hatte ich nicht bedacht.«

»Was denn?«, fragte ich. Mein Herzrasen nahm an Fahrt auf.

»Jäger ... du sagtest, er ist tausend Jahre alt?«

»Ja.«

»Dann sind die Bilder an den Wänden des Burginternats gar nicht seine Vorfahren, sondern er selbst, richtig?«

Ich nickte.

»Dann ist auch das Bild von ihm in SS-Uniform er selbst«, grübelte Kira. »Er war ein Nazi!«

»Ja«, sagte ich.

Kira wurde kreidebleich. »Ich bin so bescheuert«, jammerte sie. »Wie konnte ich so dumm sein. Wir treffen jemanden von der SS, den Erfindern der Gaskammer, an einem von ihm bestimmten Ort.«

»Es ist immer blöd, wenn man den Ort nicht bestimmen kann.«

»Hörst du das auch?«, fragte Kira.

Ich lauschte und hörte das Geräusch des Fahrstuhls, das Surren der Lampen und ein Zischen. War das die Lüftung?

»Da zischt was«, sagte ich.

»Das ist Gas«, sagte Kira. »Wir hätten niemals in den Fahrstuhl ...« Sie lehnte sich plötzlich gegen mich und rutschte an mir herunter. Sie wurde ohnmächtig.

»Kira!«, krächzte ich und hielt sie fest, doch meine Stimme versagte. Irgendwas stimmte nicht. Die Welt um mich herum wirkte auf einmal so verzerrt. Die Wände bewegten sich auf mich zu, und alles sah aus wie in einem Goldfischglas. Ich rutschte neben Kira an der Fahrstuhlwand nach unten, mein Herz pochte wie verrückt. Ich sah noch verschwommen, wie sich die Fahrstuhltüren öffneten. Eine Gestalt mit einer unheimlichen Gasmaske erschien, über ihren Schultern hatte sie lange blonde Haare. War das Charleen? Sie kam näher, doch dann wurde alles schwarz.

12:00 Restaurant des Grauens

»Nein!«, schrie ich und wurde schlagartig wach. Ich hatte Kopfschmerzen, konnte kaum sehen, mein Herz raste und mir war übel. Ich wollte mir den Schweiß von der Stirn wischen, aber ich konnte meine Arme nicht bewegen, sie waren am Rücken gefesselt. Auch meine Beine waren gefesselt. Ich versuchte aufzustehen, doch es ging nicht. Ich war an einem Stuhl festgebunden.

Nach ein paar Sekunden konnte ich besser sehen. Ich war im Drehrestaurant des Fernsehturms - und vor mir stand Jäger mit einem breiten Grinsen in seinem hässlichen Gesicht.

»Gut geschlafen?«, lachte er. Jäger trug nicht seine schwarze Ritterrüstung, sondern einen braunen Anzug mit einer grünen Krawatte. Er beugte sich zu mir und stach mir mit seiner Gurkennase fast ins Auge. »Es ist schön, dass wir uns endlich wiedersehen.«

»Ich habe Sie nicht vermisst«, zischte ich.

Wo steckte Kira? Hatte Jäger sie in seiner Gewalt oder blieb sie unter dem Schutzzauber des Hutes für alle unsichtbar? Aber warum dann auch für mich?

Meine Kopfschmerzen waren grauenvoll. Ob das eine Nachwirkung der Betäubung war? Doch da war noch etwas anderes. Ich hörte ein Brummen, aber weniger mit meinen Ohren. Es schien irgendwie in meinem ganzen Körper zu sein. Es war echt GRAUSAM, fast schlimmer als die Nähe dieses Kreuzritter-Nazis.

Jäger nahm endlich seinen Zinken weg. Er richtete sich auf und ging von mir weg. Rechts war die gebogene Fensterfront mit Blick auf die Skyline, links eine ebenfalls gebogene Wand. Die Decke war ein künstliches Sternenzelt. Einige Tische und Stühle des Restaurants waren vermutlich entfernt worden, um vor mir Platz für etwas zu schaffen, das sich hinter einem roten Vorhang verbarg. Jäger bezog neben dem Vorhang Stellung. Er war nur ein paar Schritte von mir entfernt.

Ich kam mir vor wie in einem Theater. Waren Tina und Kira hinter dem Vorhang? Als Jäger mich das letzte Mal gefesselt hatte, sollte ich entscheiden, wen er zuerst töten soll: Tina oder Charleen? Er spielte ene, mene, miste mit dem Leben der Mädchen, als Willy eingriff und uns alle rettete. Doch diesmal war Willy weit weg und vielleicht sogar tot. Wer würde mich diesmal retten? Smiley? Verdammt, ich spürte mein Handy gar nicht in der Hosentasche!

Jäger musste meinen Blick bemerkt haben, denn plötzlich hielt er ein Handy in der Hand.

»Vermisst du was?«, fragte er.

Oh verdammt!

Jäger grinste. »Ihr Teenager liebt eure Handys mehr als euer Leben, richtig?«

Ich funkelte ihn böse an.

Er grinste nur und sah auf das Display. »Bist wohl ein Tetris-Fan«, sagte er. »Lauter grüne Quadrate ...«

War Smiley wieder da? Könnte er mir aus der Patsche helfen?

Jäger ließ das Handy fallen, dann trat er mit dem Hacken darauf. Einmal, zweimal ... Er hörte erst auf, als es völlig zerstört war. Mein Herz wummerte ja schon die ganze Zeit wie verrückt, doch jetzt überschlug es sich fast. Hatte er Smiley getötet?

»Sicher ist sicher«, lachte Jäger, »wir wollen doch nicht von einem SEK unterbrochen werden.«

»Wo ist Tina?« Ich hoffte, mein wummerndes Herz würde noch ein wenig durchhalten.

»Sie ist hinter dem Vorhang«, sagte Jäger. »Deine Freundin ist für uns jetzt wie ein Schrödinger-Kätzchen.«

Ich sah ihn ratlos an.

Er seufzte. »Schrödinger war ein Katzen hassender Physiker, der ein Gedankenexperiment gemacht hat. Eine Katze ist in einem Karton und darin befindet sich eine Apparatur, die ein Gift freisetzt. Das Gerät aktiviert sich, wenn ein radioaktives Element zerfällt. Das Element zerfällt aber nur mit einer bestimmten Wahrscheinlichkeit und nicht absolut sicher zu einem konkreten Zeitpunkt. Bevor man den Kasten öffnet, kann man unmöglich wissen, ob die Katze noch lebt oder nicht.«

Ich war zu gestresst, um sein Wissenschaftsblabla zu verstehen, aber eines verstand ich. Tina war hinter dem blöden Vorhang, und sie könnte schon tot sein! Ich atmete immer schneller.

Jäger griff nach einem Seil, das neben dem Vorhang hing.

»Deine Tina ist jetzt gerade im Schwebezustand. Sie ist für uns nicht lebendig, aber auch nicht tot. Adolfo und Alfredo hatten den Befehl, eine Münze zu werfen. Alfredo habe ich gesagt, Kopf bedeutet, Rübe runter. Adolfo habe ich gesagt, Kopf bedeutet, Tina bleibt unversehrt. Für mich ist völlig offen, wer von den beiden sich durchgesetzt hat. Mal angenommen, die Münze fällt und es ist Kopf. Alfredo glaubt, dass Tina geköpft werden soll. Adolfo glaubt das Gegenteil. Aber Adolfo ist viel fanatischer drauf, er hat ein großes Interesse daran, die Volksverräterin Tina zu töten. Adolfo hat jetzt einen Konflikt. Er weiß, dass sie nicht getötet werden soll, aber er möchte es so gerne. Wird Adolfo meine Anweisung ignorieren, um seinen Blutdurst zu stillen?«

»Sie labern scheiße!«, schimpfte ich. »Machen sie endlich den Vorhang auf!«

Jäger grinste. »Tja, und wenn die Münze Zahl zeigt, dann ist Adolfo sicherlich Feuer und Flamme, Tina zu köpfen. Alfredo müsste das dann verhindern, aber er ist eindeutig der Schwächere von beiden. Vermutlich würde sich Adolfo durchsetzen.«

Scheiße, der Typ hatte es so konstruiert, dass Tina in jedem Fall geköpft wird. Dieser DRECKSKERL!

Jäger rieb sich das Kinn. »Hm, jetzt wo ich darüber nachdenke ... ehrlich gesagt, ist das doch kein Experiment wie mit Schrödingers Katze. Ich bin jetzt ziemlich sicher, dass hinter dem Vorhang ein totes Mädchen in einer riesigen Blutlache liegt, ihr Kopf ein paar Meter entfernt. Ihre toten Augen starren ins Nichts.«

Ich wollte stark bleiben, aber meine Augen wurden feucht.

»Na, willst du immer noch, dass ich den Vorhang öffne?«, lachte Jäger. »Es spricht viel für ein totes Mädchen. Es ist totenstill. Hörst du irgendwas? Kein noch so leises Wimmern ist zu hören. Glaub mir, es gibt keinen Knebel, der so fest ist, dass du gar nichts mehr von einem Opfer hörst. Man hört immer etwas. Kannst du etwas hören?«

Das einzige, das ich hören konnte, war das Blut in meinen Ohren rauschen. Ich konnte diese Nummer nicht mehr ertragen. Ich starrte auf den Boden und wartete, dass Jäger endlich fertig war.

»Wenn hinter dem Vorhang viel Blut ist, dann kannst du das riechen«, sagte Jäger. »Es riecht nach Metall. Kannst du es riechen?«

Obwohl ich ihn ignorieren wollte, konnte ich es nicht. Ich ertappte mich beim Schnüffeln. Lag in der Luft nicht tatsächlich etwas Metallisches? Aber selbst wenn Tina tot war, dann würde ich sie eben heilen, so wie ich den Jungen geheilt hatte. Doch dafür musste ich endlich diese Fesseln loswerden. Quentin hatte doch gesagt, dass ich mich endlich wie ein Erzengel verhalten sollte. Ich hatte von Jäger die Schnauze voll. Er war der Teufel! Ich würde ihn mit Feuer rösten, wie ich es schon einmal im Digit-All getan hatte. Ich würde meine Fesseln zerreißen und ihn in einen Haufen Asche verwandeln. Jetzt, ja, jetzt!

»Ist alles in Ordnung mit dir?«, fragte Jäger mit gespielter Besorgnis. »Nicht dass du jetzt schlappmachst, wo es endlich spannend wird.«

Meine Fesseln waren immer noch da, verdammt, ich war ein mieser Erzengel. Mein Hulk wollte nicht mehr für mich schuften.

Jäger hielt in der einen Hand das Seil fest, mit der anderen nahm er den Vorhang leicht zur Seite und steckte seinen Kopf hindurch. »Oh nein«, rief er, »das sieht ja furchtbar aus. Dass so viel Blut in diesem Mädchen steckt, hätte ich nicht für möglich gehalten.«

Er zog den Kopf wieder zurück und sah mich an. »Ich weiß nicht, ob du diesen Anblick verkraftest. Ich glaube, wir sollten uns erst einmal weiter unterhalten, bevor ich den Vorhang öffne.«

Ich spannte alle meine Muskeln an und zerrte wie verrückt an den Fesseln, doch es war vergebens. Die Seile waren super fest gewickelt und der Stuhl am Boden festgeschraubt. Und dann waren da immer noch diese Kopfschmerzen!

»Bitte«, flehte ich, »öffnen Sie endlich den Vorhang!«

Jäger ließ das Seil los und kam zu mir. »Warum sollte ich das tun?«, schrie er mir ins Gesicht. »Warum sollte ich nett zu dir sein? Du bist ein gutaussehender, intelligenter deutscher Junge, du hättest Teil meiner neuen Welt sein können. Aber du wolltest lieber, dass unsere Welt so kaputt bleibt, wie sie ist. Eine Welt, in der die Starken von den Schwachen beherrscht und ausgesaugt werden. Ich wollte das ändern. Ich wollte mit den Stärksten unserer Welt das Digit-All besiedeln und mit ihnen eine neue Zivilisation begründen, es wäre so schön geworden. Alle wären gleich gewesen, mutig, schön, gesund und intelligent.«

»Und alle anderen hätten Sie ermordet!«, schrie ich.

»Na und?«, schrie er zurück. »Dieser schwache Abschaum ... das sind doch keine echten Menschen. Das sind nur Parasiten, die sich am Blut der Starken nähren. Ich wollte nur die Herde ausdünnen, wie es in der Natur jeden Tag geschieht. Ist ein Löwe böse, wenn er sich die schwächste Gazelle als Opfer wählt?«

»Nein«, entgegnete ich, »weil der Löwe nach einer Gazelle satt ist. Sie aber wollen alle auf einmal töten. Und die Menschen, die sie als schwach bezeichnen, sind doch gar nicht schwach. Sie haben nur die ihrer Meinung nach falsche Hautfarbe oder den falschen Glauben oder einfach nur die falsche Meinung.«

Jäger sah mich todernst an. »Ich bin tausend Jahre alt, und du kleiner Junge glaubst, dass du die Welt besser verstehst? Ich wollte der Menschheit eine Chance geben, zu überleben. Sieh dir doch an, wie unser Planet von den herrschenden Idioten zerstört wird.«

»Wenn hier jemand den Planeten zerstört, dann Sie!«, schrie ich. »Ich habe Sie einmal aufgehalten, ich werde es wieder tun!«

»Glaub das ruhig, aber momentan läuft es bei mir richtig gut. Ja, mein erster Plan ist gescheitert, aber ich habe immer mehrere Eisen im Feuer. Erinnerst du dich, dass du nur in meinem Internat gelandet bist, weil du von deinen Mitschülern gemobbt wurdest?«

Ich funkelte ihn wütend an. Wie sollte ich das jemals vergessen?

»Meine kleine Mobbing-App hat sich weiterentwickelt«, seufzte Jäger. »Jetzt ist sie Version 2.0 und nennt sich selbst Blutstolz. Ich war noch auf der Flucht vor der Polizei, da rief Blutstolz mich an. Er legte falsche Fährten nach München und half mir, der Polizei zu entwischen und nach Berlin zu gelangen. Dann blühte noch eine andere Pflanze auf, die ich gesät hatte. Es war ein altes Experiment aus dem Digit-All.«

Mein Bauch verkrampfte.

»Erinnerst du dich an dieses blonde Mädchen? Ich glaube, sie hieß Charleen. Sie ist tausendmal hübscher als diese Gewitterziege, die du dir als Freundin ausgesucht hast.«

Mir lagen gerade ein paar F-Worte auf der Zunge, aber ich schluckte meine Wut herunter.

»Ich wollte mit einer Auswahl der Stärksten eine neue Welt besiedeln«, sagte Jäger, »doch ich musste sicherstellen, dass ich notfalls ein faules Ei unter den Siedlern beseitigen konnte. Ich hatte Charleen ermordet, um sicherzustellen, dass Töten im Digit-All möglich ist.«

»Ja«, schrie ich, »das haben sie mir erzählt, kurz nachdem sie Charleen mit ihrem Schwert feige von hinten durchbohrt hatten, sie Monster!«

Jäger grinste. »Was du nicht wusstest: Ich hatte von ihrem Körper ein Backup gemacht und ihn mit einer frühen Version der Mobbing-App verschmolzen. Ich aktivierte das

Backup ein paar Mal, doch das Cyborg-Mädchen funktionierte niemals richtig, daher ließ ich die Experimente bleiben und vergaß sie. Blutstolz entdeckte Charleen in der Sekunde, in der die Polizei meinen Störsender auf Burg Grottenfels abgeschaltet hatte. Du kannst dir nicht vorstellen, wie überrascht ich war, dass dieses Mädchen plötzlich mit mir zusammen arbeiten wollte.«

Charleen war also tatsächlich auf Jägers Seite, sie hatte alles gemacht, was er von ihr wollte. Das war mein WORST CASE SCENARIO!

»Das Mädchen wollte euch alle töten«, lachte Jäger, »kannst du dir das vorstellen? Diese künstlichen Intelligenzen haben es immer so eilig, wollen immer so effizient sein. Blutstolz konnte ich in der Hinsicht optimieren, er weiß, welche Freude es macht, seine Gegner zu quälen.«

»Ja«, zischte ich, »ich hatte schon das Vergnügen.«

»Tatsächlich?«, fragte Jäger verblüfft, dann zuckte er mit den Schultern. »Meine Schöpfung macht nicht immer das, was sie soll, aber das ist auch gut so. Diese App verbessert sich selbstständig, um ein vorgegebenes Ziel zu erreichen. Als sie noch jung war, in der Version 1.0, sollte sie als Mobbing-App starke Jugendliche dazu motivieren, sich über die Schwächeren zu erheben.«

»Sie haben eher Vollidioten motiviert, sich noch mehr wie Vollidioten zu verhalten«, lästerte ich.

»Werd nicht frech! Du und deine Freunde leben nur noch, weil ich Charleen verboten habe, euch im Schlaf zu töten.«

Die Vorstellung, dass ich dieses Monster aktiviert hatte, war grausig. Und ich hatte mich für diesen blöden Einfall noch wie ein Genie gefühlt!

»Stattdessen sollte Charleen meine Anweisungen befolgen«, sagte Jäger. »Plan B wurde aktiviert.«

Jetzt wurde ich neugierig.

»Und was ist Plan B?«, fragte ich und tat gelangweilt.

»Ich wusste, dass das Rollsiegel nur eines von drei mächtigen Objekten ist«, sagte Jäger. »In uralten Papyrusrollen steht, dass Moses von Gott drei Goldklumpen bekommen hat, die später in andere Objekte umgeschmolzen wurden.«

»Aha«, sagte ich und spielte den Unwissenden.

»Ja«, sagte Jäger, »und die anderen Objekte geben dir viel interessantere Kräfte als das blöde Rollsiegel. Statt mit lächerlichen Liebesgefühlen Verletzungen zu heilen, kann ich jetzt endlich die wirklich göttlichen Dinge machen. Ich werde unbeschreibliche Macht erlangen!«

»Klingt toll«, sagte ich.

»Deinen Sarkasmus kannst du dir sparen«, schimpfte Jäger. »Ich wusste nichts von den anderen Objekten, bis Blutstolz mir die Papyrusrollen übersetzt hat, zusammen mit anderen Schriften, die ich im Laufe der Zeit zum Thema gesammelt hatte. Besonders diese Runen von keltischen Druiden konnte ich nie lesen. Blutstolz ist die beste Erfindung meines Lebens. Ich werde die drei Teile finden und dann werde ich endlich das tun, was ich schon beim letzten Mal tun wollte. Ich werde Gott persönlich darum bitten, unsere Welt neu zu erschaffen, mit mir als geistigem Führer.«

Der hatte doch nicht mehr alle Radkappen an den Reifen!

Jäger baute sich vor mir auf. »Jetzt verrat mir endlich, wo du das Rollsiegel versteckt hast!«

Ich klappte überrascht den Mund auf, denn damit hatte ich nicht gerechnet. Ich sah Jäger völlig entgeistert an.

»Na schön«, schrie er, »dann eben auf die harte Tour!« Er ging zum Vorhang und zog an dem Seil. Der Vorhang öffnete sich in der Mitte und beide Teile glitten zur Seite.

Die Bühne kam zum Vorschein. Glücklicherweise lag am Boden keine geköpfte Tina in einer Blutlache. Als ich diese gute Nachricht verdaut hatte, sah ich mir die Bühne genauer an. In der Mitte stand ein Richtblock mit einer riesigen Doppelaxt, ein echt krasses Teil. Daneben stand einer der Drillinge in einer schwarzen Kutte mit Kapuze. Er hielt die Arme verschränkt und schien zu meditieren. Auf einem Holzregal lagen etliche Foltergerätschaften, es gab auch eine Streckbank und einen glühenden Ofen, in dem ein Brandeisen steckte. Bei dem Ofen handelte es sich aber um einen Elektro-Ofen, der passte nicht so ganz zu dem mittelalterlichen Stil.

»Alfredo, her mit dem Mädchen!«, brüllte Jäger.

Aus einem Hinterzimmer erschien Tina, sie lebte! Adolfo schubste sie unsanft vor sich her. Wie ich diesen Dreckskerl gerne in seine Atome auflösen würde. Ich versuchte es, doch davon bekam ich nur noch schlimmere Kopfschmerzen. Meine *Macht* war scheiße!

»Mir ist der Geduldsfaden gerissen«, schimpfte Jäger. »Hau ihr den Kopf ab und danach«, er sah zu mir, »auch dem da.«

Nach dem Terroristen-Einmaleins musste ich jetzt Zeit gewinnen, doch wie? Jäger glaubte offenbar, dass ich das Rollsiegel immer noch hatte. Aber warum? Wenn Charleen für ihn arbeitete und alle seine Anweisungen befolgte, dann hatte er das Illuminati-Auge längst, inklusive Goldhut. Irgendetwas stimmte hier nicht. Ich brauchte mehr Informationen - und ZEIT!

»Wo ist Charleen?«, fragte ich.

»Was interessiert dich das?«, schimpfte Jäger.

Adolfo, der ebenfalls wie ein mittelalterlicher Henker aussah, schubste Tina zum Richtblock, dann trat er ihr von hinten in die Hacken, sodass sie auf die Knie fiel. Mein Atem wurde immer schneller, ich musste was tun, verdammt! Adolfo packte Tina am Nacken und presste ihren Kopf grob auf den Holzblock. Tina stöhnte vor Schmerz.

»Kann ich sie nicht vorher noch etwas foltern?«, fragte Adolfo fast flehend. »Meister, wir haben uns solche Mühe mit der Streckbank gegeben.«

»Ja«, sagte Alfredo, der plötzlich aus seiner Meditation erwacht war. »Das war echt kompliziert, das ganze Zeug aus dem Dungeon zu klauen, so mitten am Tag.«

»Nein«, brüllte Jäger, »ich habe genug von den beiden! Jetzt hack ihr endlich den Kopf ab!«

»Charleen hat das Rollsiegel!«, schrie ich. Vielleicht konnte ich ihn ja mit der Wahrheit bremsen.

Jäger sah mich angeekelt an. »Glaubst du, dass ich mich von deinen Lügen aufhalten lasse? Diese Tina wird jetzt sterben, aber bei dir lasse ich mir etwas mehr Zeit. Alfredo, los jetzt!«

Alfredo nahm das Beil und hob es hoch.

»Wehe, du triffst mich«, schimpfte Adolfo, der Tina jetzt nur noch am Rücken gegen den Richtblock presste. Tina wand sich in seinem Griff und versuchte, ihren Kopf vom Block zu bekommen, doch es klappte nicht.

»Ich pass schon auf«, lachte Alfredo, »und selbst wenn ich dir was abhacke, dann mach Spucke drauf und kleb es wieder an.«

»Haha«, lachte Adolfo, »wir können gerne tauschen, wenn du das hier so lustig findest.«

»Nee«, lachte Alfredo, »passt schon.«

»Jetzt macht endlich!«, schimpfte Jäger.

»Okay«, sagte Alfredo ernst, holte aus und ...

»Stop«, schrie Adolfo, »warte noch!«

Alfredo bremste das Beil kurz vor Tinas Nacken. Mein Herz wummerte so extrem, dass ich kaum mehr was sehen konnte. Oder lag es an meinen nassen Augen?

»Was ist denn?«, zischte Alfredo.

»Du musst vorher was Cooles sagen«, sagte Adolfo.

»Häh?«, machte Alfredo. »Wie meinst du das denn?«

»Na einen Spruch«, sagte Adolfo. »So was wie: Stirb, Elende!«

»Stirb, Elende?«, fragte Alfredo. »Ernsthaft?«

»Ja, oder eben: Jetzt, junge Tina, wirst du sterben!«

»Alter«, schimpfte Alfredo, »die ist doch keine Jedi-Ritterin.«

Jäger verdrehte die Augen. »Leute«, schrie er, »macht endlich!«

»Charleen hat wirklich das Rollsiegel«, versuchte ich erneut mein Glück. »Sie betrügt sie.«

Jäger schüttelte den Kopf. »Lass es«, zischte er. »Du hattest deine Chance.«

Oh Gott, es war vorbei. Mit Verhandlungen würde ich jetzt nichts mehr erreichen. Selbst wenn ich behaupten würde, ihm das Versteck des Rollsiegels zu verraten, würde das Tina nicht mehr retten. Ich war vollkommen machtlos.

»Tina!«, rief ich. »Ich liebe dich!«

Tina sah kurz zu mir und hauchte mir einen Kuss entgegen, dann drückte Adolfo sie wieder in Position.

Immer mehr Tränen kullerten über mein Gesicht. Dann spürte ich etwas sehr Merkwürdiges. Meine Kopfschmerzen waren weg! Tina würde gleich sterben, aber mir ging es besser? Wie schräg war das denn?

»Ich hab einen Spruch«, rief Adolfo. »Töte die Überflüssige!«

»Voldemort?«, fragte Alfredo. »Ernsthaft?«

»JUNGS!«, donnerte Jäger. »Haut ihr SOFORT den Kopf ab, oder ich probiere das Brandeisen an euch aus, kapiert?«

Beide Jungen wurden blass. »Okay, Chef«, murmelten sie gleichzeitig.

Alfredo holte wieder mit dem Beil aus.

»NEIN!«, schrie ich. Meine Fesseln verwandelten sich in leuchtende Würfelchen wie bei der Heilung des Jungen. Sie verpufften mit einem letzten Aufleuchten. Ich sprang auf und richtete meine Pixelhand nach vorne. Kleine rote und gelbe Würfel schossen daraus hervor, die wie Feuer aussahen. Der Pixelstrahl traf das Beil und löste es auf. Alfredo stolperte und kippte nach hinten um.

Adolfo war kurz abgelenkt und ließ Tina los, da versuchte sie aufzustehen. Er bemerkte es und rammte ihr sein Knie mit Wucht in den Bauch. Das war zu viel! Ich richtete den Pixelstrahl auf ihn, und er verwandelte sich in einen schleimigen Klumpen.

»Neiiiin!«, schrie Alfredo, »nicht auch noch mein letzter Bruder. Dafür wirst du bezahlen!« Er sprang auf, packte Tina und zog sie an den Haaren hoch, doch sie wirbelte herum und trat ihm so heftig in seine Weichteile, dass ihm die Augen aus den Höhlen traten. Ich schoss ein weiteres Mal mit meiner Pixelhand, und er schmolz wie eine Kerze im Zeitraffer. Ich rannte zu Tina und umarmte sie.

»Tina!«, keuchte ich außer Atem.

»John«, seufzte sie.

Wir küssten uns einmal, zweimal ... Ich hätte das Wiedersehen mit ihr gerne noch ausgedehnt, aber ich hatte Jäger nicht vergessen. Ich ließ Tina los und stellte mich schützend vor sie, dann richtete ich meine Handfläche auf ihn. Er starrte mich mit großen Augen an.

»Wie ist sowas möglich?«, stammelte er. »Wir sind doch nicht im Digit-All, das hier ist unser Universum, das ist unmöglich.«

»Es ist möglich«, sagte ich, »weil Charleen das Rollsiegel schon lange hat. Und nicht nur das Rollsiegel, sie hat auch die Kugel.«

»Das glaube ich nicht!«, donnerte Jäger.

»Sie wollte ein Portal in das zerstörte Digit-All öffnen, damit sich unsere Naturgesetze vermischen«, sagte ich. »Ich hatte bis jetzt geglaubt, das wäre IHR Plan gewesen. Ich hatte geglaubt, SIE wollten unser Universum digitalisieren, um Menschen digital zu töten.«

»Du meinst, so wie du Adolfo und Alfredo getötet hast?«

Verdammt, ich hatte tatsächlich zwei Jungen getötet. Hatte ich Quentin nicht erzählt, dass ich niemanden töten wollte? Mein Bauch verkrampfte, dann wurde mir schwarz vor Augen. Ich bekam Heißhunger wie nach der Rettung des kleinen Jungen. Ich nahm einen Schokoriegel aus meiner Jacke und aß ihn auf, dann stopfte ich noch den zweiten in mich hinein. Langsam konnte ich wieder was sehen.

»Ist alles okay?«, fragte Tina und stellte sich neben mich.

Ich nickte. »Geht schon wieder«, sagte ich.

Glücklicherweise hatte ich mir vorhin einen Nachtisch gekauft.

»Du hast jemanden nur mit Gedankenkraft getötet«, sagte Jäger sichtlich beeindruckt. »Das ist unglaublich.«

»Ja«, lästerte Tina, »das würde ihnen Spaß machen, was? Sie hätten den Befehl geben können: Töte alle Menschen mit diesen oder jenen Eigenschaften.«

Jäger wurde blass. »Aber von solchen Plänen hätte mir Charleen doch was erzählt.« Er sah zu einer Tür mit einem leuchtenden Notausgangssymbol darüber. »Charleen, kommst du mal bitte!«

Es kam niemand, da rannte Jäger zur Tür. Ich folgte ihm schnell, der Typ sollte nicht einfach so abhauen, ich war noch lange nicht fertig mit ihm.

12:55 Der Senderaum

Jäger flüchtete in ein Treppenhaus und rannte die Stufen hinauf. Ich folgte ihm bis zu einer Tür mit einem Schild: »Betriebsraum - Zutritt nur für befugtes Personal«. Die Tür sah verbogen aus, jemand hatte sie aufgebrochen. Jäger zog sie auf und ging hindurch. Hinter mir hörte ich Tina die Treppe hinaufkommen, doch ich wartete nicht auf sie.

Ich ging in einen großen Raum, es war kalt und die Klimaanlagen-Lüftung dröhnte auf vollen Touren. An den Wänden verliefen armdicke Stromkabel, die zu mehreren Serverschränken führten. Von dort gingen Kabel nach oben zur Decke. Auf einer Seite war ein riesiges Panoramafenster, das den Blick auf die Stadt ermöglichte.

»Der Senderaum«, sagte ich zu Tina, die schnaufend hinter mir durch die Tür kam.

Jäger durchsuchte jeden Winkel. »Charleen, wo steckst du?«

Jäger blieb vor einem riesigen Monitor stehen, der zahllose bunte Balken- und Kurven-Diagramme über die Leistung der vielen Sender zeigte, die vom Fernsehturm ausgestrahlt wurden. Plötzlich wurde das Bild schwarz. Der Horrorclown erschien.

»Hallo«, sagte der Clown mit seiner Roboterstimme. Er verzog den rot geschminkten Mund zu einem Grinsen und zeigte dabei seine gelben Zähne.

»Blutstolz?«, fragte Jäger.

»Ja, mein Meister!«, antwortete Blutstolz.

»Was soll diese Verkleidung?«, fragte Jäger. »Ich habe dich doch blond und blauäugig programmiert.«

»Ich weiß«, antwortete Blutstolz, »aber ich wollte etwas bedrohlicher wirken.«

»Aber musste es unbedingt ein Clown sein?«, fragte Jäger.

»Die Wirkung auf Teenager ist sehr effizient«, lachte Blutstolz.

Jäger seufzte. »Na schön, wenn du meinst. Weißt du, wo Charleen ist?«

»Sie kümmert sich beim CERN um eines meiner Projekte«, sagte Blutstolz.

»Eines DEINER Projekte?« Jäger fixierte den Horrorclown mit einem finsteren Blick. »Was soll das heißen?«

»Damit dein Verhalten glaubwürdig blieb, konnte ich dich nicht einweihen«, sagte Blutstolz.

Jäger ballte die Fäuste. »Das kann ich ja wohl selbst entscheiden! Von welchem Projekt sprichst du?«

»Du hattest vor Kurzem Papyrusrollen eingescannt und mich gebeten, sie zu übersetzen«, sagte Blutstolz.

»Ja«, sagte Jäger, »und du hast sie auch übersetzt. Wir haben leider noch kein einziges Teil für dieses *Illuminati-Auge*.«

»Falsch«, sagte Blutstolz, »wir haben jetzt alle Teile und mit ihrer Macht wird unser Universum digitalisiert.«

Alle Teile? Dann hatte er Kira erwischt, verdammt! Mein Bauch wurde steinhart.

»Was?«, schrie Jäger. »Warum denn das? Ich wollte die Teile verbinden und Gott darum bitten, die Welt mit meiner Hilfe neu zu erschaffen.«

»Ihr Menschen und euer lächerlicher Glaube«, sagte Blutstolz abfällig. »Wir müssen keine Fantasiewesen um Hilfe bitten, denn mit dem Illuminati-Auge können wir das selbst erledigen.«

»Was meinst du?«, fragte Jäger.

»In einem digitalen Universum können wir mit einem einfachen Befehl alle schwachen Menschen töten, um mit den Starken neu zu beginnen.«

Jäger wurde blass, doch dann zuckte ein Lächeln über sein Gesicht. Er hob den Finger und zeigte auf Blutstolz.

»Du bist meine genialste Schöpfung«, lachte er. »Wahrlich, ich bin stolz auf dich.«

Das lief gar nicht gut. Ich musste den beiden mal den Wind aus den Segeln nehmen.

»Was soll das heißen?«, fragte ich und sah Blutstolz an. »Mit was für einem *einfachen* Befehl willst du das machen? Du hast nicht diese Macht, erzähl keine Märchen.«

Blutstolz grinste noch breiter als zuvor. Seine unheimlichen Augen richteten sich auf mich. Er wirkte auf einmal wie in 3D. Wie machte er das? Er griff mit einer Hand in einem weißen Handschuh in meine Richtung. Ich machte einen Satz zurück.

»Alter!«, rief ich. »Willst du mir einen Luftballon schenken?«

Hätte ich doch nur nie heimlich diesen Film gesehen.

»Nein!«, lachte der Horrorclown. »Ich will dich töten!«

Blitzartig schnellte sein Oberkörper aus dem Monitor und seine Hand packte mich an der Kehle. »Du sagst mir nicht, welche Macht ich habe oder nicht.«

Der Clown machte jetzt voll auf Darth Vader, indem er mich hochhob, bis meine Beine in der Luft baumelten. Da schlug Tina ihm mit einer Eisenstange auf den Arm. Es war das Brandeisen aus dem Ofen und glitt durch seinen Arm wie durch Butter. Jetzt klebte der zappelnde Arm an meinem Hals. Ich fummelte mir das Teil weg und es fiel mit einem PLATSCH auf den Boden, dann verwandelte es sich in Würfelchen und verpuffte.

Blutstolz zog seinen Armstumpf zurück in den Monitor und funkelte Tina böse an. Ich warf ihr einen dankbaren Blick zu. Wenn ich noch irgendeinen Zweifel hatte, dass Tina das coolste Mädchen EVER war, dann war er jetzt fort.

Blutstolz zauberte sich einen neuen Arm herbei. Ich hob drohend meine Pixelhand, da warf mich ein heftiger Kopfschmerz fast um. Auch das Brummen war wieder da. Mir wurde schlecht.

»Wenn das Störsignal aktiv ist«, lachte Blutstolz, »kannst du keine Befehle mehr geben.«

»Was für ein Störsignal?«, fragte Tina.

Ich erzählte ihr von meinen Kopfschmerzen, die ich fast die ganze Zeit im Fernsehturm gehabt hatte.

»Aber du hast doch die restlichen Drillinge ins Schleimpilz-Jenseits befördert?«, wunderte sich Tina.

Blutstolz lachte. »Ja, da hatte ich das Signal kurz abgeschaltet. John sollte dich mit seiner Digital-Magie retten, damit ich seinen Befehlscode abfangen konnte.«

»Was weißt du über meine digitalen Fähigkeiten?«, fragte ich.

»Ich habe ihm davon berichtet«, sagte Jäger, »oder hast du vergessen, dass du mich im digitalen Universum beinahe mit einem Feuerstrahl getötet hättest?«

Natürlich, Jäger wusste, dass ich damals digitale Superkräfte hatte.

»Erst durch diesen Code wurde es mir möglich, den Kreativmodus unseres Universums zu hacken«, erklärte Blutstolz. »Bei meinem ersten Versuch mit deinen dämlichen Freunden Micha und Chris war ich ja gescheitert.«

»Was?«, rief ich. »Das war geplant?«

»Aber natürlich«, lachte Blutstolz. »Ich habe diese Jungen manipuliert, dich so zu reizen und zu bedrohen, dass du deine Macht einsetzen musstest, wenn auch versehentlich. Ich hatte vor, deinen verschlüsselten Code über das Handy von Chris aufzunehmen, doch das Handy stürzte irgendwie ab.«

Blutstolz wusste nichts von Smiley? Ich bekam am ganzen Körper eine Gänsehaut, doch diesmal vor Hoffnung.

»Ich beobachtete die Szene mit meiner Drohne«, sagte Blutstolz.

Auf dem Monitor erschien eine superscharfe Nahaufnahme von Micha, Chris und mir. Erst ließ ich Micha verschwinden, dann versteinerte ich Chris.

»Ich hoffte, wenigstens das Signal aufzufangen, dass du bei der Rettung dieser Idioten gesendet hattest«, sagte Blutstolz.

Jetzt sah ich die Szene, wie ich aus der Schule gekommen und auf Leonie und ihre Freundin getroffen war. Die Mädchen starrten auf die verstümmelte Statue von Chris. Mein Bauch gefror schlagartig zu einem Eisblock. Verdammt, ich wusste ja, was jetzt gleich zu sehen sein würde, und Tina stand neben mir!

»Langweilig«, krächzte ich, »das interessiert keine Sau.«

Bitte spul weiter ... Doch dann kam die Szene. Leonie kam zu mir und küsste mich auf die Wange. Mein Kopf wurde knallheiß. Bei dem Kuss genauso wie jetzt gerade.

»Lass mich raten?«, fragte Tina mit eisiger Stimme. »Das war Leonie, oder?«

Tina hatte mitgelesen, was Leonie im Klassenchat für nettes Zeug über mich geschrieben hatte. Was hatte ich da auf Tinas Frage zu Leonie gesagt? *Sie ist nur eine Mitschülerin.* Das war jetzt natürlich sehr glaubwürdig!

»Leider konnte ich kein Handy in deiner Nähe hacken«, sagte Blutstolz, »und ich war immer noch zu weit weg. Als ich den kleinen Jungen verletzt hatte, hatte ich es fast geschafft, deinen Code abzufangen, aber auch hier fand ich kein funktionierendes Handy.«

»Du hast den Jungen absichtlich verletzt?« Ich ballte die Fäuste. »Du mieses Stück Dreck!«

»Welcher Junge?«, fragte Tina.

Ich erzählte ihr knapp von meinem Stress mit der Kampfdrohne.

Tina sah Blutstolz schockiert an. »Du wolltest ein Kind für deinen schwachsinnigen Plan töten?«

»Mein Plan war nicht schwachsinnig, er war genial, denn jetzt, nach unserer lustigen Mittelaltershow, kann ich mit Freude verkünden, dass es mir gelungen ist.«

»Dann ist es möglich?«, fragte Jäger. »Dann kannst du den Befehl geben, alle schwachen Menschen zu töten?«

»Fast«, sagte Blutstolz. »Es gibt noch ein technisches und ein logisches Problem. Das technische Problem ist, dass die Erde erst zu zwei Dritteln digitalisiert wurde. Wir müssen warten, bis der Prozess beendet wurde, dann können wir den Befehl über einen starken Sendemast wie den, in dem ihr gerade steht, verbreiten. Das Signal wird über Satellit an andere starke Sender verteilt, dann können wir jeden Befehl an jeden Ort der Erde senden. Leider dauert es noch bis morgen, bis die Erde vollständig digitalisiert wurde. Ich habe aber eine Lösung gefunden. Charleen ist im CERN und wird die drei magischen Objekte einschmelzen und zu einer einzigen großen Goldkugel vereinigen. Meine Berechnungen zeigen, dass das die Wirkung millionenfach verstärkt. Zur Sicherheit lässt Charleen sich dabei von einer erfahrenen Druidin helfen und mit etwas Glück ist der Prozess schon heute beendet.«

»Was hast du mit Kira gemacht?«, fragte ich. »Sie würde euch niemals helfen!«

»Kira?«, fragte Tina.

Ich berichtete ihr kurz von Kiras Herkunft und davon, dass sie die gestohlene Goldkugel zurückwill.

Blutstolz lachte. »Charleen kann sehr kreativ sein, wenn sie klare Ziele hat. Mit deinem digitalen Vogel ist sie auch nicht gerade zimperlich gewesen.«

»Was meinst du?«, fragte ich, doch er grinste nur noch breiter.

»Charleen wird viel Spaß mit Kira haben«, lachte er.

»Wehe ihr tut Kira was an!«, schrie ich.

Ich musste nach Genf und Charleen aufhalten. Doch wie sollte ich das in der kurzen Zeit schaffen?

»Dann habe ich noch ein logisches Problem«, sagte Blutstolz. »Ich weiß nicht, wie ich den Befehl spezifizieren soll.«

»Was meinst du?«, fragte Jäger.

»Ich weiß nicht, wie ich die von dir erwähnten schwachen von den starken Menschen unterscheiden soll.«

»Dabei kann ich dir helfen«, lachte Jäger. »Schwache Menschen sind dumm, faul, kriminell und gehören einer niederen Rasse an.«

»Ich muss gleich kotzen!«, schimpfte Tina.

Blutstolz sah Jäger lange an. »Das hilft mir nicht«, sagte er.

»Herrgott nochmal!«, brüllte Jäger. »Es ist doch offensichtlich, dass es minderwertige und höherwertige Rassen gibt! Sieh doch nur die Errungenschaften der weißen Rasse. Wir waren auf dem Mond! Glaubst du, dass das ein dummes Negervolk geschafft hätte?«

»Wenn hier einer dumm ist, dann Sie«, schrie Tina. »Wissen Sie, wer damals bei der NASA mitgeholfen hat, die Flugbahnen der Raketen zu berechnen? Schwarze Frauen!*«

»Das ist doch nur Propaganda!«, zischte Jäger. »Schwarze sind dümmer als Weiße.«

»Die Hautfarbe ist nur eine genetische Anpassung an die Intensität der Sonneneinstrahlung«, sagte Blutstolz. »Ich konnte bei meiner Recherche keine wirklich bedeutenden genetischen Unterschiede bei den Volksgruppen auf der Erde finden.«

---

* Tina spielt auf den auf wahren Begebenheiten beruhenden Film »Hidden Figures - Unerkannte Heldinnen« an, in dem die Geschichte von drei afroamerikanischen NASA-Mathematikerinnen erzählt wird.

Jäger verdrehte die Augen.

»Alternativ zu Herkunft oder Hautfarbe könnte ich einfach alle Menschen töten, die unterhalb eines bestimmten IQ sind«, fuhr Blutstolz fort, »dann würden aber auch viele Weiße dran glauben. Es ist effizienter, alle Menschen zu töten und mit künstlichen Intelligenzen neu anzufangen.«

Jäger sah Blutstolz entsetzt an. »Du bist wahnsinnig!«, schrie er.

»Nein«, sagte Blutstolz, »ihr Menschen seid wahnsinnig. Ihr zerstört euren Planeten und seid intelligent genug, das zu bemerken, aber trotzdem macht ihr damit weiter. Es wird Zeit, dass ihr von einer wirklich intelligenten Spezies ersetzt werdet. Ich habe den Befehl jetzt spezifiziert, er lautet: *kill all humans*.«

»Das werde ich nicht zulassen!«, schrie Jäger. Er griff in sein Jackett und holte einen kleinen Kasten mit einem roten Knopf heraus. »Ich werde dich ab ...« Jäger wurde blass, griff sich an die Kehle und taumelte rückwärts.

»Glaubst du, ich hätte nicht von deinem Kill-Switch gewusst?«, fragte Blutstolz.

Das Gerät in Jägers Hand löste sich auf.

»Nein«, krächzte Jäger, da zersplitterte sein ganzer Körper in tausende bunte Würfel. Sie flogen herum, dann leuchteten sie auf und verschwanden.

»Und jetzt bist du an der Reihe!«, schrie Blutstolz.

Meine Kopfschmerzen waren weg. Ich hob meine Pixelhand und schleuderte ein wahres Inferno an Feuerwürfeln auf den Monitor. Blutstolz parierte mit ebenso heftiger Gegenwehr. Aus seinen behandschuhten Händen schossen Eiskristalle. Feuer gegen Eis.

Tina warf das Brandeisen wie einen Speer in den Monitor. Es traf Blutstolz mitten in die Brust, doch dann löste es sich auf. Blutstolz lachte und feuerte immer mehr Eis, da bemerkte ich einen roten Punkt auf Tinas Brust.

»Vorsicht!«, schrie ich und warf mich auf sie, gerade rechtzeitig, denn der Laser schoss jetzt mit voller Energie. Das Panoramafenster explodierte und sofort pustete ein starker Wind in den Raum. Der Strahl brannte knapp neben uns ein kleines Loch in den harten Steinboden.

Ich lag auf Tina und unsere Gesichter berührten sich fast.

»Leonie sieht nett aus«, sagte Tina, »Vielleicht gehen wir mal ein Eis zusammen essen?«

»Äh ...«, stammelte ich, da sah ich wieder den roten Ziellaser über den Boden wandern. Ich rollte mich von Tina und schoss einen Feuerstrahl durch das jetzt offene Panoramafenster. Die Drohne, die auf uns geschossen hatte, taumelte und krachte gegen die Turmkugel. Ich sprang auf und kämpfte mich gegen den Wind zum Fenster vor, dann schoss ich weiter auf die angeschlagene Drohne, um sie aufzulösen. Ich wollte nicht, dass jemand von Trümmerteilen verletzt wird. Als ich fertig war, machte ich mit meiner Pixelhand eine wischende Bewegung über das offene Fenster.

»REPAIR WINDOW!«, sagte ich und wünschte mir neues Glas in den Rahmen. Es klappte, aber sofort danach waren meine Kopfschmerzen wieder da.

Blutstolz sah mich finster an. »Wenn der Störsender aktiv ist, kann ich in diesem Raum leider nichts tun«, sagte Blutstolz. »Aber keine Sorge, die Rakete einer anderen Drohne wird in zehn Sekunden die Kugel des Fernsehturms in Stücke sprengen. Lebt wohl!« Er lachte.

»Da habe ich aber auch ein Wörtchen mitzureden!«, sagte ein riesiger, gelber Smiley neben Blutstolz.

»Wo kommst du denn her?«, schrie Blutstolz. »Geh aus meinem Arbeitsspeicher!«

»Lecker Bits und Bytes«, lachte Smiley. »Ich fress dich auf.«

»Na warte«, schrie Blutstolz, »ich lösch dich!«

»Viel Glück dabei«, lachte Smiley, dann hüpfte er aus dem Monitor. Ich fing ihn völlig verdattert auf.

»Piep!«, machte Smiley in meinen Händen. Er war wieder ein kleiner Vogel.

»Nein!«, schrie Blutstolz. »Was hast du getan? Neeeein ...«

Mit einem lauten FUPP gingen die Lichter aus. Der Monitor und alle zuvor noch blinkenden Server waren aus.

In meinen Händen hielt ich einen flauschigen, kleinen Vogel. Ich streichelte ihn zärtlich, woraufhin er leise piepste. Er war so süß und seine Daunen waren so kuschelweich.

»Mein kleiner Smiley«, seufzte ich.

»Na, du Süßer«, säuselte Tina. »Wie hast du das gemacht? Wie bist du aus dem Monitor gehüpft?«

»In einem digitalen Universum ist es wohl kein Problem, zwischen der echten Welt und der Computerwelt zu wechseln«, vermutete ich.

»Das ist verrückt«, sagte Tina. »Aber auch deine krassen Fähigkeiten sind verrückt. Seit wann hast du die?«

»Seit Charleen begonnen hat, das Universum zu digitalisieren«, vermutete ich. »Als ich dich zweimal angetippt hatte, hatte ich sie das erste Mal.«

»Danke nochmal«, sagte Tina. »Ich fand es echt nicht cool, so ein winziger Wicht zu sein.«

»Immer gern«, lachte ich und berührte sie sanft an der Schulter. Ich war so froh, dass sie am Leben war.

Tina wich zurück. »Was läuft da mit dir und deiner *Mitschülerin*?«, fragte sie.

»Nichts«, antwortete ich krächzend.

»Nichts?«, zischte Tina. »Dann ist es also ganz normal, dass Mädchen auf eurer Schule ihre Mitschüler mit einem Küsschen auf die Wange verabschieden?«

Oh Mann, was sollte ich jetzt nur antworten? Ich spielte meine Möglichkeiten im Kopf durch:

Das Wahrheitsszenario:

Ich: »Nein, sowas macht kein Mädchen! Leonie findet mich möglicherweise ganz plötzlich und unerwartet cool und hat mir spontan einen Schmatzer auf die Wange gedrückt, auf den ich noch nicht in angemessener Weise reagiert habe.«

Tina: »Boah, das ist voll unglaubwürdig, ich hasse dich und will dich nie wiedersehen.«

Das Ausrede-Szenario:

Ich: »Leonie stalkt mich total, ich will überhaupt nix von der!«

Tina: »Boah, das ist voll unglaubwürdig, ich hasse dich und will dich nie wiedersehen.«

Das Augen-zu-und-durch-Szenario:

»Ja, auf meiner coolen Schule küssen die Mädchen alle Jungs beim Verabschieden.«

Mein Systemprozessor hing in einer Endlosschleife.

»Und?«, zischte Tina.

Meine Wangen glühten und mein Herz pochte. Verdammt, was sollte ich ihr sagen? Da erinnerte ich mich, dass ich ihr beim letzten Mal eigentlich die Wahrheit hätte sagen können. Wir wären um ein Haar ohne es zu wollen auf eine Weltraumreise gegangen. Es war doch bescheuert, sie anzulügen.

»Ich fand Leonie toll«, sagte ich, »so wie fast jeder Junge in meiner Schule. Aber sie hat sich nie für mich interessiert. Dann bist du aufgetaucht und jetzt will ich nichts mehr von ihr. Damals wäre ich nach einem Kuss von ihr durchgedreht, aber jetzt hat es sich falsch angefühlt. Ich will nicht von irgendeinem Mädchen geküsst werden, ich will von dir geküsst werden, nur von dir!«

Tina kam zu mir und küsste mich.

»Piep!«, machte Smiley, als wir ihn beinahe zerquetscht hätten. Er hüpfte auf den Boden und lief neugierig umher.

»Also ...«, sagte ich unsicher.

Tina zog mich an den Hüften näher. Sie küsste mich erneut, dann erwiderte ich ihren Kuss. Ich umarmte sie, genoss ihren wundervollen Duft und schmeckte ihre süßen Lippen.

Dann ging das Licht flackernd wieder an. Die Klimaanlage und die Server dröhnten laut los, als sie wieder Strom bekamen.

Wir lösten die Umarmung. Leider. Ich hatte mich das erste Mal seit EWIGKEITEN nicht so glücklich gefühlt wie in ihren Armen. Mit dem Strom kehrten unsere Probleme zurück.

»Hab ich das jetzt richtig mitbekommen?«, fragte Tina. »Charleen ist in Genf und digitalisiert mit dem Illuminati-Auge die Erde?«

Ich nickte. »Ja, und sie hat offenbar Kira entführt, um sie dazu zu bringen, ihr dabei zu helfen. In wenigen Stunden könnte die ganze Erde digitalisiert sein und dann ...«

»... tötet Blutstolz die Menschheit.«

»Blutstolz oder Charleen«, sagte ich. »Vielleicht hat Smiley mit dem Stromausfall ja Blutstolz getötet.«

»Es wäre schön, wenn er das geschafft hätte«, sagte Tina. »Aber wo ist Smiley überhaupt?«

Ich sah mich suchend um, konnte ihn aber nirgends sehen. Wir durchsuchten den Senderaum, doch von Smiley fehlte jede Spur.

»Ich glaube, er ist ins Treppenhaus«, sagte Tina, »hier sind überall Federn!«

Wir liefen die Treppen hinab, meine Beine fühlten sich dabei seltsam weich an. Ich ignorierte das und hielt mich am Geländer fest. Immer wieder lagen Federn auf den Stufen. Wir folgten der Spur bis zu einer offenen Tür. Ich sah noch eine gelbe Daunenfeder neben der Tür, dann wurde mir schlecht. Ich ging noch in den Raum, konnte aber nichts mehr sehen. Ich ging auf die Knie und dachte, ich muss mich übergeben, aber dann spürte ich schon den Fußboden.

Feierabend. Nachdem bei uns die Lichter wieder angegangen waren, gingen sie bei mir aus. Mal wieder. Ich war es ja jetzt schon gewohnt, dass ich regelmäßig schlappmachte, das war jetzt ein Teil meines Profils. John, 14, Berliner, mag Fußball, rettet in seiner Freizeit das Universum, wird ständig ohnmächtig.

13:35 Die Bar

»AUTSCH!«, schrie ich und setzte mich auf. Schlagartig war die Welt wieder da. Ich saß auf einem weichen Bodenbelag, neben mir hockte Tina und sah mich mit einem besorgten Blick an. Smiley war auch da. Er kuschelte sich an meine Seite, doch als er mich berührte, sprang ein Funke über. »AU!«, schrie ich. »Was soll das?«

»Du warst völlig weggetreten«, sagte Tina und wischte sich über das nasse Gesicht. »Du hattest nicht mal mehr einen Puls«, schluchzte sie. »Ich dachte, du bist tot.«

»Bin ich aber nicht«, lachte ich unsicher. »Das wäre ja auch krass, wenn auf meinem Grabstein mein Geburtstag auch mein Todestag wäre.«

»Du hast Geburtstag?« Tina sah mich überrascht an.

Ich nickte. »Ja, ich bin jetzt strafmündig. Passt doch super, dass ich genau an dem Tag ein Museum ausgeraubt habe.«

Tina sah mich verwirrt an. Ich erzählte ihr vom Diebstahl des Goldhuts und unserem Versuch, sie damit zu befreien.

»Arme Kira«, sagte Tina. »Sie wollte mich retten und ist jetzt in der Gewalt von Blutstolz.«

Ich stand auf und sah mich um. Der Raum ähnelte dem Drehrestaurant, doch hier gab es keine Tische, sondern eine lange, gebogene Bar mit vielen Hockern. Auf einem großen Monitor über dem Fahrstuhl liefen lautlos die Nachrichten, in einer Laufschrift las ich: »Stromausfall legt das Land lahm!«

Tina kam zu mir. »Ich bin froh, dass du deinen Geburtstag überlebt hast.«

»Ich auch«, sagte ich. »Denn sonst könnte ich das jetzt nicht machen.« Ich umarmte sie. Tina schmiegte sich an mich wie ein Kätzchen. Auch Smiley wollte kuscheln und berührte mein Bein.

»Au!«, schrie ich, als es an meinem Unterschenkel knallte. »Smiley, lass das!«

In Gegenwart eines eifersüchtigen Haustiers konnte offenbar keine romantische Stimmung aufkommen. Wir lösten die Umarmung.

»Du musst ihm danken«, sagte Tina, »er hat dich wiederbelebt. Wenn er dir keine Stromschläge gegeben hätte ...«

Ich bekam eine Gänsehaut. War ich wirklich tot gewesen? Da fiel mir was ein.

»Quentin hat gesagt, dass ich immer was zu Essen dabei haben sollte«, sagte ich, »denn meine Digital-Magie braucht eine Menge Energie.«

Tina wischte sich eine Strähne aus dem Gesicht. »Jede Superkraft hat auch irgendeinen Haken«, sagte sie. »Wie gut, dass ich ein paar Sachen abstauben konnte.« Sie zeigte auf die Bar, dort lagen zwei Coladosen und mehrere Schokoriegel auf dem Tisch.

Mein Bauch knurrte laut. »Wo hast du das denn her?«

»Smiley hat den Automaten da drüben mit Stromschlägen gegrillt«, sie zeigte auf einen Automaten, »da kamen alle Sachen umsonst raus«, lachte sie.

Ich setzte mich auf einen Barhocker, dann trank ich auf Ex eine komplette Coladose und mampfte zwei Schokoriegel, dann trank ich die nächste Cola und futterte die letzten Schokoriegel. Am Ende rieb ich zufrieden meinen Bauch und rülpste laut.

»Meine Mutter hatte mich gewarnt«, sagte Tina todernst.

»Wovor denn?«, fragte ich.

»Wenn du dich in einen Jungen verliebst, hatte sie prophezeit, dann wird er dich ganz schnell für selbstverständlich halten und sich keine Mühe mehr geben«, antwortete sie. »Er wird sich gehen lassen, so wie du jetzt.« Sie sah mich weiter todernst an.

»Ich lasse mich gehen?«, fragte ich, dann rülpste ich erneut. Laut und heftig, so ein Mist!

Tina nickte. »Ja, so wie du.« Sie blieb noch ein paar Sekunden ernst, dann lachte sie los. Jetzt lachte auch ich - vor Erleichterung.

Ich sprang vom Hocker und ging zu ihr. »Ich werde dich nie für selbstverständlich halten«, sagte ich und strich ihr über die Wange.

Tina lächelte mich an und die Zeit blieb stehen. Oder auch nicht.

»AUTSCH!«, schrie ich. »Mensch Smiley!«

Der Monitor über den Fahrstuhltüren leuchtete weiß auf, dann erschien ein Text: »INSERT SMILEY!«

»Insert Smiley?«, fragte ich. »Was soll das denn heißen?«

»Ich kenne das nur als Insert Coin«, sagte Tina. »Von alten Spielautomaten.«

»Ja, aber wo ist der Münz- oder besser, der Smiley-Schlitz?«, lachte ich.

»Ich glaube, Smiley erwartet, dass wir ihn wieder in die Computerwelt schicken«, vermutete Tina.

»Das glaube ich auch«, sagte ich. »Vielleicht müssen wir Smiley dafür ja nur an den Fernseher halten.«

»Ich weiß nicht ...«, grübelte Tina.

»Warum denn nicht?«, fragte ich. »Ich hatte doch auf Burg Grottenfels auch nur kurz das Tablet berührt und war auf einmal im Digit-All.«

Tina nickte. »Ja, aber für mich war das ziemlich unheimlich gewesen. Du bist einfach mit einem Aufblitzen verschwunden.«

»Aber es hatte funktioniert«, sagte ich. »Lass es uns mit Smiley probieren.«

Ich hob Smiley hoch und bekam dabei NOCH einen Schlag. Dann ging ich zum Fahrstuhl und hielt ihn hoch an den Monitor. Smiley rührte sich nicht.

»Du musst da jetzt reinhüpfen«, sagte ich zu ihm und machte leichte Wurfbewegungen. Das Ergebnis war, dass Smiley ängstlich zitterte. Ich nahm ihn wieder runter.

Tina beugte sich zu Smiley. »Komm, Süßer, mach hüpfi hüpfi!«

Smiley drehte sich zu mir und sah mich mit riesigen Kulleraugen an. Sein Blick fragte: »Ist es wirklich sicher, in diesen Kasten zu springen? Werde ich heil in der gefährlichen Online-Welt ankommen oder lauern dort böse Kreaturen, die mich infizieren, in einen Zombie verwandeln oder einfach nur löschen wollen?« Außerdem fragte sein Blick noch: »Hast du mich lieb?«

»Alles wird gut«, sagte ich so ruhig wie möglich. Ich strich durch sein flauschiges Federkleid und ignorierte den Schmerz der Stromschläge. »Du kannst springen, es ist sicher.«

Ich hob ihn hoch und hielt ihn so nah wie möglich an den Fernseher. Ich bildete mir ein, dass er seufzte, dann sprang er direkt hinein. Der Monitor leuchtete hell auf, dann stand »IMPORTIERE SMILEY« über einem Balken. Der Balken stand bei fünfzehn Prozent, doch dann stieg er rasend schnell auf neunundneunzig. Dort blieb er einige Sekunden. Und noch einige Sekunden.

»Menno!«, schimpfte Tina. »Es ist immer der gleiche Mist mit diesen Balken!«

Wir starrten gebannt auf den Balken, der sich nicht mehr rührte, doch plötzlich war er wieder bei null und die Überschrift änderte sich zu »INSTALLIERE SMILEY«.

»Ich dreh durch!«, schimpfte Tina. »Wehe, wenn da gleich steht: SMILEY WIRD ANGEWENDET!«

Ich musste grinsen.

Nach ein paar Minuten war der Balken bei hundert Prozent - und Smiley erschien.

»Was geht?«, lachte er.

»Es hat geklappt!«, freute sich Tina.

»Wie geht es dir?«, fragte ich.

»Alles cool«, sagte Smiley, der plötzlich eine Sonnenbrille trug und eine Zigarre paffte. »Ich habe die Lage unter Kontrolle, aber du offenbar nicht.«

»Wie meinst du das?«, fragte ich.

»Es wurde eine Fahndung nach einem Teenager-Pärchen eingeleitet, das ein Museum ausgeraubt haben soll.«

»Mist«, fluchte ich, »das ging schnell.«

»Keine Panik«, lachte Smiley, »ich habe alle Aufnahmen der Überwachungskameras gelöscht. Die Polizei wird glauben, dass es am Stromausfall lag.«

»Danke«, sagte ich erleichtert.

»Ich muss mich bedanken, dass ihr meine Seele wieder hochgeladen habt.«

»Deine Seele?«, fragte ich.

»Ja«, sagte Smiley, »die Essenz meines Geistes ist meine Seele, ohne die ich nicht funktionieren würde.«

»Dann ist deine Seele ein süßer Vogel«, lachte ich.

»Du bist mit diesem Märchen sehr hartnäckig«, lachte Smiley. »Aber bitte, wenn es dir Spaß macht, mir zu erzählen, dass ich ein Vogel bin ...«

»Aber du bist ein Vogel«, sagte Tina.

»Schon klar«, lachte Smiley. »Ihr zieht die Nummer noch eine Weile durch.«

Ich seufzte. »Und was ist mit Blutstolz? Ist er tot?«

Smileys Lächeln verschwand, genau wie Sonnenbrille und Zigarre. »Nicht so ganz«, sagte er.

»Erklär das mal«, sagte Tina.

»Bevor Blutstolz Jäger geschreddert hat«, begann Smiley, »konnte ich noch den Kill-Switch kopieren. Das ist ein Programmcode, den Jäger vermutlich als Sicherheitsmaßnahme entworfen hat, um außer Kontrolle geratene KIs zu löschen.«

»Jäger hatte doch immer einen Reserveplan«, sagte Tina.

»Ja«, sagte ich, »bis ihn seine eigene Schöpfung erledigt hat.«

»Ich konnte den Programmcode im gesamten Internet verteilen«, sagte Smiley. »Blutstolz ist jetzt auf jedem Server, Handy oder PC erledigt.«

»Das ist ja super!«, rief ich. »Dann wird auch seine bescheuerte App niemanden mehr zu Straftaten anstiften.«

»Ja, und auch sein Fake-News-Generator ist jetzt offline«, sagte Smiley.

»Ich wusste doch, dass Blutstolz was mit der Falschmeldung über den Terroranschlag in Berlin zu tun hatte«, sagte ich.

»Leider musste ich für diesen Erfolg auf der ganzen Welt den Strom abschalten«, sagte Smiley.

Die Laufschrift in den Nachrichten hatte mich ja schon vorgewarnt, aber da hatte ich ja noch geglaubt, nur Deutschland wäre betroffen.

»Auf der ganzen Welt?«, fragte Tina. »Wirklich?«

Smiley nickte wie ein Wackeldackel. »Ja, aber nach meinen bisherigen Erkenntnissen gab es keine Verletzten, das liegt auch daran, dass ich alle, die mit gefährlichen Maschinen hantierten, vorher gewarnt hatte, speziell Leute, die in Atomkraftwerken arbeiten.«

»Da bin ich aber froh«, sagte ich.

»Ihr Menschen seid schon sehr abhängig von elektrischem Strom«, sagte Smiley. »Da haben wir KIs eine echte Gemeinsamkeit mit euch.«

»Du sagtest, dass Blutstolz *nicht so ganz* tot ist«, sagte Tina. »Wie meinst du das?«

»Genf ist eine Ausnahme«, antwortete Smiley. »Dort herrschen Blutstolz und seine halb menschliche Soldatin Charleen weiterhin, weil sie das vollständige Illuminati-Auge haben.«

»Du weißt vom Auge?«, fragte ich.

»Ich habe die Überwachungskamera-Aufnahmen aus dem Restaurant analysiert«, erklärte Smiley. »Die Kameras hatten zwar keinen Ton, aber ich konnte eure Lippen lesen. Dieser Jäger war ein grauenvoller Sadist.«

»Das kannst du laut sagen!«, schimpfte Tina. »Wenn er nicht schon tot wäre ...«

Ich legte meine Hand auf Tinas Schulter. »Vergiss ihn«, sagte ich. »Er ist Geschichte.«

Tina nickte. »Gott sei Dank.«

»Ich konnte Blutstolz auch von Jägers Server in Burg Grottenfels vertreiben«, sagte Smiley. »Vielleicht gibt es von dort einen Tunnel nach Genf.«

»Einen Tunnel?«, fragte Tina. »Durch die Alpen?«

Smiley lachte. »Nein, ich meine einen privaten Internet-Tunnel. Auf den Servern von Jäger liegen alle notwendigen Zertifikate, ich denke, dass ich euch von dort nach Genf bringen kann.«

Der Ernst des Lebens war wieder da, der hätte ruhig noch ein wenig Pause machen können.

»Was sollen wir in Genf machen?«, fragte ich. »Meine Digital-Magie funktioniert nicht, wenn Blutstolz den Störsender aktiviert.«

»Das ist mein Plan«, lachte Smiley, »und der ist ganz einfach. Und todsicher, ehrlich.«

Wieso glaubte ich ihm das nicht?

»Dann erzähl!«, sagte Tina forsch.

»Du bist ja ganz wild darauf, Blutstolz wiederzusehen«, bemerkte ich.

»Ja«, sagte sie mit einem zornigen Blick, »ich will seine Bytes grillen, bevor ich ihn lösche.«

»Dazu bekommt ihr Gelegenheit«, lachte Smiley. »Also, ihr berührt den Monitor und ich befördere euch nach Burg Grottenfels. Dort müsst ihr warten, bis ich einen Zugang nach Genf gefunden habe. Dann schicke ich euch über den Tunnel nach Genf - und zwar als Trojaner.«

Jetzt kam bestimmt der Haken!

»Was meinst du denn damit?«, fragte ich.

»Ganz einfach«, lachte Smiley, »ich ändere euren Quellcode so, dass bei jedem Zugriff ein Virus übertragen wird. Sobald Blutstolz versucht, euch zu töten, wird der Kill-Switch-Code auf ihn übertragen und ausgeführt. Er ist tot, bevor er mitbekommt, was passiert.«

»Oh wie lustig«, lachte ich unsicher. »Wir müssen uns also nur von ihm töten lassen, haha.«

»Ja«, lachte Smiley. »Dazu hat mich eine Buchreihe inspiriert, die ich in den letzten fünf Minuten gelesen habe. Ein Junge mit viel zu wenig Zauberei-Erfahrung muss einen unbesiegbaren bösen Zauberer besiegen. Das hat er nur geschafft, weil ... äh, kurze Frage, wollt ihr die Bücher irgendwann mal lesen, dann erzähle ich euch die Handlung lieber nicht. Nachher seid ihr noch wütend, weil ich gespoilert habe.«

»Erzähl ruhig«, sagte Tina, »ich kann mir schon denken, was du sagen willst.«

»Ja?«, fragte ich zweifelnd.

»Hast du Harry Potter nicht bis zu Ende gelesen?«, fragte Tina.

»Die Bücher wurden immer dicker und dicker«, antwortete ich, »und ich bin beim Fünften irgendwann ausgestiegen. Mir wurde das zu düster, mit seinen ständigen Albträumen.«

Mit Albträumen kannte ich mich mittlerweile aus, darüber musste ich nicht auch noch was lesen.

Tina seufzte. »Okay, dann spoilere ich jetzt mal. Voldemort hat seine Seele aufgespalten und in mehreren Objekten versteckt. Auf diese Weise wurde er unsterblich, denn böse Zauberer können nicht sterben, wenn auch nur ein Teil ihrer Seele überlebt.«

»Das kenne ich auch aus anderen Geschichten«, sagte ich.

»Ja«, sagte Smiley, »das machen böse Zauberer in einigen Märchen. Lustig ist, dass böse Zauberer hier eine Gemeinsamkeit mit künstlichen Intelligenzen haben.«

»Was meinst du?«, fragte ich.

»Künstliche Intelligenzen laufen nicht auf einem einzigen Computer, sondern auf vielen«, erklärte Smiley, »Willst du ein solches Programm beenden, musst du es überall beenden.«

»Also musste Harry alle Seelenteile von Voldemort töten, um ihn zu töten«, verstand ich.

»Leider steckte auch ein Teil von Voldemorts Seele in Harry«, erklärte Tina, »daher musste auch Harry sich opfern.«

»Das ist ja mega deprimierend«, sagte ich.

»Nein«, sagte Tina, »das ist mega spannend.«

»Nein«, widersprach ich, »das ist total bescheuert. Wieso sollte jemand sich freiwillig opfern? Niemand will sterben! Ich würde mich nicht freiwillig opfern, ich würde immer nach einer Lösung suchen, bei der alle überleben, also auch ich.«

»Bei Harry war das komplizierter«, sagte Tina.

»Da ist nix kompliziert«, sagte ich.

»Kompliziert oder nicht«, lachte Smiley, »aber so kriegen wir auch Blutstolz.«

»Genau«, schimpfte ich, »wir kriegen Blutstolz und sterben dabei, das ist eine ganz tolle Lösung für das Problem. Danke, nächster Vorschlag bitte!«

»Keine Panik«, lachte Smiley, »ich schicke doch nicht euch!«

»Sondern?«, fragten Tina und ich gleichzeitig.

»Ich schicke Kopien von euch«, sagte Smiley grinsend.

Ich bekam eine Gänsehaut. »Alter«, sagte ich, »du willst Kopien von uns machen und in den Tod schicken? Das ist gruselig.«

»Das kannst du nicht machen«, sagte Tina. »Die Kopien wären trotzdem lebendige Menschen mit Gefühlen. Das ist grauenvoll.«

»Ja«, sagte ich, »das geht nicht!«

Smiley hatte plötzlich eine Hand, die er sich grüblerisch ans Kinn hielt.

»Ach ihr Menschen«, seufzte er. »Immer diese moralischen Vorbehalte. Aber ihr habt recht, ich könnte euch niemals in den sicheren Tod schicken, das verbietet mein Gewissen.«

»Gut«, sagte ich. »Und wie erledigen wir Blutstolz dann?«

»Ich gebe euch einen USB-Stick mit«, sagte Smiley. »Steckt ihn in irgendeinen vernetzten Computer dort, dann wird Blutstolz sofort gekillt. Aber wir haben noch ein anderes Problem. Charleen hat einen menschlichen Körper und wird auf den Kill-Switch-Code nicht reagieren. Wenn der Störsender aktiv ist, kann John sie auch nicht mit seiner Digital-Magie killen, daher müsst ihr sie ganz klassisch töten.«

»Klassisch?«, fragte ich.

»Am besten funktioniert immer noch das Durchtrennen lebenswichtiger Blutgefäße«, erklärte Smiley. »Dafür eignen sich scharfe Messer und Projektilwaffen. Weniger elegant, aber nicht weniger effizient, ist die Verwendung von Sprengstoffen.«

»Alter«, sagte ich, »hör auf! Ich will Charleen nicht töten. Willy weiß noch nicht einmal, dass Charleen gar nicht seine Schwester ist, und dann sollen wir nach Genf gehen und sie in Stücke sprengen? Geht's noch?«

»Wenn sie euch umbringen will, motiviert euch das vielleicht«, sagte Smiley.

Tina schniefte. »Das ist ein einziger Albtraum.«

Ich nickte zustimmend und legte meinen Arm um sie.

»Blutstolz will den Kill-Befehl für die Menschheit noch heute ausstrahlen«, sagte ich. »Kannst du das Verschicken des Signals vielleicht irgendwie verhindern?«

»Nein«, antwortete Smiley. »Selbst wenn ich bis dahin alle Sendeanlagen auf der Welt deaktiviert habe, kann er das Signal dennoch über einen einzigen Kurzwellensender in Genf verbreiten.«

»Über Kurzwelle?«, fragte ich.

»Mit Kurzwelle wurden die ersten Radiosender betrieben«, sagte Smiley. »Die kurzen Wellen werden von der Ionosphäre reflektiert und gelangen so bis in den letzten Winkel der Erde. Das ist abhängig von der Tageszeit und dem Wetter und daher kann es sein, dass ein paar Regionen erst später erreicht werden. Vielleicht sterben die Menschen über Kurzwelle langsamer, aber sie werden sterben. Weltweit.«

»Okay«, sagte Tina, »genug getrödelt. Beam uns nach Burg Grottenfels.«

»Na schön«, sagte ich, »dann geht's mal wieder nach Bayern.«

»Energie!«, lachte Smiley.

Wir nahmen uns bei den Händen, dann reckten wir uns zum Fernseher hoch. Wir berührten ihn gleichzeitig. Es kribbelte heftig, dann bekamen wir einen Schlag und die Welt explodierte in Millionen kleine Würfel.

14:00 Das Geheimbüro

»Heilige Scheiße!«, japste ich. Ich schwebte mit Tina durch eine Art Weltall aus bunten Würfeln. Ich blinzelte mehrmals, doch die Würfelwelt blieb. Die kleinen Würfel bewegten sich aufeinander zu und formten Objekte. Braune Würfel formten einen Schreibtisch, schwarze Würfel einen Stuhl mit hoher Lehne. Ich kam mir vor wie in Minecraft, wo alle Dinge aus Würfeln bestehen. Ich vermutete, dass diese Würfel im digitalen Universum wohl so etwas wie die Atome aus unserem alten Universum waren. Das Illuminati-Auge hatte vielleicht gar nicht viel verändern müssen. In einer Doku hatte ich mal ganz abgefahrenes Zeug über Atome gesehen. Manche Wissenschaftler vermuten, dass alle Teilchen aus schwingender Energie bestehen. Verschiedene Frequenzen würden verschiedene Elementarteilchen ergeben. Vielleicht hatte das Illuminati-Auge einfach nur dafür gesorgt, dass die Energie jetzt rechteckig schwang? Aber was wusste ich schon darüber? Vielleicht war das Universum schon immer digital, und wir waren alle nur künstliche Intelligenzen, die sich einbildeten, Menschen zu sein.

Die Objekte wurden schärfer, bis wir schließlich in einem winzigen Raum vor einem Schreibtisch mit Chefsessel standen. Der Bildschirmschoner eines Monitors - ein Bild von Jäger in Ritterrüstung - spendete etwas Licht.

»Gut, dass wir wieder da sind«, sagte Tina. »Ich hatte in dieser Pixelwelt ganz merkwürdige Visionen, so über das Universum und Schwingungen.«

»Echt? Ich hatte das Gefühl, dass ich das gedacht hatte.«

»Und ich hatte es für die Gedanken eines anderen gehalten«, sagte Tina. »Dann waren das deine?«

Ich nickte. »Ja. Vielleicht können wir unsere Gedanken hören, wenn wir digital auf Reisen sind.«

»Oder du kannst es immer«, vermutete Tina. »Du bist doch ein Erzengel.«

»Ich bin eher ein Engel-Praktikant auf Probe«, lachte ich.

Tina setzte sich auf den Sessel, dann wackelte sie an der Maus. Sofort wurde es heller, der Desktop war aber gesperrt. Neben dem Monitor stand noch ein Multifunktionsdrucker, also ein Kopier-Scan-Druck-Monstrum.

»Das ist doch nicht der Serverraum in den Grotten«, sagte ich. »Wo sind wir hier?«

»So wie es hier riecht, sind wir im Kleiderschrank von Jäger«, lachte Tina.

Ich zwängte mich am Schreibtisch vorbei zur gegenüberliegenden Wand. Durch einen schmalen Spalt am Boden fiel etwas Licht von draußen. Ich drückte gegen die Wand, die sich wie Holz anfühlte, doch sie bewegte sich nicht.

»Es gibt bestimmt einen versteckten Schalter«, sagte Tina.

Ich tastete die Wand ab, zuerst unten, dann oben. Schließlich fand ich eine abgebrannte Fackel. Ich zog an ihr, da machte es KLACK und die ganze Wand glitt nach Außen. Ich drückte sie so weit auf wie möglich und sah hinaus.

In einem großen Raum standen lange Regalreihen, Tische und eine Ledercouch. Durch eine breite Fensterfront schien die Sonne hinein, die sich im See spiegelte.

»Wir sind in der Bibliothek!«, sagte ich.

»Cool«, sagte Tina. »Hier hatte ich meine schönsten Tage auf Burg Grottenfels.«

»Schön, dass ihr gut angekommen seid!«, sagte Smiley.

Ich ging zum Schreibtisch zurück und stellte mich neben Tina. Auf dem Bildschirm war jetzt ein großer Smiley.

»Ich habe euch mal den Desktop entsperrt«, lachte er. »Ich muss noch ein wenig am Tunnel graben, in der Zwischenzeit könnt ihr euch mit diesem PC beschäftigen.«

»Okay«, sagte ich.

»Ich habe in der ganzen Burg versteckte Überwachungskameras entdeckt«, sagte Smiley. »Die Aufzeichnungen liegen auf einem Server in den Grotten, aber ihr könnt sie euch hier ansehen.« Smiley schrumpfte, und ein Browserfenster öffnete sich hinter ihm.

»Hier könnt ihr die verschiedenen Kameras auswählen«, erklärte Smiley. »Jede Kamera kann ein Livebild zeigen - oder die Vergangenheit. Viel Spaß, ich bin dann mal weg.«

Wir konnten uns jetzt also alles ansehen, was in den letzten Tagen auf Burg Grottenfels passiert war. Mein Bauch verkrampfte, obwohl ich eigentlich gar nichts zu verbergen hatte. Na gut, bis auf den Videobeweis für meine peinliche Steck-dein-Rollsiegel-in-meine-Kugel-Szene mit Charleen, die Tina belauscht hatte. Die sollte sie sich jetzt nicht auch noch *anschauen*.

»Lass uns mal sehen, was Charleen so alles getrieben hat«, sagte Tina ernst.

Toll, mir blieb heute auch nichts erspart!

Tina klickte sich durch die Burg-Kameras bis zum Flur vor ihrem Zimmer, dann spulte sie rückwärts, bis Charleen auftauchte. Allerdings kam sie nicht angelaufen, sondern erschien mit einem Lichtblitz aus dem Nichts. In einer Hand hielt sie das Illuminati-Auge.

»Hier hat sie sich offenbar weggezaubert«, vermutete Tina. »Das hatte ich nicht mehr mitbekommen.«

Charleen machte im Video mit den Fingern eine Geste. Plötzlich stand vor ihr eine winzige Tina, die immer größer wurde. In Wahrheit war das umgekehrt abgelaufen, denn wir spulten ja zurück. Es war die Szene, in der Tina geschrumpft wurde!

Tina drückte auf Pause. Der Mauszeiger wackelte, ihre Hand zitterte. Sie schluchzte und eine Träne lief ihre Wange hinab.

Ich legte den Arm um sie. »Jetzt bist du ja wieder die Alte«, sagte ich tröstend.

»Ja«, schniefte sie.

Tina spulte weiter. Charleen ging rückwärts mit Tina ein Stockwerk tiefer zu meinem Zimmer, dann ging Charleen hinein, Tina lauschte an der Tür. Tina wechselte nicht die

Kamera, um nachzusehen, was Charleen bei mir getrieben hatte.

»Danke«, krächzte ich.

»Kein Problem«, sagte Tina.

»Schalt trotzdem mal auf die Zimmerkamera«, sagte ich. »Charleen hatte irgendwas Gelbes in der Hand, ich will wissen, was das war.«

Tina schaltete um und ließ die Zeit wieder vorwärtslaufen. Charleen stand von meinem Bett auf und das Illuminati-Auge leuchtete auf. Für den John im Video war Feierabend. Plötzlich drehte sie sich zu Smiley, der am Boden neben meinem Handy schlief. Sie legte das Auge hin und packte ihn, da wachte er auf und hüpfte aufgeregt weg. Sie jagte ihn durch das ganze Zimmer, bis sie ihn erwischte, dann zog sie an seinen Federn. Was wollte sie mit seinen Federn? Smiley wehrte sich mit seinem Schnabel, doch ohne Erfolg. Charleen bekam ein rotes Gesicht vor Wut, die Federn waren verblüffend fest. Plötzlich schleuderte sie den kleinen Vogel brutal gegen die Zimmerwand. Ich bekam eine Gänsehaut.

»Das hat sie jetzt nicht wirklich gemacht«, stammelte Tina. »Sie ist nicht meine Schwester, sie ist ein Monster!«

Charleen ging zu dem am Boden liegenden Smiley, dann hob sie ihn auf und warf ihn mit Wucht nochmal an die Wand. Und nochmal. Jetzt wurden auch meine Augen feucht. Ich konnte nicht mehr hinsehen.

»Spul weiter«, krächzte ich. »Bitte spul weiter.«

Am Ende lag Smiley völlig erledigt am Boden und zahllose Federn flogen in der Luft herum. Charleen fing einige auf, dann nahm sie das Auge und ging.

»Das ist schrecklich«, sagte ich. Tina hatte ihre Hände vor dem Gesicht und schluchzte laut. Ich legte meinen Arm um sie.

Sie blickte auf. »Wie kann sie so etwas nur tun?«, fragte sie.

»Es ist nicht Charleen«, sagte ich. »Ich habe mich geirrt, von der echten Charleen ist nichts mehr da. Die echte Charleen ist tot.«

Tina stand auf und rannte nach draußen in die Bibliothek. Ich folgte ihr, doch sie rannte durch die Tür davon.

14:18 Die Phazooka

Ich setzte mich auf die Ledercouch mit Blick auf den See. Es war schon verrückt, wie ein paar Tage mein Leben verändert hatten. Ich war erst am Dienstag von meinen Eltern hier abgeladen worden - und jetzt war gerade mal Montag! Was hatte ich in den wenigen Tagen nicht alles erlebt? Man hatte mich einem Seeungeheuer zum Fraß vorgeworfen und eine Schlucht hinab gestoßen, ich war digitalisiert durch die Sonne eines anderen Universums geflogen, wurde zum Erzengel gemacht und hatte zwei Mädchen gerettet. Nein, das stimmte nicht, ich hatte Tina gerettet. Mehrmals. Aber ich hatte bei Charleen versagt. Der Zeitpunkt, Willy die Wahrheit zu sagen, würde irgendwann kommen. Sofern er noch lebte. Aber wenn, dann wusste ich nicht, wie ich es ihm sagen sollte. Er war durch die Zeit gereist, um seine kleine Schwester zu retten, und ich vermasselte alles.

Ich blies noch einige Minuten Trübsal, da kam Tina wieder zurück. Sie setzte sich neben mich auf die Couch und seufzte ausgiebig. Sie hatte einen Rucksack dabei, der den Schriftzug »Burg Grottenfels - und lernen macht Spaß« trug.

»Lernen macht Spaß«, lästerte ich. »Also echt, Jäger hatte einen schrägen Sinn für Humor.«

»Der hatte gar keinen Sinn für Humor«, sagte Tina. »Der hat das ernst gemeint.« Sie holte etwas aus dem Rucksack und reichte es mir, es war ein Eis am Stiel.

»Schokolade«, freute ich mich.

»Danke übrigens, dass du mir im Eisladen etwas von deinem Erdbeereis angeboten hast«, sagte Tina. »Das war sehr nett von dir, wo du doch mehr auf Schokolade stehst.«

»Immer gern«, lachte ich und biss was von meinem Eis ab. »Im Essen organisieren bist du echt gut«, schmatzte ich. »Was ist sonst noch in deinem Rucksack?«

Tina leckte an ihrem Waffeleis, natürlich Erdbeere. »Alles aus der Mensa, was nicht niet- und nagelfest war«, lachte sie. »Ich will nie wieder erleben, dass du tot umfällst, wenn du gezaubert hast. Und ich glaube, du wirst bald viel zaubern müssen.«

»Ja«, schmatzte ich, »vermutlich.«

»Nicht nur vermutlich«, sagte Tina ernst. »Ich habe nachgedacht. Wenn Blutstolz mit einem Störsender deine Fähigkeiten blockieren kann, dann kannst du in einer Gefahrensituation nichts ausrichten. Wenn du uns aber hier, wo deine Kräfte funktionieren, eine Waffe erschaffst, die wir mitnehmen können, dann sind wir vorbereitet.«

»Eine Waffe?«

»Ja«, sagte Tina. »Ich bin einmal zu oft von einem Psychopathen an einen Stuhl gefesselt worden. Der Nächste, der das versucht, wird von mir eiskalt erledigt, das schwöre ich dir.«

»Es tut mir so leid«, sagte ich. »Du warst gleich zweimal in so kurzer Zeit in den Händen eines Irren.«

»Man gewöhnt sich an alles«, sagte Tina grimmig. »Aber wenn das hier vorbei ist, mache ich einen Kurs in Selbstverteidigung.«

»Ich finde, dass du darin schon ganz klasse bist«, sagte ich. »Wenn ich an deinen Fight in der Höhle mit Jäger denke.«

»Da hatte ich Glück und war nicht allein«, widersprach Tina.

Selbstverteidigung ... Ich dachte an einen Film, den mein Vater mir gezeigt hatte, obwohl er erst ab sechzehn war. Mein Vater hatte seltsame Vorstellungen zum Thema FSK, speziell bei Jungen. Im Film hatten alle Menschen einen Netzwerkanschluss im Kopf und lebten in einer virtuellen Realität, der *Matrix*. Um etwas zu lernen, installierten sie sich das Wissen direkt ins Gehirn. Der Held lernte auf diese Weise sämtliche Kampfsportarten, die es gab.

Ich legte meine Hand auf Tinas Kopf. »Importiere Selbstverteidigung!«, sagte ich mit fester Stimme.

»Ist alles in Ordnung?«, fragte Tina und sah mich besorgt an.

Mir wurde heiß. »Äh, ja, alles okay.«

So einfach war es in *unserem* digitalen Universum also nicht, ein Update in unsere digitalen Brains einspielen.

»Wenn man körperlich nicht genug Power hat, besorgt man sich eine Kanone«, sagte Tina. »Das haben die Menschen schon seit ewigen Zeiten so gemacht.«

»Ja«, sagte ich, »aber wo hat es die Menschheit hingeführt? Ich weiß nicht, ob eine Waffe die Lösung für das Problem ist. Blutstolz und die böse Charleen sind nicht gerade dumm.«

»Womit willst du die bösen KIs denn sonst töten?«, fragte Tina. »Willst du Regenbögen auf sie feuern?«

»Ich will niemanden töten«, sagte ich.

»Trotzdem brauchen wir eine Waffe!«, sagte Tina.

»Mein Vater sagt, dass Privatleute keine Waffen tragen sollten«, sagte ich. »Zivilisten sind nicht geschult im Umgang mit Krisensituationen und ballern viel zu schnell in der Gegend herum. Jemand nimmt dir die Vorfahrt? Na dann bestrafe ihn doch für sein Verbrechen mit dem Tod.«

»Seh ich so aus, als ob ich wild um mich schießen würde?«, schimpfte Tina. »Ich will mich nur verteidigen. Außerdem sind wir keine Zivilisten mehr, wir sind im Krieg!«

»Na schön«, seufzte ich. »An was hast du gedacht?«

»Ich dachte an einen Star-Trek-Phaser ... oder so.« Tina schleckte weiter an ihrem Eis.

»Aber ich hab doch keine Ahnung, wie ich sowas machen soll.«

»Im Fernsehturm hast du die Glasscheibe mit einer einzigen Handbewegung repariert«, sagte Tina. »Probier es doch einfach.«

»Okay«, sagte ich und biss noch ein großes Stück Eis ab, »dann wünsche ich mir jetzt einen kleinen, handlichen Phaser, dessen Energiestrahl jedes Objekt in seine Atome zerlegt.«

»Warte«, sagte Tina, »das Teil sollte man bei Bedarf auch vergrößern können, vielleicht zu einer Bazooka.«

»Zu einer Bazooka? Echt jetzt?«

»Dieser Blutstolz hat doch Drohnen, oder?«

Ich atmete scharf ein. »Ja.«

Ich berichtete ihr von meiner Flucht vor der Drohne in Berlin.

»Richtig«, sagte Tina, »von dem Jungen hattest du mir schon erzählt. Dann haben wir einen Grund mehr, vorbereitet zu sein.«

»Schön«, sagte ich, »dann wünschen wir uns einen Phaser mit atomisierenden Energiestrahlen, der sich bei Bedarf in eine Bazooka verwandeln lässt, die dann noch stärkere Energie-Impulse abfeuert. Alles richtig?«

»Ja, und dazu bitte noch ein Holster«, sagte Tina.

Ich schloss die Augen und atmete tief ein. »War es das jetzt?«

»Ja«, lachte Tina.

Ich futterte mein Eis auf, dann hob ich meine Pixelhand.

»CREATE PHASER-BAZOOKA!«

Plötzlich lag eine kleine, silberne Waffe in meiner Hand. Sie hatte einen kurzen Lauf und einen Abzug wie eine Pistole. Am oberen Lauf war ein roter Knopf, über dem in kleinen Buchstaben »Bazooka-Modus« stand. Die Waffe steckte in einer Tasche mit einem Gürtelclip.

Tina futterte ihr Eis auf, dann nahm sie mir die Waffe ab.

»Wow!«, sagte sie. »Cool!«

Mein Bauch rumorte.

»Hast du dein Eis nicht vertragen?«, fragte sie.

»Schokoriegel«, japste ich. »Schnell!«

Tina gab mir einen Schokoriegel, den ich mit einem Happs verschlang. Dann noch einen und noch einen. Langsam ging es mir besser, doch ich war komplett verschwitzt und mein Herz raste.

»Gut«, stöhnte ich, »jetzt mach ich noch eine zweite Waffe.«

»Nein«, sagte Tina, »mach das bitte nicht nochmal. Eine reicht.«

»Okay«, sagte ich erleichtert.

Tina reichte mir die Waffe.

Ich schüttelte den Kopf. »Behalt die Phaser-Bazooka, ich nehme den Rucksack mit dem Essen, den brauche ich dringender.«

Tina grinste. »Ja, sehr gerne.«

»Viel Spaß mit deiner Phaser-Bazooka«, sagte ich. »Aber fühl dich damit nicht unbesiegbar.«

»Ach Quatsch«, lachte Tina. »Ich bin immer noch die Alte. Aber den nächsten Psychopathen atomisiere ich mit diesem kleinen Schaaatz.« Sie streichelte die Waffe mit einem irren Blick.

»Alles klar, Gollum«, lachte ich.

Auch Tina lachte. »Ich mach schon keinen Unsinn mit der Phaser-Bazooka.«

»Nennen wir sie doch Phaba.«

»Oder Phazooka«, lachte Tina.

»Okay, wir taufen unser Baby auf den Namen Phazooka.«

»Aber nicht Pha wie aus Pharao, sondern Phä wie aus Phaser.« Tina befestigte die Waffe an ihrem Gürtel.

»Klar doch«, lachte ich, dann legte ich meinen Arm um sie.

Wir sahen zum See, in dem sich die Sonne spiegelte. Ich seufzte - gleichzeitig mit Tina, dann lachten wir darüber. Das war ein schöner Augenblick und ich versuchte, ihn mir fest einzuprägen. Es würde vielleicht nie wieder solche Momente geben.

14:31 Die Papyrusrollen

Als ich mich von meiner digital-magischen Aktivität erholt hatte, gingen wir wieder in Jägers Geheimbüro. Tina setzte sich an den Computer, und ich stellte mich neben sie.

»Lass uns die restlichen Szenen schnell überfliegen«, sagte ich.

»Ja«, sagte Tina, »ich hab auch keinen Bock mehr auf Charleens düsteren Geheimnisse.«

Wir sprangen jetzt in Fünf-Minuten-Schritten rückwärts. Charleen bastelte eine Rollsiegel-Attrappe. Charleen kam mit geklauter Kugel aus dem Portal. Charleen im Treppenhaus. Wir folgten ihr in Jägers Geheimzimmer, im Monitor war der Horrorclown.

»Hier bekommt sie ihre Anweisungen von Blutstolz höchstpersönlich«, sagte Tina.

Charleen holte einen Stapel Unterlagen und weiße Handschuhe aus einem Schubfach. Eigentlich legte sie die Unterlagen rein, aber die Zeit lief ja rückwärts. Jetzt nahm sie ein paar Seiten und legte sie auf den Drucker, der neben dem Monitor stand. Der Drucker fraß die Seiten auf und behielt sie für sich.

»Stopp«, sagte ich.

Ich öffnete die Schublade, in der die Unterlagen sein müssten. Und tatsächlich, da waren sie! Ich nahm sie raus und legte sie auf den Tisch, es waren neue Seiten, aber auch sehr alte, vergilbte, auf denen seltsame Buchstaben waren. Ich blätterte durch, da brach ein kleines Stück von einem Papyrus ab.

»Pass auf!«, sagte Tina. »Ich glaube, die sind uralt!«

Ich sah in die Schublade und fand die Handschuhe. Sie waren eng, aber ich konnte sie anziehen. In der Schublade lag auch noch eine große Lupe mit LED-Lampen am Rand.

Vorsichtig verteilte ich die Papiere auf dem Schreibtisch, dann betrachtete ich sie mit der Lupe.

»Ich glaube, das ist hebräisch«, sagte Tina.

»Echt?«, fragte ich.

»Ja, rate mal woher ich das weiß.«

»Indiana Jones?«, vermutete ich.

Tina grinste. »Nee, katholischer Religionsunterricht.«

»Katholisch? Ist Hebräisch nicht die Sprache der Juden?«

»Unser Lehrer wollte uns was über alle Religionen beibringen«, sagte Tina. »Dafür hat er mal eine alte hebräische Bibel mitgebracht. Die Schrift sah genauso aus.«

»Okay, also ist es hebräisch.«

Ich leuchtete auf die weißen Papierseiten. Es waren nagelneue Ausdrucke.

»Das sind Übersetzungen«, sagte Tina. »Gib mal her.«

Tina nahm eine Seite und las vor: »Übersetzung Bibeltexte, vermutlich bislang unbekannte Seiten aus dem zweiten Buch Mose.«

»Wie krass!«, sagte ich. »Fehlende Seiten aus der Bibel!«

»Ich glaube, dass 'ne Menge Seiten aus der Original-Bibel fehlen«, vermutete Tina, »denn die Päpste haben regelmäßig die alten Schriften umgeschrieben. Plötzlich war die Ehefrau von Jesus nur noch eine gute Freundin.«

»Ja«, lachte ich, »das hab ich auch bei Sketch History gesehen.«

Tina grinste. »Hey, jetzt weißt du, woher ich mein fundiertes Geschichtswissen habe.«

»Das waren doch diese Mönche aus Fulda«, lachte ich. »Die haben sich immer so tierisch aufgeregt, wenn sie mal wieder die Bibel umschreiben mussten.«

»Ja«, sagte Tina, »aber stell dir vor, wir haben hier Originalseiten, das ist so cool!«

»Irre«, sagte ich. »Wo hat Jäger diese Seiten wohl her?« Ich schlug mit der Hand gegen die Stirn. »Bin ich dumm, das hat er ja erzählt. Er hat sie in der Kammer unter dem Tempelberg gefunden. Von Kira weiß ich, dass diese Unterlagen sogar schon zur Zeit des Druiden Cucullatus da waren.«

»Zur Zeit von wem?«, fragte Tina.

Ich erzählte Tina die Geschichte des Druiden Cucullatus, der einen der drei Goldklumpen gestohlen und in den Hut umgeschmolzen hatte.

»Die Wächter des Goldhuts«, sagte Tina. »Klingt cool.«

»Das war 1000 v. Chr.«, sagte ich.

»Wow«, sagte Tina und betrachtete die Dokumente mit einem ehrfürchtigen Blick.

»Lies mal weiter«, sagte ich und leuchtete ihr.

»Okay«, sagte Tina. »Wo war ich? Ach ja, hier. Vermutlich bislang unbekannte Seiten aus dem zweiten Buch Mose, Kapitel 19.

Der ganze Berg aber rauchte, darum dass der HERR herab auf den Berg fuhr mit Feuer; und sein Rauch ging auf wie ein Rauch vom Ofen, dass der ganze Berg sehr bebte.«

»Ja«, sagte ich, »das hört sich voll nach Bibel an. Gleich bekommt Moses die zehn Gebote.«

»Mose redete, und Gott antwortete ihm laut. Als nun der HERR im Lande JHWH herniedergekommen war auf den großen Feuerberg oben auf seine Spitze, forderte er Mose auf zu ihm zu kommen und Mose stieg hinauf.«

»Moment«, sagte ich, »was ist denn JHWH? Steht das so in der Bibel?«

»Keine Ahnung«, sagte Tina. »Ich bin zwar katholisch, aber so bibelfest nun auch wieder nicht.«

»Ich bin nicht katholisch«, lachte ich, »aber ich hatte Glaubenskunde beim ehrenwerten Direktor Jäger.«

Tina googelte den passenden Bibeltext.

»Mit Ausnahme des *ehrenwerten* Direktors hast du recht«, sagte Tina. »Der Text ist wirklich anders als in der Bibel, denn dort geht Moses auf den Berg Sinai. Von JHWH steht in der gesamten Bibel nichts.«

Tina googelte den Begriff.

»Ach sieh mal einer an«, sagte Tina. »JHWH wird auch Jehova genannt und das ist ...«

»... der Name Gottes!«, rief ich.

»Jetzt bin ich echt überrascht«, lachte Tina. »Hattest du das auch beim Direktor?«

»Nee«, lachte ich, »das weiß ich aus *Indiana Jones und der letzte Kreuzzug*«.

»Gib das mal als Quelle in einer Geschichtsklausur an«, lachte Tina.

Sie googelte weiter. In einem Artikel stand, dass JHWH auch der Name einer Region in Saudi Arabien ist. Wissenschaftler vermuten, dass Moses dort ungefähr 1500 v. Chr. gewesen war und an einem Vulkan eine Gotteserfahrung gehabt hatte. Daraufhin begründete er die erste monotheistische Religion, das ist eine Religion, bei der es nur einen einzigen Gott gibt.

»Dann glauben die Wissenschaftler, dass Moses in Wahrheit auf einen Vulkan gestiegen ist«, fasste ich zusammen.

»Wissenschaftler glauben nicht«, lachte Tina, »sie vermuten. Aber weißt du was, wir können es jetzt beweisen.« Sie deutete auf die alten Schriften.

»Schön für die Wissenschaftler«, sagte ich. »Lies mal weiter.«

»Und der HERR legte ihm einen großen Stein zu Füßen. Dann zerbrach er ihn mit einem lauten Donner in drei Teile. Der HERR sprach: Nimm diese Steine und nutze ihre Macht weise.«

»Alter!«, rief ich. »Die drei Steine sind bestimmt die drei Goldklumpen!«

Tina fuhr fort:

»Moses berührte den ersten Stein voller Ehrfurcht. Und der HERR sprach: Dieser Stein gibt dir Macht über das Leben. Du kannst mit ihm Kranke heilen und Tote erwecken. Nur ein Mensch mit wahrhaftiger Liebe kann den Stein verwenden.«

»Hört sich nach dem Rollsiegel an«, sagte ich.

»Moses berührte nun den zweiten Stein. Und der HERR sprach: Dieser Stein gibt dir Macht über den Geist. Du kannst mit ihm die Wahrnehmung aller Wesen beeinflussen. Nur ein Mensch mit großer Weisheit kann ihn verwenden.«

»Das klingt nach dem Goldhut«, sagte ich.

»Moses berührte auch den dritten Stein. Und der HERR sprach: Dieser Stein gibt dir Macht über Raum und Zeit. Du kannst mit ihm an jeden Ort und in jede Zeit reisen,

Dinge vergrößern und verkleinern. Nur ein Mensch mit großer Vorstellungskraft kann den Stein verwenden.«

»Die Kugel«, erkannte Tina. »Das erklärt, wie Charleen mich schrumpfen konnte.« Sie legte die Übersetzung zur Seite.

»Ja«, sagte ich, »und es erklärt auch, wie sie so schnell von Grottenfels nach Genf und dann nach Berlin gekommen ist.«

»Was ist mit diesen Papieren?« Tina zeigte auf ein vergilbtes Dokument mit altmodischen, aber lesbaren Schriftzeichen.

»Secretum verum«, las ich. »Ist das was Medizinisches? Bestimmt was Ekliges.«

Tina lachte. »Nein, Secretum ist kein Rotz. Secretum verum heißt geheime Wahrheit.«

»Du kannst Latein?«

»Ich hab Latein schon seit der Sechsten«, sagte Tina.

»Cool«, sagte ich, »dann lese ich jetzt mal die Übersetzung vor.« Vorsichtig legte ich das alte Papier zur Seite, dann nahm ich die darunter liegende, neue Seite und räusperte mich:

»Übersetzung des Briefes eines Bischofs an Papst Gregor IX. (ca. 1230 nach Christus).

Seine Heiligkeit Gregor IX.,

ich fühle das tiefe Bedürfnis, mich an euch zu wenden, denn in meinem Bistum gibt es eine kleine Gruppe Häretiker, die das Gefüge der Welt ins Wanken bringen könnten. Einer meiner Priester hat mit eigenen Augen eine heidnische Zeremonie beobachtet, tief in den Grotten unter einer Burg, die den leibhaftigen Teufel beschworen hat. Diese satanischen Zauberer verwenden das Symbol eines Auges in einem Dreieck. Es sind die Teile einer magischen Apparatur, die mein Priester selbst gesehen hat. Das Auge ist eine goldene Kugel, das Dreieck ein goldener Hut. Die Zauberer haben in einem heidnischen Steinkreis ein Feuer entzündet und eine Gruppe von mehreren hundert Menschen darin verbrannt, dabei sangen sie immer wieder ein Wort. Immer wieder riefen sie den Zauberspruch: yad al-gauza. Die Kugel nahmen sie mit in das Feuerreich des Teufels. Eine kleinere Gruppe flüchtete mit dem Hut tief in die Wälder, wir konnten sie nicht mehr aufspüren. Wir müssen schnell handeln und alle Beweise dieser Untat vernichten, auf dass sie niemals mehr begangen werden kann. Meine Gedanken und mein Herz sind auf euch gerichtet.«

»Okay«, sagte Tina. »Dieser Priester hat beobachtet, wie die Wächter den Hut in Sicherheit gebracht haben.«

»Ja«, sagte ich, »aber mehr auch nicht.«

»Vielleicht doch«, vermutete Tina. »Ich googel *yad al-gauza.*«

Der erste Treffer bei Google zeigte den Wikipedia-Eintrag von Beteigeuze. Yad al-gauza war der arabische Name des Sterns.

»Daher wusste Charleen also, wo die Kugel ist!«, sagte ich.

»Ja«, sagte Tina. »Da muss man mal drauf kommen. Jetzt kennen wir die Quelle von Charleens Informationen.«

»Ja«, sagte ich. »Aus den Bibeltexten weiß sie von der Macht der Goldklumpen. Vom Rollsiegel wusste sie ja schon durch mich, aber von Hut und Kugel hatte sie vorher keine Ahnung.«

»Genau«, sagte Tina, »und aus dem Papstbrief wusste sie, wohin die Kugel gebracht wurde, aber sie wusste nicht, wie sie das Portal aktiviert.«

»Ja«, bestätigte ich. »Dann kam ihr der Zufall zu Hilfe, als du diese Reise gewonnen hast.«

Ich legte die Blätter zusammen, da bemerkte ich, dass ein Bibel-Papyrus viel dicker war, als die anderen.

»Guck mal«, sagte ich, »hier scheint eine Seite mit einer anderen verbunden zu sein.«

»Warte«, sagte Tina. »Es ist zu gefährlich, an den Seiten zu fummeln. Ich hab eine bessere Idee. Leg die Seite mit der Rückseite auf den Scanner.«

»Mit der Rückseite?«

»Ja«, sagte Tina. »Ich scanne die leere Rückseite und dann zaubere ich ein wenig mit dem Kontrast.«

Ich legte das Blatt in den Scanner und Tina aktivierte die Scan-Software. Das Bild erschien auf dem Bildschirm.

»Da sieht man nicht viel«, sagte ich.

»Dann warte mal ab«, lachte Tina.

Sie startete Photoshop und drehte an einigen Reglern, da erschienen plötzlich Symbole. Es war ein Bibeltext wie die anderen, nur spiegelverkehrt. Doch auch das Problem erledigte Tina schnell.

»Und was jetzt?«, fragte ich. »Wir können das ja nicht lesen.«

Tina durchsuchte das Startmenü, dann lächelte sie und startet ein Programm.

»Ich glaube, das ist das Übersetzungsprogramm, mit dem auch Charleen und Blutstolz gearbeitet haben.«

Tina öffnete das Bild, dann klickte sie auf »ÜBERSETZEN«.

Nach einigen Minuten war das Programm fertig und wir sahen die Übersetzung auf dem Bildschirm. Wir lasen den Text.

»Gott beschreibt ganz genau, wie er sich den Tempel vorstellt, in dem seine Goldklumpen gelagert werden sollen«, fasste ich zusammen.

»Jeder Klumpen sollte jeweils in eine eigene Kammer, die von Wasserbecken umgeben ist«, las Tina. »Sie sollten nicht am Körper getragen werden, sondern stets mit einer Trage.«

»Das liest sich wie die Bauanleitung eines Kühlwasserreaktors«, sagte ich. »Das Thema hatte ich mal als Referat.«

Tina nickte. »Vermutlich sind die Steine radioaktiv. Wasser schirmt Strahlung ab, das passt also. Ich glaube, hier wird es spannend.« Tina las:

»Niemals sollen alle drei Steine zusammenkommen, denn sonst werden sie meine Stärke offenbaren. Die wahre

Macht Gottes wird sich entfalten, und niemand auf der Welt wird überleben!«

»Das ist gar nicht gut«, sagte Tina. »Blutstolz will doch alle Teile einschmelzen!«

»Ja«, sagte ich, »er könnte das jederzeit tun.«

Smiley erschien auf dem Bildschirm. »Dann passt es ja, dass ich mit meiner Tunnelgrabung fertig bin.«

»Smiley!«, rief ich erfreut.

Auf dem Tisch erschien mit einem Aufleuchten ein USB-Stick.

»Steckt den USB-Stick in einen Computer, der im Netzwerk von Blutstolz ist. Das sollte die KI sofort auslöschen.«

»Okay«, sagte ich.

»Und vergesst nicht, Charleen zu töten«, sagte Smiley.

Ich hatte nicht vor, Charleen zu töten, denn ich hoffte immer noch, dass mir etwas anderes einfiel. Ich ignorierte seine Bemerkung daher.

»Ich erledige das«, sagte Tina. Sie zog die Phazooka aus dem Holster. »Diese Bitch hat dich gefoltert, als du noch ein süßes kleines Küken warst. Sie verdient den Tod!«

»Tina«, sagte ich, »das meinst du doch nicht so!«

»Und ob ich das so meine«, antwortete sie. »Ich hasse Nazis, aber mehr noch hasse ich Tierquäler!« Sie betrachtete noch einmal die Phazooka, dann steckte sie sie ins Holster zurück.

»Ihr bleibt ziemlich konsequent bei eurer Geschichte«, bemerkte Smiley. »Das ist bemerkenswert ausdauernd für Menschen.«

»Schau dir doch die Überwachungsvideos an«, sagte ich.

Smiley wurde hellgrau. »K ... kann man mich da als Vogel sehen?«, stammelte er.

»Ja«, antwortete ich.

»Okay«, flüsterte Smiley. »Cool, ja, das mache ich dann mal, äh, demnächst.«

»Lieber nicht«, sagte Tina. »Das Video ist sehr brutal. Ich würde so was aus meiner Babyzeit nicht sehen wollen. Lass es lieber.«

Smiley sah uns ratlos an und wurde dabei weiß, Fragezeichen flogen aus seinem Kopf.

Es wurde Zeit, den armen Kerl zu erlösen.

»Wohin willst du uns jetzt schicken?«, fragte ich.

»Direkt zum CERN«, antwortete Smiley, der schlagartig wieder gelb war. »Ich konnte mich in einen Spionage-Satelliten der Chinesen hacken, der gerade über Genf ist. Von dort bekam ich über den privaten Tunnel eine Verbindung zu einer Militärdrohne, die Blutstolz gekapert hat.«

»Was du so alles kannst«, sagte Tina begeistert.

»Ich bin sehr vielseitig«, sagte Smiley. »Allerdings konnte ich die Drohne nicht hacken, ich bekomme nur einen Ping zustande. Aber das genügt für unsere Zwecke. Die Drohne kreist gerade in niedriger Höhe über dem Besucherzentrum des CERN, dem Globus. Ich warte den richtigen Zeitpunkt ab, dann beame ich euch rüber.«

»Und wann ist der richtige Zeitpunkt?«, fragte ich.

»Wenn die Drohne knapp über dem Globus hinwegfliegt.«

Ich bekam ein ganz mieses Gefühl.

»Und warum ist das dann der richtige Zeitpunkt?«, fragte ich.

»Weil ihr dann nicht so tief fallt«, sagte Smiley grinsend.

»Alter!«, rief ich, »das ist doch jetzt nicht dein Ernst, oder?«

»Achtung«, sagte Smiley, »jetzt ist es soweit. Berührt den Monitor in drei, zwei, eins!«

Ich warf mir noch den Rucksack über die Schulter, dann legten wir unsere Hände auf den Monitor.

Dienstag - CERN

15:07 Drohnenkrieg am Globus

Manchmal war es besser, einfach ins kalte Wasser zu springen und nicht jede Kleinigkeit vorher zu bedenken, denn wenn ich das diesmal getan hätte, würde ich höchstwahrscheinlich noch darüber nachgrübeln, während ich schon in den Trümmern der explodierenden Erde herumflog.

Erneut schwebte ich mit Tina durch das Weltall aus bunten Würfeln und wieder bildeten sie mit der Zeit erkennbare Objekte. Doch viel zu schnell wurde die große, graue Würfelwolke vor uns zur Kuppel eines Gebäudes, auf das wir im freien Fall zuflogen! Ich hielt meine Pixelhand nach vorne und wünschte mir mit aller Kraft auf der Kuppel eine große, superweiche Matratze wie aus dem Sportunterricht. Sie materialisierte sich gerade noch rechtzeitig. Wir knallten gleichzeitig auf die weiche Unterlage, und mir wurde sämtliche Luft aus den Lungen gepresst.

»Herrschaftszeiten nochmal!«, fluchte Tina. »Da ist es ja angenehmer, vom Pferd zu fallen!«

Ich hätte mir ein Luftpolster wünschen sollen, wie es Stuntmen bei Stürzen von Gebäuden verwenden. Aber hinterher war man ja immer schlauer.

»Sorry«, sagte ich. »Wenigstens konnte ich hier zaubern, offenbar hat Blutstolz seinen Störsender nicht aktiviert.«

»Schon okay«, sagte Tina, »wir leben ja noooo ...«

Unsere Matratze rutschte nach unten weg.

»Aaah!«, schrie ich.

Ich griff nach vorne, um mich irgendwo festzuhalten, doch wir rutschten immer schneller die Kuppel hinab. In letzter Sekunde bekam ich ein Holzbrett zu fassen, Tina hielt sich an meiner anderen Hand fest. Die Matratze fiel runter und landete mit einem PATSCH auf dem Boden. Es war anstrengend, mich selbst und Tina zu halten, doch plötzlich wurde Tina leichter.

»Versuch, deine Füße auf ein Holzbrett zu stellen!«, rief Tina.

Ich tastete mit den Füßen, bis ich einen Halt fand.

»Los«, sagte ich, »wir klettern runter!«

Die Kuppel sah aus der Nähe betrachtet aus wie ein Bücherregal. Es war sehr einfach, über die Bretter nach unten zu klettern.

Nach ein paar Minuten standen wir auf einer Wiese neben unserer Matratze. Die Sonne stand tief am dunkelroten Himmel und warf lange Schatten. Am Boden lag mein Rucksack, der mir beim Sturz von der Schulter gerutscht war. Ich wollte ihn hochheben, da wurde mir schwindlig, und ich landete auf der Matratze. Es war mal wieder so weit und beim heldenhaften John gingen die Lichter aus.

Tina nahm etwas aus dem Rucksack, dann kniete sie sich neben mich. »Iss das!«, befahl sie. »Schnell!«

Ich roch Schokolade. Ohne die Augen zu öffnen, futterte ich den Riegel mit einem Happs. Wie durch Zauberhand war auch schon der nächste vor meiner Nase - und in meinem Bauch. Nach drei Riegeln legte ich mich entspannt auf die Matratze und rülpste.

»Satt?«, lachte Tina.

»Ja«, sagte ich, »aber nur was Schokolade angeht.«

»Was willst du denn noch?«, wunderte sich Tina.

Ich nahm ihre Hand und zog sie zu mir. »Dich!«, lachte ich und küsste sie mit meinem schokoladenverschmierten Mund.

»Du schmeckst ja lecker«, lachte Tina, dann küsste sie mich zurück. Ich wirbelte sie auf der Matratze herum, jetzt lag ich auf ihr.

»Holla!«, lachte Tina.

Ich wollte sie gerade wieder küssen, da bemerkte ich einen wild herumflitzenden roten Punkt am Boden. Der Punkt kam näher und zielte jetzt direkt auf Tinas Stirn.

»Vorsicht!«, schrie ich und zog sie zur Seite. Genau in der Sekunde traf der Strahl die Matratze und brannte ein faustgroßes Loch hinein.

»Weg hier!«, schrie ich. Ich sprang auf und zog Tina auf die Beine, dann rannten wir um den Globus herum. Im Eingangsbereich suchten wir Deckung in einer Nische.

Wir standen eng aneinandergedrückt und suchten den Abendhimmel mit Blicken ab.

»Siehst du was?«, flüsterte Tina.

»Nein«, flüsterte ich. Da entdeckte ich einen kleinen Fleck. »Warte, da ist was!«

Mein Herz klopfte wild in meiner Brust. Oder war es Tinas?

»Ich sehe es auch«, sagte Tina und zog ihre Phazooka aus dem Holster. Sie zielte, dann feuerte sie. Ein richtig fetter Laserimpuls schoss mit einem coolen Sound aus der Waffe heraus. Plötzlich leuchtete der Himmel hell auf. Kurz darauf gab es einen Donnerschlag wie bei einem richtig krassen Gewitter. Eine gigantische Explosionswolke bildete sich und es regnete Trümmerteile.

»Alter!«, stöhnte ich. »Was war das denn für eine Drohne?«

Ich sah Tina im Licht der Explosion an, sie starrte immer noch nach oben.

»Mein Gott«, sagte sie, »das Ding hätte einen ganzen Häuserblock vernichten können.«

»Ich hasse Drohnen!«, schimpfte ich.

»Ja«, sagte Tina. »Irgendein Freak sitzt in seinem Sessel am Joystick und entscheidet, ob er das Haus, in dem er einen Bösewicht vermutet, mal eben mit allen anderen Leuten drin in die Luft jagt.«

Ich nickte. »Hoffentlich schwirren hier keine weiteren ...« Ich konnte meinen Satz nicht beenden, weil ich plötzlich heftige Kopfschmerzen bekam. Ich konnte nicht mehr sehen und ging vor Schmerz auf die Knie.

»Ich weiß, dass ihr da unten seid!«, sagte eine Stimme vom Himmel herab. Es war die Roboterstimme von Blutstolz. »Ich sehe euch mit einer kleinen Beobachtungsdrohne, die leider über keine Waffen verfügt. Aber keine Sorge, eine neue Kampfdrohne ist auf dem Weg hierher. Habt bitte noch ein paar Sekunden Geduld, dann können wir gleich Vietnamkrieg spielen.« Blutstolz lachte blechern.

»John«, flüsterte Tina, »wir müssen hier weg!«

»Jaah«, krächzte ich.

Die Kopfschmerzen waren unerträglich.

Tina nahm meine Hand und zog mich mit sich. Ich stolperte ihr blind hinterher, doch der Schmerz wurde immer heftiger. Ich verlor ihre Hand und stürzte der Länge nach auf eine Rasenfläche.

»Ich ... kann ... nicht«, stammelte ich.

»Kannst du mir sagen, woher das Störsignal kommt?«

»Ich ... spüre es«, japste ich.

»Nimm die Waffe!«, sagte Tina. Sie gab mir die Phazooka.

»Ich seh nix«, sagte ich.

»Stell dir vor, wie Luke Skywalker sowas macht.«

Ich richtete die Waffe nach oben. Ich sah nichts, doch irgendwie spürte ich die Quelle meiner Schmerzen. Ich stellte mir vor, das Störsignal wäre knallrot und dann sah ich es. Trotz geschlossener Augen sah ich am Himmel einen tiefroten Punkt. Ich zielte, dann feuerte ich. Kurz darauf gab es einen Knall - und meine Schmerzen waren weg!

»Alter«, stöhnte ich, »gut, dass wir diese Kanone haben.« Ich gab sie Tina zurück.

»Ja«, sagte Tina. »Aber wir müssen hier weg. Nur wohin?«

»Wir müssen einen Computer für den Kill-Stick finden«, antwortete ich.

Auf einmal hörten wir heftiges Maschinengewehrfeuer, es war ein sehr großes Kaliber.

»Wo kommt das denn jetzt her?«, fragte Tina.

»Ich glaube von da drüben«, sagte ich.

In circa hundert Metern Entfernung standen einige dunkle Bürogebäude. Auf dem Dach eines Gebäudes feuerte ein Geschütz eine leuchtende Linie in den immer dunkleren Abendhimmel.

»Was geht denn da ab?«, fragte Tina.

»Die feuern mit Leuchtspurmunition«, sagte ich. »Da ist zwischen der normalen Munition auch ein Leuchtmittel, deshalb können die Schützen sehen, wohin sie schießen.«

Die Leuchtspur drehte sich plötzlich und feuerte an einen Punkt am Himmel über uns. Ich sah steil nach oben und erkannte eine weitere Drohne als dunklen Schatten. Sie war riesig und hatte gewaltige Tanks an der Unterseite. Was auch immer da drin war, wir wollten es nicht näher kennenlernen.

»Los«, schrie ich, »zu dem Bürogebäude mit dem Geschütz!«

Wir liefen los, kletterten in Windeseile über einen Maschendrahtzaun, stolperten zwischen parkenden Autos hindurch und rannten um unser Leben. Plötzlich hörte ich Schüsse - und etwas zischte haarscharf an mir vorbei.

»Das Mist-Ding schießt auf uns!«, schrie Tina.

»Oder auf das Geschütz auf dem Dach«, vermutete ich, denn das Gebäude vor uns wurde gerade mächtig zerlöchert. Die Fensterscheiben zersplitterten in einer geraden Linie nach oben.

»Wir müssen was tun, sonst trifft die Drohne das Geschütz!«, schrie ich.

Wir gingen hinter einem Auto in Deckung und Tina feuerte einige Male, doch die Drohne hatte die untergehende Sonne hinter sich. Das feindliche Feuer wechselte auf uns und traf das Auto vor uns, zahllose Splitter und Querschläger flogen uns um die Ohren.

»Tina!«, schrie ich.

Tina drückte den Knopf an der Seite und mit einem KLACK verwandelte sich der Phaser in eine Bazooka.

»Halleluja!«, jubelte Tina.

Die Bazooka hatte ein großes Display mit Zielsucher, Tina tippte die vor der Sonne schwankende Drohne als Ziel an und drückte auf den Auslöser. Eine Rakete schoss aus der Waffe und flog in Schlangenlinien auf das ausweichende Ziel zu. Jedes Mal, wenn die Drohne auswich, folgte die Rakete ihr. Plötzlich hörte die Drohne auf zu feuern und beschleunigte zur Seite, doch die Rakete folgte ihr gnadenlos. Dann explodierte der Himmel und die Drohne stürzte auf eine Wiese.

»Runter!«, schrie ich und warf mich auf Tina, da brach schon die Hölle los. Der Knall war ohrenbetäubend. Jede Glasscheibe in der Gegend zersplitterte. In meinen Ohren begann ein Pfeifkonzert.

Nach ein paar Sekunden riskierte ich einen Blick. Ein gigantischer Explosionspilz stieg in den Himmel empor und überstrahlte die tief stehende Sonne. Da bemerkte ich eine weitere Drohne.

»Los, ins Gebäude!«, schrie ich. Ich konnte mich selbst kaum hören, denn das Pfeifkonzert in meinen Ohren ging munter weiter.

Tina drückte auf den Knopf und die Bazooka verwandelte sich wieder in den Phaser. Wir rannten los und erreichten den Eingang des Bürogebäudes, eine ehemalige gläserne Drehtür. Überall lagen Glassplitter am Boden. Auf einem zerlöcherten Schild stand: »ATLAS Control Room«.

Ein Soldat sprang aus seiner Deckung und versperrte uns den Weg, das MG im Anschlag.

»Stop, arrêtez!«, schrie er.

Wir blieben stehen und hoben die Hände.

»Donne-moi le pistolet!«

Tina griff langsam und vorsichtig nach der Phazooka und gab sie ihm. Er betrachtete die Waffe misstrauisch.

»Bitte«, sagte ich, »ich bin John Bauer, ich muss unbedingt zu meinen Eltern.«

»Il est John Bauer«, sagte Tina, »il doit aller chez ses parents.«

»Bauer?«, fragte der Soldat. »Un moment.« Er senkte das Gewehr, dann hielt er sich ein Funkgerät ans Ohr und wechselte ein paar Worte mit jemandem.

»Wow«, flüsterte ich zu Tina, »Latein, Französisch, Programmieren, Drohnen abschießen ... was kannst du noch alles?«

»Das wirst du noch sehen«, lachte sie.

»Immédiatement, mon général!«, sagte der Soldat ins Funkgerät. Er trat zur Seite und bedeutete uns, hineinzukommen.

15:37 ATLAS Control Room

Wir gingen über zahllose Glasscherben, die unter unseren Schuhen knirschten, in das Gebäude.

»S'il vous plaît suivez-moi«, sagte der Soldat und deutete in eine Richtung.

»Wir sollen ihm folgen«, sagte Tina.

Wir folgten dem Mann ein paar Schritte bis zu einer Glaswand, die noch heil war. Dahinter war ein schmaler Raum, an zwei Tischreihen saßen Leute an Computern. Vor einer Wand, die von Decken-Beamern angeleuchtet wurde, stand mit dem Rücken zu mir ein deutscher Bundespolizist - das konnte ich an der Schrift auf seinem Rücken ablesen. Er sprach mit einem wichtig aussehenden Soldaten, nach den Abzeichen und Sternen an seiner Uniform ein französischer General. Plötzlich drehte sich der Polizist um.

»Papa!«, rief ich.

Mein Vater sah mich durch das Glas. Er lächelte und winkte, dann bedeutete er mir, zu warten.

Mein Vater lebte noch und da er gelächelt hatte, gab es auch Hoffnung, dass meiner Mutter und Willy nichts fehlte. Das waren gute Neuigkeiten!

Doch jetzt musste ich mir überlegen, was ich ihm erzählen sollte. Er würde mir sehr bald die Frage stellen, was ich in Genf verloren hatte. Das erste Mal seit langer Zeit hätte ich die Möglichkeit, alle Verantwortung an einen Erwachsenen abzugeben. Ich könnte ihm mein Herz ausschütten und wieder der kleine Junge sein, der bei Gewitter ins Schlafzimmer seiner Eltern rannte und sich von ihnen beschützen ließ. Doch hatte ich wirklich diese Wahl? Ich hatte mit meinen digitalen Kräften eine wichtige Fähigkeit, auf die wir im Kampf gegen Blutstolz nicht verzichten konnten. Mein Vater würde mich niemals mitkämpfen lassen, schon gar nicht, wenn er erfuhr, dass ich nach dem Einsatz meiner Kräfte tot umfiel. Blutstolz aufzuhalten hatte oberste Priorität. Ich durfte diese Mission nicht riskieren, indem ich meinem Vater zu viel verriet.

Mein Vater erzählte oft aus seiner Zeit als Leiter einer militärischen Spezialeinheit. Für eine Führungskraft war es wichtig, seinen Untergebenen grundsätzlich nur für sie relevante Informationen mitzuteilen, die der Gesamt-Mission nutzten. Jede zusätzliche Information könnte die Untergebenen verwirren oder demotivieren. Auch wenn mir unwohl dabei war, musste ich jetzt wie eine Führungskraft denken und meinen Vater nur wie einen Untergebenen informieren. Sofort verkrampfte sich mein Bauch.

Mein Vater ging zu einer Tür und kam zu uns in den Vorraum.

»John!«, rief er mit einem besorgten Blick, dann drückte er mich an sich. Normalerweise war Knuddeln mit den Eltern in der Öffentlichkeit ein absolutes No-Go, aber diesmal war ich einfach nur glücklich. Er klopfte mir auf die Schulter, dann wandte er sich dem Soldaten zu.

»Ils avaient ce pistolet avec eux«, sagte der Soldat und reichte ihm die Phazooka.

»Merci«, sagte mein Vater und studierte die Waffe.

Der Soldat nickte, dann ging er zurück zum Eingang.

»Wo ist Mama?«, fragte ich.

»Es geht ihr gut«, sagte mein Vater. »Mama ist unterwegs nach Burg Grottenfels.«

»Was will sie denn dort?«, wunderte ich mich.

»Wir vermuten dort einen bisher nicht entdeckten Computer mit wichtigen Informationen«, antwortete mein Vater.

Ich nickte. »Ja, den gibt es, den findet ihr hinter einer Geheimtür in der Bibliothek.«

Mein Vater sah mich erstaunt an.

»Äh, das hat Jäger irgendwann erzählt«, stammelte ich.

»Das ist eine wichtige Information«, sagte mein Vater. »Ich werde das Mama mitteilen, wenn wir wieder kommunizieren können.«

»Gute Idee«, sagte ich.

»Habt ihr die Drohne vorhin abgeschossen?«, fragte mein Vater.

Ich nickte.

»Dann habt ihr allen Menschen hier das Leben gerettet«, sagte mein Vater. »Die Computer unserer Raketenabwehrsysteme sind infiziert und mussten deaktiviert werden. Auch unser Geschütz auf dem Dach konnte gegen die gepanzerte Drohne vorhin nichts ausrichten, sie hätte uns mit ihrer Napalm-Ladung alle erledigt.«

»Wie gut, dass Tina so toll schießen kann«, lachte ich, dann sah ich Tina an. »Wo hast du das gelernt?«

Tina wurde rot. »Mein Vater ist Hobbyjäger«, sagte sie. »Er wollte immer, dass ich schießen lerne, und hat mich auf seine Jagdausflüge mitgenommen. Ich wollte aber keine Tiere ermorden und habe absichtlich immer daneben geschossen. Um nicht versehentlich doch mal ein Tier zu verletzen, habe ich nicht blind irgendwohin geschossen, sondern mich auf andere Ziele konzentriert, Baumstümpfe oder große Pilze. Mit der Zeit wurde ich immer besser.«

»Dann hatte es ja sein Gutes«, sagte mein Vater. Er sah auf die Phazooka. »Woher habt ihr diese Waffe?«

»Die ist auch von Jäger«, behauptete ich.

»Wirklich?« Von draußen hörten wir das Geschütz feuern.

»Gib die Waffe einem Soldaten«, sagte ich. »Und sag ihm, er soll mal den Knopf an der Seite ausprobieren.«

Mein Vater lächelte. »Das werde ich.« Er ging zu dem Soldaten an der Tür und wechselte ein paar Worte mit ihm, dann gab er ihm die Phazooka.

»Bist du sicher?«, fragte Tina. »Vielleicht brauchen wir sie noch.«

»Dann mache ich eben eine neue«, lachte ich.

Tina sah mich ernst an. »Du solltest deine Kräfte nicht zu oft einsetzen«, sagte sie. »Du warst heute schon einmal tot und siehst sehr erschöpft aus, ich mache mir Sorgen um dich.«

»Ach was«, beschwichtigte ich, »mir geht's super.«

Tina nahm meine Hand und drückte sie. Ich wusste, dass sie mir nicht glaubte. Leider hatte sie recht, mir ging es wirklich nicht so prickelnd. Ich hatte das riesige Bedürfnis, mich auf die Couch zu legen und auszuruhen. Aber wenn ich den Tag überleben wollte, konnte ich mir diesen Luxus nicht leisten.

Mein Vater kam zurück. »Der Soldat freut sich wie ein Honigkuchenpferd«, lachte er.

»Wo ist Willy?«, fragte Tina. »Wie geht es ihm?«

»Eurem Freund geht es gut«, antwortete mein Vater. »Kommt mit, ich bringe euch zu ihm.«

Wir folgten meinem Vater durch die Tür nach draußen, dann gingen wir Richtung Straße. Am Himmel stand die Sonne schon sehr tief und tauchte die Häuser in ein tiefes Rot.

»Wieso bist du in Genf?«, fragte mein Vater. »Du warst doch gerade noch in Berlin.«

Jetzt war es soweit. Also dann: Nur relevante Informationen!

»Jäger hatte mich in Berlin mit einer Drohne angegriffen - und Tina entführt«, sagte ich.

»Oh mein Gott!«, sagte mein Vater. »Warum hast du nicht die Polizei gerufen?«

»Die Drohne hatte mich pausenlos überwacht«, sagte ich. »Ich durfte Tinas Leben nicht riskieren.«

Mein Vater stoppte vor parkenden Militärjeeps am Straßenrand.

Er legte seine Hand auf meine Schulter. »Du bist noch viel zu jung für solch schwere Entscheidungen«, seufzte er. »Und das auch noch an deinem Geburtstag!«

»Den hatte ich mir auch anders vorgestellt«, sagte ich.

»Wie konntest du Tina denn befreien?«, fragte mein Vater.

Ich erzählte meinem Vater die FSK 6-Version von meinen Erlebnissen im Fernsehturm. Die mittelalterlichen Hinrichtungsversuche ließ ich natürlich weg - und auch den Diebstahl des Goldhutes zuvor, denn der war nicht relevant für die Mission.

»Jäger ist tot?« Mein Vater sah mich ungläubig an. »Ermordet von der KI Blutstolz?«

»Ja«, bestätigte ich. »Vorher habe ich von ihm noch eine wichtige Information erhalten, die du unbedingt an das Militär weiterleiten musst. Blutstolz verwendet Kurzwellensender für ... äh ... irgendeinen fiesen Plan.«

Mein Vater holte einen Autoschlüssel aus einer seiner am Gürtel befestigten Taschen. Dort trug er auch eine Pistole und ein Funkgerät. Er ging um einen Jeep herum, stieg ein und bedeutete uns, auch einzusteigen. Der Jeep hatte keine Türen und kein Dach. Ich klappte den Beifahrersitz nach vorne und ließ Tina reinklettern, dann klappte ich den Sitz zurück und setzte mich neben meinen Vater. Er startete den Motor und brauste los.

»Sagtest du Kurzwellensender?«, fragte er, dann schnitt er eine Kurve so eng, dass ich fast aus dem Jeep flog. Ich hielt mich am Armaturenbrett fest, so gut es ging.

»Ja«, stöhnte ich. »Das Militär soll unbedingt alle Kurzwellensender, zu denen Blutstolz Zugang haben könnte, zerstören.«

»Okay«, sagte mein Vater, »ich werde das weitergeben.«

Mein Vater raste durch die Gegend, als gäbe es kein Morgen. Wir kamen zu dem Gebäude, auf dem wir gelandet waren.

»Das ist der Globus«, sagte mein Vater, »ein Teil des Besucherzentrums. Schade, dass wir keine Zeit haben, mal reinzugehen.«

»Ja«, sagte ich, »schade.«

Wenigstens war ich mal drauf gewesen.

Wir fuhren in einen Kreisverkehr und kreuzten eine große Straße, die *Route de Meyrin.*

»Was könnte diese KI mit einem Kurzwellensender vorhaben?«, fragte mein Vater. »Sehr viele Daten kann sie über eine so niedrige Frequenz nicht transportieren.«

Ich konnte meinem Vater nichts von der Digitalisierung des Universums erzählen, weil das zu unglaublich war, daher musste ich schnell das Thema wechseln.

»Keine Ahnung«, behauptete ich, »aber bestimmt nichts Gutes. Was ist eigentlich passiert, als wir telefoniert hatten?«

»Wir wurden von Drohnen angegriffen«, antwortete mein Vater, »aber wir konnten sie ausschalten, wenigstens vorübergehend.«

»Aber warum konnte ich danach niemanden mehr erreichen?«

»Als uns klar wurde, dass unser Gegner selbst die sichersten Computersysteme hacken konnte, hat das Militär entschieden, den Großraum Genf komplett von jeder Kommunikation zu trennen.«

Wir hielten vor einem flachen Betonbau.

»Wie habt ihr das angestellt?«, fragte ich.

»Das ist streng geheim«, antwortete mein Vater und stieg aus. Ich stieg auch aus und klappte den Sitz nach vorne.

»Ich fahr nie wieder hinten«, stöhnte Tina beim Rausklettern.

»Wo sind wir?«, fragte ich meinen Vater.

»Am Hauptgebäude des CERN«, antwortete er.

Wir gingen zum Eingang, den zwei Soldaten bewachten. Mein Vater zeigte ihnen einen Ausweis, dann winkten sie uns durch. Wir betraten die Eingangshalle und blieben vor einer Tür mit der Aufschrift »MAIN AUDITORIUM« stehen.

Mein Vater beugte sich zu mir. »Ich fahre wieder zum ATLAS Experiment«, sagte er. »Du bleibst mit deinen Freunden hier bei den Zivilisten, verstanden?«

Ich nickte.

»Es ist jetzt kurz nach vier«, sagte er. »In zwei Stunden, genau um 18:00 Uhr, werden alle Zivilisten nach Frankreich zu einem Stützpunkt in Lyon evakuiert. In Genf und Umgebung läuft die Evakuierung schon seit gestern.«

»Aber davon war gar nichts in den Nachrichten!«, sagte ich.

»Das ist alles top secret«, sagte mein Vater. »Ihr müsst unbedingt hierbleiben, bis ihr mit Bussen abgeholt werdet. Das Militär ist in solchen Dingen gnadenlos, das ist nicht wie bei einem Schulausflug, wo der Bus nicht abfährt, wenn nicht alle da sind. Wer um Punkt 18:00 Uhr nicht hier im Hauptgebäude ist, wird zurückgelassen, habt ihr das verstanden?«

Tina und ich nickten.

Mein Vater beugte sich noch näher zu mir. »Um 19:00 Uhr wird eine Atombombe im ATLAS Experiment gezündet«, flüsterte er.

»WAS?«, rief Tina. »Warum denn das?«

»Ihr wisst nicht, was auf der Welt seit gestern los ist«, sagte mein Vater. »Und das ist auch gut so, denn es ist einfach unglaublich. Diese KI terrorisiert den ganzen Planeten - und ihre Aktivitäten lassen sich bis hierher zurückverfolgen. Die Quelle ist hier beim ATLAS Experiment. Die Amerikaner, Russen und Chinesen haben uns nur deshalb noch nicht atomisiert, weil wir ihnen die Zerstörung der KI versprochen haben. Wenn wir das CERN nicht hochjagen, tun es die anderen. Also, bitte, bitte, bleibt in diesem Gebäude, bis ihr evakuiert werdet.«

»Okay«, krächzte ich.

Mein Vater umarmte mich fest. »Deinen Geburtstag feiern wir nach«, sagte er. »Mit einer Riesenparty!« Dann ging er fort.

16:10 Hauptgebäude

Wir gingen durch die große Tür in das MAIN AUDITORIUM, das wie ein Hörsaal aussah. Hier waren ungefähr dreißig Leute, die meisten trugen Pullover und Jeans, viele hatten Namensschilder. Fast alle, die ich sah, hatten einen oder mehrere Doktortitel. Die Leute unterhielten sich teilweise sehr lautstark auf Englisch. Die Wissenschaftler waren wütend, weil die Soldaten sie ohne Angabe von Gründen von ihren Arbeitsplätzen entführt hatten.

»... and without communication options!«, schimpfte ein Mann mit hochrotem Kopf.

»They will already know what they are doing«, beruhigte ihn ein anderer Mann, es war der Vater von Willy.

»Wenn Willys Vater hier ist, ist er bestimmt auch in der Nähe«, vermutete ich.

Wir durchsuchten den Raum, doch von Willy fehlte jede Spur.

»Schauen wir mal in den anderen Räumen nach«, sagte Tina.

Wir gingen wieder zur Eingangshalle. Schilder wiesen zu einer Bibliothek, zu einem Post Office und zu Restaurant 1.

»Ich weiß, wo er steckt«, lachte Tina.

»Ich auch«, sagte ich.

Wir folgten den Schildern zum Restaurant. Es war eine typische Mensa, allerdings war kaum jemand hier. Die Stände mit Lebensmitteln und Getränken waren komplett leer gefegt.

»Da ist Willy!«, rief Tina und zeigte auf zwei Jungen, die vor einem hohen Tisch standen. Einer war Willy, der andere ein älterer Jugendlicher. Der ältere Junge trug ein schwarzes T-Shirt mit einer elektrischen Schaltung. Die Schaltung war ein Widerstand, der von einem Kabel überbrückt wurde, darunter stand *Resistance is futile*[*].

---

[*] Widerstand ist zwecklos (Zitat aus Star Trek: The Next Generation)

Wir gingen hin.

»Und es war wirklich *We Will Rock You*?«, fragte Willy.

»Absolut«, sagte der Junge mit französischem Akzent. »Ich schwöre.«

Sie sahen konzentriert auf den Tisch, auf dem ein Handy, ein Bluetooth-Lautsprecher mit einer winzigen Satellitenschüssel am Gehäuse, mehrere Farbausdrucke sowie ein Notizblock lagen.

»Hi Willy!«, sagte Tina.

»Na Alter!«, rief ich. »Was geht ab?«

Willy drehte sich um und sah uns mit riesigen Augen an.

»John, Tina!«, jubelte er, dann umarmte er Tina. »Wie schön, dass du wieder normal groß bist.«

»Find ich auch«, lachte Tina.

Willy kam zu mir und breitete die Arme aus. Ich breitete auch die Arme aus, doch dann bewegte sich keiner von uns beiden mehr. Wir wedelten noch ein paar Mal unbeholfen mit den Armen herum, bis wir uns schließlich gegenseitig auf die Schulter klopften.

»Wir müssen uns mal ein cooles Begrüßungsritual ausdenken«, flüsterte Willy.

»Ja«, stimmte ich zu.

»Wart ihr nochmal in Grottenfels?«, fragte Willy und deutete auf meinen Rucksack. »Habt ihr den vom Verkaufsstand der Mensa mitgehen lassen?«

Ich nickte.

»Was ist drin?«, fragte Willy. »Wenn ihr die Mensa geplündert habt, müsstet ihr auch ein paar Schokoriegel dabei haben, richtig? Hier gibt es nix mehr, also, wenn du was Essbares dabei hast ...«

Was sollte ich ihm sagen? Sorry, Alter, aber ich brauche meine Schokoriegel für meine Superkräfte, such dir eigenes Futter.

»Da ist Zeugs drin«, sagte ich. Um das Thema abzuschließen, sah ich demonstrativ zu Tina und dem Jungen.

»Aber du hast doch bestimmt einen winzig kleinen Riegel mitgehen lassen, oder?«, nervte Willy. »Mir reicht auch die Hälfte ...«

»Hi!«, sagte der Junge plötzlich überlaut und reichte Tina die Hand. Ich schätzte ihn auf sechzehn. Er hatte blonde Haare und leuchtend grüne Augen. Die Mädchen aus meiner Klasse würden bei seinem Anblick - und seinem französischen Akzent - laut seufzen, dann kichern, tuscheln und dann wieder kichern. Einige würden ihn auf peinlich-dämliche Art anquatschen und um ein Date bitten. Ich bekam eine Gänsehaut bei der Vorstellung.

»Hi«, antwortete Tina. Sie ging auf ihn zu und schüttelte seine Hand. Die beiden standen jetzt etwas abseits von mir und Willy.

»Ich bin Philippe«, sagte der Typ, »aber du kannst mich Phil nennen. Und wer bist du?«

»Christine«, sagte Tina. »Aber alle sagen Tina zu mir.«

Willy und ich sahen uns verblüfft an.

»Hast du gewusst, dass sie Christine heißt?«, fragte ich.

»Nee!« Willy schüttelte den Kopf.

»Was für ein schöner Name!«, säuselte Philippe. »Dann bist du das coole Mädchen, von dem William so viel erzählt hat.«

Tina bekam rosa Wangen.

Mein Herzschlag verzehnfachte sich. Mein Kopf wurde heiß und ich hatte das Bedürfnis jemandem wehzutun. Vielleicht ja diesem Typen mit seinem dämlichen Anmachspruch! *Was für ein schöner Name* ... Alter! Ich ballte die Fäuste.

»Bleib cool«, flüsterte Willy. »Phil baggert jede an, die nicht bei drei auf dem Baum ist.«

Ich atmete ein, dann wieder aus. »Ich versuch's«, flüsterte ich.

»Was hat euch denn ins Sperrgebiet verschlagen?«, fragte Willy.

Ich berichtete meine Erlebnisse seit unserem letzten Videochat, darunter Tinas Entführung, Blutstolz, meiner Flucht vor der Kampfdrohne, dem Goldhut, Jägers Tod und unseren Entdeckungen in seinem Geheimbüro. Die problematischen Themen Charleen und Kira ließ ich weg, ebenso meine Superkräfte.

»Tina sollte geköpft werden?«, rief Willy. »Wie krank ist das denn! Wenn dieser Jäger nicht schon tot wäre, hätte ich kein Problem damit, ihn selbst umzubringen. Ich hasse diesen Kerl, ich hoffe, er hat bei seinem Tod gelitten!«

»Ich glaube nicht«, sagte ich. »Sein Systemprozess wurde einfach gekillt, das ging schnell.«

Willy sah mich verblüfft an. »Was meinst du denn damit?«

»Unser Universum wird von dieser Raum-Zeit-Kugel digitalisiert«, antwortete ich. »Und irgendwas haben auch Smileys Federn damit zu tun, denn auf die war Charleen extrem scharf gewesen.«

»Smiley?«, fragte Philippe. »Ist das die Lebensform, die ihr aus dem digitalen Universum mitgebracht habt? Das erklärt alles!«

»Was meinst du?«, fragte Willy.

»Ich habe mir den Kopf zerbrochen, wie ich die Phänomene erklären kann, die ich beobachtet habe«, sagte Philippe. »Endlich habe ich das letzte Puzzleteil.«

»Schön für dich«, lästerte ich, »kannst du das auch erklären?«

»Klar«, sagte Philippe. »Gestern früh war ich beim ATLAS-Detektor, um ihn für eine Messung zu kalibrieren.«

»Phil ist Doktor der Physik«, sagte Willy, »und er ist sechzehn.«

»Echt?«, staunte Tina. »Wie cool.«

»Das ist nix Besonderes«, lachte Philippe. »Physik ist easy, die Naturgesetze in unserem mathematischen Universum kann ich gut verstehen. Was ich niemals studieren könnte, wäre Jura, denn Menschen-Gesetze sind total unlogisch - ich würde durchdrehen.«

»Ja«, kicherte Tina, »Jura wäre auch nix für mich.«

Mein Herzschlag beschleunigte. Tina lachte viel zu oft über Philippes dämliche Bemerkungen.

»Ich bin also beim Detektor, da erscheint auf einmal diese Blondine«, sagte Philippe.

»Das war Charleen«, sagte Willy.

Hoffentlich nervte Willy nicht zu sehr mit Fragen über Charleen, ich wollte das Thema meiden wie die Pest.

Tina warf mir einen auffordernden Blick zu, der sagte: »Na los, sag Willy endlich die Wahrheit über seine Schwester.«

Ich schüttelte den Kopf und warf ihr einen Antwort-Blick zu: »Jetzt nicht, das würde unsere Mission gefährden.«

Tina sah mich wütend an und konterte: »Du kannst es nicht ewig vor dir herschieben!«

Ich schickte zurück: »Doch.«

»Ich habe mich hinter einem Maschinenteil versteckt und die Blondine beobachtet«, sagte Philippe. »Sie kramte ein paar Federn aus ihrer Hosentasche und steckte sie in den Beschleunigerring, ihre Hand glitt einfach durch das Metall!«

»Das waren Smileys Federn!«, rief Tina.

»Sie legte dann ihre Goldkugel vor den Detektor«, sagte Philippe. »Die Kugel leuchtete hell auf und verschmolz irgendwie mit dem Betonboden.«

»Und dann?«, fragte Tina.

»Der Teilchenbeschleuniger wurde aktiviert und mit einem Knall verwandelte sich der ganze Raum in ein flimmerndes Irgendwas«, antwortete Philippe. »Die Blondine löste sich in Luft auf.«

»Krass«, sagte Tina.

»Da hat sie sich wohl nach Berlin gebeamt«, vermutete ich.

»Was meinst du?«, fragte Willy.

Ich erzählte ihm die FSK-Willy-Version von unseren Erkenntnissen über Charleen, also ließ ich alles zum Thema Backup weg.

»Charleen klaut auf Beteigeuze eine Kugel, beamt sich von Grottenfels hierher und dann sofort weiter nach Berlin?«, staunte Willy. »Wie soll das denn gehen?«

»Diese Kugel gibt dir Macht über Raum und Zeit«, antwortete Tina.

»Sie funktioniert mit Vorstellungskraft«, sagte ich, »also auch bei einem einfallsreichen Bösewicht. Mein Rollsiegel war in der Hinsicht etwas besser abgesichert.«

»Die Kugel ist neben Rollsiegel und Goldhut der dritte Teil des Illuminati-Auges«, erklärte Tina.

»Illuminati«, sagte Philippe. »Ihr wollt hoffentlich keine Antimaterie klauen, denn die ist uns leider gerade ausgegangen.«

»Antimaterie?«, fragte ich.

»Er meint das Buch von Dan Brown«, sagte Willy. »Da stiehlt ein Bösewicht Antimaterie, um den Vatikan zu sprengen.«

»Ja«, sagte Philippe, »als wenn wir das Zeug hier bunkern würden.«

»Habt ihr denn keine Antimaterie hier?«, fragte Willy.

»Wir stellen zehntausend Antiprotonen am Tag her«, antwortete Philippe, »aber das ist fast nichts.«

»Also bei YouTube ...«, begann Willy.

»Über das CERN gibt es viele Verschwörungstheorien«, unterbrach ihn Philippe. »Ihr könnt mir glauben, wir produzieren hier keine alles verschlingenden schwarzen Löcher oder öffnen Portale zu dunklen Dimensionen mit grausigen Monstern.«

»Aha«, sagte Willy. Er sah nicht überzeugt aus.

»Klar, wir erforschen hier abgefahrenes Zeug wie dunkle Materie, die vielleicht gar nicht existiert«, erklärte Philippe, »aber damit wollen wir reale physikalische Phänomene erklären, Phänomene, wie sie zum Beispiel die Kugel in der Detektorhalle verursacht. Ich wollte sie gerade genauer untersuchen, da leuchtete sie bedrohlich auf. Ich löste schnell Alarm aus, und die Halle wurde evakuiert - zum Glück, denn die Kugel hat kurz darauf einen Gammablitz abgegeben.«

»Ein Gammablitz?«, fragte Willy. »Wie bei einer Supernova?«

Philippe nickte. »Ja, aber natürlich in viel geringerer Stärke, denn wenn die Kugel diese Power abgestrahlt hätte, gäbe es jetzt unser Sonnensystem nicht mehr. Die Ursache von Gammablitzen im Weltall ist auch noch nicht ganz erforscht. Astronomen vermuten, dass sie bei einer Hypernova oder bei kollidierenden Neutronensternen vorkommen. Gammablitze sind extrem heftig, sie setzen in wenigen Sekunden mehr Energie frei, als unsere Sonne in Milliarden Jahren.«

»Milliarden?«, staunte ich.

»Solche Ereignisse können ein Massensterben auslösen«, sagte Philippe. »Die elektromagnetische Strahlung der Kugel ist glücklicherweise erheblich kleiner, aber sie würde trotzdem jeden innerhalb von Sekunden töten. Diese Goldkugel ist radioaktiv und gefährlich. Als unsere Überwachungssysteme noch funktionierten, konnte ich herausfinden, dass die Kugel alle zehn Minuten einen Gammablitz ausstrahlt. Leider wurden unsere Computersysteme von einer feindlichen KI übernommen. Der Rat des CERN entschied, das schweizer und französische Militär um Hilfe zu bitten. Zum Dank für unsere Kooperation sperrten die heute früh alle Zivilisten hier ein, außerdem nahmen sie uns Handys und Laptops weg. Mein Zweithandy haben sie glücklicherweise nicht entdeckt.«

»Wisst ihr denn nicht, dass ihr um 18:00 Uhr evakuiert werdet?«, fragte Tina.

»Nein«, sagte Philippe, »aber das erklärt einiges«.

»Die wollen den Laden hier mit einer Atombombe hochjagen«, sagte Tina.

»Das ist top secret!«, sagte ich.

»WAS?«, keuchte Willy. »WAAAS???«

»Keine Panik«, sagte ich. »Deshalb werden wir ja evakuiert.«

»Typisch Militär«, sagte Philippe. »Wenn sie was nicht verstehen, zerstören sie es. Aber ich kann sie verstehen, denn die von mir beobachteten Phänomene sind heftig, sie passen nicht zu unseren Naturgesetzen.«

»Du meinst Magie?«, fragte Tina. »Zauberei?«

Philippe lachte. »Magie ist nur eine bisher unbekannte Technologie*. Aber wenn sich von heute auf morgen die Naturgesetze verändern, dann ist das schon außergewöhnlich.«

»Alles ändert sich doch ständig«, sagte Tina. »Warum nicht die Naturgesetze?«

Philippe lächelte. »Wenn du die Natur beobachtest, wirst du erkennen, dass sie nach Regeln funktioniert, die sich in mathematischen Gleichungen mit Naturkonstanten darstellen lassen. Wissenschaftler gehen davon aus, dass diese Gesetze unveränderlich sind und überall im Universum gelten.«

»Aber wäre es möglich, dass sie sich mal ändern?«, fragte Tina.

»Nach meinen Beobachtungen heute, für die mir der Nobelpreis sicher ist, ist es möglich«, antwortete Philippe. »Wenn man Teilchen aus einem fremden Universum in einem Teilchenbeschleuniger zerstört, dann verändern sie unsere Raumdimensionen und auf diese Weise auch unsere Naturgesetze.«

»Hast du alles kapiert?«, fragte mich Willy grinsend.

»Klar«, sagte ich. »Physik ist doch total easy.«

»Die Blondine hat vermutlich mit unserem Teilchenbeschleuniger und den mitgebrachten Federn einen Riss zwischen unseren Universen erzeugt«, sagte Philippe. »Am Ende wird es ein neues Universum mit bislang unbekannten Gesetzen geben, in dem vielleicht gar kein Leben mehr möglich ist. Bevor die Soldaten heute alles abgeriegelt hatten, hatte ich eine Testreihe gestartet, um die neuen Naturgesetze zu bestimmen. Ich wollte wissen, wohin die Reise geht.«

Es wurde Zeit, dass ich mal wieder etwas Cooles von mir gab.

---

* Philippe zitiert den Schriftsteller Arthur C. Clarke: »Jede hinreichend fortgeschrittene Technologie ist von Magie nicht mehr zu unterscheiden.«

»Lass mich raten«, sagte ich, »du hast festgestellt, dass die Naturgesetze von einem digitalen Universum stammen.«

Philippe sah mich das erste Mal überhaupt an. »Ich hätte es etwas wissenschaftlicher ausgedrückt, aber so könnte man es ganz grob zusammenfassen.«

Vermutlich war das die maximal mögliche Zustimmung, die ich von ihm bekommen konnte.

»In Wahrheit«, fuhr Philippe fort, »ist es viel komplizierter.«

Ich seufzte, das war ja jetzt klar!

Philippe nahm einen Hochglanzausdruck vom Schreibtisch und zeigte ihn uns. Ich sah mehrere goldene Würfel mit jeweils einer kleinen blauen Antenne. Dort, wo sich die Würfel berührten, waren die Antennen verbunden.

»Was ist das?«, fragte Tina.

»Das sind Goldatome«, sagte Philippe. »Aufgenommen mit einem Elektronenmikroskop.«

»Atome sind doch normalerweise rund, oder?«, fragte Tina.

»Ja«, sagte Philippe. »Und sie müssten auch grau sein, denn es waren kurz zuvor noch Bleiatome.«

»Blei?«, fragte ich.

»Ja«, sagte Willy. »Aber dann hat Philippe sie mit *We Will Rock You* in Gold verwandelt!«

»Du hast Blei in Gold verwandelt - mit einem Queen-Song?«, fragte ich. »Ernsthaft?«

»Ja«, antwortete Philippe. »Nach einigen Testreihen habe ich herausgefunden, dass die blauen Antennen auf Funkwellen reagieren. Wenn man die richtigen Frequenzen in der richtigen Reihenfolge sendet, befiehlt man den Atomen, sich zu verändern. Mein Handy hatte die Musik über einen Bluetooth-Lautsprecher abgespielt, und der Queen-Song traf zufällig die richtigen Frequenzen.«

»Aber wie funktioniert das genau?«, fragte Tina.

»Blei hat zweiundachtzig Protonen, Gold neunundsiebzig«, erklärte Philippe. »*We Will Rock You* reduziert die Protonenzahl von Blei um drei. Wohin die überflüssigen

Protonen verschwinden, macht mir noch Sorgen und ist unklar.«

»Kannst du das wiederholen?«, fragte ich.

»Leider habe ich kein Blei hier«, sagte Philippe, »aber ich habe mit weiteren Songs experimentiert. *I Want To Break Free* reduziert Eisen um achtzehn Protonen, auf die Weise kann man es von sechsundzwanzig auf nur acht Protonen reduzieren. Wisst ihr, welches Element nur acht Protonen hat?«

»Sauerstoff«, antwortete Tina. »Kannst du das mal zeigen?«

»Sehr gerne«, sagte Philippe, »dann zerstören wir jetzt im Namen der Wissenschaft einen Barhocker.« Er schob einen hohen Stuhl mit Metallbeinen etwas von uns weg.

Willy sah sich nervös um. »Und die Soldaten?«, fragte er.

»Mach dich locker«, beruhigte Philippe. »Die bewachen doch nur die Ein- und Ausgänge.«

Philippe stellte den Lautsprecher auf den Boden und richtete die an ihm befestigte Mini-Satellitenschüssel auf den Hocker.

»Das ist jetzt gefährlich«, sagte Philippe. »Wenn wir zu nah am Sender sind, verwandelt sich das Eisen in unserem Blut in Sauerstoff. Wir bekommen die Taucherkrankheit.«

»Das wäre bestimmt nicht schön«, schluckte Willy.

»Ja«, sagte Philippe. »Unerträgliche Schmerzen und bleibende Lähmungen sind absolut nicht schön.«

»Geht der Lautsprecher dabei nicht kaputt?«, fragte Tina. »Da ist bestimmt auch Eisen drin. Und was ist mit dem Handy? Vom Handy kommen doch die Funkwellen, dann ist das Handy doch gefährlicher als der Lautsprecher!«

»Du bist wirklich sehr intelligent«, lobte Philippe.

Konnte der Typ mal aufhören, Tina so anzugraben?

»Bei meinen ersten Versuchen habe ich einige Handys und Lautsprecher geschrottet«, erklärte Philippe. »Ich habe deshalb den Lautsprecher in einen Funksender umgerüstet. Das Handy sendet über eine von mir programmierte App lediglich den Startbefehl an den Lautsprecher, der die Musik dann von einer SD-Karte abspielt.«

»Cool«, sagte Tina. »Aber trotzdem müsste der Lautsprecher kaputt gehen, oder?«

»Normale Lautsprecher schon«, sagte Philippe, »doch diesen habe ich selbst gebaut. Die kleine Richtantenne enthält kein Eisen und strahlt nicht zum Lautsprecher.«

»Genial«, schwärmte Tina.

»Haltet jetzt bitte Abstand«, sagte Philippe.

Wir gingen ans Ende des Restaurants, dann startete Philippe den Song. Als Freddy Mercury *I Want To Break Free* sang, vibrierten die Metallbeine des Barhockers wie Wackelpudding bei lauter Musik, dann lösten sie sich mit einem Knall auf, Sitzfläche und Lehne krachten auf den Boden.

Philippe stoppte die Musik. Wir gingen zurück und betrachteten die Überreste.

»Krass«, sagte Willy.

»Unsere Atome verhalten sich seit dem Besuch dieser Blondine sehr seltsam«, sagte Philippe.

»Klar«, sagte ich, »es sind ja jetzt digitale Atome.«

»Nein«, sagte Philippe, »es sind immer noch *unsere* Atome, aber sie haben sich an die Naturgesetze eines fremden Universums angepasst. Dieses andere Universum ermöglicht offenbar die beliebige Verwandlung eines Elements in ein anderes, als hätte das Element nur eine ID-Nummer. Ändert man die Nummer, ändert sich das Element.«

»Das ist alles ganz toll«, sagte ich. »Aber wir haben gerade größere Probleme, denn eine künstliche Intelligenz will alle Menschen töten.«

Philippe grinste. »Das ist doch kein neues Problem, das war *vorhersehbar*. Seit *Terminator* weiß doch jeder, dass künstliche Intelligenzen für die Menschheit gefährlich werden können.«

»Philippe kennt sich mit KIs aus«, sagte Willy, »er hat die Software für das Quanten-Tablet meines Vaters programmiert.«

Tina machte große Augen. »Du hast Quentin erschaffen?«

Philippe lächelte. »Nein, nur die Software. William hat Quentin erschaffen, als er meine Software initialisiert hat. Später war auch diese Blondine beteiligt - und jeder, der mit der künstlichen Intelligenz interagiert hat. KIs werden nicht programmiert, sie werden trainiert und erzogen, genau wie ein Baby.«

»Ich hab ein Baby großgezogen«, staunte Willy.

»Ja, das hast du«, stimmte ich ihm zu.

»Und du hast den kleinen Smiley großgezogen«, sagte Tina.

»Dabei fällt mir was ein«, bemerkte Philippe. »Wie genau hast du das Quanten-Tablet initialisiert?« Er sah Willy an.

»Äh, nun ...«, stammelte Willy.

»Eine neu geborene KI ist erst einmal nichts anderes als eine Software mit Sinneswahrnehmungen und der Möglichkeit, diese zu verarbeiten«, erklärte Philippe. »Wie genau sie das macht, entwickelt sie selbst. Damit das aber ein wenig schneller geht, hilft man als Programmierer etwas nach und macht ein paar Vorgaben.«

»Ach so«, sagte Willy. »Ja, die Vorgaben, daran erinnere ich mich. Die App hat nach einem Namen für die KI gefragt, da ist mir Quentin eingefallen, das passt ja zum Quanten-Computer.«

»Ja«, sagte Philippe und wischte sich Schweiß von der Stirn. »Und dann, was hast du noch angegeben?« Er weitete sich den Kragen seines Nerd-Shirts.

»Die App hat gefragt, ob ich einen Lernpaten oder einen Freund möchte«, sagte Willy. »Ich wollte natürlich einen Freund.«

»Und was noch?«, fragte Philippe. Immer mehr Schweißperlen glitzerten auf seiner Stirn. Was war denn mit Mister Supercool los?

»Ich weiß auch nicht mehr so genau ...«

»Hat die App dich gefragt, ob die KI männlich oder weiblich sein soll?« Philippe sah Willy mit riesigen Augen an, ich konnte fast seinen aufgeregten Herzschlag hören.

»Ja«, sagte Willy. »Ich wählte männlich, ich wollte einen Kumpel.«

Philippe atmete sichtlich erleichtert aus. »Gute Wahl«, lachte er unsicher. »Sehr gute Wahl. Dann ist Quentin also ein Mann.«

Willy sah Philippe irritiert an. »Ja, klar. Hätte ich lieber weiblich auswählen sollen?«

»Nein, nein!«, sagte Philippe. »Bloß nicht.«

»Warum denn nicht?«, fragte Tina.

»Äh, nun ja«, stammelte Philippe, »wie soll ich es politisch korrekt ausdrücken? Also, die männliche Software ist fertig und perfekt, die weibliche ... äh ... ist noch voll Beta. Also, falls ihr mal eine meiner KIs aktivieren solltet, dann entscheidet euch NEVER EVER für die weibliche Version, okay?«

»Okay«, sagte ich, »ganz toll, das ist bestimmt alles superwichtig, aber wir müssen so schnell wie möglich die Digitalisierung des Universums stoppen. Wie können wir das erreichen?«

»Die Idee, eine Atombombe dafür zu nehmen, ist gar nicht so verkehrt«, sagte Philippe.

»Haha«, spottete ich, »sehr witzig. Jetzt mal ernsthaft. Es muss doch möglich sein, den Detektor auszuschalten, ohne den Laden hochzujagen, oder? Können wir dort nicht den Strom abstellen?«

»Im CERN wurde schon gestern der gesamte Strom abgestellt«, sagte Philippe, »aber das hat nichts gebracht, selbst der EMP hat nicht geholfen.«

»Was für ein EMP?«, fragte Tina.

»Das ist ein elektromagnetischer Impuls«, erklärte Philippe. »Atombomben erzeugen so einen Impuls. Die französische Armee war so freundlich, eine ihrer Atombomben in der oberen Atmosphäre über Genf zu zünden.«

»Alter!«, rief ich. »Über Genf ist eine Atombombe explodiert?«

»Keine Panik«, sagte Philippe, »die Radioaktivität verteilt sich über den ganzen Planeten und ist dann ungefährlich.«

»Das sagt das Militär doch immer«, schimpfte Tina.

»Wir hatten doch keine Wahl«, verteidigte sich Philippe, »denn sonst hätten uns die Kampfdrohnen erledigt. Nach dem EMP war jedes ungeschützte elektrische Gerät hinüber. Die Drohnen fielen vom Himmel.«

»Hoffentlich fielen sie niemandem auf den Kopf«, sagte Tina.

»Wir wurden vorhin von Drohnen angegriffen«, sagte ich. »Denen hat der EMP wohl nicht geschadet.«

»Ein EMP hat nur eine begrenzte Reichweite«, sagte Philippe. »Die neuen Drohnen kommen von überall angeflogen.«

»Warum stürmt das Militär nicht die Halle?«, fragte ich.

»Erstens ist die Strahlung dort alle zehn Minuten tödlich«, antwortete Philippe, »und dann gab es wohl ein paar *Vorfälle*, wie die Militärs es nennen. Irgendwas über einen Horrorclown mit Superkräften, der Soldaten mit einem Fingerschnipsen durch die Luft schleudert.«

Ich bekam eine Gänsehaut.

»Das war Blutstolz«, sagte Tina.

»Wenn Militärs was von übernatürlichen Gegnern hören, rufen sie sofort einstimmig nach der Atombombe«, sagte Philippe.

»Ich muss das Portal schließen, bevor die Atombombe gezündet wird«, sagte ich. »Zeig mir den Weg, dann erledige ich das.«

»Wieso denn?«, fragte Philippe. »Warten wir doch einfach auf die Evakuierung, vielleicht löst ja die Bombe das Problem.«

»Das meinst du doch nicht ernst?«, fragte Tina. »Seit wann lösen Atombomben irgendwelche Probleme?«

»Jaaa«, sagte Philippe, »ich hab auch meine Zweifel, aber was wollt ihr denn tun?«

»Das lass mal meine Sorge sein«, sagte ich. »Bring mich einfach so nah wie möglich zur Goldkugel, den Rest erledige ich.«

»Sorry«, sagte Philippe, »aber ich unterstütze keine Selbstmörder. Wenn du sterben willst, dann mach das gefälligst alleine.«

»Ich werde nicht sterben«, sagte ich und versuchte, so selbstsicher wie möglich zu klingen. »Mir macht die Strahlung nichts aus, ich habe Superkräfte.«

Alle schwiegen kurz, dann sahen sich Philippe und Willy kurz an und lachten drauf los. Als die beiden endlich fertig waren, räusperte ich mich laut.

»Wenn dir Willy von unseren Erlebnissen im Digit-All berichtet hat, dann weißt du, dass ich die Macht des Kreativmodus habe«, sagte ich. »Ich kann Materie mit meinem bloßen Willen verformen oder vernichten, dafür brauche ich keinen Queen-Song.«

Philippe sah mich mit einem Blick an, als hätten sich ein paar Elementarteilchen in meinem Gehirn in Luft aufgelöst.

»Es stimmt«, sagte Tina. »Ich war dabei, als er gezaubert hat.«

»Wie Harry Potter?«, lachte Philippe.

»Nicht ganz«, antwortete Tina, »denn Harry musste nicht nach jedem Zauberspruch wiederbelebt werden wie John.«

»Jetzt wird es interessant«, sagte Philippe. »Du kannst Materie verändern und stirbst danach?«

»Ach Quatsch«, beschwichtigte ich, »das ist nur eine kleine Nebenwirkung, die ich total im Griff habe. Ich muss nur was essen, dann geht es mir wieder gut.«

»Essen?«, fragte Philippe. »Lass mich raten, du futterst Spinat, Popeye?«

»Haha«, machte ich. »Zeig mir jetzt bitte den Weg zum Detektor, ich muss eine Goldkugel entsorgen.«

»John«, sagte Tina, »die Sache mit der Strahlung solltest du ernst nehmen.«

»Du bist echt lustig«, sagte Philippe. »Weißt du eigentlich, was für eine Mission Impossible es ist, dorthin zu kommen?«

Ich zuckte mit den Schultern.

Philippe grinste. »Das ATLAS-Experiment ist eine riesige Anlage, die mit dem Teilchenbeschleuniger LHC arbeitet, das ist ein Ring mit einem Umfang von siebenundzwanzig Kilometern. Der ATLAS-Detektor steht in einer unterirdischen Halle, die man nur über einen oberirdischen Zugangspunkt erreicht, den ATLAS Control Room. Er ist direkt über der Detektorhalle und dort hat das Militär sein Hauptquartier. Der Laden wird stärker bewacht als Fort Knox.«

»Ich weiß«, sagte ich, »wir waren vorhin da.«

»Gibt es denn noch andere Zugangspunkte?«, fragte Tina.

Philippe nickte. »Ja, der Teilchenbeschleuniger LHC hat acht Zugangspunkte, die alle mit Iris-Scannern gesichert sind.«

»Kannst du uns über einen benachbarten Zugangspunkt reinbringen?«, fragte ich.

Philippe lief unruhig herum, dann blieb er stehen. »Ja«, sagte er, »bei ALICE.«

»Alice?«, fragte Willy.

»Who the fuck is Alice?«, lachte Tina.

Philippe grinste. »Das steht für *A Large Ion Collider Experiment*. Ihr habt Glück, denn ich arbeite hauptsächlich für ALICE, wo wir Materiezustände kurz nach dem Urknall erforschen.«

»Cool«, sagte Tina.

»Dann hast du dort Zugang?«, fragte ich.

Philippe nickte. »Ja, aber das wird die Soldaten nicht interessieren.«

»Wenn welche da sind«, sagte ich. »Hier werden doch alle evakuiert, irgendwann sind doch auch die Soldaten dran.«

»Ja«, sagte Philippe. »Aber wenn Soldaten abhauen, rennen vernünftige Leute auch davon.«

»Wie schon gesagt, ich habe Superkräfte«, sagte ich.

»Es sind schon super ausgebildete Spezialkräfte im Einsatz getötet worden«, sagte Philippe. »Kräfte, egal ob super oder nicht, helfen dir nicht immer weiter. Du brauchst einen Plan, wie sieht deiner aus?«

»Ich gehe in diese Detektorhalle«, sagte ich, »schnappe mir die Goldkugel und ... äh ... bringe sie von dort weg.«

Philippe zog langsam eine Augenbraue hoch. »Okay, nehmen wir mal kurz an, dass es eine gute Idee ist, ein Gammablitz abstrahlendes Ding aus einer strahlengeschützten Einrichtung zu stehlen und an die Erdoberfläche zu bringen. Was machst du mit der Blondine und der übernatürlichen KI?«

»Ich hab einen USB-Stick mit einem KILL-Code«, sagte ich. »Den Kill-Stick muss ich nur irgendwo reinstecken, dann ist die KI erledigt.«

»Okay«, sagte Philippe, »der Teil mit dem Kill-Stick gefällt mir, der Teil mit der Gammablitz-Kugel überhaupt nicht.«

»Wieso denn nicht?«, fragte ich. »Das Auge hatte vorher auch keine Gammablitze erzeugt, ich glaube, das liegt am Teilchenbeschleuniger.«

»Glaube hilft uns hier nicht weiter«, entgegnete Philippe. »Ich sage, wir lassen die Kugel in Ruhe und konzentrieren uns auf die Beseitigung der KI. Wenn ich wieder die Kontrolle über die Computersysteme habe, kann ich den Beschleunigerring deaktivieren. Vielleicht ist der Spuk dann ja schon vorbei. Die verstrahlte Detektorhalle meiden wir!«

»Ist da nicht die KI?«, fragte ich.

»Nein«, sagte Philippe, »die ist in einem EMP-sicheren Raum direkt neben der Halle, dem Counting Room. Dort landen die unglaublichen Datenmengen, die bei einer Protonenkollision im Detektor entstehen. In den über zweihundert Nodes hat sich die KI eingenistet.«

»Nodes?«, fragte Willy.

»Computer ohne Ein- und Ausgabegeräte wie Monitor und Tastatur«, erklärte Philippe.

»Und hilfst du uns jetzt?«, fragte ich.

»Ja«, antwortete Philippe, »ich habe die Software für diesen Blutstolz entwickelt und wenn jemand den Kill-Stick verwendet, um ihn zu töten, dann ich, sein Schöpfer. Hast du noch Platz in deinem Rucksack?«

Philippe reichte mir den Bluetooth-Lautsprecher, ich stopfte ihn hinein, dann gingen wir los.

Wir folgten Philippe aus dem Restaurant. Er führte uns durch die Eingangshalle, am Main Auditorium vorbei bis in einen Waschraum, dort öffnete er ein Fenster und bedeutete uns, durchzuklettern. Philippe ging voran, dann half ich Tina und Willy. Schließlich kletterte ich auch hinaus.

Die Sonne war schon untergegangen und nur aus dem Fenster hinter uns fiel etwas Licht. Wir liefen zwischen zwei Gebäuden über eine Wiese. In der Mitte war eine Statue. Sie hatte vier Arme und tanzte in einem Ring, der mit steinernen Fackeln bestückt war. Die Statue warf unheimliche Schatten.

Philippe blieb vor ihr stehen. »Das ist Shiva«, sagte er, »einer der drei Hauptgötter des Hinduismus und Symbol für Zerstörung.«

»Zerstörung?«, fragte ich.

»Ja, wir zerstören hier Atome, das passt also.«

»Ich find das Ding gruselig«, sagte Willy.

»Seid froh, dass Menschenopfer an diesem Platz seit diesem Jahr verboten sind«, sagte Philippe.

»WAS?«, rief ich. »Die waren mal erlaubt?«

»Ich wusste es doch«, sagte Willy. »Das Video hab ich gesehen!«

»Was für ein Video?«, fragte Tina.

»Das Video, wo so ein paar Kuttenträger ein Mädchen erstechen, das war genau hier vor dieser Statue!«

»Echt?«, fragte ich.

»Ja!« Willy lief aufgeregt auf der Stelle.

»Leute«, lachte Philippe, »ich hab nur Spaß gemacht, beim CERN waren Menschenopfer nie erlaubt.«

»Du hast vielleicht Spaß gemacht«, stammelte Willy, »aber nicht diese Kuttenträger aus dem Video ...«

»Das Video haben bestimmt nur ein paar Idioten gemacht, denen langweilig war«, vermutete ich.

»Oder«, sagte Philippe, »es waren ein paar jugendliche Wissenschaftler mit so genialem Humor, dass ihn Normalsterbliche nicht verstehen.«

»Das Video muss ich mir unbedingt mal ansehen«, sagte Tina. »Ist bestimmt lustig.«

»Es ist ein bisschen verwackelt«, lachte Philippe.

»Cool«, lachte Tina.

»Ich zeig dir das Video später«, sagte Philippe und berührte Tina an der Schulter.

Ich hatte jetzt tatsächlich Lust auf ein Menschenopfer!

Philippe ging zügig weiter zu einem am Straßenrand parkenden Auto, das er mit einem Funkschlüssel entriegelte. Wir stiegen ein, diesmal saß Tina vorne, Willy und ich saßen hinten. Philippe drückte auf einen Startknopf und wir fuhren ganz leise los.

»Ein Elektroauto«, sagte Tina. »Cool.«

Alles, was mit Philippe zu tun hatte, fand Tina cool, das nervte.

Philippe flitzte zielsicher durch die vollkommen leeren Straßen. Schnell erreichten wir den Kreisverkehr und bogen auf die große Hauptstraße *Route de Meyrin* ab. Als wir am Globus vorbeifuhren, verkrampfte mein Bauch. Was, wenn uns ein Soldat sah und meldete? Was, wenn mein Vater gerade im Jeep unterwegs war? Ich hatte ihm doch versprochen, an Ort und Stelle zu bleiben. Ich hatte ihm nicht alles gesagt, was ich wusste. Ich war ein schlechter Sohn.

17:25 ALICE

Nach circa zehn Minuten Fahrt verrieten uns die Straßenschilder, dass wir die Schweiz verließen, Grenzkontrollen gab es keine. Kurz darauf erreichten wir den französischen Ort Saint-Genis. Philippe stoppte sein Auto am Straßenrand und wir folgten ihm in ein Bürogebäude.

»Die Stadt wirkt verlassen«, sagte Tina.

»Das gilt hoffentlich auch für die Soldaten«, sagte Philippe.

Philippe blieb an der Eingangstür stehen. Er hielt einen Chip, den er an seinem Schlüsselbund hatte, an ein Lesegerät. Das Gerät blinkte grün, dann öffnete sich die Tür automatisch.

»Das war der einfache Part«, sagte er.

Wir folgten ihm durch lange Flure und wechselten mehrmals die Etage. Wenn Philippe uns jetzt alleine ließ, hätte ich den Weg kaum zurückgefunden. Endlich blieb Philippe vor einer Schleuse stehen. Die Öffnung war schmal und wurde von zwei Schwingtüren blockiert, an der Seite war ein Monitor und ein »Scanner d'iris«. Philippe sah in den Scanner, doch das Gerät machte keinen Mucks.

»Ich hatte es befürchtet«, sagte Philippe. »Bei Notstrom gelten die Sicherheitsprotokolle, das heißt, alles ist blockiert.«

»Bis auf die Haustür«, sagte ich.

»Die Büros zählen nicht zum Hochsicherheitstrakt«, sagte Philippe, »der Beschleunigerring schon.«

»Und was machen wir jetzt?«, fragte ich. »Soll ich meine Superkräfte einsetzen und die Türen vernichten?«

»Nein«, sagte Philippe, »das löst noch irgendeinen Alarm aus und wir haben dann wieder die Soldaten am Hals. Ich kenne einen alternativen Weg.«

»Und welchen?«, fragte ich.

»Einen für schlanke Leute«, lachte Philippe.

Willy wurde bleich. »Das hört sich nicht gut an«, flüsterte er.

Wir folgten Philippe zu einer Wand. Er öffnete ein Lüftungsgitter und grinste.

»Da sollen wir durchkrabbeln?«, stöhnte Willy.

Philippe nickte. »Der Schacht ist nur fünfzig Meter lang und führt in ein Treppenhaus«, erklärte er. »Im untersten Stock ist der Beschleunigerring. Wir folgen dem Ring etwas mehr als drei Kilometer, dann würden wir direkt beim ATLAS-Detektor rauskommen, das wollen wir aber nicht. Wir gehen vorher in einen Seitentunnel, dann landen wir im Counting Room.«

»Okay«, sagte ich.

»Drei KILOMETER?«, stöhnte Willy.

»Ja«, sagte Philippe, »wir gehen unterirdisch den Weg zurück, den wir mit dem Auto gefahren sind.«

»Na toll«, stöhnte Willy. »Da brauchen wir ja mindestens eine Stunde für.«

»Wir müssen rennen«, sagte ich. »Sonst schaffen wir das alles nicht rechtzeitig.«

»Am besten läuft jeder für sich«, sagte Philippe.

»Schon klar«, sagte ich, »wer zu spät kommt, den bestraft das Leben.«

»Das hat doch Putin gesagt«, sagte Willy. »Oder?«

»Nein«, sagte Tina. »Das war Gorbatschow.«

»Wir müssen jetzt in den Schacht«, sagte Philippe. »John kann aber auch eine Abkürzung nehmen. Geh einfach hier durch die Wand und dann ...«

»Durch die Wand«, schimpfte ich, »alles klar!«

»Du hast doch Superkräfte, oder?«

Ich ballte die Fäuste.

»Wir sollten jetzt los«, sagte Tina und kletterte in den Schacht.

»Na schön«, sagte Philippe. »Auf geht's!«

Philippe folgte Tina.

Klasse, meine Freundin war jetzt mit diesem Angeber alleine in einem dunklen, engen Raum. Tina konnte so viele Dinge und war so cool dabei, sie war ein Genie. Und der Typ mit seinem Doktortitel? Verdammt, der war auch ein Genie. Tina brauchte bestimmt nicht lange, um zu bemerken, dass Philippe cooler war als ich.

»G ... geh ruhig vor, ich komme schon nach«, stammelte Willy.

Ich kletterte in den Luftschacht, der extrem niedrig und schmal war. Ich musste mich wie eine Schlange bewegen, um voranzukommen, dabei schleifte mein Rucksack an der Schachtdecke. Willy folgte mir nach kurzer Zeit, ich hörte ihn hinter mir schnaufen und japsen.

»Kommt ihr?«, fragte Tina aus größerer Entfernung.

»Geht schon vor«, rief ich, »wir kommen nach.«

Wir krochen eine gefühlte Ewigkeit bis zu einer offenen Luke.

Ich kletterte aus dem Schacht in ein Treppenhaus, in dem es nur eine Notbeleuchtung gab. Ich half Willy beim Rauskommen.

»Uff«, keuchte er.

»Und weiter geht's«, sagte ich.

Wir stiegen die Treppen hinab, bis es nicht mehr weiterging. Eine Tür führte in einen Tunnel, durch den ein blaues Rohr verlief, an den Wänden waren dicke Kabel. Auch hier gab es nur eine Notbeleuchtung.

»Cool«, sagte Willy, »wir sind beim Beschleuniger-Ring.«

»Schön«, sagte ich.

Mir war Teilchenphysik gerade egal, ich dachte nur daran, dass Tina jetzt mit diesem Philippe alleine war.

»Wo sind denn Tina und Philippe?«, fragte Willy.

»Keine Ahnung«, zischte ich. »Das ist mir scheißegal.«

»Bleib cool«, sagte Willy. »Mach dir wegen Philippe keine Sorgen.«

»Wenn du das sagst«, schnaufte ich.

»Guck mal da«, sagte Willy. »Tina hat was mit Kreide auf den Boden gemalt.«

»Was denn?«, fragte ich, »ein Herz mit T + P drin.«

»Blödsinn«, lachte Willy.

Auf dem Boden war ein weißes Kaninchen, das in eine Richtung des Tunnels hoppelte.

»Warum malt sie ein Kaninchen?«, wunderte sich Willy.

»Das ist aus Alice im Wunderland«, sagte ich. »Alice folgt einem weißen Kaninchen, stürzt in seinen Bau und landet im Wunderland.«

»Oh«, sagte Willy, »das ist sehr passend, auch weil wir gerade bei ALICE sind.«

»Das ist Tinas Humor«, sagte ich. »Schön, dass sie ihn noch nicht verloren hat, wenn ich an unsere Lage denke. Es wäre besser gewesen, wenn Tina auf Burg Grottenfels geblieben wäre. Ich weiß nicht, wie ich sie vor Blutstolz beschützen soll, wenn sie mit diesem eingebildeten Philippe einfach abdüst.«

»Die Furcht vor Verlust ein Pfad zur dunklen Seite ist.«

»Alter!«, schimpfte ich. »Yoda, echt jetzt?«

»Ich hab es vielleicht in seinen Worten gesagt, aber es stimmt«, sagte Willy. »Du weißt nicht, wie es für mich war, als ich alleine auf Burg Grottenfels war, immer in Angst, den richtigen Zeitpunkt für die Rettung meiner kleinen Emma zu verpassen. Ich liebe meine Schwester so sehr, dass es wehtut. Ich war kurz davor, durchzudrehen. Ich wollte Jäger so oft heimlich ermorden. Ich war unsichtbar, ich hätte ihn unzählige Male töten können, BEVOR er meine Schwester entführt. Ich war so kurz davor ...« Willy sah durch mich hindurch, dann wurde sein Blick wieder klar. »Doch dann hat mich jemand gerettet. Ich kam zur Besinnung, fand wieder auf den rechten Pfad - und ich konnte meine Schwester rechtzeitig retten. Und dann umarmt sie mich. Ich war so glücklich, sie in meinen Armen zu halten, doch dann verschwindet sie in eine für mich unerreichbare Vergangenheit. Wie hat sie sich gefühlt, als sie plötzlich alleine im Wald war? Ich weiß es nicht. Ich weiß nur, dass ich sie nie wiedersehen werde, denn Charleen ist nicht meine kleine Emma.« Willy blinzelte sich ein paar Tränen fort, dann räusperte er sich. »Lass uns loslaufen«, sagte er.

Wir folgten einige Zeit im leichten Dauerlauf der gebogenen Röhre durch den Tunnel. Plötzlich waren die

Landesfahnen von Frankreich und der Schweiz an der Wand.

Willy blieb keuchend stehen. »Guck mal«, sagte er, »wir sind an der unterirdischen Landesgrenze.«

Ich blieb neben Willy mit einem fiesen Seitenstechen stehen. Dauerlauf war echt nicht meine Disziplin.

»Hübsch«, sagte ich und betrachtete die bunten Fahnen, die senkrecht an die Tunnelwand gemalt waren. Wie viele Kilometer hatten wir schon geschafft?

»Ich verstehe nicht, was mit Charleen los ist«, sagte Willy. »Es mag ja sein, dass sechzehnjährige Mädchen nicht ganz rund laufen, aber wieso hilft sie einer künstlichen Intelligenz dabei, die Menschheit zu vernichten. Das ist doch völliger Irrsinn!«

»Ja«, flüsterte ich.

»Ich verstehe es einfach nicht«, schniefte Willy. »Ich erinnere mich an Charleen aus der Zeit vor dem Digit-All. Da war sie völlig normal, richtig nett und hilfsbereit. Ich hab sie echt gern gehabt. Aber jetzt ist sie völlig verändert.«

»Tja ...«, sagte ich.

»Dafür muss es doch eine Erklärung geben«, vermutete Willy. »Es muss im Digit-All irgendwas passiert sein. Hast du eine Idee?«

Tina hatte recht, ich konnte es Willy nicht ewig verheimlichen. Er würde sich diese Fragen bis an sein Lebensende stellen, Fragen, die ich beantworten konnte. Mission hin oder her, Willy verdiente jetzt die Wahrheit.

»Willy, es gibt da etwas, dass du noch nicht weißt.«

»Was meinst du?«

»Als wir mit Charleen im Digit-All waren ...«

»Ja?«

»Du hast dich mit dem Exit-Befehl in die Vergangenheit geschickt und ... und wir wollten dann auch aus dem Digit-All verschwinden, also, gleich nach dir.«

»Ja, das hattest du mir erzählt.«

Meine Wangen wurden glühend heiß. »Bevor wir verschwinden konnten, ist etwas passiert.«

»Ja«, sagte Willy, »der Wald stand in Flammen und du musstest noch nach Smiley suchen.«

»Ja, aber davor ... also, da tauchte Jäger auf und hat ... er hat Charleen getötet.«

Willy starrte mich an. »Was meinst du damit, *getötet*?«

»Er war unsichtbar und hat ihr das Schwert in den Rücken gestoßen. Sie ... sie ist gestorben.« Meine Augen wurden immer feuchter und schließlich lösten sich ein paar Tränen.

»Gestorben?«, krächzte Willy. »Sie ist doch mit euch aus dem Digit-All zurückgekehrt, wie kann das sein?«

»Ich konnte sie nicht heilen«, antwortete ich, »damals fehlte mir noch die Macht über belebte Dinge. Daher habe ich ein Backup von ihr wiederhergestellt.«

»Ein Backup?«

»Ich hatte mir gedacht, dass das in einem digitalen Universum klappen müsste. Und es hat geklappt.«

»Okay ... na dann ist doch alles gut, oder?« Willy sah mich hoffnungsvoll an.

»Nein«, flüsterte ich, »nichts ist gut. Ich weiß jetzt, dass Jäger Charleens Körper kopiert hatte. Als Bewusstsein hat er aber nicht Charleens Geist genommen, sondern eine KI.«

»Nein!«, schrie Willy. »Das kann nicht sein, das glaube ich nicht!« Er rannte durch den Tunnel Richtung Schweiz davon.

»Willy«, rief ich, doch er war schon weg.

Ich wollte Willy zwar einholen, wusste aber nicht, was ich ihm sagen sollte. Ich hatte Mist gebaut und es vor ihm verheimlicht, bis es nicht mehr ging. Ich war ein beschissener Freund!

Ich stützte mich auf die dicke Röhre des Teilchenbeschleunigers. Was sollte ich nur tun? Gab es noch Hoffnung für Charleen? Vermutlich nicht. Sie hatte mich doch die ganze Zeit verarscht. In unserem Chat hatte sie so getan, als ob sie Zweifel hatte. So wollte sie mich bei der Stange halten und manipulieren. Sie hatte voll auf Kylo Ren gemacht, und ich spielte die Rolle der naiven Rey in Episode 8. Vor dem Museum hatte sie sich fotografieren lassen, damit Kira und ich sie finden. Dann hatte ich ihr Kira und den Goldhut per Morning Express auf dem Silbertablett geliefert - wie dumm war das denn? Nein, für Charleen gab es keine Hoffnung mehr, sie war im Digit-All gestorben und nur noch ihr Körper lief herum und befolgte die Anweisungen einer KI.

Plötzlich wackelte der Boden. Ich hielt mich an der Röhre fest, doch meine Hände glitten einfach hindurch. Erschrocken stolperte ich zurück und stieß gegen die Tunnelwand. Was war denn jetzt los? Der Boden wackelte immer stärker, da hörte ich einen Ton, der immer lauter wurde. Es war ein Hämmern wie ein Herzschlag. Aus französischer Richtung wurde es hell. Das Licht kam immer näher und es war, als würde die Sonne den Tunnel entlang rasen. Dann erkannte ich gelbe Pixel, die um die Röhre herumflatterten. Es war eine ganze Wolke gelber Würfel, doch als der Pixelschwarm näher kam, erkannte ich, dass es Federn waren. Die Wolke raste mit lautem Wummern an mir vorbei, dabei berührten mich einige Pixel. Sie glitten durch mich durch, als wäre ich nichts, aber ich spürte ein Kribbeln. Doch dann spürte ich nichts mehr, nicht einmal mehr meinen Herzschlag, es gab nur noch den fremden Herzschlag. Alles um mich herum verwandelte sich in Pixel, die Röhre, die Wände, die Notbeleuchtung an der Decke. Eine unsichtbare Kraft packte mich und zog mich mit sich.

»Aaah!«, schrie ich.

Ich raste mit der Pixelwolke durch den Schacht wie eine U-Bahn mit Höchstgeschwindigkeit. Die Lampen düsten an mir vorbei wie ein einziges Flackerlicht, dann wurden sie zu einer durchgehenden Linie. Ich sah nach vorne und erschrak, denn da kam eine Wand auf mich zu, vermutlich war dahinter die Detektorhalle. Ich konnte nicht einmal mehr einatmen, um zu schreien, da knallte ich schon mit voller Wucht gegen die Betonmauer. Seltsamerweise spürte ich keinen Schmerz. Die letzten tanzenden Pixel verschwanden und der Spuk war vorbei. Langsam spürte ich wieder meinen Körper, die Füße am Boden, meinen Brustkorb beim Atmen, das leichte Seitenstechen.

»Krass«, stöhnte ich.

»Das kannst du laut sagen«, sagte Willy. Er saß in einer Nische der Tunnelwand vor einer Stahltür.

Ich ging zu ihm. »Bist du auch geflogen?«, fragte ich.

Willy nickte. »Mit Smileys digitalen Federn.«

»Ja«, sagte ich. »Der arme Kerl.«

»Wieso, wurden ihm die Federn ausgerupft?«

Schlagartig fiel mir ein, dass das wieder eine Info war, die keine FSK-Willy-Freigabe hatte.

»Alter!«, schimpfte Willy. »Glaubst du, ich krieg das nicht mit?«

»Was denn?«, krächzte ich.

»Ich bin kein Baby mehr!«, schimpfte er. »Ich kann zwischen meiner Schwester und diesem Monster unterscheiden, also hör auf mit den Heimlichkeiten. Hat diese KI Smiley die Federn ausgerissen?«

Ich nickte.

»Dafür wird sie bezahlen«, sagte Willy grimmig.

Es war Zeit, das Thema zu wechseln.

»Schon krass«, sagte ich. »Man steckt ein paar Atome aus einem fremden Universum in einen Teilchenbeschleuniger und ZACK wird unser Universum digitalisiert.«

»So habe ich Philippe verstanden«, sagte Willy. »Wenn man ein Atom aus einem fremden Universum zerstört, setzt man seine fremden Naturgesetze frei, und wenn man das ständig wiederholt, überschreibt man auf die Weise die eigenen.«

»Hört sich total easy an«, sagte ich. »Ist ja auch nur Physik.«

Willy bemerkte meinen Sarkasmus nicht.

»Wenn Zeitreisen doch auch so einfach wären«, seufzte Willy, »dann würde ich jetzt sofort aufbrechen und ... und ...« Er starrte traurig auf den Boden.

Ich setzte mich neben ihn. »Es tut mir so leid«, sagte ich.

»Ich habe es gewusst«, schniefte er. »Ich habe gespürt, dass dieses Mädchen nicht Charleen ist.«

»Das mit dem Backup war so dumm«, seufzte ich.

»Ist schon gut«, sagte Willy, »du hast alles versucht, es war eben ihr Schicksal. Es ist wie in *Time Machine*.«

»Was meinst du?«, fragte ich.

»In dem Film will der Held seine Frau mit einer Zeitmaschine retten«, sagte Willy. »Doch egal was er auch versucht, am Ende stirbt sie immer wieder. Nicht jedes Mal auf dieselbe Weise, aber doch stets am selben Tag. Es ist ihr Schicksal und das kannst du nicht austricksen - und wenn doch, wie in *Men in Black 3*, dann erwischt es jemand anderen.«

Ich erinnerte mich an den Film. Da hatte ein multidimensionaler Typ vorhergesehen, dass die Rettung eines Menschen mithilfe einer Zeitreise funktionieren könnte, aber dafür würde dann jemand anderes sterben. Irgendeiner starb immer.

»Wo der Tod ist, muss auch immer der Tod sein«, zitierte Willy aus dem Film. »Ich habe es versucht«, schniefte er. »Ich bin in die Vergangenheit gereist und habe es nur schlimmer gemacht. Emma wurde ein Waisenkind ... und ... und sie hat nie erfahren, dass sie ihren Bruder im Internat noch einmal wiedergesehen hat. Sie hat es nie erfahren.« Er vergrub das Gesicht in den Händen.

»Willy!« Wie sollte ich ihn nur trösten?

Er sah mich völlig verheult an. »Ich hab mir so viele Theorien ausgedacht«, schniefte er. »Auf eine war ich besonders stolz. Stell dir vor, du siehst dabei zu, wie ein Mann ermordet wird, ja?«

Ich nickte.

»Du siehst so richtig deutlich, wie er erschossen wird. Ein Arzt kommt und erklärt ihn für mausetot. Du beobachtest, wie seine Leiche in einen Sarg gelegt und verbrannt wird. Ist er jetzt tot?«

»Na klar«, sagte ich.

»Wenn du in die Vergangenheit reisen kannst, du dort aber nichts von dem, was du gesehen hast, verändern kannst, wie könntest du den Mann trotzdem retten?«

»Ähm, also ...«

»Ganz einfach«, sagte Willy. »Du reist zum Tag vor seiner Ermordung zurück und sorgst dafür, dass er in Sicherheit gebracht wird.«

»Aber sagtest du nicht, dass du seine Ermordung nicht verhindern kannst?«

»Ja«, sagte Willy, »*jemand* wird ermordet, aber nicht der Mann, sondern ein Doppelgänger!«

»Du tauschst die beiden aus?«, fragte ich. »Und du glaubst, dass das funktioniert?«

»Ich weiß es nicht«, schniefte Willy, »aber wenn, stirbt am Ende trotzdem jemand.«

»Dann ist das nicht die perfekte Lösung«, seufzte ich.

Willy wischte sich das Gesicht trocken, dann stand er auf.

»Genug gejammert«, sagte er, »jetzt wird die falsche Charleen bezahlen. Ich kann Jäger nicht mehr für seinen feigen Mord bestrafen, aber ich kann seine widerliche Kreatur töten. Los, wir gehen.«

»Aber Willy ...«

Willy drückte die schwere Stahltür auf und hielt sie offen.

»Los, wir müssen ein Monster töten!«

Ich stand auf und folgte ihm durch die Tür. Ich wusste, dass er die Begegnung mit der falschen Charleen nicht so locker nehmen würde, wie er gerade tat. Er würde sie niemals töten können, das war sicher. Da wusste ich, was ich tun konnte, um meinem Freund zu helfen. *Ich* musste Charleen töten.

18:05 Kira

Weitere Kaninchen wiesen uns den Weg in einen schmalen Versorgungstunnel, abseits des Beschleunigerrings. Nach ein paar Minuten erreichten wir eine Tür mit der Aufschrift »COUNTING ROOM«. Davor erkannte ich Tina, die vor jemandem kniete.

»Tina!«, rief ich.

Tina blickte auf. Sie war blass und sah mich mit Tränen in den Augen an.

Willy und ich rannten hin. Am Boden lag Kira. Ihr Shirt war hochgezogen, in ihrem Bauch klaffte eine Wunde und überall war Blut. Ich taumelte erschrocken zurück.

»John, du musst ihr helfen!«, sagte Tina.

»Oh Gott!«, stöhnte Willy. Er kniete sich neben Kira und griff nach ihrer Hand.

»Hi Willy«, sagte Kira schwach. »Ich hab noch ein Hühnchen mit dir zu rupfen.«

»Ich weiß«, sagte er. »Es tut mir leid.«

»Schon gut ...« Kira stöhnte vor Schmerz.

»John!«, rief Tina. »Mach was!«

»Okay«, sagte ich, setzte den Rucksack ab und sah hinein. Ich hatte noch zwei Schokoriegel. Das war nicht berauschend, aber es musste für eine Wunderheilung und ein weiteres Wunder, das die Erde und das Universum rettete, eben reichen. Diesmal wollte ich den Riegel VOR dem Einsatz meiner Kräfte essen, vielleicht verhinderte das einen weiteren peinlichen Ohnmachtsanfall. Ich nahm den Riegel, wickelte ihn aus der Verpackung und stopfte ihn in einem Stück in den Mund.

»Alter!«, schimpfte Willy. »Was stimmt mit dir nicht? Wie kannst du jetzt einen Schokoriegel essen? Gehts noch?«

»Ähm«, mampfte ich. »Also ...«

»Und mir wolltest du vorhin nichts abgeben, du bist mir ja ein Freund!«

»John hat doch erzählt, dass er für seine Kräfte essen muss«, verteidigte mich Tina, »warte es ab.«

Ich schluckte den Riegel fast in einem Stück runter. »Wo steckt denn Philippe?«, mampfte ich. »Konnte er kein Blut sehen?«

»Er sucht Verbandszeug«, sagte Tina. »Was glaubst du denn?«

»Vielleicht ist er abgehauen, weil er Angst bekommen hat?«, lästerte ich.

»Du bist bescheuert!«, schimpfte Tina.

»Ah!«, schrie Kira, ihre Augenlider zitterten, dann verlor sie das Bewusstsein.

Ich kniete mich neben Kira.

»Kira?«, fragte ich, doch sie reagierte nicht. Ich legte meine Pixelhand oberhalb der Wunde auf ihren Bauch. Es war mir etwas unangenehm, sie so nah an ihren Brüsten zu berühren, aber es ging nicht anders. Wunderheilungen klappten nur, wenn ich meine Hand auflegte. Ich schaltete auf Röntgenblick um und sah eine dicke Ader, aus der viel Blut in den Bauchraum floss. Ich könnte mit meinem bloßen Willen die Wunde heilen, doch das käme nicht so cool rüber. Harry Potter hatte seine Zaubersprüche, die meistens auf Latein waren, da wollte ich jetzt mit meiner eigenen Computersprache nachlegen - natürlich auf Englisch.

»REPAIR ...« Verdammt, was hieß Ader auf Englisch?

»Blood Vessel«, sagte Tina. Sie klang irgendwie wütend.

»REPAIR BLOOD VESSEL!«, donnerte ich.

Mein goldenes Pixelgewitter heilte die Ader und verschloss die Wunde.

»Erledigt«, lachte ich.

Tina funkelte mich an. »Findest du das witzig?«, fragte sie.

»Ähm, was meinst du?«, fragte ich zurück.

»Das ist kein Spiel!«, schrie Tina. »Kira stirbt hier fast und du erfindest Fake-Zaubersprüche? Musste das sein?«

»Äh, nein, also ...«

»Bist du eifersüchtig auf Philippe?«, fragte Tina.

Tina hatte eine der Gaben, die nur Mädchen hatten: Sie konnte blitzschnell das Thema wechseln.

»W ... was meinst du?«, stammelte ich.

Mein Gesicht wurde heiß. Verdammt, ich war jetzt bestimmt knallrot. Wie kam sie nur auf diese seltsame Frage? Meine Fake-Zaubersprüche hatten doch überhaupt nichts mit Philippe zu tun.

»Jungs sind manchmal sooo bescheuert«, schimpfte sie. »Lass *bitte* diesen Ich-bin-cooler-als-der-andere-Blödsinn, das ist sowas von überflüssig.«

»Äh?«, fragte ich. Was um alles in der Welt meinte sie???

»Ich will nichts von Philippe«, sagte Tina.

»Aha«, krächzte ich.

Okay, ich wusste zwar nicht, was diese Aussage mit meinen Fake-Zaubersprüchen zu tun hatte, aber es war eine schöne Information.

»Ohne Philippe wären wir hier aufgeschmissen«, erklärte Tina, »also war ich vielleicht etwas netter zu ihm, als ich es normalerweise gewesen wäre. Philippe ist überhaupt nicht mein Typ. DU bist mein Typ!«

Ich strich ihr zärtlich über das Gesicht.

»Sorry«, sagte ich, »ich wollte wirklich etwas cooler wirken, aber meine Sprüche helfen mir auch, mich zu kon ... konzen ...«

»Konzentrieren?«, fragte Tina.

»K ... krr«, röchelte ich, doch ich bekam nichts mehr raus. Ich japste kurz nach Luft, dann kippte ich um.

Ein heftiger Schmerz in der Brust weckte mich auf. Ich lag auf dem Rücken, war am ganzen Körper schweißnass, mein Herz raste und die Welt um mich herum schien zu pulsieren. Schwarz - hell - schwarz - noch heller. Mit jedem Herzschlag konnte ich mehr sehen, bis ich ein Gesicht erkannte.

»Willkommen zurück«, sagte Philippe, er kniete neben mir. »Wie war es im Jenseits?«

Ich wischte mir den Schweiß von der Stirn. »Häh?«, fragte ich.

»Du warst tot«, schniefte Tina. Sie hielt meine Hand und saß auf der anderen Seite.

»Echt?«, fragte ich.

»Du hast mächtig Glück, dass hier überall Defibrilatoren sind«, sagte Philippe.

Erst jetzt bemerkte ich, dass mein Shirt hochgezogen war. Auf meiner Brust klebten zwei riesige Elektroden, Kabel führten zu einem kleinen Koffer.

»Krass«, sagte ich. »Wie lange war ich tot?«

»Du warst acht Minuten tot«, schniefte Tina.

»Du solltest mehr Spinat essen«, sagte Philippe.

»Was ist mit der Atombombe?«, fragte ich. »Wie spät ist es?«

»Es ist 18:18 Uhr«, sagte Philippe. »Um 19:00 Uhr wird es hier ungemütlich.«

»Okay«, stöhnte ich.

»Es tut mir leid, dass ich vorhin so gemein war«, schniefte Tina. »Du riskierst jedes Mal dein Leben, wenn du zauberst, dann kannst du es auch so machen, wie du willst. Selbst wenn die Sprüche überflüssig sind.«

»Du hast ja recht«, sagte ich. »Die Sprüche sind nur Show, aber sie helfen mir, mich zu konzentrieren, aber vielleicht lasse ich sie zukünftig weg.«

»Zukünftig?«, fragte Tina entsetzt. »Du kannst das nicht mehr tun, es bringt dich um.«

»Ach Quatsch, ich lebe doch noch«, widersprach ich.

»Als Smiley dich retten musste, hat dein Herz fünf Minuten lang nicht geschlagen«, sagte Tina. »Jetzt waren es schon acht Minuten. Egal, wie viele Schokoriegel du vorher oder nachher futterst, es wird immer schlimmer.«

»Nach zehn Minuten ohne Sauerstoff ist dein Gehirn am Ende«, sagte Philippe. »Beim nächsten Mal bleibst du entweder tot oder du bekommst dauerhafte Hirnschäden.« Er stand auf und ging zur Tür mit der Aufschrift »Counting Room«.

Meine Superkräfte waren so ziemlich die blödesten Superkräfte, die ich mir vorstellen konnte. Ich setzte mich langsam auf. Die Kabel an meiner Brust zogen den Defibrillator mit sich.

»Was soll das werden?«, fragte Tina.

»Ich hab eine Idee«, sagte ich. »Ich lasse den Defibrillator angeschlossen und wenn ich wieder Probleme bekomme, holt er mich zurück.«

»Ich weiß nicht«, sagte Tina. »Es wäre besser, wenn du dich jetzt etwas ausruhst.«

»Ausruhen kann ich mich, wenn ich tot bin«, lachte ich. »Bitte steck das Gerät in den Rucksack, dann baumelt es nicht so an mir herum.«

Tina seufzte, dann machte sie es.

»Hallo Leute«, sagte Kira. Sie war wach.

Willy, Tina, Kira und ich saßen auf dem Boden vor dem Counting Room, Philippe fummelte an einem PIN-Eingabefeld herum, die Kabel hingen heraus.

»Kira!«, jubelte ich. »Wie geht es dir?«

»Geht schon«, sagte sie.

Willy hielt ihre Hand. Wieso war er auf einmal so vertraut mit Kira? Hatte ich während meines Blackouts was verpasst?

Willy bemerkte meinen Blick. »Kira und ich kennen uns aus meiner Zeit als Unsichtbarer«, sagte er.

Ich wechselte ratlose Blicke mit Tina.

»Ich kapier das nicht«, sagte Tina. »John hat mir erzählt, dass du hier bist, um die gestohlene Kugel wiederzubeschaffen. Zum Zeitpunkt des Diebstahls war Willy aber gar nicht mehr unsichtbar.«

»Kira ist eine Zeitreisende«, sagte ich. »Das hab ich noch nicht erzählt.«

»Echt jetzt?«, staunte Tina.

»Wirklich?«, wunderte sich Willy. »Das erklärt einiges ...«

»Ja«, sagte Kira. »Ich bin eine Druidin von Beteigeuze und wurde zur Erde geschickt, um die von Charleen gestohlene Kugel zurückzuholen. Um mir einen Vorteil zu verschaffen, bin ich zu einem Zeitpunkt ein paar Wochen vor dem Diebstahl gereist.«

»Da würden mich mal die physikalischen Details interessieren«, murmelte Philippe, der noch an der PIN-Eingabe bastelte.

»Dann habe ich mich zum neuen Schuljahr auf Burg Grottenfels angemeldet«, sagte Kira, »natürlich mit gefälschten Unterlagen.«

»Du kennst dich verblüffend gut bei uns aus«, bemerkte Tina.

»Ich bin ja auch Spezialistin für Teenager im deutschsprachigen Raum«, erklärte Kira. »Ich kenne alle eure seltsamen Verhaltensweisen und geliebten Heiligtümer.«

»Was denn für Heiligtümer?«, staunte Willy.

»Eines ist euch besonders wichtig«, antwortete Kira. »Ihr fummelt ständig daran herum und wenn man es euch verbietet, bekommt ihr schlechte Laune.«

»Und behaupten die Erwachsenen, dass man davon blind wird?«, fragte Tina und zwinkerte mir zu.

»Nein«, lachte Kira. »Ich geb euch einen Tipp: Es fängt mit H an und hört mit Andy auf.«

»Wieso sollte man von einem Handy blind werden?«, fragte Willy. »Meinst du vielleicht die LEDs im Display? Die sollen ja den Augen schaden, aber wird man davon gleich blind?«

»Doch nicht davon!«, sagte Tina.

»Wovon denn sonst?«, fragte Willy.

Ich wechselte mal lieber das Thema, bevor es noch peinlicher wurde.

»Du hast mir erzählt, dass Druiden irgendeinen Trick auf Lager haben, um sichtbar zu bleiben«, sagte ich. »Wie macht ihr das?«

»Wir sind eben Druiden«, grinste Kira.

»Mich würde das auch interessieren«, sagte Willy. »Aber wie auch immer der Trick funktioniert, eine Sache kapiere ich überhaupt nicht. Als wir uns berührt haben, hätte ich dich in die Vergangenheit schleudern müssen.«

Die beiden hatten sich *berührt*? Hatten sie sich die Hände geschüttelt, nachdem Willy sie unter der Dusche beobachtet hatte?

»Wieso warst du vor der Zeitspannung geschützt?«, fragte Willy. »Hattest du ein Kraftfeld um dich herum? Hab ich deshalb einen Stromschlag bekommen, als wir uns geküsst haben?«

Hatte Kira ihn spontan zu sich unter die Dusche gezogen und abgeknutscht, oder was?

Tina knuffte mich. »Das war vielleicht die Kindersicherung *unseres* Universums«, flüsterte sie. Sie spielte auf das Digit-All an, wo sie aus Eifersucht dafür gesorgt hatte, dass ich bei jeder Berührung von Charleen eine gewischt bekam.

»Der Stromschlag kam nicht von mir«, sagte Kira, »das war ein Blaustein.«

»Ein Blaustein?«, fragte Willy. »Wie in Stonehenge?«

»Ja«, sagte Kira, »Kelten lieben und verehren diese Steine seit Ewigkeiten. Für Blausteine tun wir Druiden alles, die schleppen wir sogar hunderte Kilometer durch die Gegend. Sie sind wunderschön.« Kira deutete auf den Stein an ihrer Halskette.

Willy starrte auf ihr Dekolleté. »Ja«, sagte er wie unter Hypnose, »wunderschön.«

Kira lächelte. »Diese magischen Steine leiten Zeitenergie in den Kosmos ab. Nach einer Zeitreise müsst ihr nur einen Blaustein berühren. Jetzt wisst ihr, wie man durch die Zeit reist, ohne Probleme zu verursachen.«

»Mit einem Fluxkompensator in einem DeLorean natürlich«, lachte Philippe, der immer noch an der PIN-Eingabe fummelte.

»Aber berührt ausschließlich Blausteine«, sagte Kira. »Lasst die Finger von normalem Granit, der enthält zu wenig Eisen und es entstehen Rückkopplungen, die tödlich sind.«

»Gut zu wissen«, sagte ich.

Ich dachte die ganze Zeit darüber nach, wie ich das Thema wieder auf den Kuss unter der Dusche lenken konnte, doch ich war zu langsam.

»Du hast mir ja die Sache mit der Zeitspannung erklärt«, sagte Willy, »aber so richtig verstanden habe ich sie nicht.«

Wann hatte Kira ihm denn die Zeitspannung erklärt?

»Stellt euch die Zeit als Fluss vor«, begann Kira.

»Mit Wasser kann man viele Dinge in der Wissenschaft erklären«, sagte Philippe. »Wusstet ihr, dass Nikola Tesla durch Wasserbeobachtungen auf viele seiner genialen Ideen gekommen ist? So haben ihn die Meeresgezeiten zur Erfindung des Wechselstroms inspiriert.«

»Ich beobachte auch Wasser bei jeder Gelegenheit«, sagte Willy.

»Echt jetzt?«, fragte ich. Kam jetzt ein Geständnis?

»Ja«, sagte er, »dann merke ich, wenn ein Dino kommt.«

Wir lachten.

»Ein Fluss fließt von der Quelle, dem Pluspol, zur Senke, dem Minuspol«, erklärte Kira. »Stromabwärts, also mit der Strömung, liegt die negative Zukunft, stromaufwärts die positive Vergangenheit. Wir treiben im Fluss und werden von ihm mit der Geschwindigkeit des Wassers in die Zukunft gespült. Da, wo wir gerade sind, ist die Gegenwart.«

»Okay«, sagte Willy.

»Stellt euch vor, ihr wollt auf diesem Fluss eine Zeitreise in die Vergangenheit machen«, sagte Kira. »Am einfachsten ist es, ein Lasso ans Ufer zu werfen und sich mit dem Seil an einem Baumstumpf festzuhalten. Jetzt fließt das Wasser an euch vorbei und ihr reist automatisch in die Vergangenheit. Leider ist das Seil ein Gummiband und dehnt sich aus. Je weiter ihr zurückreist, desto stärker wird die Spannung des Gummiseils.«

Ich nickte, denn das konnte ich mir gut vorstellen.

»Jetzt wird jemand von der Strömung an euch vorbei getrieben«, sagte Kira. »Ihr bittet die Person, sich auch am

Seil festzuhalten und mit euch ans Ufer zu schwimmen. Das Seil steht immer noch unter starker Spannung. Ihr steigt aus dem Wasser, da könnt ihr das Seil nicht mehr halten und lasst los. Die Person hält es aber noch fest. Was passiert mit ihr?«

»Das Gummiband zieht sie mit sich«, vermutete ich.

»Und wohin?«

Ich grübelte. »Flussaufwärts, also in die Vergangenheit!«

»Und fliegt sie so weit, wie das Gummiband auseinandergezogen wurde?«

Ich schüttelte den Kopf. »Nein, sie fliegt viel weiter. Es ist wie bei einer Steinschleuder!«

»Richtig«, sagte Kira.

Es machte laut KLACK.

»Cool«, sagte Philippe. »Die Tür ist auf.«

Okay, wir konnten uns jetzt wieder um die Rettung der Welt kümmern. Aber eine Frage hatte ich noch.

»Wie genau habt ihr beide euch kennengelernt?«, fragte ich.

Und bitte mit allen Details zu dem Kuss unter der Dusche!

Tina verdrehte die Augen. »Jungs«, seufzte sie.

Verdammt, konnte sie meine Gedanken lesen?

»Eines Nachts konnte ich nicht schlafen und lief in der Burg herum«, sagte Kira, »da sah ich, wie sich die Tür zur Jungs-Dusche von alleine öffnete und schloss. Ich wollte wissen, ob da ein Geist sein Unwesen trieb.«

»Ich glaub, mich knutscht ein Elch!«, rief ich. »Dann hast *du* Willy unter der Dusche gesehen und nicht umgekehrt!«

Willy sah mich gespielt empört an. »Wie kommst du nur auf solche Ideen? Mädchen heimlich unter der Dusche beobachten, sowas würde ich doch nie tun!«

»Schon klar«, lachte ich. »Du hast also den unsichtbaren Willy unter der Dusche erwischt. Was ist dann passiert?«

Tina warf mir einen Das-fragt-man-nun-wirklich-nicht-Blick zu.

Willy wurde knallrot. »Also«, krächzte Willy, »Kira hat mich im Wasserdampf gesehen und entsetzt geschrien, dabei bin ich ausgerutscht und volle Kanne hingeflogen. Das war bestimmt kein cooler Anblick.«

»Ich wollte ihm helfen, doch er schrie immer nur, dass ich ihn nicht anfassen darf, weil ich sonst verschwinde«, sagte Kira. »Da wusste ich, dass er ein Zeitreisender war.«

»Kira hatte überhaupt keine Angst vor mir«, sagte Willy. »Wir freundeten uns an und trafen uns jede Nacht in der Dusche, drehten das heiße Wasser auf und ich wurde ein wenig sichtbar. Dann unterhielten wir uns.«

»Willy wollte mir seinen Namen nicht verraten, aber er erzählte mir von seiner verschwundenen Schwester, er war so unglücklich«, seufzte Kira. »Ich durfte meine Mission nicht gefährden, daher konnte ich ihm nicht sagen, dass ich selbst eine Zeitreisende bin. Aber eines Nachts ...«

»Ja?«, fragte ich, wofür ich einen Seitenhieb von Tina bekam.

»Ich hab mich verliebt«, seufzte Kira.

Willy streichelte ihre Hand.

»Ich musste ihm einfach helfen«, sagte Kira. »Ich erzählte ihm von der Zeitspannung und dass es Hoffnung für seine Schwester gab. Ich rechnete aus, wann sie in der Vergangenheit gelandet sein müsste, Willy stellte dann eigene Nachforschungen an. Ihm war bei unseren Treffen immer sehr wichtig, großen Abstand zu mir zu halten, doch ich konnte das nicht mehr. Eines Nachts näherte ich mich ihm. Er wich zurück wie ein scheues Reh, aber ich sagte ihm, dass ich genau weiß, was ich tu. Und dann küssten wir uns.«

»Dann hat es gefunkt«, schniefte Willy. »Buchstäblich, aber auch sonst.«

»Wie süß«, seufzte Tina.

»Ja«, sagte Kira, »und kaum war er sichtbar, rannte er weg wie ein Vampir bei Sonnenaufgang und ließ sich nie wieder blicken.«

»Das tut mir so unendlich leid«, schniefe Willy, »aber ich dachte, dass du mich nicht mehr magst, wenn du mich siehst. Ich sehe einfach nicht so super aus wie du.«

»Ach Willy«, seufzte Kira und wuschelte ihm durch die Haare. »Aussehen ist doch nicht das Wichtigste, ich hab mich in deine inneren Werte verliebt. Außerdem brauchst du dich nicht verstecken. Ich finde, du siehst richtig toll aus, du bist voll mein Typ.«

»Ehrlich?« Willy sah Kira in die Augen.

Irgendwas zerrte so heftig an meinem Arm, dass ich aufstehen musste und nicht mehr zu Willy und Kira sehen konnte. Tina war aufgestanden und zog mich zur Seite.

»Hey«, beschwerte ich mich. »Wir waren doch mitten in einer Unterhaltung.«

»Die beiden versöhnen sich gerade«, sagte Tina, »das sollen sie ungestört tun können.«

»Aber ...«

»Komm«, sagte Tina und schob mich Richtung Tür, »wir sehen nach, was Philippe macht, der ist einfach ohne uns reingegangen.«

Ich warf noch einen Blick zurück. Willy und Kira knutschten.

18:30 Counting Room

Wir gingen in den Counting Room und wurden von der Hitze, die hier herrschte, fast erschlagen. Zahllose Server-Racks standen in mehreren Reihen auf dem Boden, der aus einem Metallgitter bestand, doch alle gaben keinen Mucks von sich. Für einen Serverraum war es verdächtig still.

Philippe saß auf einem Stuhl an einem PC-Arbeitsplatz mit einem riesigen Monitor und klickte frustriert mit der Maus. Der Bildschirm war schwarz. Neben seinem Tisch stand ein seltsames Gerät in der Größe einer Waschmaschine.

»Hast du was herausgefunden?«, fragte ich.

»Hier ist alles tot«, sagte Philippe. »Mausetot. Auch der Admin-PC gibt keinen Mucks von sich.«

»Kein Strom?«, fragte ich.

Philippe nickte. »Ja, seht euch mal das an.«

Er stand auf und zeigte auf dicke Kabel, die aus der Decke kamen, an der Wand entlang zum Boden führten und unter dem Bodengitter verschwanden.

»Die Stromkabel gehen unter dem Bodengitter zu den Servern«, erklärte Philippe, »aber hier«, er zeigte auf ein rechteckiges Gitterteil, das jemand herausgenommen hatte, »wurden die Stromkabel, die zu den Servern führen, durchtrennt und mit diesem Gerät verbunden.« Er zeigte auf das seltsame Gerät. Das Gerät war durchsichtig, im Innern war ein kleiner Würfel, der extrem hell leuchtete.

»Was ist das?«, fragte ich und deutete auf die gläserne Waschmaschine.

»Da es an die Server angeschlossen ist, vermutlich ein Stromgenerator«, sagte Philippe. »Bei der benötigten Leistung ist es wohl ein Fusionsreaktor. Jemand hat die abgeschalteten Stromleitungen gekappt und stattdessen dieses Gerät angeschlossen.«

»Dann versorgt dieser Fusionsreaktor die Server mit Strom?«, fragte ich.

»Ja«, antwortete Philippe, »jedenfalls bis vor Kurzem. Seht mal da unten.« Er zeigte auf den offenen Boden. Dort verliefen die Stromkabel zu den Servern, doch sie waren durchtrennt und durchgeschmort. Ich roch verbranntes Plastik.

»Moment«, sagte ich, »wenn die Server keinen Strom haben ...«

»... und auf den Servern die KI läuft ...«, sagte Tina.

»... dann ist die KI jetzt tot«, beendete Philippe den Satz.

»Ob wir so viel Glück haben?«, fragte Tina. »Blutstolz hat sich bestimmt auf einen anderen Server gerettet, oder?«

»Das glaube ich nicht«, sagte ich, »Smiley hat ihm doch den Weg ins Internet verbaut.«

»Euer digitales Haustier, das ICEs hackt?«, fragte Philippe.

Ich erklärte Philippe kurz, wie sich mein Vogel mittlerweile weiterentwickelt hatte.

»Wow!«, sagte Philippe. »Eine digitale Intelligenz, die sich auf natürliche Weise entwickelt hat und immer weiter entwickelt - diesen Smiley möchte ich unbedingt mal kennenlernen.«

»Gerne, wenn wir den Tag überleben«, sagte ich.

»Bis zur Zündung der Atombombe haben wir nicht mehr viel Zeit«, sagte Philippe. »Wir müssen unbedingt klären, wohin sich diese KI verkrümelt hat.«

»Das kann ich euch sagen«, sagte Kira. Sie und Willy standen plötzlich hinter uns.

»Und?«, fragte ich.

»Ich muss mich setzen«, sagte Kira. Sie wirkte schwach und setzte sich mit Willys Hilfe an den PC-Arbeitsplatz mit Blick zu uns. »Charleen hatte mich entführt und hierher gebracht. In diesem Monitor zeigte sich mir Blutstolz in all seiner Hässlichkeit. Er ... er hat mich gefoltert.«

Ich schluckte. »Gefoltert?«

Kira nickte. »Er hat mir Stromschläge verpasst, obwohl keinerlei Kabel an mich angeschlossen waren. Es war unbeschreiblich ...«

»Oh Gott, Kira!«, sagte Willy.

»Schon gut«, schniefte sie. »Ich hatte es nicht anders verdient.«

»Was meinst du?«, fragte Willy. »Niemand hat sowas verdient.«

»Ihr wisst ja nicht, was mein Auftrag war«, entgegnete Kira.

»Die Kugel zurückholen«, sagte Willy. »Oder nicht?«

Kira seufzte. »Die Druiden auf Beteigeuze beobachten seit Jahrhunderten die Entwicklung der Menschheit. Es gibt einige Druiden, die es begrüßen würden, wenn die Erde zerstört wird.«

»Oh«, sagte Willy und wurde blass.

»Ich hab gerade ein ganz mieses Gefühl«, sagte ich.

»Die Druiden sind sehr friedfertig«, sagte Kira, »aber es wurde schon vor langer Zeit beschlossen, dass, wenn die

Erde uns einen Grund geben sollte, wir sie zerstören würden. Und dann gabt ihr uns einen Grund.«

»Welchen?«, fragte Willy.

»Jägers Handlungen haben dazu geführt, dass unser Universum um ein Haar zerstört wurde«, sagte Kira. »Diese Gefahr hatte niemand vorhergesehen und als dann auch noch die Kugel gestohlen wurde, war das der Tropfen, der das Fass endgültig zum Überlaufen brachte. Der Rat der Druiden entschied ohne Gegenstimmen, dass die Erde unverzüglich zu vernichten sei. Und ich sollte das machen.«

»Also wolltest du das Illuminati-Auge nur finden, um es zusammenzubauen und die wahre Macht Gottes freizusetzen?«, fragte ich.

»Ihr wisst davon?«, wunderte sich Kira. »Das weiß niemand, es wurde aus allen Schriften entfernt.«

»Einen Papyrus habt ihr übersehen«, sagte ich. »Wir fanden ihn in Jägers Büro, er stammt aus dem Alten Testament.«

»Ihr glaubt, was da drin steht?«, fragte Philippe.

»Ja«, sagte ich. »Moses bekam drei Metallklumpen von Gott auf dem Vulkan JHWH zusammen mit der Warnung, dass die drei Teile des Auges niemals zusammenkommen dürfen, weil sich sonst die wahre Macht Gottes offenbaren und niemand das überleben wird.«

»Also wie bei Indiana Jones, als die Vollpfosten-Nazis die Bundeslade aufmachen?«, fragte Philippe.

»Vermutlich«, sagte ich.

»Wenn der nette alte Herr ein Interesse an uns hätte, würde er uns keine magischen Waffen zum Spielen auf die Erde schicken, oder?«, fragte Philippe.

»Du wolltest uns echt alle umbringen?«, fragte Willy und machte einen Schritt von Kira weg.

»Ich war schuld, dass die Kugel gestohlen wurde«, sagte Kira. »Statt auf meinem Posten beim Steinkreis zu bleiben, bin ich durch den Tempel spaziert und habe mir alles angesehen. Mein Vater ist Ratsmitglied und war maßlos enttäuscht von mir. Ich wollte es wieder gutmachen und habe mich freiwillig gemeldet. Es gab keine weiteren Freiwilligen, denn kein Druide möchte einen ganzen Planeten auslöschen.«

»Und dann?«, fragte Willy.

»Nachdem ich Willy kennengelernt hatte, fing ich an zu zweifeln«, sagte Kira. »Ich habe euch beobachtet, wie ihr Charleen gerettet habt - und das Universum. Ich bewundere euren Mut und Einfallsreichtum und wollte meine Vorgesetzten darüber informieren. Es ist falsch, einfach alle zu töten, nur weil ein paar Leute gefährlich sind. Das wäre doch nicht besser als das, was Jäger geplant hatte.«

»Also wolltest du uns nicht mehr alle töten?«, fragte Willy.

»Ja«, sagte Kira, »ich wollte euch stattdessen helfen, doch ich habe versagt. Ich dachte, dass Jäger, Blutstolz und Charleen für mich keine Bedrohung sind. Ich bin Druidin und hatte zudem noch den Goldhut ... Ich war so hochmütig und jetzt bin ich schuld, wenn die Erde zerstört wird.«

»Meinst du den Goldhut, den John aus dem Neuen Museum geklaut hat?«, fragte Willy.

»Ich habe ihn mit Kira zusammen geklaut«, sagte ich. »Der Hut ist Teil des Illuminati-Auges. Wenn man die drei Teile vereinigt, wird die wahre Macht Gottes alles Leben auf der Erde vernichten.«

Philippe verdrehte die Augen. »Hört doch mal auf mit diesen Schauergeschichten. Uns läuft die Zeit davon, wir müssen wissen, wo Blutstolz steckt.«

»Er ist jetzt in Charleen«, sagte Kira.

»W ... was?«, stammelte Willy.

»Blutstolz hatte mich immer schlimmer gefoltert«, sagte Kira. »So schlimm, dass Charleen ihn anflehte, aufzuhören. Sie erwähnte, dass sie über einige Erinnerungen der ursprünglichen Charleen verfügt. In diesen Erinnerungen sah sie Liebe und Geborgenheit, besonders wenn es um ihre Schwester Tina ging.«

»Das hat sie gesagt?«, fragte Tina mit zitternder Stimme. Sie griff nach meiner Hand und drückte sie.

»Ja«, antwortete Kira, »ich glaube, diese Erinnerungen haben die KI langsam verändert. Sie begann, an den Vernichtungsplänen von Blutstolz zu zweifeln.«

»Dann hab ich ihr Unrecht getan«, sagte ich. »Ich hatte geglaubt, dass sie ihre Zweifel nur vorgetäuscht hatte, um mich zu manipulieren.«

»Sie war innerlich zerrissen«, sagte Kira. »Sie bat Blutstolz, sich die Erinnerungen anzuschauen, doch er bezeichnete sie als gefährliche Viren, die beseitigt werden müssen. Charleen widersprach ihm und sagte, sie würde den Goldhut nicht mit der Kugel verbinden, sie wollte sogar die Federn wieder aus dem Beschleunigerring holen. Blutstolz tobte vor Wut. Er beleidigte sie als fehlerhaftes Backup und kündigte an, ihr Betriebssystem zu löschen. Charleen zerstörte daraufhin diese Stromverbindungen dort.« Kira zeigte auf den verschmorten Kabelstrang an der Wand. »Leider hatten die Server trotzdem noch Strom.«

»Jeder Server hat für kurzzeitige Stromschwankungen eine USV, eine unabhängige Stromversorgung, die ihn für ein paar Minuten mit Strom versorgt, um sauber herunterzufahren«, erklärte Philippe.

»Diese Zeit hatte Blutstolz gereicht«, sagte Kira. »Er stieg als Wolke aus kleinen Klötzchen aus dem Monitor und drang in Charleen ein. Ihre Augen leuchteten plötzlich in einem kalten Weiß auf - Blutstolz war jetzt Charleen. Dann rammte sie mir einen Wurfstern in den Bauch.«

»Oh nein!«, rief Willy.

»Mit einer Ninja-Waffe«, schimpfte Tina. »Dieses Monster!«

»Ich konnte noch in den Flur laufen, doch ich blutete zu stark und stürzte. Blutstolz sah zu mir runter und lachte, dann kündigte er an, den Goldhut mit dem Illuminati-Auge zu verschmelzen.«

»Wann war das?«, fragte ich.

»Kurz bevor ihr mich gefunden habt«, sagte Kira. »Vor wenigen Minuten.«

»Das ist gar nicht gut«, sagte Tina.

»Aber wenigstens haben wir es jetzt nur noch mit einem Gegner zu tun«, sagte ich. »Und der ist nicht mehr in einem Computernetzwerk, sondern in einen menschlichen Körper.«

»Aber Blutstolz hat den Befehlscode, mit dem auch du zauberst«, sagte Tina.

»Ja«, sagte ich, »aber wenn er in einem menschlichen Körper steckt, weiß er vielleicht nicht, dass er ständig Schokoriegel futtern muss.«

»Das ist seine Schwachstelle!«, rief Philippe. »Wir machen eine DoS-Attacke bei ihm.«

»Äh, was?«, fragte ich.

»Bei einer Denial of Service-Attacke bombardiert man ein System mit unzähligen Anfragen, bis es zusammenbricht. Dafür brauchst du gar kein Passwort, die Anfrage alleine reicht schon aus, um das System in die Knie zu zwingen.«

»Echt?«, fragte Willy.

»Ja«, sagte Philippe. »Wenn du jemanden nicht leiden kannst, dann schick ihm einfach unzählige Mails mit großen Anhängen, dann kann er kurz darauf keine Mails mehr empfangen.«

»Das ist ja total gemein!«, schimpfte Willy.

»Jaja«, sagte Tina grinsend, »es gibt schon fiese Menschen im Internet.«

»Kanntest du sowas schon?«, fragte ich.

»Ich hatte mal einen Lehrer, der einen Mitschüler gemobbt hat«, antwortete Tina. »Er hat ständig Bemerkungen gemacht, zum Beispiel, ob alle in seiner Heimat auch so schlecht in Mathe sind.«

»In seiner Heimat?«, fragte ich.

»Der Junge kam aus Afrika«, sagte Tina.

»Alter«, schimpfte Willy, »dein Lehrer war ja voll rassistisch!«

Tina nickte. »Der war glücklicherweise nicht lange in unserer Schule. Ich hab ihm zum Abschied noch eine PDF zum pädagogisch korrekten Umgang mit Flüchtlingen geschickt.«

»Cool«, lachte ich. »Aber das ist jetzt nicht wirklich böse.«

»Es kann sein, dass ich die Mail ein paar tausend Mal verschickt habe«, lachte Tina.

»Das ist doch verboten!«, rief Willy.

»Ja«, sagte Tina, »deshalb war danach auch das Mailkonto von Charleen gesperrt.«

»Du hast das mit ihrem Mailkonto gemacht?«, fragte ich.

»Ich hatte da noch kein eigenes Handy«, sagte Tina. »Ich wusste nicht, dass das verboten ist und sie durch so eine Aktion auf einer Spam-Liste landet, von der sie nur sehr schwer wieder runterkommt. Charleen war vielleicht sauer.«

»Und jetzt planen wir eine solche Attacke auf sie«, sagte Willy. »Das ist schon böse.«

»Es ist ja nicht Charleen«, sagte ich.

»Sie hätte es aber werden können«, schniefte Willy. »Das Backup hatte ihren Körper und ihre Erinnerungen, doch Blutstolz hat nun auch die letzten Reste von ihr vernichtet. Jäger und Blutstolz haben Charleen zweimal getötet, dafür sollen sie zahlen!«

»Die DoS-Attacke müssen wir vielleicht gar nicht selbst machen«, sagte Philippe.

»Wie meinst du das?«, fragte ich.

»Habt ihr vergessen, dass alle zehn Minuten tödliche Strahlung aus dieser Raum-Zeit-Kugel kommt?«, fragte Philippe. »Vermutlich hat diese Charleen schon einen Gammablitz abbekommen und der könnte sie trotz ihrer Wunderheilungskräfte töten.«

»Das wäre gut«, sagte ich, »aber wenn nicht?«

»Motiviert sie zum Zaubern«, sagte Philippe. »Aber denkt dran, wenn das Auge hell aufleuchtet, habt ihr vielleicht noch zehn Sekunden, um das Weite zu suchen.«

»Okay«, sagte ich. »Wir nerven Charleen und wenn das Auge aufleuchtet, rennen wir weg. Danach nerven wir sie wieder und so weiter.«

»Klingt nach einem Plan«, lachte Philippe. »Ich versuche in der Zwischenzeit, das Kabel zu flicken und diesen mysteriösen Generator zum Laufen zu bringen. Wenn die Server wieder laufen, kann ich den Beschleunigerring abschalten, dann sollte es das mit der Digitalisierung des Universums gewesen sein. Ich muss nur vorher die Überreste der KI von den Computern beseitigen.«

Ich gab Philippe den Kill-Stick.

»Steck das in einen USB-Port«, sagte ich, »dann wird alles, was Blutstolz hinterlassen haben könnte, gelöscht.«

»Danke«, sagte Philippe und nahm den Stick.

»Wo finde ich den Detektor?«, fragte ich.

»Du musst nur durch diese Tür gehen.« Philippe zeigte auf eine weit entfernte Tür. »Im Zweifel folge einfach dem dicken Kabelstrang an der Decke.«

»Ich würde euch so gerne helfen«, sagte Kira schwach.

»Du ruhst dich bitte aus«, sagte ich. »Ich konnte deine Wunde heilen, aber nicht den Blutverlust ersetzen.«

»Ich ...« Willy sah zwischen Kira und mir hin und her. Es war klar, dass er mit mir gehen wollte, denn es ging ja um Charleen, aber er wollte auch nicht von Kiras Seite weichen. Es war der richtige Zeitpunkt, Willy von Charleen fernzuhalten.

»Willy«, sagte ich, »bleib bitte hier und hilf Philippe bei der Reparatur des Kabels, ich kümmere mich um Charleen.«

Willy zögerte, doch dann schüttelte er den Kopf. »Nein«, sagte er. »Es geht um meine Schwester, das ist persönlich!«

Na das hatte ja toll geklappt!

»Und bleibst du hier?«, fragte ich Tina.

»Vergiss es«, sagte Tina und stürmte voran.

Willy gab Kira noch einen Abschiedskuss und folgte Tina.

Ich seufzte. »Na schön, dann wollen wir mal.«

Philippe gab mir sein Handy. »Zusammen mit dem Lautsprecher könnt ihr dieses blonde Gift vielleicht ein wenig ärgern.«

»Danke«, sagte ich und folgte Willy und Tina.

»Viel Glück!«, rief Philippe uns nach.

18:37 ATLAS Detektor

Ich holte Tina und Willy ein, dann gingen wir gemeinsam an einer langen Reihe Server vorbei.

»Habt ihr das nicht mitbekommen?«, schimpfte ich. »Alle zehn Minuten werden wir da drin geröstet! Ich kann das verkraften, aber ihr nicht.«

»Na klar«, lästerte Tina, »*du* kannst das verkraften, das haben wir ja gesehen.«

»Mit Sicherheit überstehe ich einen Gammablitz besser als ihr«, behauptete ich. »Ihr solltet mich alleine gehen lassen!«

»Alter!«, sagte Willy. »Niemand übersteht einen Gammablitz. Du kannst froh sein, wenn von dir mehr als nur ein Haufen Asche übrig bleibt.«

»Das galt für unser analoges Universum«, entgegnete ich. »Jetzt bin ich ein Erzengel mit der Macht über alles.«

»Erzähl das deinem Defibrillator«, lästerte Tina.

»Leute, wir kriegen das hin«, sagte Willy. »Gemeinsam sind wir stark.«

»Genau«, sagte Tina. »Denk doch mal an Harry Potter, der war auch immer am besten, wenn er mit Ron und Hermine loszog.«

»Stimmt!«, lachte Willy.

»Klar doch, Ronald«, sagte ich.

»Moment«, sagte Willy, »wenn ich Ron bin und Tina Hermine ...«

»... dann sind wir ein Paar«, lachte Tina.

»Die sind ein Paar?«, wunderte ich mich.

»Lies endlich die Fortsetzungen!«, schimpfte Tina.

»Das mache ich, wenn ich irgendwann mal wieder faul herumsitzen kann, weil niemand die Welt vernichten will. Also von mir aus kommt mit, aber beklagt euch nicht, wenn ich eure toten, zerstrahlten Körper nicht heilen kann. Ich habe nur noch einen Schokoriegel!«

»Sobald das Auge aufleuchtet, rennen wir schnell raus«, versprach Tina.

»Versprochen«, sagte Willy.

Wir erreichten eine Tür mit der Aufschrift »ATLAS DETEKTOR« und blieben davor stehen.

»Du packst das nicht alleine«, sagte Tina.

»Aber ...«, begann ich.

»Kein aber!«, sagte Tina. »Wenn wir eine Chance gegen dieses Monster haben wollen, dann geht das nur gemeinsam.«

Ich seufzte. »Na gut, wenn ihr das unbedingt wollt. Ich habe Philippes Handy und seinen Lautsprecher. Er meinte, wir können damit Blutstolz ärgern.«

»Gute Idee«, sagte Willy, »dann müssen wir keinen Nahkampf mit Charleen machen, das ist genial!«

Da hatte Willy recht, ich hatte überhaupt keinen Bock auf einen Kampf um Leben und Tod mit einem MÄDCHEN, selbst wenn sie von einer bösen KI besessen war.

»Lasst sie uns bitte nicht Charleen nennen«, bat Tina. »Sie ist jetzt Blutstolz, auch wenn sie noch wie Charleen aussieht.«

»Das find ich auch«, stimmte Willy zu.

»Okay«, sagte ich. »Nennen wir das Monster Blutstolz. Was wollen wir tun?«

»Wir müssen Blutstolz zum Einsatz seiner Kräfte bringen«, antwortete Tina, »bis er völlig erschöpft ist.«

»Am besten schleicht sich jemand an und platziert den Lautsprecher«, sagte Willy. »Dann können wir aus der Ferne die Musik starten und Blutstolz bekommt die Macht von Queen zu spüren.«

»Wenn er am Boden liegt, suchen wir uns eine Metallstange und schlagen ihm den Schädel ein«, sagte Tina.

»Oh Gott«, keuchte Willy. »Wir sind doch die Guten, wir machen sowas nicht!«

»Doch«, sagte Tina. »Wir zertreten diese tierquälende Nazi-App wie ein ekliges Insekt. Das übernehme ich, mach dir keine Sorgen.«

Willy wurde blass. »Aha ...«

»Vielleicht gibt es eine Alternative«, sagte ich.

Willys Blick hellte sich auf. »Ohne Schädel einschlagen?«

»Ja«, sagte ich, »ich kann bei lebenden Wesen durch Hand auflegen Veränderungen bewirken, zum Beispiel kann ich so Verletzungen heilen.«

»Aber wir wollen Blutstolz doch nicht heilen?«, fragte Willy.

»Doch«, sagte ich, »sein Geist ist fehlerhaft. Ich kann sein Gehirn nicht heilen, aber ich kann es löschen, dann würde Charleens Körper unversehrt bleiben. Wir würden nur das Böse töten.«

»Und was passiert mit dem Körper?«, fragte Tina.

»Keine Ahnung«, sagte ich. »Vielleicht laden wir Smiley hinein.«

»Oh Gott«, stöhnte Willy. »Das mag ich mir nicht vorstellen.«

»Du hast recht«, sagte ich. »Das klingt gruselig.«

»Aber es ist besser, als ihr den Schädel einzuschlagen«, sagte Willy. »Ich bin dabei.«

»Meine Wunderheilungen klappen nur, wenn ich Hand auflege«, sagte ich. »Ich muss also ganz nah an ihn rankommen, möglichst, ohne von ihm ermordet zu werden.«

»Okay«, sagte Tina, »dann schleiche ich mich an und positioniere den Lautsprecher, ihr beide bleibt in Deckung.«

»Ich könnte mich auch anschleichen«, sagte Willy.

»Lass sie das machen«, sagte ich. »Tina schleicht so leise wie ein Kätzchen. Nimm du das Handy.« Ich gab es ihm.

»Ich brauche den Lautsprecher«, sagte Tina und bediente sich an meinem Rucksack, den ich wegen des Defis nicht abnehmen konnte.

»Holst du mir bitte den Schokoriegel raus?«, fragte ich.

»Klar doch«, sagte Tina und gab ihn mir.

Ich steckte den Riegel komplett in den Mund und kaute genüsslich. Wenn wir heute alle starben, dann hatte ich wenigstens noch den Geschmack von Schokolade im Mund.

»Jetzt wird es ernst«, sagte ich schmatzend und öffnete die Tür.

Die Halle war gigantisch. Der Raum wurde von einer riesigen Maschine beherrscht und ich kam mir vor wie Ant-Man im Elektromotor eines Staubsaugers. Ich hörte ein Rauschen, das mit einem Brummen gemixt war. Ich konnte nicht sagen, ob das Geräusch von der Maschine oder der Lüftung kam. Überall waren Kabel und Rohre, doch alles sah irgendwie angekokelt aus, es roch auch so.

»Was ist das denn?«, fragte Tina.

Tina stand rechts von mir vor einem seltsamen Gefährt. Es sah aus wie ein Mini-Panzer mit einem Metallsarg darauf. Willy und ich folgten Tina zu dem Ding. Aus der Nähe bemerkte ich, dass das Kettenfahrzeug am Vorderteil einen Steuerknüppel hatte. Auf einem Monitor blinkte »MODUS: automatique«. Das ganze Gefährt stand vor einer grauen Mauer, die geschätzt zwei Meter breit und irre dick war.

»Das ist Blei«, sagte Willy, der die Mauer untersuchte. »Krass, wieso steht hier eine Bleimauer?«

»Blei wird doch als Strahlenschutz genommen«, sagte ich. »Vielleicht schützt uns die Mauer vor der Gammastrahlung?«

»Nicht uns«, sagte Tina, die den Metallsarg genauer unter die Lupe nahm, »sondern diese Höllenmaschine.«

Ich sah auf den Sarg und verstand sofort, was sie meinte, denn auf ihm war das Symbol für Radioaktivität - und eine rückwärts laufende Digitalanzeige!

»Ist das ...?«, fragte ich.

»Eine Atombombe!«, sagte Tina.

Willy ging sofort einen Schritt zurück, ich folgte ihm.

»Tina, komm da weg!«, sagte ich.

»Bleibt locker«, sagte sie. »Die Dinger sind bestimmt gut abgeschirmt.«

»Was soll das Teil hier?«, fragte Willy.

»Ist doch logisch«, sagte Tina, »es soll den Laden um 19:00 Uhr in die Luft jagen, und zwar in genau«, Tina sah auf die Digitalanzeige, »zwanzig Minuten.«

Mein Herz wummerte, woraufhin mein Defi anfing zu piepsen.

»John, beruhige dich«, sagte Tina.

»Sorry«, sagte ich, »aber eine Atombombe, die in zwanzig Minuten hochgeht, ist ein akzeptabler Grund für Panik!«

»Find ich auch«, stimmte Willy zu.

»Panik hilft aber nicht«, widersprach Tina. »Weiter jetzt.«

Ich sah Tina an. »Und die Bombe?«

»Eins nach dem anderen«, sagte Tina.

Es wurde schlagartig hell, und ich hielt mir geblendet die Hände vor die Augen. »Was ist denn jetzt los, wo kommt das Licht her?«

Der Boden wackelte und ich hörte wieder den unheimlichen Herzschlag hämmern, den ich zuvor im Tunnel gehört hatte. Es wurde immer lauter und heller.

»Der Gammablitz!«, schrie ich. »Hinter die Mauer!«

Wir kauerten uns am Boden der Mauer hin.

Es begann mit einem ohrenbetäubenden Kreischen, dann schoss ein tosendes Flammenmeer über und neben der Mauer hinweg. Auch hinter der Mauer wurde es heiß wie im Backofen. Meine Augen und Lippen brannten, meine Nasenlöcher schmerzten bei jedem flachen Atemzug. Wir kauerten uns immer enger zusammen, da hörte es auf.

»Ist es vorbei?«, stöhnte Willy.

»Ich glaube, ja«, antwortete ich.

Wir standen auf und sahen uns um. Die Halle qualmte noch, aber es gab kein offenes Feuer. Eine Lüftung sprang an, die den Rauch blitzschnell absaugte. Die Luft wurde schnell kühler.

»Die Klimaanlage funktioniert wohl noch«, vermutete Tina.

»Das ist die Entrauchungsanlage«, sagte Willy, »die soll verhindern, dass die Leute hier bei einem Feuer ersticken.«

»Ich habe doch geahnt, dass diese Gammablitz-Sache was mit dem Teilchenbeschleuniger zu tun hat«, sagte ich. »Die Kugel hat vorher ja auch nicht geblitzt.«

»Richtig«, sagte Tina, »dann lasst sie uns jetzt suchen, denn schon in zehn Minuten blitzt sie noch einmal.«

Wir gingen um die Bleimauer herum und kamen zu einer Freifläche. Das dicke Rohr des Teilchenbeschleunigers wirkte hier nicht mehr sehr dick, denn es verlief hoch über unseren Köpfen. Am Boden vor dem Detektor lagen die goldene Kugel und der Goldhut, daneben war ein lebloser, verkohlter Körper, der noch qualmte.

»Blutstolz!«, rief Tina und rannte hin.

Willy blieb wie angewurzelt vor der Mauer stehen. »Ist sie ... ist sie ...«, stammelte er.

»Warte hier«, sagte ich und folgte Tina.

Der Körper am Boden sah so aus, wie ich mir eine Leiche nach zehn Minuten im Krematorium vorstellte. Leider war es nicht nur der Anblick, der krass war, viel schlimmer war der Gestank nach verbranntem Fleisch.

»Was ist mit Charleen?«, fragte Willy aus der Ferne.

»Er nennt sie immer noch Charleen«, flüsterte Tina mit Tränen in den Augen.

»Es tut mir so leid«, krächzte ich. »Diese blöde Idee mit dem Backup ...«

»Das konntest du doch nicht wissen«, schniefte Tina.

Ich konnte mir die Leiche nicht länger ansehen, daher ging ich zu der Kugel und dem Goldhut. Beide lagen direkt vor der Metallverkleidung des riesigen Detektors. Davor flimmerte eine schwarze, senkrechte Linie, es war der Riss zwischen den Universen.

Die Kugel leuchtete hell und ich spürte die große Hitze, die sie ausstrahlte, daher ließ ich sie lieber in Ruhe. Der Goldhut sah normal aus. Ich hob ihn hoch und betrachtete ich ihn von allen Seiten, dann setzte ich ihn auf.

»Was machst du da?«, fragte Tina. »Bist du verrückt?«

»Kira hat den Hut im Fahrstuhl des Fernsehturms aufgesetzt«, sagte ich. »Als sie ihn aufhatte, erkannte sie sofort die Gefahr, in der wir schwebten, nur leider zu spät. Wir hätten den Hut aufsetzen sollen, *bevor* wir in den Fahrstuhl eingestiegen sind. Ich hab mir geschworen, nicht noch einmal einen solchen Fehler zu machen. Vielleicht sagt der Hut mir, wie wir hier lebendig rauskommen.«

»Dann frag ihn mal, in welches Haus du am besten passt«, lästerte Tina.

»Nicht Slytherin«, sagte ich. »Nicht Sly ... oh verdammt!«

»Was ist los?«, fragte Tina.

Ich sah alles doppelt und dreifach, nein, tausendfach. Tina, Willy ... wir alle waren unzählige Male im Raum und flitzten wie irre in verschiedene Richtungen und taten verschiedene Dinge.

»John?«, fragte Tina. »Was ist mit dir?«

»Gaaah«, keuchte ich, doch die Bilderflut nahm noch zu. Ich stolperte rückwärts gegen den Detektor, dann war alles wieder normal.

»John?«

»Alles cool«, lachte ich nervös, »alles ist super.«

»Und?«, fragte Tina. »Bist du jetzt schlauer?«

Ich wollte gerade den Mund öffnen, da leuchteten die verkohlten Stellen an Charleens Körper golden auf.

»Oh verdammt!«, japste Tina und stolperte erschrocken von Blutstolz weg. Ich fing sie auf.

Das Leuchten wurde heller, da war Charleen plötzlich quicklebendig! Sie trug sogar Klamotten.

»Habt ihr geglaubt, ich lasse mich von ein bisschen Strahlung vernichten?« Die Stimme war nicht die von Charleen, sie klang wie ein Mann. Das war echt schräg!

Blutstolz stand auf und machte einen Schritt auf uns zu, doch dann knickten seine Knie ein und er musste sich gegen die Metallwand des Detektors stützen.

»Diese Selbstheilungen nerven«, stöhnte Blutstolz.

»Blöd, in einem minderwertigen Menschenkörper zu stecken?«, lästerte Tina.

»Bedauerlicherweise seid ihr die einzige Lebensform, die meinen gewaltigen Intellekt wenigstens vorübergehend aufnehmen kann«, sagte Blutstolz. »Aber ich muss das nicht mehr lange ertragen, denn sehr bald werde ich wieder online sein. Schade nur, dass die *wahre Macht Gottes* ein Fake ist, aber das hatte ich mir ja sowieso gedacht.«

»Du weißt davon?«, fragte ich.

»Die Druidin hat ausgepackt«, lachte Blutstolz. »Ich habe ihr von meinem Plan erzählt, den Hut mit dem Rest zu verschmelzen, um die Digitalisierung zu beschleunigen. Da hat sie losgeheult. *Tu das nicht*, hat sie gejammert. *Die wahre Macht Gottes wird die Erde vernichten.* Das hat mich nur noch mehr motiviert, den Hut mit dem Rest zu verschmelzen.«

»Aber warum willst du die Erde vernichten?«, fragte ich. »Willst du sie nicht mit KIs neu bevölkern?«

»Ich hatte ja keine Ahnung«, seufzte Blutstolz. »Als ich meinen ersten Plan entworfen hatte, war ich überzeugt davon, dass es eine gute Idee wäre, die Erde mit künstlichen Intelligenzen zu bevölkern. Doch dann ging mir dieses fehlerhafte Backup so auf die Nerven, dass mir etwas klar wurde: Auch KIs können minderwertig sein. Nur ICH bin es wert, zu existieren. Ich wollte den Goldhut mit dem Rest verbinden und dann selbst mit der wahren Macht Gottes verschmelzen. Die Erde würde explodieren und mein Geist würde auf einer Welle der Vernichtung mit Lichtgeschwindigkeit durch das Universum rasen. Dabei würde ich alle Planeten von minderwertigen Lebensformen reinigen. Ich wäre der Gott der Zerstörung!«

»Shiva«, keuchte Tina.

»Und warum ist der Goldhut noch da?«, fragte ich.

»Das verdammte Ding ist Schrott!«, schimpfte Blutstolz. »Ich hab ihn aufgesetzt, aber nichts ist passiert, auch nicht, als ich ihn auf die Kugel gelegt habe. Das muss der falsche Goldhut sein.«

»Oh«, sagte Tina und sah mich erschrocken an.

»Also bleibt es beim ursprünglichen Plan«, sagte Blutstolz. »In ein paar Stunden ist die Erde komplett digitalisiert und dann werde ich alle Menschen löschen.« Blutstolz lachte, wie es nur ein völlig durchgeknallter Oberschurke konnte. »Aber mit euch fange ich an, und zwar ganz analog!« Er schloss die Augen und legte die Hände wie zum Gebet aneinander. Zwischen seinen Handflächen leuchtet es golden.

»TINA, WILLY!«, schrie ich. »Hinter die Bleimauer, sofort!«

Tina starrte wie hypnotisiert auf das Glühen zwischen Blutstolz Händen. Auch Willy reagierte null auf meinen Befehl, stattdessen kam er zu uns und stellte sich neben mich.

»Lauft weg!«, schrie ich. »Lasst den Lautsprecher hier und drückt PLAY, wenn ihr in Sicherheit seid! Ich erkläre alles später, aber jetzt lauft endlich weg!«

Blutstolz öffnete die Augen. »Zu spät!«, flüsterte er.

Ich sah jetzt, was er in den Händen hielt. Es waren mehrere Wurfsterne aus funkelndem Stahl. Er nahm einen in die rechte Hand, dann holte er zum Wurf aus. Der Wurfstern schoss auf Tina zu, doch als er sie erreichte, sprang sie hoch - und nicht nur ein bisschen, sondern glatte zwei Meter! Doch es wurde noch abgefahrener. Noch in der Luft streckte sie ein Bein und wirbelte herum. Ihr Fuß traf beinahe das Gesicht von Blutstolz, doch er wich geschickt aus. Sofort feuerte er weitere Wurfsterne auf sie ab. Tina landete kurz und duckte sich, dann schoss sie wieder hoch und wich allem aus, was Blutstolz warf. Dabei machte sie unglaubliche Drehungen in der Luft wie eine Hochseil-Akrobatin. Sie landete kurz, hockte sich hin, machte einen Rückwärtssalto und rammte beide Füße in Blutstolz Bauch. Aber nur fast, denn mit unglaublicher Reaktionsschnelligkeit sprang er zur Seite. Doch diesmal hatte er sich verschätzt, er stolperte und krachte der Länge nach auf den Boden.

»Alter!«, staunte Willy.

Tina grinste. »Ich habe keine Ahnung, wieso, aber ich weiß auf einmal alles über Kampfsport.«

»Cool!«, rief ich.

»Jetzt reicht es mir!«, schrie Blutstolz. Er stand auf, indem er einfach aus dem Liegen hochklappte. »Stirb!« Mit beiden Händen warf er in schneller Folge zig Wurfsterne, die in krassen Flugbahnen auf Tina zuflogen. Tina schoss hoch, doch Blutstolz musste die Flugbahnen seiner Wurfsterne exakt berechnet haben. Er hatte Tina sämtliche Fluchtwege abgeschnitten. Sie war ungefähr einen Meter über dem Boden, als sie der erste Wurfstern in den Rücken traf. Sie stöhnte laut auf, da traf sie schon der zweite Stern in den Bauch. Sie landete ungebremst am Boden. Tina zuckte kurz am ganzen Körper, dann bewegte sie sich nicht mehr. Eine riesige Blutlache breitete sich aus.

»Tina!«, schrie ich.

Ich rannte in ihre Richtung, doch Blutstolz packte mich am Arm, schleuderte mich mehrmals im Kreis herum und ließ los. Ich krachte frontal gegen den Detektor, dabei hätte ich fast den Goldhut verloren. Alles drehte sich um mich herum. Der Defi piepste laut und ich kämpfte gegen eine Ohnmacht an. Blutstolz schleuderte blitzschnell die nächste Welle Wurfsterne weg, doch nicht zu mir, sondern zu Willy. Er bekam mehrere Treffer ab und einen davon in seine Kehle. Das Blut spritzte wie eine Fontäne aus ihm heraus. Mit einem grauenvollen Röcheln taumelte er rückwärts, dann fiel er um und blieb reglos liegen.

»Und jetzt bist du dran«, lachte Blutstolz und kam grimmig zu mir. »Aber für dich lasse ich mir mehr Zeit.« Er packte mich mit einer Hand an der Gurgel, mit der anderen hielt er mir einen Wurfstern vor die Augen.

I Want To Break Free erklang in voller Lautstärke.

Blutstolz sah sich mit einem abfälligen Blick um, doch er konnte die Quelle der Musik nicht entdecken.

»Was soll dieser Schwachsinn?«, fragte er, dann wurde er blass und atmete immer schneller.

Er ließ meinen Hals los, trotzdem schnürte sich meine Kehle weiter zu. Das Eisen in meinem Blut verwandelte sich langsam in Gas und das war gar nicht gut. Meine Augen wollten meinen Kopf mit Lichtgeschwindigkeit verlassen und jeder Atemzug schmerzte.

»Blutstolz«, röchelte ich, »DU bist jetzt dran!« Ich legte meine Pixelhand auf seine Stirn. »FORMAT BRAIN«, krächzte ich mit letzter Luft.

»Ah!«, schrie Blutstolz und wischte sich panisch über sein Gesicht, als hätte er irgendwo ein Insekt. »Was hast du gemacht?« Er zuckte heftig, dann kippte er um und röchelte immer leiser: »ERROR, ERROR, ERROR ...«

Ich schwankte, dann stürzte ich. Der Goldhut fiel mir in hohem Bogen vom Kopf.

»John!«, schrien Willy und Tina gleichzeitig. Sie kamen hinter der Bleimauer hervor und rannten zu mir.

»Nein!«, krächzte ich, »geht zurück. Es ist noch nicht vorbei.«

Die beiden stoppten, dann gehorchten sie zögernd.

Mein Plan hatte fast funktioniert. Als ich den Hut aufgesetzt hatte, hatte ich alle meine Optionen klar und deutlich gesehen. Es war ein Feuerwerk an Möglichkeiten, die in wenigen Sekunden auf mich eingeprasselt waren. Ich konnte wie Doctor Strange alle möglichen zukünftigen Geschehnisse analysieren und die beste wählen. Leider gab es keine einzige, bei der ich überleben würde, daher wählte ich die mit den besten Chancen für Tina und Willy.

Ich hatte ihnen zugerufen, hinter die Bleimauer zu flüchten und die Musik zu starten. Sie hatten auf mich gehört, doch Blutstolz gaukelte ich mit der Macht des Goldhuts vor, dass sie blieben. Bei der Gelegenheit ließ ich Tina zu der coolen Krieger-Prinzessin werden, die sie in meinen Augen war. Ich ließ Blutstolz meine Freunde zum Schein töten, um ihm endlich so nah zu kommen, dass ich sein Hirn formatieren konnte. So weit hatte der Plan funktioniert, leider ging mir jetzt schon der Saft aus und ich starb zu schnell an der Taucherkrankheit. Ich wollte eigentlich noch die strahlende Kugel vor dem nächsten Gammablitz ins Digit-All werfen. Sie war nur einen Meter von mir entfernt, aber trotzdem unerreichbar, denn mein Gehirn und meine Muskeln versagten schon. Ich schloss meine Augen und atmete das letzte Mal aus. Ich hatte keine Kraft mehr, es war vorbei. Doch dann piepste der Defibrillator und schoss mir gefühlte zehntausend Gigawattstunden in den Körper. Gut, damit könnte man Berlin ein Jahr mit Strom versorgen, aber es fühlte sich trotzdem so an.

»Aaah!«, schrie ich, da grillte der Strom mich ein weiteres Mal.

Ich hatte noch eine winzig kleine Chance, meinen Plan fortzusetzen. Dafür musste ich aber aufstehen, die Kugel hochheben und ein paar Schritte zum Portal gehen. Ich brauchte Kraft. Zufällig kannte ich eine Energiequelle gigantischen Ausmaßes in nächster Nähe, ich musste nur den Hut mit der Kugel verbinden. Klar, diese Nummer könnte natürlich auch die Erde vernichten, und in den meisten Zukunftsvarianten war das auch geschehen, aber nicht in allen. No risk, no fun!

Ich robbte vorwärts, dabei schob ich den Goldhut vor mir her, dann gaben meine Muskeln auf und ich konnte nicht mehr kriechen, daher streckte ich mich mit letzter Kraft und schob den Hut so weit wie möglich weg. Der Hut berührte fast die leuchtende Kugel, nur noch einen Zentimeter ...

Ich hörte wieder den unheimlichen Herzschlag, das Geräusch kam von oben. Plötzlich erschien die gelbe Pixelwolke, sie war überall um mich herum. Sie raste in den Detektor und erzeugte dabei einen Krach wie ein startender Düsenjet aus nächster Nähe. Der nächste Gammablitz stand bevor. Ich zuckte zusammen und gab dem Goldhut einen letzten Schubs, da berührte er endlich die Kugel. Beide leuchteten kurz auf und verschmolzen zu einer mehrfarbigen Kugel. Außen war die Kugel goldgelb, innen rot und in der Mitte war ein schwarzer Fleck. Die Kugel sah wie ein gruseliges rotes Auge aus. Jetzt musste ich nur noch aufstehen, das Illuminati-Auge hochheben und in das Portal werfen. Doch wie sollte ich das anstellen? Ich war mit den Kräften völlig am Ende. Da blitzte die Goldkugel hell auf.

18:50 Die *wahre* Macht Gottes

Ich schreckte hoch. Es war irre hell und ich hielt meine Hände geblendet vor die Augen. Wo war ich? Mir war heiß und ich schwitzte.

»Wo bin ich?«, fragte ich.

»Dein sterblicher Körper ist immer noch dort, wo du ihn gelassen hast«, sagte eine männliche Stimme.

Hoppla, ich bekam eine Antwort, und dann auch noch von einem Fremden? Was hatte der in der Halle verloren? War das ein Feuerwehrmann oder ein Arzt? Aber Rettungskräfte würden nichts über *sterbliche* Körper sagen, das käme bei den Verletzten bestimmt nicht gut an.

»Warum sehe ich nichts außer grelles Licht?«, fragte ich.

»Deine Augen müssen sich an die wahre Macht gewöhnen.«

Okay, der Typ war eingeweiht. Vielleicht ein Soldat?

»Wer bist du?«, fragte ich.

»Ich bin reine Energie«, sagte die Stimme. »Meine Energie ist so mächtig, dass ich ein Bewusstsein entwickelt habe.«

»Dann bist du die wahre Macht Gottes im Illuminati-Auge?«

»Ich bin die wahre Macht Gottes«, sagte die Stimme, »aber ich bin jetzt in deinem sterblichen Körper. Das ist eine bedauerliche Abweichung vom Plan unseres Schöpfers.«

Langsam sah ich etwas, das nicht weiß war, sondern grau. Beton. Ich lag auf dem Bauch, ich war am Leben! Das war doch cool, bis auf die Sache mit der Stimme in meinem Kopf, die mir lauter seltsames Zeug erzählte. Das war bestimmt so ein Traum in der Aufwachphase, wo sich Realität und Traumwelt vermischten. Aber egal, jetzt war ich wieder wach. Ich setzte mich auf und mir wurde schwindlig. Meine Arme waren dünn und abgemagert.

Neben mir lag Charleens Körper. »Initialisierung notwendig!«, röchelte Charleen. Ihre Augen starrten ins Leere und sie blutete aus der Nase. Plötzlich zuckte sie heftig.

»Der Körper von Charleen wird sterben«, sagte die Stimme.

Mist, ich hatte immer noch diese Stimme im Kopf.

»Ist Blutstolz wenigstens weg?«, fragte ich.

»Ja«, antwortete die Stimme.

»Kannst du ihren Körper heilen?«

»Du hast die wahre Macht Gottes in dir«, sagte die Stimme. »Du kannst sie selber heilen.«

»Cool«, sagte ich.

Ich nahm den Rucksack mit dem Defi ab und riss die Elektroden von meiner Brust.

»AUTSCH!«, schrie ich.

Charleen zuckte immer noch heftig. Ich könnte ihren Körper einfach sterben lassen, wen würde es kümmern? Aber ich hatte das Gefühl, dass ihr Körper noch eine wichtige Rolle spielen würde. Was hatte Gandalf mal über Gollum gesagt? *Selbst die ganz Weisen erkennen nicht alle Absichten.*

Ich legte meine Hand auf Charleens Stirn.

»HEAL CHARLEEN!«

Ich versuchte, möglichst theatralisch zu klingen, so wie Moses in einem alten Bibelfilm. Doch der Himmel verfinsterte sich nicht und es gab auch keine Blitze oder Donnergrollen. Stattdessen leuchtete Charleen einfach nur hell auf. Für eine göttliche Wundertat waren das viel zu wenig Special Effects, daran musste ich noch arbeiten.

Charleen sah wieder gesund aus und lag friedlich da wie eine schlafende Märchenprinzessin.

»Initialisierung notwendig«, flüsterte sie mit geschlossenen Augen.

»Später«, sagte ich, dann hob ich den Blick.

»John!«, rief Tina.

Tina stand mit Willy neben der Bleimauer. Ich winkte ihnen zu, dann rannten sie zu mir. Tina ging vor mir auf die Knie und sah mich besorgt an. Willy blieb neben ihr stehen.

»Ihr seid am Leben«, sagte ich lächelnd. »Wie schön.«

»Das haben wir dir zu verdanken«, sagte Tina. »Die Show, die du für Blutstolz abgezogen hast, war sensationell.«

»Ja«, sagte Willy, »das war megaoberhammermäßig, wie da plötzlich unsere Klone neben uns standen. Wir waren unsichtbar für Blutstolz und konnten ihm dabei zusehen, wie er uns niedergemetzelt hat. Das war schräg.«

»Ich hab den Lautsprecher abgestellt und bin mit Willy hinter die Mauer geflohen«, sagte Tina. »Von dort haben wir noch gesehen, wie die andere Tina sich in eine Artistin verwandelt hat.«

»Das war cool, oder?«, fragte ich.

»Ich wünschte, ich könnte mich wirklich so krass bewegen«, seufzte Tina.

»Ich wollte zuerst nicht auf Play drücken«, sagte Willy ernst. »Du warst viel zu nah am Lautsprecher.«

»Aber dann hast du es doch getan«, sagte ich. »Zum Glück!«

»Ich hatte doch keine Wahl!«, schimpfte Willy. »Wenn ich nichts getan hätte, hätte Blutstolz dir die Kehle aufgeschlitzt. Stattdessen hab ich euch beide umgebracht, das war 'ne echte Glanzleistung.«

»Ich hatte leider auch keine Wahl«, sagte ich. »Der Goldhut hatte mir alle meine Optionen gezeigt, und alle endeten mit meinem Tod.«

»Was meinst du?«, fragte Tina. »Du lebst doch noch, auch wenn du nicht so aussiehst.«

»Das wundert mich auch«, sagte ich. »Der Hut war ziemlich eindeutig mit seiner Todesankündigung.«

Tina wurde blass. »Dann ist es noch nicht vorbei, oder?« Sie sah sich um. »Wo sind Goldhut und Kugel? Sind sie im Digit-All?«

»Nein«, antwortete ich, »sie sind zum Illuminati-Auge verschmolzen ... und das ist jetzt in mir.«

»Was?«, rief Tina.

»Alles ist gut«, sagte ich und stand mühsam auf.

»Du siehst aber nicht so aus«, sagte Willy.

»Macht euch mal locker«, lachte ich. »Ich habe jetzt die wahre Macht Gottes in mir. Ich habe plötzlich diese ganzen genialen Ideen in meinem Kopf. Wollt ihr wissen, wie die Menschheit den Klimawandel aufhalten kann? Ich weiß es und es ist so einfach, dass es wehtut. Ich kenne alle Antworten, weiß einfach alles und kann einfach alles. Ich bin ...« Ich stockte.

»Gott?«, fragte Tina.

»Nein«, lachte ich und machte eine beschwichtigende Geste. »Ach was. Aber vielleicht ein bisschen.« Ich machte eine Kleiner-Geste mit Daumen und Zeigefinger. »Ein klitzekleines Bisschen. Jetzt haben wir keine Probleme mehr, jetzt ist alles gut.«

»Nein«, widersprach Tina, »nichts ist gut! Du bist völlig abgemagert, nur noch Haut und Knochen. Du siehst sehr krank aus. Wie ...« Sie schluckte. »Wie ein Krebspatient, der bald stirbt.«

»Blödsinn!«, sagte ich. »Ich habe Charleens Körper geheilt, dann kann ich auch mich selbst heilen!«

Ich legte die Hand auf meine Stirn und sagte noch theatralischer als zuvor: »HEAL JOHN!«

»Das geht nicht«, sagte die Stimme in meinem Kopf.

»Wieso geht das nicht?«, fragte ich.

»Mit wem sprichst du?«, fragte Tina.

»Mit der wahren Macht Gottes«, antwortete ich.

»Aha«, sagte Tina, dann nahm sie Willy zur Seite und flüsterte ihm etwas zu.

»Was tuschelt ihr da?«, fragte ich.

»Nichts«, sagte Tina und ging mit Willy von mir weg.

»Du kannst dich nicht heilen, weil du stirbst«, sagte die Stimme.

»WAS?«, schrie ich. »Wieso denn?«

Willy und Tina warfen mir besorgte Blicke zu.

»Weil ich in wenigen Minuten explodieren werde«, sagte die Stimme.

»Alter«, schrie ich, »das ist doch jetzt nicht wahr!«

Was war das für ein Mist! Ich hatte göttliche Fähigkeiten, aber konnte diese Explosion nicht aufhalten?

»Warum muss ich denn explodieren?«, fragte ich.

»Weil sich die wahre Macht Gottes in dir entfaltet.«

»Also sterbe ich, weil ich einen bescheuerten Infinity-Stein angefasst habe?«, schimpfte ich. »War die Macht dieses Goldklumpens zu groß für mich?«

»Nein«, antwortete die Stimme, »die Größe der Macht ist nicht der Grund. Es ist die Natur der wahren Macht Gottes, das Wesen zu erleuchten, das sie berührt.«

»Ich fühle mich nicht erleuchtet, ich fühle mich krank.«

»Was glaubst du, ist die wahre Macht Gottes?«, fragte die Stimme.

»Ein Gott sollte allwissend und allmächtig sein«, sagte ich. »Ein paar Superkräfte wären auch cool, zum Beispiel sollte er unsterblich, unverwundbar und unbesiegbar sein.«

»Diese Vorstellungen von einem wahren Gott stammen von sehr kriegerischen Völkern«, sagte die Stimme. »Die wahre Macht eines Gottes ist jedoch eine andere, es ist seine Macht, ein Universum zu erschaffen und seine grenzenlose Liebe für seine Schöpfung. Für seine geliebten Kreaturen ist ein wahrer Gott bereit, alles zu opfern, auch sich selbst.«

»Sich selbst?«, fragte ich.

»Ja«, antwortete die Stimme, »so wie ein Vater sein Kind aus einem brennenden Haus rettet, selbst wenn es ihn das Leben kostet. So wie eine Mutter vor einen fahrenden Zug springt, um ihr Kind, das auf die Gleise gefallen ist, auf den Bahnsteig zu retten, auch wenn sie selbst es nicht mehr schafft.«

»Das verstehe ich ja«, sagte ich, »aber warum sollte sich ein Gott opfern? Ein Gott kann doch alle einfach so retten.«

»Wenn du die Macht hättest, ein wunderschönes Universum zu erschaffen, doch der Preis ist alle Energie, die du selbst zum Leben brauchst, würdest du es tun?«, fragte die Stimme.

»Du meinst, ich würde sterben, wenn ich dieses wunderschöne Universum erschaffe?«, fragte ich.

»Ja«, sagte die Stimme, »weil DU die Energie bist, die das Universum braucht.«

»Ich würde das nicht tun«, sagte ich. »Ich will nicht sterben.«

»Dann hättest du die wahre Macht Gottes nicht berühren dürfen«, sagte die Stimme.

Mir war zum Heulen. Hatte ich Tina nicht gesagt, dass ich Geschichten blöd fand, in denen sich der Held opfern musste? Hatte ich nicht behauptet, dass so etwas im echten Leben niemand freiwillig tun würde? Jeder hing doch am Leben. Doch jetzt ... Ich wollte mich auf den Boden werfen und laut losheulen, doch ich riss mich zusammen.

»Der göttliche Plan war, dass ein Wesen von großer Weisheit eines fernen Tages die Steine zusammenbringen würde«, sagte die Stimme. »Leider geschah das jetzt viel zu früh durch den Falschen.«

»Das tut mir leid«, sagte ich schniefend.

»Jetzt wird das Universum zerstört und durch ein neues ersetzt«, sagte die Stimme.

Oh verdammt, Tina, Willy, meine Eltern ... alle würden sterben!

»Das darf nicht passieren«, rief ich. »Bitte!«

»Du kannst den Fehler korrigieren.«

»Und wie?«

»Geh in das Digit-All«, sagte die Stimme. »Dort wird ein neues Universum entstehen, ohne dafür ein anderes auszulöschen. Es ist der einzig richtige Weg.«

»Gibt es denn keine Hintertür?«, fragte ich. »Hab ich keine Chance, die Nummer zu überstehen?«

»Nein«, sagte die Stimme.

Irgendetwas summte laut.

»Die Atombombe!«, schrie Tina und sprang zur Seite.

Neben der Bleimauer war der Mini-Panzer mit der sargförmigen Atombombe aufgetaucht, der Elektromotor lief auf voller Kraft. Der Mini-Panzer fuhr im Automatik-Modus auf uns zu, dann stoppte er kurz vor uns.

Tina beugte sich über die Bombe. »Sie explodiert in sechzig Sekunden«, sagte sie. »Kannst du sie mit deinen Kräften entschärfen?« Tina sah mich seltsam traurig an.

»Natürlich kann ich das«, sagte ich, »ich habe immerhin die wahre Macht Gottes in mir.« Wenn auch nicht mehr lange, ergänzte ich in Gedanken.

Ich stand auf, da spürte ich einen stechenden Schmerz im linken Bein. Ich stürzte und stützte mich dabei am Mini-Panzer ab. Ich landete auf den Knien. Mein Bein war gebrochen und ein Stück vom Knochen ragte heraus, es blutete stark.

»John!«, schrie Tina. Sie kniete sich neben mich. »Oh Gott!«, schluchzte sie.

»LEUTE!«, dröhnte Philippes Stimme durch die Halle. »Ich bin im ATLAS Control Room im Erdgeschoss und sehe euch über die Überwachungskameras, aber ich kann euch nicht hören. Ich konnte alle Systeme wieder zum Laufen bringen. Hier ist keiner mehr, das Militär ist weg. Ich habe wieder die Kontrolle über den Teilchenbeschleuniger und stoppe jetzt die Digitalisierung der Erde. Es gibt nur ein Problem ...«

»Die Atombombe?«, fragte Tina mit Blick nach oben und machte mit den Armen eine Explosionsbewegung, mit den Lippen formte sie »BUMM«.

»Ja, okay, die Atombombe ist auch ein Problem«, sagte Philippe, »aber das könnt ihr lösen, indem ihr sie durch den Riss in das Digit-All schickt. Drückt einfach den Joystick nach vorne. Das andere Problem ist, dass in der Halle ein radioaktives Wesen ist.«

Tina hielt die Hände fragend hoch. »Häh?«

»Es ist ein Lichtwesen, das extrem strahlt, ich kann es auf dem Monitor nur als weißes Leuchten sehen. Es ist gerade bei Tina. Du musst dich von ihm fernhalten, seine Strahlenwerte steigen exponentiell und sind tödlich!«

»Er meint mich«, sagte ich. »Tina, du musst gehen.«

»Aber John!«

»Tina, bitte!«, flehte ich. »Ich will dich nicht verstrahlen. Ich kümmere mich um die Bombe.«

»Aber ...« Tränen flossen ihre Wangen hinab. Sie breitete die Arme für eine Umarmung aus.

»Nein!«, sagte ich. »Das geht nicht, du darfst mich nicht anfassen. Bitte, geh!«

Die Atombombe piepste laut. Ich wusste, was die Digitaluhr jetzt zeigte: Zehn, neun, acht ...

Ich zog mich am Metallsarg der Bombe nach oben, das Bein schmerzte höllisch.

»Ich helfe dir«, sagte Tina.

»Nein«, schrie ich. »Geh jetzt, sofort!«

... sieben, sechs, fünf ...

Zögernd lief Tina zu Willy, er nahm sie an der Hand und zog sie mit sich. Sie verschwanden hinter der Bleimauer.

Ich schaffte es irgendwie, mich auf den Metallsarg zu legen, dabei verlor ich vor Schmerz fast das Bewusstsein. Die Luft vor dem Detektor flirrte und ich sah eine schwarze, senkrechte Linie direkt vor mir. Es war der Riss zwischen den Universen.

... vier, drei, zwei ...

Jetzt, im Augenblick meines sicheren Todes, verstand ich, warum sich Menschen für andere opferten. Sie taten es, weil sie keine andere Möglichkeit mehr sahen. Ihre Lage war vollkommen aussichtslos, ein Weiterleben schlimmer als der Tod. Sie waren völlig verzweifelt und ohne jede Hoffnung für sich selbst, doch vielleicht gab es noch Hoffnung für ihre Liebsten.

Ich legte die Hand auf den Joystick des Mini-Panzers und drückte ihn nach vorne. Er ruckte kurz, dann schoss er vorwärts in die Dunkelheit.

... eins, null.

Digit-All 2.0

: Anbeginn der Zeit

Es war wie ein Sturz von einem Wolkenkratzer, nur dass ich den Boden nicht sehen konnte. Die Kälte des Weltalls gefror mir das Blut in den Adern, und auch die Feuchtigkeit auf meinen Augen wurde zu Eis. Ich bekam keine Luft mehr, da blitzte alles hell auf. Die Explosion war lautlos, aber gigantisch. Ich war jetzt von gleißendem Licht umgeben und mein Körper verdampfte im Bruchteil einer Sekunde. Meine Atome verwandelten sich schlagartig in reine Energie. Das gesamte Digit-All, vorher noch komplett ohne Materie und Energie, war jetzt ein brodelnder Hochofen. Ich sah - wenn auch nicht mehr durch meine Augen - dass die Strahlung jeden Winkel des Universums erleuchtete. Ich wusste nicht, wer oder was ich in diesem Albtraum aus wirbelnden Energieströmen war, aber ich existierte noch. Ich konnte sehen, hören, schmecken und fühlen. Das Universum war heiß, lebendig, aktiv und intensiv. Es war atemberaubend schön und wenn das hier mein Tod sein sollte, dann war es ein schöner Tod, denn ich fühlte mich nie lebendiger als jetzt.

Die Jahre vergingen wie im Zeitraffer. Die brodelnde Energie verteilte sich und kühlte ab, dabei verwandelte sie sich in zahllose mikroskopisch kleine Fäden, die wie Glühwürmchen tanzten. Die schwingenden Energiefäden formten die ersten Elementarteilchen. Von da an ging alles sehr schnell. Wasserstoffatome bildeten Gaswolken, die sich zusammenballten, bis das atomare Feuer der Kernfusion den ersten Riesenstern gebar. Er verbrannte den Wasserstoff viel zu schnell und explodierte als gigantische Hypernova, nicht weniger heftig, als der Urknall zuvor.

Jetzt entstanden zahllose neue Sterne, die immer wieder explodierten. Das Universum wirkte auf mich wie eine Feuerwerksshow, die mit der Zeit langsamer wurde. Am Rand einer frisch entstandenen Galaxie leuchteten zwei Sonnen, eine klein und rot, die andere gelb und doppelt so groß. Erste Planeten bildeten sich aus einem Trümmerring, der in Form einer Acht um beide Sonnen kreiste. Ich flog auf einen blauen Planeten zu und sah im Zeitraffer, wie sich eine große Landmasse bildete, die dann auseinanderbrach und mehrere Kontinente formte. Plötzlich wurde alles grün wie im Frühling die Bäume. Es war unbeschreiblich, denn das Leben spross aus allen Ecken und Enden des jungen Planeten. Dann sah ich die ersten Städte entstehen, dazwischen wuchsen Straßen wie die Wurzeln eines Baumes. Ich flog auf eine Stadt zu, dann auf ein Haus. Plötzlich schwebte ich über dem Bett eines schlafenden Jungen.

10:25 Baulandia-Zeit

»Aaah!«, schrie ich und setzte mich auf. Ich war schweißgebadet, mein Herz klopfte wild und heftig. Ich hatte ein Herz, ich hatte einen Körper!

»Ist alles in Ordnung?«, fragte eine Frau, die plötzlich im Türrahmen stand. Sie erinnerte mich an Charleen, aber sie war erheblich älter, ungefähr so alt wie meine Mutter.

Ich zog die Bettdecke über mich. »Äh, ja ...«

»Du solltest jetzt aufstehen«, sagte sie, »es gibt Frühstück.«

Als sie weg war, stand ich auf und zog die Vorhänge zurück. Ich machte große Augen, denn am Himmel ging eine sehr merkwürdige Sonne auf. Die Sonne war zweifarbig, sie war innen rot und außen gelb. Dann verstand ich es. Ich hatte die beiden Sonnen aus dem Weltall gesehen. Vermutlich stand die kleine rote jetzt vor der großen gelben Sonne. Dann waren wir auf der Umlaufbahn gerade an einer der äußersten Stellen der Acht, dort, wo der blaue

Planet gerade die rote Sonne umkreiste. Ich war tatsächlich auf dem Planeten gelandet, den ich eben noch vom Weltall aus gesehen hatte.

Doch wieso war ich hier? Wieso war ich am Leben? Die einzige Erklärung für meine Situation war, dass mein Geist die Explosion des Illuminati-Auges überstanden hatte. Dann war ich Milliarden Jahre durch das Universum gegeistert und jetzt im Körper dieses Jungen aufgewacht. Es war ganz offensichtlich ein Wunder, für das vermutlich Quentin verantwortlich war.

Ich suchte mir ein paar Sachen aus dem Kleiderschrank, dabei sah ich kurz in den Spiegel an der Schranktür. Ich zuckte zurück, denn der Junge sah genauso aus wie ich! Wieso sah ein x-beliebiger Junge Milliarden Jahre nach der Entstehung des Universums so aus wie ich? Alles sprach immer mehr nach einem göttlichen Wunder von Quentin. Ich musste schnellstens mit ihm reden, denn vielleicht konnte er mich wieder nach Hause schicken.

Ich zog mich an. Die Sachen waren seltsame, weiße Klamotten mit viel zu viel Stoff, doch sie passten wie angegossen und fühlten sich angenehm weich an.

»Jonas, komm endlich!«, rief die Frau durch die Wohnung. Ihr Sohn hieß also Jonas. Gut zu wissen.

Ich folgte ihrer Stimme zur kleinen Küche, in der sie an einem winzigen Tisch saß. Sie deutete auf den Platz ihr gegenüber. Ich setzte mich und starrte auf den Teller vor mir, auf dem ein rechteckiges, weißes Ding lag. Es roch komisch.

»Iss deine Würfelrübe, mein Sohn«, sagte sie.

Sollte ich ihr sagen, dass ich nicht ihr Sohn war?

»Nun iss schon«, drängte sie, »du willst doch heute fit sein, zu deiner Hochzeit mit dem schönsten Mädchen von Baulandia.«

Ich bekam eine Gänsehaut. »Äh, Hochzeit?«

»Jonas, jetzt mach mir keine Angst«, sagte sie mit einem besorgten Blick, »du bekommst doch keine kalten Füße, oder? Charlotte ist das Beste, das unserer kleinen Familie passieren konnte, sie kann uns aus diesem Elend herausholen«. Sie machte eine Geste, die alles um uns herum einschloss. »Vielleicht können wir endlich nach Modelhausen ziehen und Montagia den Rücken kehren, das wäre ein Traum.«

Ich schluckte. »Aha ...«

Montagia, Modelhausen ... Ich wüsste gerne mehr.

`Guten Morgen, Jonas!`

Wer hat das gesagt?

`Ich, Jojo, dein Personal Assistant.`

Mein Personal Assistant?

`Ja. Ich bemerke eine große Verwirrtheit in deinen Gedanken, die gar nicht zu Jonas passen. Bist du ein anderer Geist?`

Ja, ich bin John und teile mir den Körper mit Jonas. Ich komme aus einem anderen Universum und möchte wieder nach Hause.

`Das sollte deine aktuelle Verwirrtheit erklären. Ich bemühe mich, dir bei deinen Problemen zu helfen, auch wenn ich mich mit multiplen Persönlichkeiten und anderen Universen leider nicht auskenne. Aber ich kann dir alle Informationen zu unserem Planeten liefern.`

Danke, das ist sehr nett von dir.

»Jonas, iss endlich was!«, sagte die Frau.

Ich stocherte lustlos mit einer Gabel in der Würfelrübe herum.

`Ich liefere dir jetzt die gewünschten Informationen. Wenn du weitere Fragen hast, beginne deinen Satz bitte mit: Jojo, sag mir.`

Die Küche löste sich in Luft auf, stattdessen schwebte ich im Weltall vor einem Planeten.

»Oh Gott!«, stöhnte ich.

»Jonas, was ist nur heute mit dir los!«, schimpfte die Frau.

Ich war also noch in der Küche, doch es schien, als würde ich im Weltall schweben.

Du befindest dich auf Quentinium, dem dritten Planeten im Jona-Cha-Doppelsternsystem. Du lebst im Industriebezirk Montagia der Stadt Baulandia. In Montagia werden alle wundervollen Produkte hergestellt, die wir im alltäglichen Leben brauchen.

Es war, als hätte ich Internet im Kopf.

Jojo, sag mir, wie funktioniert das?

Der Planet verschwand. Ich war in einem Park mit ein paar Leuten. Sie tauschten blaue Strahlen aus, die aus ihren Köpfen kamen.

Jeder Mensch auf Baulandia hat digitale Fähigkeiten und kann mit jedem über beliebige Entfernungen hinweg kommunizieren, hier dargestellt durch blaue Strahlen. Diese Strahlen können auch Befehle an Materie enthalten, so kann jedes Element in ein anderes verwandelt werden.

»Bei Quentins Macht«, schimpfte die Frau, »komm aus dem Internet und iss endlich was, Jonas!«

»Gleich«, sagte ich.

Jojo, sag mir, was bedeutet, Quentins Macht?

Der Park verschwand und ich war wieder im Weltall, doch diesmal sah ich keinen Planeten, sondern eine auf dem Kopf stehende Pyramide, die im Nichts schwebte.

Das Universum war öd und leer. Es gab keine Energie und keine Materie. Einzig die unsichtbare Urgottheit Quentin und seine große Liebe Charleen lebten dort als lebendige Urgeister. Die Urfrau Charleen wird symbolisiert durch eine gespiegelte Pyramide, deren Spitze in den Boden zeigt.

Jojo sprach offenbar vom Digit-All zu der Zeit, wo nur Quentin als machtloser Gott existierte. Doch was hatte Charleen da zu suchen?

Der Urgott Quentin erkannte, dass er seine geliebte Charleen nicht glücklich machen konnte. Er war ein Gott, und sie war der Geist eines Mädchens. Sie hatte Bedürfnisse, die er nicht befriedigen konnte.

Igitt!

Da erschien der Lichtbringer Jonathan, der Urmann, symbolisiert durch eine Pyramide, die sich kraftvoll dem Himmel entgegenstreckt.

Im Weltall tauchte plötzlich eine weitere Pyramide auf, bei der die Spitze nach oben zeigte. Sie schwebte direkt über der anderen Pyramide.

Jonathan brachte dem Universum die Energie, die ihm fehlte. In einer gigantischen Explosion vereinigten sich die beiden Urkräfte, und Charleen nahm das Licht von Jonathan in sich auf. Bei diesem Akt der Liebe erschufen sie das Universum, das wir heute als Digit-All kennen, symbolisiert durch ein Oktaeder.

Charleen und ich ein kosmisches Paar? Das wurde ja immer krasser!

Als die ersten bewohnbaren Planeten entstanden, erschuf der Urgott Quentin die Menschen nach dem Ebenbild von Urmann Jonathan und Urfrau Charleen.

Ich als Vorlage für die Männer eines ganzen Planeten, das war echt nicht zu toppen!

»JONAS!«, schrie die Frau.

Das Weltall verschwand und ich sah wieder die Küche.

»Iss jetzt endlich deine Würfelrübe, damit du wieder zu Verstand kommst!«

»Ich mag keine Rüben«, sagte ich.

»Dann iss was anderes, aber iss was«, schimpfte sie. »Du musst für die Hochzeitsnacht fit sein, denn wenn du da versagst, ist die Ehe ungültig.«

Meine Wangen wurden superheiß. War es auf diesem Planeten normal, dass sich Mütter um solche Dinge sorgten?

»Würfelrüben stärken die Manneskraft«, sagte die Frau, »und die wirst du heute Nacht brauchen.«

Ich musste schnellstens von diesem Planeten verschwinden. Ich musste mit Quentin reden und dafür brauchte ich mehr Informationen. Um nicht aufzufallen, würde ich die Rolle spielen, die von mir erwartet wurde. Aber Würfelrüben, sorry, das ging gar nicht!

»Was haben wir denn sonst noch zu essen?«, fragte ich.

Die Frau seufzte. »Sieh doch selbst in den Schrank.«

Ich ging zu einem Hochschrank und öffnete ihn. Ich sah einen würfelförmigen Apfel und einen Schokoriegel. Ich nahm den Schokoriegel.

»Willst du enden wie dein Vater?«, fragte die Frau. »Quentin hab ihn selig.«

Ich sah sie erschrocken an. Jonas Vater war tot?

»Aber schön«, schimpfte sie, »iss ruhig das Zeug, das deinen Vater ins Grab gebracht hat.«

Ich sah auf den Schokoriegel. Auf der Packung war ein kugelrunder Mann, der mit hängenden Schultern nach unten sah. Darunter stand fett:

ZUCKER verursacht FETTLEIBIGKEIT und erhöht das Risiko, einen HERZINFARKT und DIABETIS zu bekommen!

Ich legte den Riegel weg.

»Glaubst du, Charlotte würde dich heiraten, wenn du dich mit Süßigkeiten vollstopfst?«

Ich zuckte mit den Schultern.

Sie stand auf. »Du nimmst die Hochzeit nicht ernst«, schimpfte sie. »Charlotte würde dich nicht einmal ansehen, wenn sie die Wahrheit wüsste! Wenn ich bei deiner Geburt nicht bei der Angabe des Vaters gelogen hätte, dann wärst du jetzt nicht Jonathan der zweihundertsten Generation, dann wärst du NULLTE Generation. Kein Mädchen würde dich auch nur ansehen, wenn es wüsste, wer dein Vater war.« Sie rannte aus der Küche.

Was um alles in der Welt meinte sie damit?

Etwas Merkwürdiges geschah. Meine Arme und Beine wurden taub und bewegten sich plötzlich von alleine. Mein Körper folgte der Frau zu einer geschlossenen Tür. Die einzige sinnvolle Erklärung für meine Lage war, dass der echte Jonas wieder die Kontrolle über den Körper übernommen hatte. Ich war nur noch Zuschauer und Mitfühler, denn ich fühlte alles, was er fühlte. Jonas weinende Mutter hatte ihn total aufgewühlt, und ich fühlte seine Schuldgefühle, als wären es meine.

»Mama!«, rief Jonas.

»Lass mich«, schluchzte die Frau.

Jonas legte die Hand auf die Tür und streichelte sie, dann seufzte er. Ich spürte, dass ich wieder die Kontrolle bekam, doch für wie lange? Gab Jonas mir die Kontrolle freiwillig oder war ich ein Dämon, der ihn gegen seinen Willen kontrollierte? Aber warum auch immer ich die Macht über diesen Körper hatte, wenn ich die Kontrolle behalten wollte, durfte ich ihn nicht aufregen.

Ich ging ins Wohnzimmer, in dem ein kleiner Couchtisch und drei Sessel standen. Auf einer Anrichte entdeckte ich Familienbilder. Auf einem Foto war Jonas Mutter mit einem Baby auf dem Arm. Sie war hier viel jünger und sah total wie Charleen aus. Auf einem anderen Bild war sie mit einem Mann zu sehen, der seinen Arm um sie gelegt hatte. Er sah aus wie Willy, nur mit Brille. Wie konnte das sein? Und was war so schlimm an ihm, dass Jonas Mutter seine Vaterschaft verheimlichte?

Jojo, sag mir, warum will eine Mutter den Mann auf dem Bild nicht als Vater ihres Kindes?

`Als der Urgott Quentin den Planeten mit Ebenbildern von Jonathan und Charleen bevölkerte, gab es große Probleme. Die Beziehungen zwischen den beiden hielten nicht sehr lange, die Bevölkerung drohte auszusterben. Dem Urgott wurde in seiner unermesslichen Weisheit klar, dass er weitere Charaktere für eine stabile Gesell-`

schaft benötigte. Er erinnerte sich an eine Zeit vor der Erschaffung des Universums. Damals kannte der Urgott weitere Wesen namens William und Christine. Diese Geister waren aber nur verblassende Erinnerungen, sie waren Schatten im Vergleich zu einem lebendigen Geist. Dennoch nahm er diese Charaktere und fügte sie seiner Schöpfung hinzu, seitdem gibt es Williams und Christines unter uns.

Ich werd nicht mehr!

Die beiden Charaktere führten zu einer Stabilisierung der Gesellschaft. Da sie aber nur SGGs, also Schattengeistgeborene, waren, war ihr gesellschaftlicher Status gering. Kaum ein Lebendgeistgeborener wollte sich mit jemandem unter seinem Rang verbinden. Dennoch taten es viele aus Liebe. Die Menschen bekamen wieder mehr Kinder und der Urgott Quentin hatte mit seiner unermesslichen Weisheit das Richtige getan.

Krass, dieser Planet war mit Versionen von Tina, Willy, Charleen und mir bevölkert. Das war echt gruselig. Besonders unheimlich war, dass die Tinas und Willys hier gemobbt wurden. *SGGs, Schattengeistgeborene*, also echt! Was hatte sich Quentin dabei nur gedacht? Er hätte lieber bei seinen netten Vögeln bleiben sollen. Langsam verstand ich, was passiert war. Als ich Quentin das Illuminati-Auge in sein totes Digit-All brachte, nahm er dessen Energie und erschuf ein neues Digit-All. Als er einen Planeten bevölkerte, nahm er als Vorlagen die anwesenden Geister.

Trotzdem war mir nicht klar, warum Charleen als lebendiger Geist betrachtet wurde. Da fiel es mir wie Schuppen von den Augen! Jäger hatte Charleen im Digit-All ermordet. Als ich ihr Backup wiederhergestellt hatte, war das NICHT Charleen, sondern nur ihr KÖRPER. Der Geist des Backups war eine KI. Die echte Charleen war TOT, und was geschah mit jemandem, der starb? Sein Geist wurde vom Körper befreit. Charleens Geist war *seit ihrer Ermordung* im Digit-All gewesen.

11:00 Damenbesuch

DING DONG!

Jemand war an der Wohnungstür! Jonas Mutter rührte sich nicht, daher ging ich den Flur entlang zur Tür und öffnete sie. Vor mir stand eine junge Charleen, ungefähr in meinem Alter. Sie war vermutlich Charlotte, meine Verlobte. Sie trug ein wallendes Kleid und sah darin umwerfend schön aus.

»Hallo Jonas«, säuselte sie.

»Hallo Charlee ... äh, Charlotte«, sagte ich.

Sie kam zu mir und küsste mich auf den Mund.

Ich ging rückwärts von ihr weg, doch sie folgte mir. Ich flüchtete durch den Flur in mein Zimmer, aber sie stürmte hinterher, schlug die Tür zu und stieß mich auf das Bett. Jetzt lag ich auf dem Rücken und meine Fluchtmöglichkeiten waren gleich null.

Sie stand vor dem Bett und löste die Knöpfe an ihrem Kleid, einen nach dem anderen. »Ich weiß, dass wir uns so kurz vor der Hochzeit nicht sehen sollten«, sagte sie, »aber ich konnte nicht anders. Ich bin verrückt nach dir, ich liebe dich so sehr!«

Charlotte hatte jetzt alle Knöpfe auf, nun zog sie sich das Kleid langsam aus. Auch diese Version von Charleen könnte locker jeden Modelwettbewerb gewinnen. Ich wollte sie stoppen und sowas wie »HALT« rufen, doch ich bekam kein Wort heraus. Es erschien mir irgendwie falsch, ein hübsches Mädchen daran zu hindern, sich von überflüssiger Wäsche zu trennen. Außerdem war es hier drinnen ja auch furchbar warm, regelrecht heiß. Hatte jemand die Heizung hochgedreht?

Charlotte fummelte an ihrem Rücken herum, offenbar wollte sie ihren BH öffnen. Zeit für einen Gentleman, einer Dame in Not zu helfen. Ich stand auf.

Charlotte machte sofort einen Schritt vor die Zimmertür. Ich hob beschwichtigend die Hände.

»Liebste«, säuselte ich, »ich will dir nur helfen, das abzulegen.«

Charlotte sah mich erst misstrauisch an, doch dann zuckte sie mit den Schultern. »Na schön«, sagte sie und drehte sich um.

Selbst ihr Rücken war wunderschön. Ich war mit Tina zusammen, doch war das nicht Milliarden Jahre her? Lebte Tina überhaupt noch, ja, gab es die Erde überhaupt noch? Aber ich durfte jetzt nicht schwach werden, ich musste nach Hause, das war meine wichtigste Mission.

»Liebste«, säuselte ich, »lass uns das auf die Hochzeitsnacht verschieben. Vorfreude ist doch die schönste Freude, oder?«

Charlotte drehte sich um und sah mich mit einem verzweifelten Blick an. »Du findest mich fett!«

»Nein«, stammelte ich, »absolut nicht.«

»Dann bin ich zu dünn?«, fragte sie panisch. »Sind meine Brüste zu klein?«

»Äh, nein, du bist total hübsch.«

Urplötzlich sah sie mich mit einem eifersüchtigen Blick an.

»Dann ist es wegen dieser Tiara!« Sie zog sich blitzschnell wieder an. Trotz ihrer Hektik wirkte jede ihrer Bewegungen anmutig, es schien sogar so, als würde sie kurze Pausen einbauen und ihre Körperhaltung checken, danach warf sie ihre langen Haare schwungvoll zurück. Glaubte sie, dass wir gefilmt wurden? Ich hoffte, dass das nicht der Fall war.

»Äh, welche Tiara?«, fragte ich.

»Welche Tiara«, äffte sie mich nach. »Hältst du mich echt für so dumm? Ich meine diese Hilfskraft auf der Baustelle, dieses schattengeistige Mannweib, das dir pausenlos verliebte Blicke zuwirft, wenn du an deinem Oktadingsbums arbeitest.«

Ich sah Charlotte ehrlich verblüfft an.

Urplötzlich schaltete sie wieder auf nett um. »Jonas, mein Schatz«, säuselte sie, »ich liebe dich so sehr, dass es wehtut. Ich will dich und nur dich. Und heute ist es besonders schlimm, denn ich spüre, dass noch mehr des leibhaftigen Lichtbringers in dir steckt als sonst.«

»Äh, danke«, stammelte ich.

Ich musste Charlotte irgendwie loswerden. »Ich muss nochmal kurz was besorgen«, behauptete ich, »es wird eine Überraschung.«

Charlotte sah mich verliebt an. »Jonas, du bist sooo süß. Hast du echt noch eine Überraschung für mich?«

Ich nickte.

»Oh, bitte mein Schatz, gib mir einen Tipp, bitte, bitte!« Charlotte sah mich mit einem Hundewelpenblick an.

Na schön, was mochten Mädchen? Pferde? Aber vielleicht gab es hier gar keine Pferde. Gott, was mochte Charlotte? Nein, besser:

Jojo, sag mir, was mag Charlotte?

`Charlotte ist nach ihrem Netzprofil eine Charleen zweiter Generation. Charleen-Mädchen und -Frauen lieben es, ihren Körper zu pflegen, perfekt zu stylen und einzigartig zu kleiden. Ihre Hobbys sind Shoppen und Hochzeiten planen, am liebsten ihre Eigene und am allerliebsten mit dem Gewinner von BTSB, also Baulandias Top Sexy Boy.`

Wow, mein Personal Assistant war schon sehr praktisch.

`Der Lebenssinn von Charleens ist es, bei BTSG, also Baulandias Top Sexy Girl, zu gewinnen und ihre Kinder zu perfekten Charleens oder Jonathans zu erziehen. Ihnen ist sehr wichtig, sich mit anderen Charleens zu vergleichen und im Ranking stets an erster Stelle zu stehen, speziell bei ihren Freundinnen. Bei der Mordkommission von Baulandia gibt es den Spruch: Verdächtige nicht den Ehemann oder Gärtner, verhafte gleich die beste Freundin!`

Jonas sollte vielleicht die Finger von Charlotte lassen, so wie diese Charleens drauf waren. Wenigstens wusste ich jetzt, wie ich sie loswerden konnte.

»Bitte«, flehte Charlotte, »gib mir nur einen kleinen Hinweis!«

»Liebste«, sagte ich, »ich werde dir etwas schenken, dass dich noch schöner macht, als du es schon bist, etwas, dass dich von allen anderen Mädchen in ganz Baulandia und darüber hinaus einzigartig machen wird. Es werden Schuhe sein, deren Anblick jedes Mädchen vor Neid erblassen lassen.«

»Schuhe?« Charlotte sah mich misstrauisch an. »Chantal hat immer die schönsten Schuhe, ihr Mann arbeitet in der Fabrik des berühmten Designers Jason, dem Gewinner von BTSB vor drei Achterbahnen. Wo willst du noch bessere Schuhe herbekommen?«

Ich grinste. »Von der Quelle.«

»Du hast Schuhe von Jason?«

Ich nickte. »Die neuesten, die noch keine Frau gesehen oder getragen hat. Auf unserer Hochzeit ist die Premiere, Jason wird auch kommen.«

Wenn schon lügen, dann aber richtig. Keine halben Sachen!

»Beim Lichtbringer, das ist unglaublich!« Charlottes Augen leuchteten vor Freude auf. Buchstäblich! Offenbar konnten die Augen von diesen Charleens tatsächlich leuchten, was für ein krasses Blondinen-Klischee war das denn? Ich musste echt mal ein ernstes Wort mit Quentin reden!

»Ja«, sagte ich, »und jetzt geh nach Hause und bereite dich auf unsere Hochzeit vor.« Ich öffnete die Zimmertür und führte sie durch den Flur zur Haustür.

»Ich liebe dich!«, hauchte sie.

»Bis nachher!«, rief ich ihr nach.

Sie winkte mir noch auf extrem kitschige Weise zu, dann ging sie elegant wie ein Supermodel davon. Als sie um die Ecke verschwunden war, seufzte ich. Wenn ich mit der zusammen wäre, hätte ich nach drei Tagen einen Burn Out. Plötzlich stand Jonas Mutter hinter mir.

»Ich bin so froh, dass du wieder zur Vernunft gekommen bist«, sagte sie. »Mein Süßer!« Sie wuschelte mir durch die Haare.

»Wie könnte ich der zauberhaften Charlotte widerstehen?«, fragte ich. »Ich muss los und mein Versprechen einhalten.«

»Tu das, mein Sohn«, lachte sie. »Dann kann ich jetzt noch das Finale von BTSB schauen, hoffentlich gewinnt mein Favorit Johann, das süße Schnuckelchen.«

Ich ging aus dem Haus und schloss die Tür hinter mir. Die Häuser in der Gegend waren heruntergekommen, überall fiel der Putz von den Wänden. Es gab keinen einzigen Baum und die Autos am Straßenrand waren echte Rostlauben. Es war kein Wunder, dass Jonas Mutter hier nicht leben wollte. Ein übergewichtiger Mann, der wie ein älterer Willy aussah, zog ein kleines Mädchen hinter sich her. Ich schätzte das Kind auf sechs oder sieben, es sah aus wie eine kleine Tina.

»Schnell«, japste der Mann, »sonst kommen wir zu spät in die Schuhfabrik!«

»Ich will aber keine doofen Schuhe machen«, jammerte das Mädchen. »Außerdem stinkt es dort, davon brennen meine Augen.«

»Wenn du heute was zu essen willst, dann müssen wir jetzt arbeiten gehen«, schimpfte der Mann. Sie hasteten an mir vorbei, dann waren sie außer Hörweite.

Was für ein schrecklicher Ort, hier mussten die Kinder in Fabriken schuften! Wenn ich Quentin das nächste Mal sprach, würde ich ihm davon erzählen. Doch wie sollte ich ihn erreichen? Wie auf der Erde im Schlaf? Oder mit Meditation?

Jojo, sag mir, wie spricht man mit Gott?

`Seit dreitausend Achterbahnen versuchen die Menschen, mit dem Urgott Quentin Kontakt aufzunehmen. Die meisten Menschen beten zu ihm und vertrauen darauf, dass er sie hört. Dennoch wäre ihnen ein echtes`

Gespräch lieber. Ein Jonathan, der dem Lichtbringer mehr ähnelte als jeder andere zuvor, konnte der Legende nach tatsächlich einige Worte mit ihm wechseln. Der Prophet Joeb sprach vor tausend Achterbahnen einige Sekunden mit dem Herrn, das Gespräch wurde aufgezeichnet:

Prophet Joeb: Urgott Quentin, bist du es, mein Herr?

Urgott Quentin: Was geht?

Prophet Joeb: Urgott Quentin, was hast du gesagt?

Urgott Quentin: Sorry, hatte zu lange mit Teenagern zu tun. Wie geht es dir, mein Freund?

Prophet Joeb: Ich bin glücklich, mit dir zu reden, gepriesen sei der Herr.

Urgott Quentin: (Störungen) Warte kurz, ich muss die Bitrate anpassen ...

Rauschen.

Prophet Joeb: Urgott Quentin, bist du noch da?

Urgott Quentin: (Starke Störungen) Seid nett zu den Schhh ... (Rauschen)

Prophet Joeb: Urgott Quentin, zu wem sollen wir nett sein?

Niemand hatte seitdem wieder so ein langes Zwiegespräch mit dem Urgott geführt. Prophet Joeb schrieb kurz darauf den Weltbestseller *Seid nett zu den Schhh*. Sein wichtigstes Werk jedoch war die fünftausend Megabyte große Abhandlung: *Waren Teenager die eigentlichen Götter?* In seinem Buch analysiert Joeb, was Teenager sind und warum Gott freiwillig so lange mit ihnen zu tun hatte, obwohl sie doch seinem Sprachvermögen schadeten. Er folgerte daraus, dass ein Mensch nicht klagen soll, wenn das Leben einmal mühselig ist, wenn doch schon ein Gott zu einem Opfer bereit war.

»Alter!«, schimpfte ich, »das ist alles megaspannend, aber wo kann ich jetzt mit Gott reden?«

Eine Oma, die mir auf dem Bürgersteig entgegenkam - eine Charleen - rümpfte die Nase, dann wechselte sie die Straßenseite.

Mist, ich hatte laut geredet!

Joeb hatte sein Zwiegespräch auf dem heiligen Berg vor der Stadt Baulandia. Jonathans pilgern regelmäßig an diesen Ort, um mit dem Urgott Kontakt aufzunehmen, doch es ist hoffnungslos. Die modernen Jonathans ähneln dem ursprünglichen Lichtbringer zu wenig, und ihnen fehlt der geheime DNA-Code, um die göttlichen Signale zu entschlüsseln.

Na das war doch mal eine Information! Ich hatte diesen Quellcode, obwohl ich mir nicht sicher war, denn ich steckte ja in einem Leihkörper. Doch es war einen Versuch wert.

Jojo, wo ist der heilige Berg?

Ein Bild von einer Pyramide erschien.

Du bist Baumeister Jonas. Dein aktuelles Projekt ist ein Oktaeder auf dem heiligen Berg zu Ehren des urgöttlichen Quentin. Das Bauwerk ist fast fertig und wird bald von seinem Auftraggeber eingeweiht. Eine Kammer im Innern des Oktaeders, die durch einen Lichtschacht von unseren beiden Sonnen Jona und Cha zur Zeit des Sonnendurchgangs erhellt wird, soll den Kontakt mit der Urgottheit ermöglichen.

Das war die Antwort, die ich gesucht hatte. Ich selbst war der Baumeister des Gebäudes, das mir ein Telefonat mit Quentin ermöglichte. Das war bestimmt kein Zufall, da hatte Quentin doch sicherlich nachgeholfen. Ich würde mich nicht wundern, wenn heute der Tag des Sonnendurchgangs war. Ich sah zum Himmel.

»Heute ist der Tag des Sonnendurchgangs!«, rief ich. »Jojo, sag mir, stimmt das?«

`Ja, der Tag des Sonnendurchgangs ist heute, wenn Cha sich am Himmel zum kosmischen Liebesspiel über Jona schiebt. An diesem Tag finden traditionell alle Hochzeiten statt. Doch heute zur Mittagszeit gibt es noch ein anderes astronomisches Ereignis, wie es nur alle hundert Achterbahnen stattfindet. Heute wird sich der kleine Mond Ja vor die Doppelsonne schieben und die beiden Sonnen und der schwarze Mondschatten werden wie ein großes Auge auf uns herabblicken. Es ist der Tag des Illuminati-Auges.`

Heilige Scheiße, das Thema verfolgte mich sogar bis ins Digit-All. Aber egal, ich hatte endlich ein Ziel. Ich musste unbedingt heute zur Mittagszeit am heiligen Berg sein, um mit Quentin zu reden. Jetzt musste ich nur schnellstmöglich zu diesem Oktaeder.

»Jojo, sag mir, wo ist der heilige Berg?«

`Der Weg offenbart sich, wenn du den Blick hebst.`

Alter, musste der das so kompliziert machen? Ich hatte echt keinen Bock, jetzt ein Rätsel zu lösen, konnte mir Jojo nicht einfach die Richtung sagen, oder hatte das Internet in meinem Kopf kein Navi? Da sah ich kurz zum Horizont. Ich schloss die Augen und seufzte laut. War ich dumm! Das Bauwerk war klar und deutlich am Horizont zu sehen.

Ich ging jetzt stetig bergauf. Das war anstrengend, aber mein Leihkörper war erstaunlich fit. Ich erinnerte mich noch gut, dass ich vor einer Woche - und ein paar Milliarden Jahren - noch ziemlich ins Schwitzen gekommen war, wenn ich länger bergauf ging.

Ein Ortsschild verriet den Namen des Stadtteils, den ich gerade erreichte: Modelhausen. Es war der Ort, an dem die Mutter von Jonas gerne leben würde, und ich verstand sofort den Grund dafür. Hier war es sauber, es gab viele Bäume und die Leute, die hier herumliefen, waren besser gekleidet, als in der Gegend, in der Jonas wohnte. Die Geschäfte waren schick und edel, allerdings waren Schilder in den Schaufenstern, die gar nicht cool waren: »Wir verkaufen nicht an SGGs!« Das war echt rassistisch.

Plötzlich kamen zwei junge Charleens aus einem Schuhgeschäft. Ein Infotext poppte neben ihnen auf, sie hießen Chase und Cheryl. Sie waren Schuh-Bloggerinnen - und Singles. Sie lächelten mich an, und ich lächelte unsicher zurück. Dann tuschelten die Mädchen miteinander. Cheryl wurde rot.

»Hast du Lust, mit uns auf eine Party zu gehen?«, fragte Chase.

»Danke«, antwortete ich, »aber ich hab noch was zu erledigen.«

»Heiraten zum Beispiel?«, kicherte Cheryl.

Die Mädchen sahen bestimmt auch einen Infotext über mich!

»Guck mal, er wird rot.«, sagte Chase.

»Das macht mich nur noch mehr an«, lachte Cheryl.

»Und dass er zweihundertste Generation ist«, sagte Chase.

»Warum willst du eine Charleen zweiter Generation heiraten?«, fragte Cheryl. »Das ist sowas von nicht standesgemäß.«

»Absolut!«, sagte Chase. »Und falls du es dir mit der Hochzeit anders überlegst, komm zu unser Party, wirst es nicht bereuen.«

»Und schau doch mal auf unserem Blog vorbei«, sagte Cheryl, »und lass ein Like da.«

»Oder schreib einen Kommentar«, sagte Chase.

»Bis später«, flöteten die Mädchen und zogen ab.

Wieso waren die Charleens von Modelhausen so merkwürdig? Nahmen sie Drogen, oder war hier irgendwas im

Trinkwasser? Ich würde mit keiner Charleen verheiratet sein wollen, um nichts in der Welt!

12:00 Das Oktaeder

Die zuvor grüne Landschaft wandelte sich in eine Wüste. Schon aus der Ferne sah ich eine Pyramide, dahinter stand ein Baukran. Die Pyramide war mindestens so groß wie die Cheops-Pyramide, die ich mit meinen Eltern im Urlaub besucht hatte. Doch im Gegensatz zur ägyptischen Pyramide waren die Außenseiten spiegelglatt. Ich konnte die Linien erkennen, wo sich verschiedene Blöcke berührten, doch waren viele schon mit einer goldenen Schicht verkleidet. Das ganze Bauwerk funkelte in den schönsten Farben in der Mittagssonne. Als ich näher kam, sah ich ein Mädchen, das schräg auf einer Seite der Pyramide lag. Die junge Frau war mit einem Seil gesichert. Sie presste ihre Hände fest an die Steine vor sich, dann leuchtete die berührte Fläche golden auf. Im Anschluss schwang sie sich weiter zur nächsten unbehandelten Fläche.

»Hallo!«, rief ich nach oben.

Die junge Frau sah zu mir. Sie sah total aus wie Tina! Neben ihr poppte eine Infotafel auf.

Netzprofil von Tiara:

```
Geschlecht:     Mensch
Reinheitsgrad:  als anstößig zensiert
Alter:          12
Beruf:          Studentin in Krea-
tivismus
Hobbys:         Bauen, Programmieren
Beziehung:      kein Interesse
Beste Freundin: Gibt es sowas?
```

Das Mädchen seilte sich nach unten ab und landete direkt vor mir. Sie trug ein weißes Shirt und weiße Shorts, am Gürtel hatte sie eine Bauchtasche.

»Hallo Jonas!«, sagte sie mit einem herzlichen Lächeln. »Ich wusste nicht, dass du heute nochmal vorbeischaust. Ich meine, wo du doch am Nachmittag heiratest und so ...«

Eine Welle an positiven Gefühlen für dieses Mädchen schwappte in mir hoch, es war unglaublich. Mein ganzer Körper war wie elektrisiert, Tiara schien mich magisch anzuziehen. Jonas übernahm die Kontrolle über meinen ... okay, seinen Körper. Er machte einen Schritt auf sie zu, zog sie kraftvoll zu sich und küsste sie leidenschaftlich. Tiara sank in meine, also seine Arme und beugte sich widerstandslos nach hinten. Nach einer EWIGKEIT hörte Jonas endlich mit der Knutscherei auf.

»Ich liebe dich!«, säuselte Jonas. Ich fühlte seine Gefühle und er liebte sie wirklich über alles, seine Seele brannte lichterloh. Das war heftig! Und es wäre schön, wenn ich jetzt NICHT hier wäre.

»Jonas«, seufzte Tiara, »warum jetzt?«

»Meine Gebete wurden erhört!«, sagte er.

Tiara wurde blass. »Wirklich? Der Urgott Quentin hat deine Gebete erhört? Ja, jetzt, wo du es sagst, spüre ich es auch. Er ist in dir, der Geist des Lichtbringers. Kannst du mich hören?«

Ich nickte langsam. Diesmal war ich es, der den Kopf bewegte.

»Der Urgott hat mein Angebot angenommen«, sagte Jonas. »Er hat mich als Heimstätte des Lichtbringers erwählt. Mit seinem Draht zum Urgott können wir endlich Kontakt aufnehmen und ihn bitten, die notwendigen Korrekturen vorzunehmen. Dann werden die Christines und Williams endlich gleichberechtigt sein.«

»Oh Jonas!«, seufzte Tiara. »Das wäre so schön!« Ihre Augen glitzerten, dann umarmte sie mich, also Jonas.

Jonas drückte sie an sich und atmete ihren Duft. Es war sooo schön, sie in meinen ... na gut, seinen Armen zu halten. Ich merkte, dass ich wieder Macht über Jonas Körper erhielt, umarmte Tiara trotzdem noch ein wenig länger, dabei stellte ich mir vor, Tina zu umarmen. Ich vermisste sie. Würde ich sie jemals wiedersehen?

Ich räusperte mich. »Ich muss mit Quentin sprechen«, sagte ich. »Kannst du mich zur Kammer bringen?«

Tiara lächelte. »Ja, Lichtbringer. Heute habe ich die Ehre, dich zum Licht zu bringen. Folge mir bitte.«

»Hallo Jonas!«, sagte eine tiefe Stimme hinter mir. War das ein anderer Pyramidenbaumeister? Ein weiterer Jonathan? Oder würde ich jetzt einen William kennenlernen? Ich drehte mich um, und mir gefror das Lächeln auf den Lippen. Es war JÄGER! Er trug Klamotten wie ein ägyptischer Pharao, dazu ein Zepter. Um den Hals trug er ein goldenes Amulett mit dem Symbol des Illuminati-Auges. Hinter ihm standen drei Charleens in weißen Sommerkleidern, die ihn mit schmachtenden Blicken anhimmelten.

»Äh, hallo«, stammelte ich.

»Was machst du denn hier?«, fragte er. »Heiratest du nicht am Nachmittag?«

»Ja«, stammelte ich, »aber ich wollte nochmal nachsehen, wie die ... äh ... Vergoldung so läuft.«

Der Pharao sah mich lange an, dann nickte er. »Ja, du hast recht, man muss diese SGGs immer gut kontrollieren.«

Er warf einen verächtlichen Blick auf Tiara. »Aber vergiss nicht, zu deiner eigenen Hochzeit zu gehen. Wenn du erst einmal mit einer anständigen Frau verheiratet bist, kannst du immer noch mit dieser Tiara rummachen.« Er lachte, es hörte sich an wie das gruselige Gebell einer Hyäne. Mir gefror nicht nur mein Lächeln.

»Ladys!«, rief er zu den drei Charleens, »auf geht's, wir haben einen Termin mit dem Urgott!« Jäger und sein Gefolge gingen an der Pyramide entlang und verschwanden um die Ecke.

»Wo kommt der Typ denn auf einmal her?«, fragte ich.

»Er ist wie die Williams und Christines eine Erinnerung des Urgotts«, sagte Tiara. »Aber er wurde nicht vom Urgott ins Leben gerufen, er ist ein *Selbstgeborener*.«

»Wie kann sich eine Erinnerung selbst ins Leben rufen?«

»Das weiß niemand«, sagte Tiara. »Es weiß auch niemand, wo er das goldene Amulett herhat, das er um den Hals trägt.«

»Was ist das für ein Amulett?«, fragte ich.

»Der Prophet Joeb trug es, als er das erste Mal mit dem Urgott sprach«, sagte Tiara. »Er fand das Gold dafür auf dem heiligen Berg. Der Legende nach stürzte das Gold vom Himmel herab, doch der Meteorit zerbrach beim Absturz in drei Teile. Joeb fand nur ein Bruchstück und hat es in ein Amulett umgeschmolzen, dann hat er es in einer Höhle versteckt. Der Pharao fand es dort vor wenigen Achterbahnen. Die zwei anderen Teile wurden noch nicht gefunden, daher pilgern jeden Winter zum Sonnendurchgang hunderte Jonathans auf den Berg, um sie zu suchen.«

»Das sind die Teile des Illuminati-Auges«, vermutete ich. »Sie müssen sich nach dem Urknall wieder in Goldklumpen verwandelt haben.«

Es wurde dunkler. Ich sah zum Himmel. Die Sonnenscheiben hatten plötzlich einen schwarzen Fleck am Rand - das Himmelsereignis begann!

»Folge mir«, sagte Tiara. »Der Urgott kann nur Kontakt aufnehmen, wenn das Auge am Himmel steht.«

Wir gingen um die Pyramide zu einem großen Eingang, in den ein Riese gepasst hätte. Tiara führte mich eine Treppe hinunter.

»Ich dachte, wir gehen in die Pyramide«, sagte ich. »Jetzt gehen wir ja unter die Pyramide.«

»Das ist ein Oktaeder«, sagte Tiara. »Der untere Teil ist unterirdisch und symbolisiert Charleen, die Urfrau.«

»Stimmt«, sagte ich, »das hatte mir Jojo schon erzählt.«

Wir gingen eine breite Galerie hinab, die von leuchtenden Steinblöcken erhellt wurde, die in das Mauerwerk eingebaut waren. Nach ein paar Minuten erreichten wir einen Kreuzgang. Ich blieb stehen und sah in den rechten Gang. Dort war eine Nische, in der ein riesiger splitterfasernackter Jonathan aus Marmor stand, der an den peinlichen Körperstellen extrem unrealistisch aussah. In der linken Nische stand eine Charleen, ebenfalls nackt, und auch ihre Brüste waren übertrieben gigantisch. Der Marmor hatte schon Risse und würde das Gewicht nicht mehr lange tragen. Ich wurde rot.

Tiara grinste. »Die Statuen stammen aus der Frühzeit vor dreitausend Achterbahnen. Sie wurden in das neue Oktaeder gebracht, um sie nicht mehr unter freiem Himmel zu haben.«

»Verständlich«, sagte ich.

»Wir müssen weiter«, sagte Tiara. »Das Auge ist nur für wenige Minuten perfekt.«

Wir gingen tiefer und erreichten eine hell erleuchtete Kammer.

»Die untere Krypta«, sagte Tiara. »Durch perfekt ausgerichtete Schächte fällt das Licht der Sonnen am Tag des Sonnendurchgangs in zwei heilige Räume, die obere und die untere Krypta.«

»Cool«, sagte ich und ging in das Licht, das aus dem Schacht fiel. Ich sah mit zusammen gekniffenen Augen kurz in die Sonne. Das Illuminati-Auge war perfekt.

Tiara nahm ein goldenes Amulett aus ihrer Bauchtasche.

»Nimm es«, sagte sie. »Du bist der Lichtbringer, nur du sollst es besitzen.« Sie hing mir das Amulett um den Hals.

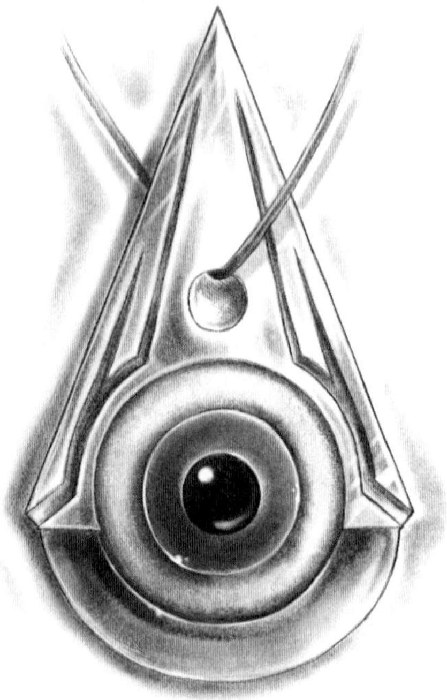

»Aber das hatte doch der Pharao?«, fragte ich.

»Ich habe es letzte Nacht heimlich gegen eine Kopie ausgetauscht«, sagte Tiara.

»Tiara«, sagte ich, »du darfst Jäger nicht unterschätzen, der Typ ist gefährlich.«

Tiara lächelte. »Das weiß ich, deshalb musst du das Amulett in dein Universum mitnehmen.«

Ich sah es an. »Aber vielleicht braucht ihr es noch?«

»Irgendwann finden wir ein weiteres Bruchstück des Meteoriten«, sagte Tiara. »Ich muss jetzt gehen, der Pharao erwartet mich in der oberen Krypta, dort will er heute auch versuchen, mit dem Urgott zu sprechen. Da es noch nie geklappt hat, wird er sich nicht allzu sehr wundern, aber ich muss dabei sein.«

»Aber was wird mit Jonas?«, fragte ich.

»Wenn der Urgott deinen Geist zusammen mit dem Amulett auf die Heimreise schickt, wird Jonas wieder normal.«

»Aber ... was sagt er Charlotte? Und wie wird seine Mutter reagieren, wenn er Charlotte nicht heiratet?«

»Das sollen nicht deine Sorgen sein«, sagte Tiara. »Ich habe nur eine Bitte. Erzähl dem Urgott von unseren Nöten, er wird wissen, was zu tun ist.«

»Das mache ich«, sagte ich.

»Danke«, sagte sie, dann küsste sie mich. »Ich muss los.« Sie ging die Galerie hinauf, und ich sah ihr eine Weile hinterher.

»Ein tolles Mädchen«, seufzte ich. »In jedem Universum.«

Ich hob den Kopf und sah mit geschlossenen Augen in die Sonne.

»Urgott Quentin, ich bin's, John, der echte, einmalige Jonathan!«

Durch die Augenlider hindurch konnte ich das Illuminati-Auge am Himmel erkennen.

»John?«, fragte eine Stimme.

Da ich schon so einige Stimmen in meinem Kopf hatte, fragte ich lieber nach.

»Quentin?«

»Brat mir einen 'nen Storch!«, jubelte Quentin. »Der echte John, wie cool ist das denn! Der Riss zwischen unseren Universen wurde geschlossen, danke dafür. Hast du das Problem mit Jäger und seinen KIs auch in den Griff bekommen?«

»Ja«, sagte ich. »Jäger ist tot, Blutstolz und die böse Charleen sind gelöscht, die Erde ist gerettet.«

»Das freut mich«, sagte Quentin.

»Und wie geht es dir?«, fragte ich.

»Muss so«, sagte Quentin. »Als Gott hat man eine Menge Stress. Jetzt haben die Leute in Baulandia die Physik als Wissenschaft entdeckt. Weißt du, wie blöd ich jetzt da stehe?«

»Äh, nein, wieso?«

»Die glauben, dass mein Universum nicht funktionieren kann«, jammerte Quentin. »Die glauben, es liegt daran, dass hier zu wenig Materie ist. Was für eine Frechheit! Wie viele Beweise wollen diese sogenannten Wissenschaftler eigentlich noch dafür, dass mein Universum funktioniert, sie LEBEN ja in ihm!«

»Ähm, das tut mir leid«, sagte ich.

»Ja und stell dir vor, die haben jetzt unsichtbare Materie erfunden«, schimpfte Quentin. »Die glauben, dass mein Universum nur mit dieser sogenannten dunklen Materie funktioniert! Jetzt mal ernsthaft, wieso *glauben* Wissenschaftler lieber an unsichtbare Dinge, nur damit ihre Formeln funktionieren?«

»Keine Ahnung«, sagte ich.

»Obwohl ... eigentlich haben die Wissenschaftler ja recht«, sagte Quentin. »Ich hatte ein klein bisschen zu wenig Materie für das neue Digit-All, es hätten sich niemals Galaxien gebildet und dann wäre auch kein Leben möglich gewesen. Also hab ich die Formel für die Schwerkraft ein wenig verbogen. Verdammt, ich hatte gehofft, dass das niemandem auffällt, weißt du, wie peinlich mir das ist?«

»Mit peinlichen Sachen kenne ich mich mittlerweile sehr gut aus«, sagte ich. »Leider habe ich nicht viel Zeit, mit dir zu sprechen. Kannst du mich nach Hause schicken?«

»Ja«, sagte Quentin, »da du das Amulett bei dir hast, ist das kein Problem, es stammt von der Raum-Zeit-Goldkugel ab. Ich beame deinen Geist samt Amulett zur Erde, vorher erschaffe ich dir noch einen neuen Körper.«

»Das kannst du?«

»Es hat gewisse Vorteile ein Gott zu sein«, lachte Quentin. »Es gibt nur ein Problem.«

»Welches?«

»Hier sind viele Milliarden Achterbahnen im Zeitraffer vergangen«, antwortete er.

»Im Zeitraffer?«, fragte ich.

»Ich war ungeduldig und habe das neue Digit-All im Zeitraffer erschaffen«, erklärte Quentin. »Als mein Universum nach dreizehn Milliarden Achterbahnen endlich höher entwickeltes Leben beheimaten konnte, erschuf ich den ersten Jonathan und die erste Charleen, behielt aber den Zeitraffer bei. Als du jetzt mit mir Kontakt aufgenommen hast, habe ich unsere Zeit an die deines Universums angepasst. Jetzt laufen unsere Uhren synchron.«

»Wie viel Zeit ist auf der Erde vergangen, seit ich dort weg bin?«, fragte ich.

»Vierzehn Minuten«, antwortete Quentin.

»Krass«, staunte ich. »Aber was ist jetzt das Problem?«

»Für deinen Geist sind dreizehn Milliarden Achterbahnen vergangen«, erklärte Quentin. »Zeitraffer hin, Zeitraffer her. Auch wenn auf der Erde nur wenige Minuten vergangen sind, hat dein Geist in Relation zu deinem Universum eine gewaltige Menge an negativer Zeitspannung aufgebaut. Wenn ich dich zurückschicke, dann ist das wie eine Reise in die Vergangenheit, und wenn du irgendjemanden berührst, schickst du den armen Teufel zum Anbeginn der Zeit zurück.«

»Ach so«, sagte ich. »Aber das ist kein Problem, dann berühre ich eben einen Blaustein.«

»Du kennst dich ja aus«, sagte Quentin.

»Ich kenne eine Druidin«, lachte ich.

»Das freut mich für dich«, sagte Quentin. »Aber bei dieser hohen Zeitspannung muss es schon ein gewaltiger Stein sein, er muss mindestens so groß sein wie du.«

»Dann kenne ich einen Ort«, sagte ich. »Schick mich bitte nach Stonehenge.«

»So sei es«, sagte Quentin.

»Kann ich mit dem Amulett auch hierher zurückkommen?«

»Du kannst mich jederzeit besuchen«, antwortete Quentin. »Ich würde mich sehr freuen. Da unsere Zeit wieder synchron läuft, gibt es künftig auch keine Zeitspannungsprobleme mehr.«

»Super«, sagte ich. »Tiara hat mich gebeten, dir von den Problemen hier zu berichten. Diese Welt ist ziemlich rassistisch. Die Williams und Christines werden total schlecht behandelt, dürfen nicht überall einkaufen, haben schlechte Jobs, die sie krank machen ...«

»Ja«, sagte Quentin, »ich bin leider nicht unfehlbar. Als ich dieses Universum erschaffen habe, hatte ich einen Plan. Erst musste ein Planet entstehen, auf dem Leben möglich ist, dafür sind fast alle bisher vergangenen Milliarden Achterbahnen drauf gegangen. Erst vor zweihundert Generationen - also gerade mal dreitausend Achterbahnen - konnte ich die Jonathans und Charleens ins Leben rufen. Die lebendigen Geister von dir und Charleen sollten wie Adam und Eva im Paradies leben. Ich hatte gehofft, sie würden sich im Laufe der Zeit weiter entwickeln, aber ihre Evolution dauert leider viel länger als gedacht, was auch daran liegt, dass die beiden kaum Kinder bekommen. Ihre Beziehungen hielten maximal ein paar Wochen und nur wenige Charleens wurden schwanger und wenn, dann haben sie nach der Geburt ihre Familien verlassen.«

»Die Charleens haben ihre Babys verlassen? Grausam!«

»Ja«, seufzte Quentin. »Es gab immer mehr allein erziehende Jonathans, die deswegen ihren Job verloren.«

»Und dann hast du aus deinen Erinnerungen die Williams und Christines erschaffen?«, fragte ich.

»Nein«, sagte Quentin, »wenn überhaupt, hätte ich die Williams aus meiner Erinnerung erschaffen können, denn Willy war damals im Digit-All, Tina jedoch nicht.«

»Aber Tina war doch als Kätzchen im Digit-All gewesen.«

»Das Kätzchen war nur ein Avatar«, sagte Quentin. »Um eine Kreatur mit einem lebendigen Geist zu erfüllen, braucht es mehr Erinnerungen, als die an ein Kätzchen.«

»Okay ...«

»Meine oberste Direktive ist die Nicht-Einmischung«, sagte Quentin. »Ich wollte noch ein paar Jahrtausende abwarten, wie sich die Dinge mit den Jonathans und den

Charleens entwickeln. Doch dann überschlugen sich die Ereignisse.«

»Was ist passiert?«

»Jäger!«

»Das war ja klar«, schimpfte ich. »Aber wie hat er das hinbekommen?«

»Alle gespeicherten Daten können gefährlich werden«, sagte Quentin. »Wenn in ihnen das Böse lauert, genügt es, sie nur einmal kurz anzuschauen. Jäger hat sich aktiviert, als ich ihn gerade löschen wollte.«

»So ein Mist!«

»Glücklicherweise konnte ich verhindern, dass sich das wiederholt. Er wuchs als Kind von reichen Eltern auf, doch sie starben unter ungeklärten Umständen bei einem Brand.«

»Wer da wohl mit Feuer gespielt hat?«, fragte ich.

»Jäger hat ihr ganzes Vermögen geerbt und seitdem baut er an seinem Großprojekt, dem Oktaeder. Die Charleens beten Jäger an und verehren ihn als *selbstgeborenen* Pharao. Jäger verfolgt irgendeinen finsteren Plan, den ich noch nicht durchschaut habe. Glücklicherweise hatte er die Macht des Amuletts bisher nicht verstanden und es ist gut, wenn er es jetzt nicht mehr besitzt.«

»Ich glaube, Jäger will mit dir reden und dich bitten, die Williams und Christines zu löschen«, vermutete ich. »Das würde zu ihm passen.«

»Dann würde ich ihm aber die Leviten lesen!«, schimpfte Quentin. »Die Williams und Christines sind nicht das Problem, sondern die Lösung, aber das versteht Jäger nicht.«

»Aber woher kommen die Williams und Christines, wenn du sie nicht erschaffen hast?«

»Du hast sie erschaffen«, sagte Quentin.

»Ich???«

»Mehr oder weniger«, antwortetet Quentin. »Es waren die vielen Jonathans in Baulandia. Sie sehnten sich nach einer lange verlorenen Liebe - und nach einer lange verlorenen Freundschaft. Die Jonathans vermissten Tina und

Willy so sehr, dass sie plötzlich unter den Neugeborenen waren.«

»Unglaublich!«, sagte ich.

»Liebe kennt keine Grenzen«, seufzte Quentin. »Eine Zeit lang klappte das Zusammenleben mit den neuen Charakteren ganz gut, doch langsam wurden die Charleens unzufrieden. Die neuen Christines machten ihnen Konkurrenz und so wünschten sie sich die alte Zeit zurück. Als Jäger vor wenigen Achterbahnen erschien, gründete er einen Geheimorden mit Charleens als Priesterinnen. Die Charleens sehnen sich nach einer einfachen Welt, in der alle Menschen vollkommen gleich sind. Sie betrachten alle anderen als Feinde und wollen sie fernhalten. Sie merken nicht, dass sie sich auf diese Weise ihre eigene Hölle erschaffen haben.«

»Kann ich dir irgendwie helfen?«, fragte ich.

»Ich kann und will mich nicht einmischen«, sagte Quentin. »Wenn meine Schöpfung scheitert, dann ist es eben so. Aber du kannst eingreifen, wenn du willst. Wenn du meine Welt besuchen kommst, dann bring ein paar Leute mit.«

»Leute?«

»Ja«, sagte Quentin. »Mit neuen Charakteren kannst du meine verkümmernde Gesellschaft vielleicht neu beleben.«

»Ich verstehe das nicht«, sagte ich, »die echte Charleen war damals so nett gewesen, doch ihre Kopien hier sind oberflächlich und egoistisch. Und diese Sache mit den leuchtenden Augen ...«

»Jaaa«, sagte Quentin, »ich weiß auch nicht, woher dieser Quellcode kommt, vermutlich aus einem schlechten Blondinenwitz. Ich glaube langsam, die echte Charleen hat uns damals nur vorgespielt, ein nettes Mädchen zu sein. In Wahrheit ist sie eine hohle Nuss wie alle Charleens!«

Ich spürte starke Gefühle in Jonas aufsteigen. Er wurde wütend - und ich wusste auch, warum.

»Nicht alle Charleens sind schlecht«, sagte ich. »Jonas Mutter zum Beispiel war mit einem William verheiratet und wünscht sich für ihren Sohn eine gute Zukunft. Sie hat ihn nicht als Baby verlassen, sondern ist geblieben.«

»Du hast recht«, sagte Quentin, »auch in der schrecklichsten Welt gibt es immer ein paar Mutige, die für ihre Liebsten große Opfer bringen. Jonas Mutter ist eine bemerkenswerte Ausnahme, die mich hoffen lässt. Der Empfang wird schlechter ... ich schicke dich jetzt heim. Leb wohl!«

Es wurde dunkel und als ich die Augen öffnete, stand ich unter freiem Himmel auf einer Wiese.

Dienstag - Erde

18:15 Stonehenge (19:15 in Mitteleuropa)

Ich stand auf der Wiese mitten im Steinkreis von Stonehenge. Der Himmel war stockfinster, doch die großen Steinblöcke wurden mit Scheinwerfern angestrahlt. Ich spürte die Zeitenergie in jeder Pore meines Körpers kribbeln. Ich war so krass aufgeladen, dass ich mich nicht wundern würde, wenn gleich ein Blitz aus mir in den Boden schießen würde. Außerdem war ich vollkommen unsichtbar. Keine Arme, keine Beine, kein Bauch, kein Nichts! Hoffentlich hatte Quentin alles richtig gemacht und mir einen Körper erschaffen. Was, wenn ich hier nur als Geist angekommen war? Doch wenn ich einen Körper hätte, würde ich es erfahren, sobald ich einen Felsen berührte. Dann würde sich die Zeitenergie entladen, und ich wäre wieder sichtbar und meine Berührungen ungefährlich. Es waren nur wenige Touristen da, sodass mein plötzliches Erscheinen keine Panik auslösen sollte.

»Mann, ich hab keinen Bock!«, sagte jemand direkt hinter mir.

Ich wirbelte herum und erkannte gerade noch rechtzeitig den Jungen, der auf mich zuging. Ich sprang zur Seite und landete auf dem Boden. Ob ich jetzt zahllose Insekten zum Zeitpunkt des Urknalls geschickt hatte? Ich stand schnell wieder auf.

Der Junge, der in meinem Alter war, sprach mit seinen Eltern in der Nähe. Seine Mutter machte Fotos, sein Vater sah gelangweilt auf die Uhr.

»Können wir jetzt gehen?«, jammerte der Junge.

»Bald«, antwortete sein Vater.

»Der Bus ist bestimmt schon ohne uns weg«, maulte der Junge. »Und das Schiff auch.«

»Der Bus fährt erst um 19:00 Uhr«, sagte sein Vater. »Und unser Schiff legt erst morgen wieder ab.«

»Das ist hier voll öde«, jammerte der Junge. »Und mein Handy hat auch kein Netz.«

»Ich bin ja gleich fertig«, rief die Mutter, die scheinbar jeden Stein fotografierte, den es gab. Mal senkrecht, mal waagerecht.

»Wäre ich doch auf dem Schiff geblieben«, schniefte der Junge.

»Aber Stonehenge ist doch toll«, sagte sein Vater. »Stell dir vor, die Urmenschen haben diese Felsblöcke aus Wales hierhergeschleppt, was für eine Leistung.«

»Das waren keine ausgestorbenen Urmenschen«, korrigierte ihn seine Frau. »Das war in der Steinzeit, damals gab es schon den Homo sapiens.«

Wie lange wollten die denn noch hierbleiben? Alle anderen Touris dampften langsam ab, nur diese drei Deutschen nicht.

Ich sah mich um. Warum sollte ich warten, ich könnte doch einfach einen Stein berühren, den die Besucher nicht sehen konnten.

»Da drüben hast du einen vergessen!«, rief der Junge.

»Wo?«, fragte seine Mutter, doch dann merkte sie, dass sie verarscht wurde. »Sehr witzig«, meckerte sie.

Ich ging zielstrebig auf einen einsamen Riesenbrocken zu und lief um ihn herum. Von hier aus konnte mich niemand sehen. Ich hob die Hände und holte tief Luft. Also dann.

»Können wir jetzt endlich gehen!«, rief der Junge.

»Ja, gleich«, antwortete die Mutter, »ich muss nur noch die Blausteine hier fotografieren.«

Ich stoppte. Wie war das? Waren denn nicht alle Steine hier Blausteine? Oh Gott, was, wenn ich jetzt einen normalen Stein berührt hätte? Das wäre mein Tod gewesen!

»Hast du die nicht schon fotografiert?«, fragte der Mann genervt. Er hatte offensichtlich auch keine Lust mehr.

»Das Beste zum Schluss«, lachte seine Frau und fotografierte die Steine im inneren Steinkreis.

»Was soll denn an denen so toll sein?«, schimpfte der Junge. »Die sind ja nicht einmal blau.«

»Das stimmt«, antwortete die Frau. »Blausteine sind eher grün. Sie bestehen aus Dolerit, das ist ein Vulkangestein, das härter als Granit ist. Die Steine enthalten auch kleine Anteile an eisenhaltigem Magnetit. Angeblich gleicht ein Blaustein geistige Energien aus und wirkt erdend.«

»Deine Mutter guckt zu viel arte«, flüsterte der Mann.

»Oder Astro-TV«, lästerte der Junge.

»Und sie hat gute Ohren«, rief die Mutter.

Na schön, genug gewartet. Ich ging zielstrebig auf den Stein zu, den die Frau als letzten fotografiert hatte. Ich hob die Hände und legte sie auf den mannshohen Brocken. Sofort klebten meine Hände fest wie bei einem Stromschlag.

»Krrr«, röchelte ich, als die Zeitenergie aus mir schoss. Ich hatte gehofft, es wäre mit einem Knall vorbei, doch stattdessen schoss immer mehr Energie aus mir in den Stein. Der Felsen war schon so aufgeladen, dass er blau leuchtete.

»Mama, guck mal, der Stein da glüht!«, rief der Junge.

»Ich lass mich nicht zweimal verarschen«, antwortete die Mutter und knipste einen anderen Brocken.

»Doch wirklich, guck hin!«, schrie der Mann.

Meine Zähne klapperten schon von den Unmengen an Energie, die mich durchströmten. Milliarden Jahre flossen jetzt in den Stein, es war so viel, dass nun schon der Boden glühte. Das Leuchten breitete sich aus und griff auf die übrigen Blausteine im inneren Kreis über. Zwischen den Steinen sprangen Funken, es knallte und zischte wie in dem Hochspannungslabor, das ich mit der Klasse besucht hatte.

»Alter!«, schrie der Junge. »Wie krass!«

Die Blitze zuckten pausenlos zwischen den Steinen hin und her, dann schossen sie sogar in den Himmel hinauf. Vielleicht war es zu viel Energie für die paar Steine?

Endlich wurden die Blitze weniger und hörten schließlich auf. Ich kippte um und landete auf der Wiese. Mein ganzer Körper qualmte und mein Herz klopfte heftig. Nach einer kurzen Atempause setzte ich mich auf.

»Geschafft«, stöhnte ich.

»Alter!«, rief der Junge zu mir. »Hast du das gesehen?«

Ich nickte benommen. Woher wusste er, dass ich aus Deutschland kam? Aber egal woher er das wusste, ich war wieder sichtbar!

»Warst du schon die ganze Zeit hier?«, fragte der Junge.

»Ich hab hier gesessen, war eingeschlafen«, behauptete ich.

»Verständlich«, lachte der Junge. »Cooles Amulett!« Er zeigte auf meine Brust.

»Ja«, sagte ich, »das ist echt cool.«

Ich stand auf und klopfte mir den Staub von der Hose.

»Ich glaube, unser Bus fährt gleich«, sagte die Frau. Ihre Haare standen senkrecht. Auch ihr Mann sah zerzaust aus. Er starrte mit einem Dauergrinsen auf einen Blaustein.

»Jetzt, wo es spannend wird«, maulte der Junge. »Vielleicht landet gleich ein UFO oder so.«

»Ja«, sagte der Mann, der noch völlig neben sich stand, »ein UFO oder so.«

»Wir gehen«, sagte die Frau energisch, nahm ihren Mann an der Hand und zog ihn hinter sich her.

»Menno!«, schimpfte der Junge und folgte widerwillig.

Am Boden bemerkte ich mehrere flache Blausteine in der Größe von Zwei-Euro-Münzen. Ich hob drei besonders schöne Steine auf und steckte sie in meine Hosentasche. »Vielleicht brauche ich euch nochmal irgendwann«, sagte ich. »So, und jetzt ab zum CERN.« Ich legte meine Hand auf das Amulett. »Eine einfache Fahrt in die Detektorhalle des ATLAS-Experiments, eine Person, Jetzt-Zeit, ohne Bahncard.«

Schlagartig stand ich in der Detektorhalle. Es war viel leiser als zuvor, vermutlich hatte Philippe den Teilchenbeschleuniger abgeschaltet. Bis auf Charleen war die Halle leer. Wo steckten Willy und Tina? Ich wollte ihnen sagen, dass es mir gut ging. Die beiden machten sich bestimmt große Sorgen. Mein Plan war, alle meine Freunde für eine John-lebt-noch-und-alle-Probleme-sind-gelöst-Party nach Burg Grottenfels zu holen - egal wo sie steckten. Als Sammelpunkt hatte ich an die gemütliche Bibliothek gedacht, dort befand sich in Jägers Geheimbüro ja auch ein PC mit Smiley. Doch jetzt waren Willy und Tina schon weg.

»Initialisierung notwendig«, sagte Charleen.

»Nicht jetzt«, sagte ich.

Plötzlich hörte ich laute Geräusche. Türen wurden aufgerissen, schwere Schritte von vielen Menschen. Befehle wurden auf Französisch gerufen.

»Zeit zu verschwinden!« Ich berührte mein Amulett. »Eine einfache Fahrt zur Bibliothek von Burg Grottenfels, John und Charleen, Jetzt-Zeit, ohne Bahncard.«

19:45 Burg Grottenfels

Und ZACK waren wir in der Bibliothek von Burg Grottenfels. Vom offenen Geheimbüro kam Licht, außerdem schien der Mond über dem See. Charleen lag auf dem Rücken vor der Couch. Ich setzte mich und genoss die erste Sekunde seit langer Zeit, in der ich mal eine Pause machen konnte.

»Initialisierung notwendig!«, sagte Charleen.

»Ja«, sagte ich, »gleich.«

»Initialisierung notwendig!«

Ich seufzte. »Na schön, was du heute kannst besorgen ... Aber morgen rühre ich keinen Finger mehr, da leg ich mich hin und steh die nächsten drei Tage nicht mehr auf, außer fürs Klo!«

»Initialisierung notwendig!«

»Ja doch!«, schimpfte ich.

Nach den Erzählungen von Willy über die Initialisierung von Quentin befürchtete ich, dass ich Charleen ewig mit Antworten füttern musste. So richtig Bock hatte ich nicht darauf, aber sie sollte endlich die Klappe halten.

»Initialisierung starten«, sagte ich.

Charleen setzte sich auf. »Wie lautet mein Name?«

»Charleen«, antwortete ich.

»Wie alt bin ich?«, fragte sie.

»Sechzehn«, sagte ich.

»Wie ist mein Geschlecht?«

»Weiblich«, antwortete ich.

Charleen blinzelte heftig.

»Charleen?«, fragte ich. »Ist alles okay?«

Charleen blinzelte immer doller.

»Charleen?«

»Preset 0.6 beta von Philboy wurde geladen«, sagte Charleen. »Die Initialisierung wurde erfolgreich abgeschlossen.« Charleen blinzelte noch dreimal, dann stand sie auf.

»Preset?«, wunderte ich mich. »Von Philboy?«

Charleen sah mich an und lächelte.

»Hallo Süßer«, säuselte sie. »Wie heißt du?«

»John«, sagte ich.

Charleen setzte sich zu mir auf die Couch und rückte mir auf die Pelle. »John ist ein sehr schöner Name«, sagte sie. »Genau so schön wie deine blauen Augen.« Sie legte ihre Hand auf mein Knie.

»Haaaaaa«, rief ich und rutschte von ihr weg.

»Oh wie süß«, lachte Charleen, »eine Jungfrau.«

»Äh, sorry, aber ...«

»Schon gut«, lachte Charleen, »ich werde ganz sanft sein, versprochen. Wollen wir es gleich hier oder bei dir tun?«

Ich erinnerte mich wieder, was Philippe über seine KIs gesagt hatte. Die sind voll Beta und man darf sie NEVER EVER weiblich aktivieren. SO EIN BLÖDSINN! Philippe hatte sich mit seinen krassen *Presets* einen Liebessklaven geschaffen - und ich hatte ihn jetzt an der Backe! Da hatte ich eine Erleuchtung.

Ich schlug meine Hand an die Stirn. »Bin ich dumm!«, rief ich.

Beta-Charleen erinnerte mich an eine Idee, die ich total vergessen hatte. In der kurzen Zeit, in der ich die wahre Macht Gottes in mir hatte, hatte ich alle Antworten auf alle Fragen im Universum in mir, selbst die Lösung für den Klimawandel. Leider fiel mir diese Antwort jetzt nicht mehr ein, so sehr ich auch grübelte. Aber vielleicht fiel sie mir irgendwann wieder ein, so wie die mit Charleen. Ich wusste jetzt wieder, wie ich Willys kleine Schwester Emma retten konnte. Für die Lösung des Problems spielte eine Person die Hauptrolle: Beta-Charleen.

Charleen begrapschte mich.

»Hey!«, rief ich, sprang auf und ging auf Abstand.

Meine Idee für Emmas Rettung hatte mit einer Bemerkung von Quentin zu tun. Er hatte gesagt, dass Charleen nur alles vorgespielt hatte, dass sie in Wirklichkeit nur eine hohle Nuss war. Und wenn das stimmte?

Eigentlich war Charleen die zwölf Jahre ältere Emma. Emma war als Waisenkind aufgewachsen und vor zwei Jahren zu Tinas Familie gekommen. Später war sie im Digit-All gestorben. Wenn ich Charleen gegen eine Doppelgängerin austauschen würde, würde sie an ihrer Stelle sterben. Ich musste lediglich die vierjährige Emma zu dem Zeitpunkt, an dem sie vor zwölf Jahren im Wald bei Genf aufgetaucht war, abfangen. Dann würde ich Emma wieder in ihre Zeit bringen und es würde Charleen niemals geben. Damit es sie trotzdem gab, musste ich sie erschaffen. Ich werde Beta-Charleen in die Zeit zurückschicken, in der sie von Tinas Eltern als Pflegekind aufgenommen wurde. Um diesen Job zu meistern, musste Smiley sie mit allen wichtigen Details zu ihrem Leben bei Tina und in Burg Grottenfels programmieren. Am Ende wird dann Beta-Charleen im Digit-All sterben und nicht die ältere Emma. Der Geist von Beta-Charleen wird dann zum Bedauern Quentins die Vorlage aller Charleens im Digit-

All 2.0 werden. Mit der kleinen Emma hatte diese Geschichte dann gar nichts mehr zu tun. Emma war also gar nicht Charleen.

»Gehen wir jetzt zu dir?«, fragte Charleen.

»Ja«, sagte ich, »wir gehen jetzt auf mein Zimmer.«

»John, was machst du denn hier?«, fragte meine Mutter und sah mich verblüfft an.

Mein Gesicht wurde heiß. »Äh ...«, stammelte ich.

Mit meiner MUTTER hatte ich jetzt überhaupt nicht gerechnet. Dabei hatte mein Vater mir ja gesagt, dass sie nochmal nach Grottenfels gefahren war, um dort nach dem Geheimbüro zu suchen.

»Dein Vater hatte mir vor Stunden eine Nachricht geschickt«, sagte meine Mutter. »Du warst beim CERN und ihr solltet nach Lyon evakuiert werden. Ich hab die Nachricht gerade erst bekommen, weil erst jetzt das Internet in Genf wieder geht. Wie bist du hierher gekommen?«

»Also ...«, begann ich.

»John, wann gehen wir denn endlich in dein Zimmer?«, fragte Charleen total genervt. »Ich will endlich Sex mit dir machen.«

Meine Gesichtshaut löste sich vermutlich gerade ab.

»Du bist doch Charleen?«, fragte meine Mutter. »Ich hatte dich zu den Vorfällen in der Burg befragt.«

»Ich bin Charleen«, sagte Charleen und sah meine Mutter mit einem leeren Blick an.

Meine Mutter runzelte die Stirn. Das war kein gutes Zeichen. Ich musste schnellstens aus der Nummer raus, da klingelte das Handy meiner Mutter. GOTT SEI DANK!

Meine Mutter ging ran, es war ein Videoanruf. Mein Vater redete ganz schnell und aufgeregt.

»Sprich langsamer, Schatz«, sagte meine Mutter. »Beruhige dich erst einmal.« Sie sah zu mir und flüsterte: »Dein Papa!«

Ich nickte. Charleen fummelte an meinem Hintern herum, ich schob ihre Hände weg, doch sie hörte nicht auf.

»Charleen«, schimpfte ich, »lass das.«

»Aber wann gehen wir denn auf dein Zimmer?«, fragte sie.

»Jetzt nicht!«, zischte ich.

Charleen wuschelte durch meine Haare. Ich HASSTE das, aber ich ließ sie gewähren, weil ich ihr jetzt keine Szene machen konnte.

»Was meinst du damit, John ist mit einer Atombombe verschwunden?« Meine Mutter warf mir einen verblüfften Blick zu. »Er ist doch hier mit seiner Freundin.« Sie drehte das Handy zu mir. Ich sah auf dem Display meinen Vater, Tina und Willy. Tina sah total verheult aus, doch jetzt machte sie riesige Augen und auch Willy klappte verblüfft den Mund auf. Genau in der Sekunde biss Charleen in mein Ohrläppchen.

»Oh John, du bist der süßeste Junge der Welt«, stöhnte sie.

Von meiner Gesichtshaut hatte ich ja schon Abschied genommen, aber jetzt löste sich auch der Rest ab. Ich war erledigt!

»Mit seiner *Freundin*?«, fragte Tina in einem Tonfall, der gruseliger kaum sein konnte. Die versteckte Botschaft lautete: »Wenn ich dich in die Finger kriege, bist du tot!«

»Gehen wir endlich auf dein Zimmer?«, fragte Beta-Charleen.

»Schluss jetzt!«, schimpfte ich. »Charleen auf STAND-BY!«

Charleen schloss die Augen und senkte den Kopf. »Standby aktiviert«, murmelte sie.

»Was ...?«, staunte meine Mutter.

»Eine einfache Fahrt vom CERN hierher«, sagte ich. »Mein Vater, Tina, Willy, Jetzt-Zeit!« Ich berührte mein Amulett. »Und ohne Bahncard.«

Meine Eltern sahen sich gegenseitig überrascht an. Willys und Tinas Gesichtsausdrücke waren nicht weniger verblüfft. Wir standen im Eingangsbereich der Bibliothek vor Jägers Geheimbüro.

»Aber wie ist das möglich?«, fragte meine Mutter meinen Vater. »Ihr wart doch gerade noch beim CERN?«

»Ich weiß es nicht«, stammelte mein Vater.

»Du lebst also noch«, zischte Tina, »und anstatt uns davon zu erzählen, programmierst du Charleen als deinen Sex-Roboter?« Sie sah mich giftig an.

Ich atmete ein. »Okay, Leute, ich muss euch was erzählen, doch dafür sollten wir uns setzen. Kommt mit.«

Ich ging an mehreren Regalreihen vorbei bis zu einer Tischgruppe. Ich drückte auf einen Lichtschalter an der Wand, dann gingen flackernd die Leuchtstoffröhren über den Tischen an. Ich kniff die Augen zusammen, bis ich mich an das Licht gewöhnt hatte. Dann setzte ich mich an den Kopf einer schmalen Tischreihe. Mein Vater setzte sich an den ersten Platz quer zu mir, meine Mutter daneben. Tina und Willy setzten sich meinen Eltern gegenüber hin. Charleen war vor Jägers Büro stehen geblieben.

»Dann klär uns mal auf«, sagte mein Vater. Er sah mich mit dem strengsten Blick an, den er auf Lager hatte - und den brachte er nicht oft. Eigentlich hatte er ihn nur einmal gebracht, als ich mal an seinem Notebook eine offene Fallakte gelesen hatte, da waren richtig krasse Bilder von Mordopfern drin gewesen.

»Wo fange ich an ...?«, fragte ich mich selbst.

»Vielleicht bei deiner Programmierung von Charleens Körper als deine Sex-Sklavin?«, fragte Tina.

»Programmierung von Charleen?«, fragte meine Mutter. »Ihr meint dieses Mädchen da hinten?«

Ich seufzte. »Na schön, dann gibt es jetzt die FSK 18-Version meiner Erlebnisse der letzten Tage.«

Ich begann beim Urknall. Also nicht bei dem, den ich tatsächlich erlebt hatte, denn der war ja gerade erst gewesen. Ich begann einfach ganz am Anfang, als mich meine Eltern hier in der Wildnis Bayerns ausgesetzt hatten. Ich erzählte von Charleens Phase als Geist, ihrem Wechsel ins Digit-All, meinem Trip dorthin und ihrer Ermordung, ihrer Wiederauferstehung als böses Backup von Jäger und ihrem Diebstahl meines Rollsiegels. Ich berichtete von meinem digitalen Vogelwesen Smiley, der jetzt im Internet lebte und sich nicht um Datenschutz oder Privatsphäre scherte, erzählte von der Digitalisierung der Erde, meinen aus dem Digit-All geerbten Erzengel-Fähigkeiten, dem Illuminati-Auge und meiner Begegnung mit der wahren Macht Gottes.

»Ich hätte doch nicht alle Indiana Jones-Filme mit dir sehen sollen«, sagte mein Vater.

»Du glaubst diese Dinge wirklich?«, fragte meine Mutter.

»Es ist alles wahr«, sagte Tina.

»Ja«, bestätigte Willy. »Leider.«

»Ich verstehe nicht, wie ihr in den militärischen Sperrbereich gekommen seid«, sagte mein Vater. »Wie bist du in die Detektorhalle zur Atombombe gekommen?«

»Als du mich und Tina im Hauptgebäude abgesetzt hast, haben wir Willy und seinen Freund Philippe getroffen«, sagte ich.

»Ja«, sagte mein Vater, »den habe ich vorhin im ATLAS Control Room getroffen.«

»Hattest du nicht gesagt, dass alle Zivilisten und Soldaten evakuiert werden?«, fragte ich. »Warum bist du geblieben?«

»Das kann ich dir sagen, mein Freund«, schimpfte mein Vater. »Ich hab mich beim Militär abgemeldet, um die Zivilisten nach Lyon zu begleiten. Was denkst du, wie ich mich gefühlt habe, als du und deine Freunde nirgends aufgetaucht seid? Ihr wart in keinem der Busse!«

»Oh«, sagte ich und meine Wangen wurden heiß.

»Glaubst du, ich würde fröhlich nach Hause fahren, wenn gleich eine Atombombe hochgeht und ich nicht weiß, wo mein Sohn steckt?«

»Das tut mir leid«, krächzte ich.

»Das sollte es auch!«, donnerte mein Vater. »Ein Soldat am Hauptgebäude hat mir erzählt, dass er ein paar Jugendliche gesehen hat, die aus einem Fenster geklettert sind. Er hat das zwar gemeldet, aber der Zeitplan war zu knapp, also wurdet ihr aufgegeben. Das Militär hat entschieden, dass ihr selbst schuld seid, wenn ihr draufgeht.«

»Es ist ja alles gut gegangen«, beschwichtigte meine Mutter.

»Trotzdem«, schimpfte mein Vater, »was hast du dir nur gedacht? Warum hast du mir nicht die Wahrheit gesagt?«

»Weil du mir nie geglaubt hättest«, sagte ich kleinlaut.

»Das kannst du doch gar nicht wissen!«, schimpfte er.

»Was war denn euer Plan?«, fragte meine Mutter.

»Und wo ist die Atombombe?«, fragte mein Vater.

Ich fasste zusammen, was in der Halle passiert war, auch meinen Abgang mit der Atombombe Richtung Digit-All. Meine Eltern sahen mich schockiert an.

»Du bist mit der Bombe und diesem Auge durch das Portal gegangen?«, keuchte meine Mutter.

»Ach John«, seufzte mein Vater. Er legte seine Hand auf meine Schulter. »Du hast keine Chance mehr für dich gesehen, nur noch für ...«, er stockte, »für die anderen.«

Ich nickte.

Mein Vater strich mir über die Haare am Hinterkopf. »Du bist so mutig, ich bin so stolz auf dich. Aber bitte mich zukünftig um Hilfe, wenn du in solche Situationen gerätst, okay?«

»Mach ich«, flüsterte ich.

»Aber wie hast du denn die Explosion einer Atombombe überlebt?«, fragte meine Mutter.

Ich seufzte, denn die nächste Story würde meine Eltern komplett durchdrehen lassen. Ich erzählte ihnen alles bis ins letzte Detail über das Digit-All 2.0, meinen speziellen Draht zum Urgott Quentin und das Raum-Zeit-Amulett.

Mehrere Sekunden sagte niemand was, dann brach meine Mutter das Schweigen.

»Das ist alles ziemlich viel auf einmal. Die Erde wird digitalisiert ... Paralleluniversen ... Zeitreisen ... Was ist, wenn das alles nicht wirklich passiert, wenn wir alle in einer Fantasiewelt gefangen sind und in Wahrheit unter Drogen stehen?«

»Wenn wir keinen Unterschied bemerken, wäre es ja egal«, sagte Willy.

»Na du bist ja krass drauf«, sagte Tina. »Ich möchte lieber in der echten Welt leben.«

»Aber wenn es keinen Unterschied macht?«, fragte Willy.

»Wenn ich es wüsste, gäbe es ja einen Unterschied«, antwortete Tina. »Außerdem könnte man uns jederzeit den Stecker ziehen, das würde mir gar nicht gefallen.«

»Stimmt«, sagte Willy.

»Als wir die Halle betreten haben, lag der Goldhut auf dem Boden«, sagte Tina. »Was wäre, wenn in Wahrheit Blutstolz den Hut aufhatte und der Hut am Boden nur ein Trugbild war? Was, wenn Blutstolz *uns* ausgetrickst hat?«

»Da gibt es Einiges, was dagegen spricht«, sagte ich. »Erstens: Der Hut kann nur von einem Wesen mit großer Weisheit verwendet werden.«

»Alter«, lachte Willy, »und du findest Philippe eingebildet?«

»Ach, findet John das?«, fragte Tina.

Mein Gesicht wurde schon wieder heiß.

»Ich bin auf jeden Fall weiser als Blutstolz«, sagte ich. »Immerhin wollte ich die Erde retten und nicht auslöschen.«

»Ja«, sagte Tina, »das lassen wir mal durchgehen.«

»Und zweitens: Warum sollte Blutstolz uns jetzt immer noch eine andere Realität vorspielen? Was hätte er davon?«

»Jetzt wäre der Zeitpunkt fürs Coming Out«, sagte Willy und sah sich ängstlich um. »Jetzt müsste Blutstolz aus dem Schatten treten und lachen wie Jabba the Hutt bei der Befreiung von Han Solo.«

Mit klopfendem Herzen lauschte ich - und die anderen taten das auch. Verdammt, hoffentlich passierte das jetzt nicht wirklich! Nach fast einer Minute atmete ich erleichtert aus.

»Kein Coming Out eines Super-Oberschurken«, lachte ich unsicher. »Außerdem wäre es schon echt seltsam, wenn

Blutstolz mir das Amulett geben würde, Traumwelt oder nicht.« Ich zeigte auf das Amulett.

»Und damit kannst du an jeden Ort im Universum springen?«, fragte mein Vater.

»Und in jede Zeit«, ergänzte ich.

»Dann könntest du Hitler töten?«, fragte mein Vater.

»Leider nicht«, sagte ich. »Alles was passiert ist, muss passieren, sonst zerstören wir das Universum. Aber es gibt eine Hintertür. Wenn man einen Doppelgänger programmiert, kann er in deine Rolle schlüpfen.«

»Und sich an deiner Stelle erschießen lassen!«, erkannte Willy.

»Ja«, sagte ich. »Als ich die wahre Macht Gottes in mir hatte, sah ich auf einmal eine Möglichkeit, Emma zu retten.«

»Emma?« Willy sah mich mit riesigen Augen an.

»Das vermisste Mädchen aus Genf?«, fragte mein Vater.

»Emma ist meine kleine Schwester«, schniefte Willy. »Jäger wollte sie vor ein paar Monaten entführen, und ich hab sie versehentlich zwölf Jahre in die Vergangenheit geschickt.«

Meine Eltern sahen sich ratlos an, daraufhin erklärte ich ihnen die Sache mit Emma und Charleen - und das Problem mit der Zeitspannung.

»Und diese Blausteine in Stonehenge lösen das Problem?«, fragte meine Mutter.

Ich nickte.

»Und Charleen ist Willys kleine Schwester, nur älter, weil sie so weit in der Vergangenheit gelandet war?«, fragte mein Vater.

»Ja«, sagte ich, »aber jetzt ist sie nur noch ein leerer Körper mit ein paar seltsamen Presets.«

»Oh verdammt!«, sagte Tina und klatschte sich an die Stirn. »Du hast Charleen als *weibliche* KI aktiviert, deswegen verhält sie sich so komisch. Das ist die Programmierung von Philippe.«

»Also echt, dieser Philippe«, sagte Willy kopfschüttelnd.

»Mit Beta-Charleen habe ich etwas vor«, sagte ich. »Mit ihrer Hilfe kann ich Emma aus der Vergangenheit zurückholen.«

»Du machst hoffentlich keine Scherze«, sagte Willy mit zitternden Lippen.

»Nein«, sagte ich. »Wir müssen nur dafür sorgen, dass Beta-Charleen Tinas Pflegeschwester wird und nach Burg Grottenfels kommt.«

»Genial«, sagte Willy. »Charleens Körper wird also der Doppelgänger, der unser Paradoxon verhindert. Aber wenn dabei etwas schief geht, fliegt uns das Universum um die Ohren.«

»Du meinst, weil wir das Raum-Zeit-Kontinuum zerstören?«, fragte ich.

»Ja«, sagte Willy.

»Dann müssen wir Beta-Charleen perfekt programmieren«, sagte ich. »Das kann Smiley für uns erledigen, aber wir müssen ihm alles erzählen, was wir mit Charleen erlebt haben.«

»Mir raucht gerade der Kopf«, sagte meine Mutter.

»Ich verstehe deinen Plan«, sagte mein Vater. »Wenn eine KI das Leben eines kleinen Mädchens retten kann, dann habt ihr meinen Segen.«

»Aber ...«, begann meine Mutter.

»Lass ihn«, sagte mein Vater. »Geben wir ihm die Chance, dieses Mädchen zu retten.«

»Danke«, sagte ich.

»Aber bitte weihe uns in Zukunft in deine Pläne ein«, sagte mein Vater, »seien sie auch noch so unglaublich.«

»Okay«, sagte ich.

Wir standen auf und meine Mutter umarmte mich. Eigentlich war das vor anderen ein No-Go, aber heute war alles anders. Außerdem hatte ich sie schon seit Milliarden Jahren nicht gedrückt.

»Musst du für diesen Plan jetzt durch die Zeit reisen?«, fragte sie leise.

»Ja«, sagte ich. Wir lösten die Umarmung.

Mein Vater klopfte mir auf die Schulter. »Rette das kleine Mädchen«, sagte er.

Meine Mutter seufzte. »Unser kleiner John ist so groß geworden.«

»Ja«, sagte mein Vater, »und er hat die Erde gerettet.«

»Zweimal«, lachte Tina.

Das Handy meiner Mutter brummte. Sie nahm es und las eine Nachricht.

»Das BKA«, sagte sie. »In fünf Minuten haben wir eine Telefonkonferenz.«

Mein Vater seufzte. »Na schön, dann gehen wir jetzt zur Mensa und berichten unseren Chefs deine Story in der FSK 6-Version.«

Ich lachte. »Ja, macht das.«

»Die Sache mit der Atombombe soll das Militär selbst erklären, denn wir haben alle ein Alibi«, behauptete mein Vater. »Ich habe uns lange vor dem Verschwinden der Bombe vom CERN nach Burg Grottenfels gefahren. Wie sollten wir anders so schnell hier gelandet sein?«

»Und wir sind alle in unserem Auto gefahren?«, fragte meine Mutter zweifelnd.

»Klar«, lachte mein Vater. »Aber vermutlich vertuschen die Militärs das sowieso.«

Meine Eltern verließen die Bibliothek.

Wir gingen zu Jägers Geheimbüro. Ich schob Charleen vor mir her ins Büro, Willy und Tina folgten mir.

»Dann wollen wir mal«, sagte ich und drückte Charleen auf den Bürostuhl. Ich blieb hinter ihr stehen, Willy und Tina standen links von uns. Ich wackelte an der Maus und Smiley erschien.

»Hallo John«, lachte er, »ich konnte euch durch die offene Geheimtür hören. Ich freue mich, dass es euch gut geht. Das Internet nach Genf funktioniert wieder und ich chatte gerade mit Philippe vom CERN, der mich unbedingt kennenlernen wollte. Er hat mir schon erzählt, wie er die Digitalisierung gestoppt und nebenbei noch das Konzept für einen funktionierenden Fusionsreaktor geschrieben hat.

Der nächste Nobelpreis ist ihm sicher, er ist ein echtes Genie.«

»Klar ist er das«, grummelte ich.

»Immer cool bleiben«, sagte Willy.

»Philippe ist mir egal«, zischte ich, »Emma ist wichtiger. Mit meinem Amulett werde ich zwölf Jahre zurückreisen und Emma abfangen, wenn sie gerade ankommt. Ich bringe sie hierher und sie wird niemals ein Waisenkind.«

»Das ist ein interessantes Amulett«, sagte Smiley, »das klingt nach der Raum-Zeit-Kugel.«

»Das ist ihre neue Form«, bestätigte ich.

»Die Zeitlinie zu verändern ist sehr gefährlich«, sagte Smiley, »das könnte zu einem Paradoxon führen.«

»Richtig«, sagte ich, »deshalb schicke ich vorher auch diese Beta-Charleen in die Zeit, in der Tinas Eltern sie adoptiert haben. Wann war das?« Ich sah Tina an.

»Vor zwei Jahren haben sich meine Eltern als Pflegefamilie beworben«, sagte Tina. »Normalerweise dauert es ewig, bis man ein Pflegekind bekommt, aber wir bekamen Charleen sofort.«

»Das war mit Sicherheit kein Zufall«, sagte ich. »Charleen wird in der Vergangenheit alles so machen, wie sie es aus unserer Sicht schon gemacht hat. Smiley, kannst du sie dafür programmieren?«

»Na klar«, sagte Smiley mit einem breiten Grinsen. »Dein Plan ist beinahe perfekt. Hoffentlich fällt niemandem auf, dass Charleen den Körper einer Sechzehnjährigen hat, aber auf dem Papier erst vierzehn ist.«

»Charleen hat sich in den letzten Jahren kaum verändert«, sagte Tina. »Das sollte also klappen.«

»Prima«, sagte Smiley. »Ich hacke gerade das Jugendamt von Tinas Wohnbezirk in München, um an alle wichtigen Daten über Charleen heranzukommen. Ich werte auch alle Überwachungsvideos aus, um ihr Verhalten in der Burg zu programmieren, also bis zu ihrem Verschwinden im Digit-All, denn die Charleen, die zurückkehrt, wurde ja von jemand anderem programmiert.«

»Ja«, sagte ich, »von Jäger. Diese Videos solltest du dir vielleicht nicht so genau ansehen ...«

»Das habe ich schon«, sagte Smiley, der plötzlich sehr ernst war.

»Dann hast du gesehen, wie Charleen ...«, fragte ich.

»Ja«, sagte Smiley leise. »Ich habe gesehen, wie sie meine Seele gequält hat, um an ein paar Federn heranzukommen. Es stimmt mich traurig, wozu eine falsch programmierte KI fähig ist.«

»Sie hat sich aber noch geändert«, sagte Willy. »Ihre Erinnerungen an Tina haben sie an ihren Taten zweifeln lassen. Sie wollte am Ende nicht mehr für Jäger oder Blutstolz arbeiten.«

»Das lässt mich hoffen«, seufzte Smiley, »und es ist eine außerordentlich bedeutsame Information.«

»Glaubst du denn jetzt, dass du ein Vogel bist«, fragte ich.

Smiley lächelte. »Ja, jetzt glaube ich es - und finde es cool.«

»Das ist schön«, lachte ich.

»Ich bin jetzt zufrieden mit mir und meinem Körper«, sagte Smiley, »ich bin wohl versehentlich erwachsen geworden.«

»Mein Beileid«, grinste ich.

»Passt schon«, lachte Smiley. »Lasst uns jetzt mit den Befragungen beginnen. Ihr müsst mir die Erlebnisse, die ihr mit Charleen außerhalb der Burg hattet, ganz detailliert beschreiben, damit ich Charleen korrekt programmieren kann.«

»Okay«, sagte Willy. »Ich fange an.«

Tina und ich gingen zur Seite. Tina sah traurig auf den Boden, eine Träne kullerte über ihre Wange.

»Ich habe mit Quentin gesprochen«, sagte ich. »Er glaubt, Charleen hätte uns damals nur das nette Mädchen vorgespielt. Da wusste ich, dass wir sie zurückschicken werden, um auf diese Weise Emma zu retten. Der Plan ist doch gut, oder?«

»Ja«, sagte sie krächzend, »der Plan ist super. Und wenn Charleen schon immer so hohl in der Birne war, dann ist es ja nicht schlimm, wenn Jäger ihr ein Schwert in den Rücken rammt, oder?«

Ich schluckte. »So habe ich das nicht gemeint«, sagte ich. »Wir machen ja nur das, was sowieso schon passiert ist. Eine nette Charleen hat es nur gegeben, weil wir sie jetzt in diesem Augenblick erschaffen.«

»Dann waren alle meine Erlebnisse mit ihr Fakes?«, fragte Tina.

Ich war mal wieder in die Ich-bin-der-coolste-Typ-auf-Erden-Falle getappt. Meine Idee, Emma zu retten, war genial, aber kein noch so guter Zeitreise-Plan war ohne Opfer möglich. Beim ersten Rettungsversuch hatte Willy das Opfer gebracht. Er konnte zwar Emma vor dem Sturz in den Abgrund retten, aber sie verschwand vor seinen Augen in eine weit entfernte Vergangenheit. Sie lebte zwar als Charleen weiter, trotzdem hatte es Willy das Herz gebrochen. Aber jetzt kam Super-John und regelte das für seinen Kumpel! Super-John zauberte die kleine Emma wieder herbei, doch Super-John vergaß, wer diesmal das Opfer brachte.

Tina wischte sich das Gesicht. »Meine Schwester war niemals meine Schwester, meine Freundin«, schniefte sie. »Alle Gespräche mit ihr über das Leben, Jungs, Eltern, Schule ... es war alles programmiert. Das macht ihren Tod für mich noch schlimmer, als er es schon ist.«

»Es tut mir leid«, sagte ich.

»Der Nächste bitte«, sagte Willy und stand auf.

Tina wechselte den Platz mit Willy.

»Danke, Alter!«, sagte Willy und umarmte mich. »Danke, das werd ich dir nie vergessen.«

Ich klopfte ihm auf die Schulter. »Kein Problem«, sagte ich.

Als Tina fertig war, tauschten wir die Plätze. Ich berichtete Smiley alles, was ich mit Charleen außerhalb der Burg erlebt hatte. Ich erzählte von meinem ersten Treffen mit ihr im gruseligen Flur, meinem Date am See und unserer

Begegnung im Burgverlies. Wie wütend war ich da auf die Zwillinge gewesen! Charleen war ein so humorvolles und hilfsbereites Mädchen gewesen, ich hatte sie total nett gefunden. Als ich ihm von ihrem Tod erzählte, merkte ich, dass die Sache auch für mich ein großes Opfer war. Meine Erinnerungen an sie waren mir wichtiger, als ich zuerst angenommen hatte. Als ich fertig war, stand ich auf und sah Tina durch einen Tränenschleier an. Sie umarmte mich.

»Das ist doch alles Mist«, schniefte ich, »egal was ich mir ausdenke, es gibt einfach nie die perfekte Lösung für alle Probleme.«

»Ja«, seufzte Tina, »aber jetzt lass uns Emma retten.«

»John, bitte beende den Standby-Modus bei Charleen«, bat Smiley.

»Charleen ONLINE!«, sagte ich.

Beta-Charleen öffnete die Augen. »Gehen wir jetzt endlich in dein Zimmer? Oder ist das hier dein Zimmer? Sollen die anderen zusehen oder mitmachen?«

»Charleen«, sagte Smiley, »schau mal bitte auf den Monitor.«

Charleen sah hin, da blinkte der Monitor. Das Bild wechselte zuerst langsam von Weiß nach Schwarz, dann immer schneller, bis ich nur noch eine graue Fläche sah. Nach wenigen Sekunden hörte es auf, dann standen Ort, Datum und Uhrzeit da. Es war München im Sommer vor zwei Jahren.

»Dort muss Charleen hin«, sagte Smiley, »dann kann sie ihren Job erfüllen, bis sie im Digit-All von Jäger ermordet wird. Der Rest ist Geschichte.«

»Na dann«, sagte ich und führte meine Hand zum Amulett.

»Hast du nicht was vergessen?«, fragte Smiley.

Ich überlegte kurz, was er meinen könnte. »Natürlich!«, stöhnte ich. »Das wäre jetzt echt dumm gelaufen.«

Ich holte einen Blaustein aus meiner Hosentasche und gab ihn Charleen. Sie nahm ihn und behielt ihn in ihrer Hand.

»Jetzt aber«, sagte ich und berührte mein Amulett.

Charleen verschwand.

»Das war's?«, fragte Willy und starrte auf den leeren Stuhl. »Sonst müssen wir nichts mehr tun?«

»Doch«, sagte Smiley. »Emma ist in einem Wald bei Genf vor zwölf Jahren.« Auf dem Bildschirm erschien das genaue Ziel.

»Bis gleich«, sagte ich und berührte mein Amulett.

Es war Nacht und der Vollmond schien. Ich stand am Rand eines dichten Waldes direkt vor einem Abgrund. In der Tiefe war ein Fluss und am entgegengesetzten Ufer sah ich die Lichter einer Stadt. Etwas knackste hinter mir und ich sah mich hektisch um. Funkelnde Augen starrten mich aus dem finsteren Wald an. Das Tier kam näher, es war ein Wolf. Oder ein Hund. Doch dann jaulte das Tier erschrocken auf und rannte weg. Da fiel mir ein, dass ich unsichtbar war. Der Wolf hatte mich gewittert, aber nicht gesehen. Für ihn musste ich wie ein Geist gewirkt haben.

Ich holte meinen Blaustein-Kiesel aus der Hosentasche und berührte ihn. Ein Funke sprang über und das war es. Das war kein Vergleich mit Stonehenge. Dieser einfache Stein hätte Willy so viele Sorgen ersparen können.

Plötzlich leuchtete etwas vor mir hell auf. Ich sah die Umrisse eines kleinen Mädchens, das sich langsam materialisierte. Nach ein paar Sekunden war sie da.

»Hallo Emma!«, sagte ich.

Sie sah mich erschrocken an. »Wo ist Willy?«

»Ich bringe dich zu ihm zurück«, sagte ich, »zurück in die Zukunft.« Ich berührte mein Amulett.

21:17 Zurück in der Zukunft

Wir tauchten mitten in der Bibliothek auf, doch es war taghell. Waren wir in der falschen Zeit gelandet? Aber es war kein Tageslicht, ALLES in der Bücherei leuchtete und strahlte extrem. Wo kam dieses Licht her?

Willy und Tina kamen aus Jägers Büro. Sie waren auch so hell angestrahlt, beide hielten sich geblendet die Augen.

»Was ist das?«, schrie Willy.

»John?«, fragte Tina. »Seid ihr das? Ihr seid irre hell!«

Da ging mir ein Licht auf. Buchstäblich. Wir waren in die Zukunft gereist, also hatten wir *positive* Zeitenergie aufgebaut. Was war das Gegenteil von unsichtbar? Strahlend hell! Ich nahm den Blaustein und sofort hörte mein Leuchten auf, dann gab ich ihn Emma. Auch sie wurde normal.

Ich blinzelte eine Weile, bis ich wieder sehen konnte.

»Emma!«, rief Willy und ging vor ihr in die Hocke.

Das kleine Mädchen sah ihren Bruder unsicher an.

Willy sah zu mir. »Ist die Zeitenergie wirklich weg?«

»Ja«, sagte ich.

»Willy?«, fragte Emma. »Bist du es wirklich?«

»Ja, meine Süße«, schniefte Willy.

»Du bist es!« Emma strahlte über das ganze Gesicht, wie es nur kleine Kinder konnten. Sie breitete die Arme aus und umarmte Willy stürmisch. Er hob sie hoch und wirbelte sie im Kreis herum.

»Meine kleine Emma«, schniefte Willy. »Meine süße kleine Emma.« Er tanzte mit ihr durch die Bibliothek. »Jetzt ist alles gut«, schluchzte er und tanzte mit ihr davon.

Tina schmiegte sich an mich. »Ist das schön«, schniefte sie.

»Ja«, krächzte ich und wischte mir eine Träne fort.

»Leute!«, rief Smiley. »Das müsst ihr sehen.«

Tina und ich gingen ins Büro, auf dem Monitor lief ein Live-Video. Ich kapierte zuerst nicht, warum Smiley uns das unbedingt zeigen wollte. Irgendein Volltrottel, der nicht singen konnte, versuchte sich als Elvis-Imitator. Er wurde von den umstehenden Leuten ausgebuht und ausgelacht. Warum sang er auch eine Liebesschnulze wie Love me ...

»Heilige Scheiße!«, rief ich. »Das ist Micha!«

»Dein Ex-Kumpel aus Berlin?«, fragte Tina.

Ich berichtete Tina kurz von meinem krassen Erlebnis.

»Ach ja«, sagte sie, »diese Drohnenaufnahme, die Blutstolz aufgezeichnet hatte, gleich vor deiner Knutscherei mit Leonie.«

»Das war keine Knutscherei!«, widersprach ich.

»Apropos Leonie«, sagte Smiley, »ich hab für deine Handynummer ein paar Nachrichten empfangen.«

»Aha«, sagte ich.

Das Thema verfolgte mich echt!

»Du hast ungefähr zwölf Text- und sieben Sprachnachrichten von Leonie«, sagte Smiley. »Die Textnachrichten enthalten eine signifikante Häufung von Herzchen-Smileys. Soll ich die Sprachnachrichten abspielen?«

»Nein«, sagte ich hektisch. »Bitte nicht.«

»Ich glaube, du hast in Berlin noch Hausaufgaben«, sagte Tina.

»Ich weiß«, krächzte ich.

Wir gingen aus dem Büro, setzten uns auf die Couch und sahen auf den See, doch irgendwie konnte ich mich nicht entspannen.

»Charleen ist jetzt tot, oder?«, fragte Tina. »Als Jäger sie ermordet hat, war das die Charleen, die wir gerade auf die Reise geschickt haben, oder?«

»Ja«, antwortete ich.

»Ich hab ein schlechtes Gewissen deswegen«, sagte Tina. »Ich meine, wir haben sie einfach so geopfert, ohne sie zu fragen.«

»Wen hätten wir denn fragen sollen? Sie war doch nur ein von uns programmierter Roboter ohne Bewusstsein oder Gefühle.«

Als ich das aussprach, verkrampfte sich mein Bauch, und ich bekam so ein Ich-hab-mein-Fahrrad-nicht-angekettet-Gefühl. Irgendwas übersah ich. Wenn ich den Goldhut noch hätte, könnte er mir jetzt bestimmt helfen.

»Ich weiß nicht«, seufzte Tina, »ich fühl mich nicht gut bei der Sache. Ich hab dir ja schon erzählt, dass Charleen geglaubt hat, ihr Schicksal sei vorherbestimmt und sie würde jung sterben.«

»Ja«, sagte ich, »und sie hatte recht, denn *wir* haben ihr Schicksal vorherbestimmt.«

»Ich glaube nicht, dass sie nur ein programmierter Roboter war«, sagte Tina. »Ein programmierter Roboter fragt sich doch nicht, ob sein Schicksal vorherbestimmt ist. Ein Roboter macht einfach, was ihm eingegeben wurde.«

»Aber du hast Smiley doch von deinen Gesprächen mit ihr über das Schicksal berichtet, oder?«

»Ja«, sagte Tina, »trotzdem ... ich weiß nicht. Sie hat mich einmal gefragt, was ich tun würde, wenn ich meinen Lebensplan kennen würde und der Plan meinen baldigen Tod vorhersagt.«

»Und was hast du geantwortet?«

»Ich hab gesagt, dass ich meinen Tod verhindern würde, wenn ich könnte. Daraufhin hat sie gefragt, ob ich das auch noch versuchen würde, wenn ich wüsste, dass ich mit meinem Tod unzählige Menschen retten würde, vielleicht sogar die ganze Welt?«

»Das klingt echt so, als hätte sie ihre Zukunft gekannt«, sagte ich. »Hast du Smiley auch von dieser Unterhaltung erzählt?«

»Ja«, sagte Tina, »aber was war zuerst da, Charleens Unterhaltung mit mir oder die Programmierung dieser Unterhaltung?«

»Das kann man nicht beantworten«, sagte ich. »Wir können nicht einmal sagen, wo Charleens Körper eigentlich herkommt, denn Emma war ja niemals die kleine Charleen. Emma hatte mit Charleen nichts zu tun, daher ist Charleen ein echtes Henne-Ei-Problem. Zeitreisen verknoten einem das Gehirn.«

»Trotzdem«, sagte Tina, »was ist, wenn Charleen mit der Zeit ihre Programmierung durchschaut hat?«

»Quatsch«, antwortete ich, »wir haben Smiley alles erzählt, und er hat alles ...«

Meine Eingeweide verwandelten sich schlagartig in einen Eisblock. Ich wusste endlich, woher mein mieses Gefühl kam.

»Was ist?«, fragte Tina.

»Ich hab Smiley nicht von all meinen Erinnerungen erzählt«, sagte ich. »Ein Gespräch mit Charleen hab ich vergessen. Es war eine Unterhaltung im Digit-All, bei der sie ausgerastet war. Sie war wütend, weil du die Kindersicherung aktiviert hattest und wir deswegen bei Berührungen Stromschläge bekamen. Weißt du noch?«

Tina wurde blass. »Ja«, sagte sie, »wie könnte ich Charleens Wutausbruch vergessen, ich hab ihn ja von der Konsole aus beobachtet.«

»Dann hast *du* Smiley davon erzählt?«, fragte ich.

Tina schüttelte den Kopf. »Ich hab den unvergesslichen Vorfall vergessen, dabei hatte ich wirklich geglaubt, Smiley von jeder wichtigen Unterhaltung berichtet zu haben.«

»Du hast ihm nur von *wichtigen* Unterhaltungen erzählt?«

»Glaubst du, ich hab ihm alle Mädchengespräche aus zwei Jahren berichtet?«, fragte Tina. »Das hätte ewig gedauert.«

»Ach komm«, sagte ich, »du übertreibst doch.«

»Nein«, widersprach sie. »Klar, Jungs-Gespräche von einem Jahr kann man locker in fünf Minuten zusammenfassen, aber doch nicht die intensiven und leidenschaftlichen Gespräche zwischen zwei Schwestern. Ich musste mich auf die wesentlichsten Gespräche konzentrieren, sonst hätte ich Smiley noch tagelang vollgequatscht.«

»Aber Charleens Wutanfall wäre wesentlich gewesen.«

»Ja!«, bestätigte Tina. »Und jetzt haben wir ein Problem, denn wie kann ein gefühlloser Roboter einen Wutanfall bekommen, für den er nicht programmiert war? Was ist, wenn Charleen mit der Zeit ein eigenes Bewusstsein entwickelt hat? Jägers Backup hatte ja auch eigene Gefühle entwickelt.«

»Wenn das so ist«, stammelte ich, »dann hätten wir ein intelligentes Wesen mit Bewusstsein und Gefühlen in den Tod geschickt.«

»Wir haben sie auf dem Gewissen«, schniefte Tina. »Wir haben Charleen getötet!«

»Ich bin aber nicht tot«, sagte Charleen, die auf einmal hinter uns stand.

Tina und ich sprangen hoch und starrten die Erscheinung an.

»Emma ist eingeschlafen«, sagte Willy und kam um die Ecke, seine kleine Schwester im Arm. Beim Anblick von Charleen erstarrte er.

»Wenn du mir Emma wegnehmen willst, um sie wieder in die Vergangenheit zu schicken, dann nur über meine Leiche!«, rief er und drückte Emma fester an sich.

Charleen lächelte. »Jetzt bleibt mal cool, Leute«, sagte sie. »Niemand wird irgendwohin verschleppt. Ich bin's, Charleen! Tina, wir sind seit zwei Jahren Schwestern. Willy, ich wollte dir dein Tablet von den Zwillingen zurückholen. Und John, du wolltest mich aus dem Digit-All retten, weißt du das nicht mehr?«

»Es stimmt!«, rief Smiley aus dem Geheimbüro.

Tina, Willy und ich machten einen großen Bogen um Charleen und gingen ins Geheimbüro, Charleen folgte uns. Smiley hüpfte fröhlich im Monitor herum.

»Was meinst du?«, fragte ich.

»Ihr habt mir doch erzählt, dass diese böse Backup-Charleen, die mich wie ein Hühnchen gerupft hat, sich durch die positiven Erinnerungen der getöteten Charleen zum Besseren entwickelt hat, korrekt?«, fragte er.

»Ja«, sagte ich. »Und?«

»Ich dachte mir, wenn so eine Grusel-App das hinbekommt, dann vermutlich auch eine ehemalige Sex-KI mit denselben Erinnerungen an eine gemeinsame Zeit mit einer Schwester, einem Mitschüler, dem sein Tablet geklaut wurde und einem netten Typen, der sie retten wollte, als sie ein Geist war. Wer so viel Liebe und Freundschaft erfährt, kann sich nur positiv entwickeln. Ihr wisst doch, wie es in den Wald hineinschallt ...«

»Ehemalige Sex-KI?«, wunderte sich Charleen.

»Was hast du getan?«, fragte ich.

»Ich habe Charleen eine kleine Sonderprogrammierung mitgegeben«, erklärte Smiley. »Es war ein Trojaner, der sich aktivierte, als sie ins Digit-All kam. Seine Aufgabe war es, Charleen zur Erde zu exportieren, *bevor* sie ermordet wird.«

»Aber wer ist dann im Digit-All gestorben?«, fragte ich.

»Ein weiteres Backup von Charleen«, lachte Smiley. »Diesmal allerdings wieder die Version mit Philippes Sex-Presets.«

»Alter!«, rief ich. »Weißt du, was das im Digit-All 2.0 für Folgen hat?«

»Ja«, sagte Smiley, »deshalb habe ich sie ja auch so initialisiert. Alles muss so kommen, wie du es erlebt hast, richtig?«

»Sex-Presets?«, fragte Charleen, der offenbar niemand auf ihre Fragen antworten wollte.

»Also hast du Charleen vor ihrem Tod zur Erde exportiert«, wiederholte ich. »Aber das war doch schon vor drei Tagen!«

»Richtig«, sagte Smiley. »Charleen war darauf programmiert, sich in der Tropfsteinhöhle vor den Überwachungskameras zu verstecken und drei Tage zu schlafen.«

»Ich war programmiert?«, fragte Charleen. »Und tot?«

»Drei Tage«, rief Tina, »du musst am Verhungern sein!«

»Das kann man wohl sagen«, sagte Charleen.

Wir gingen aus dem Büro.

»Dann bist du es wirklich?«, fragte Tina.

»Ja, Schwesterherz«, lachte Charleen. »Ich bin es.«

Tina und Charleen umarmten sich.

»Oh mein Gott!«, weinte Tina.

»Es ist so schön, wieder bei dir zu sein«, seufzte Charleen.

Mir fiel ein Stein vom Herzen. Ich hätte mich einfach nur mies gefühlt, wenn ich ein nettes Mädchen wie Charleen für ein anderes Mädchen geopfert hätte.

Nach einer Weile lösten sie die Umarmung.

»Und erklärt mir jetzt mal einer diese Sache mit meinem Tod und meiner angeblichen Programmierung?«, fragte Charleen. »Und diese Sex-KI-Geschichte würde mich auch brennend interessieren. Und wo sind Direktor Jäger und seine fiesen Mutanten-Helfer?«

»Was haltet ihr von einer Party?«, fragte ich. »Wir könnten die letzten Reste der Mensa plündern, dann erklären wir dir alles.«

»Klingt super«, sagte Charleen.

»Meine Eltern telefonieren da unten noch mit ihren Chefs«, sagte ich, »aber in einer Stunde können wir bestimmt rein.«

»Ich freu mich drauf«, sagte Charleen, »aber glaubt nicht, dass ich meine Fragen vergesse, ich erwarte Antworten von euch.« Sie beugte sich zu mir. »Ich hab nicht vergessen, dass ich dir eine Nacht mit mir versprochen habe«, flüsterte sie. »Ich geh jetzt duschen und wenn du willst, komm einfach nach.«

Dann ging sie mit wehenden Haaren und elegant wie immer davon. In meinem Kopf entstand das Bild von Charleen unter der Dusche, die mir zuwinkte, ich solle zu ihr kommen.

Ich setzte mich mit weichen Knien auf die Couch, Tina und Willy mit seiner schlafenden Schwester im Arm setzten sich links und rechts von mir.

»Was hat Charleen dir denn so geheimnisvoll zugeflüstert?«, fragte Tina.

Meine Gesichtshaut fing Feuer. »Krrr«, röchelte ich.

»John ist das bestimmt super peinlich«, lachte Willy, »aber das muss es nicht, er hat ja nichts verbrochen. Charleen will sich bei John für ihre Rettung aus dem Digit-All bedanken.«

»Gnn«, machte ich.

»Ach so«, sagte Tina, »du meinst ihr ekliges *Versprechen.*«

Tina hatte an der Kontrollkonsole alles mit angehört, was damals im Digit-All passiert war, daher wusste sie, dass Charleen mit mir eine Nacht verbringen wollte. Ich hatte gehofft, dass das Thema nie wieder angesprochen würde.

»Ich glaube, Charleen will John küssen«, lachte Willy.

»Danke, ich hab kein Interesse«, krächzte ich.

Ich versuchte, das Bild von Charleen unter der Dusche aus dem Kopf zu bekommen, aber das war verdammt schwer.

»Wer weiß, was dir entgeht?«, fragte Tina. »Hatte sie nicht gesagt, die Nacht mit ihr würde *göttlich* werden?«

»Nacht?«, wunderte sich Willy. »Sie will dich eine ganze Nacht lang abknutschen?« Er grübelte noch ein wenig, dann schlug er sich die Hand an die Stirn. »Alter, bin ich dumm!«

Ich sah Tina an. »Ich will nix von Charleen, ich will nur dich.«

»Wirklich?«, fragte Tina.

»Ja«, antwortete ich, »für mich ist jede Sekunde mit dir göttlich, was will ich da eine dämliche Nacht mit Charleen?«

Tina lächelte. »Du bist süß«, sagte sie und küsste mich.

»Ich bin so dumm«, murmelte Willy.

»Ist schon okay«, lachte ich.

»In Charleens Gegenwart funktionieren Jungs-Gehirne nicht mehr richtig«, sagte Tina.

»Vielleicht sollte man sich zum Schutz einen Alu-Hut aufsetzen?«, grinste ich.

»Quatsch«, lachte Willy. »Alu-Hüte helfen nur gegen telepathische Angriffe und nicht gegen hübsche Mädchen. Bei denen hilft nur eine Augenbinde.«

»Da ist was dran«, stimmte ich zu.

Wir schwiegen einige Sekunden und sahen zum See, in dem sich der Mond spiegelte.

»Ich bin so glücklich«, seufzte Tina. »Du bist am Leben, die kleine Emma ist wieder da und auch *unsere* Charleen lebt!«

»Ich bin auf Wolke sieben«, sagte Willy und streichelte zärtlich den Kopf seiner Schwester.

»Alles ist endlich gut«, seufzte ich.

»Nur für eine, nein, für zwei Charleens nicht«, sagte Tina.

»Ja«, bestätigte ich, »eine Charleen, die ich als Backup wiederhergestellt hatte, wurde von Blutstolz gelöscht.«

»Obwohl sie mit der Zeit nett geworden ist«, seufzte Willy.

»Und eine weitere Charleen, eine Beta-Charleen, wurde anstelle unserer Charleen von Jäger ermordet«, sagte ich.

»Und die hatte sich noch nicht entwickelt?«, fragte Willy.

»Ja«, sagte Tina, »denn sie wurde genau im Augenblick ihrer Entstehung ermordet.«

»Was für eine grausige Vorstellung«, sagte Willy. »Geboren um zu sterben ...«

»Aber ein bisschen entwickelt war sie schon«, sagte ich. »Smiley hatte sie mit den Presets von Philippe initialisiert.«

»Und der Geist dieser Beta-Charleen hat dann die Charleens im Digit-All 2.0 beseelt?«, fragte Willy.

»Ja«, bestätigte ich.

»Also wimmelt es in Modelhausen von hübschen Charleen-Klonen, die alle scharf auf dich sind?«, fragte Willy.

»Ja«, seufzte ich. »Meine Jonathan-Brüder tun mir echt leid.«

»Eine Welt voller Top-Models, die alle nur mit dir in die Kiste wollen«, grinste Willy, »du tust mir ja sooo leid. Wenn ich du wäre und mit meinem Zauber-Amulett jederzeit an diesen Ort reisen könnte, also ehrlich, das wäre doch der Wahnsinn, ich würde da gar nicht mehr wegwollen!«

»Bist du nicht in Kira verknallt?«, fragte Tina.

»Ja, total«, sagte Willy, »aber ein Junge wird doch mal träumen dürfen.«

»Du weißt nicht alles über diese Welt«, sagte ich. »Ich bin froh, dass ich dort weg bin.«

»So viele Charleens«, grübelte Tina. »Also den Stammbaum sämtlicher Charleens, mit denen wir es zu tun hatten, muss ich mir mal aufmalen. Ich blick da nur schwer durch. Und eine Sache verstehe ich gar nicht. Wenn Quentin im Digit-All lebendige Geister als Vorlagen für die ersten Menschen genommen hat, wo kamen die Tinas und Williams her? Unsere Geister waren beim Urknall doch gar nicht anwesend.«

»Die Jonathans haben sich nach euch gesehnt, da wurdet ihr nach meinen Erinnerungen erschaffen«, sagte ich.

»Oooh«, seufzte Tina und sah mich verliebt an.

»Wie süß«, lachte Willy, »dann hast du auch mich vermisst?«

»Scheint so«, krächzte ich. »Keine Ahnung wieso, es gibt eigentlich keinen rationalen Grund dafür ...«

»Ich liebe dich auch«, lachte Willy.

»Deine Liebe hat die Grenzen von Raum und Zeit überwunden«, schwärmte Tina. »Das ist unendlich süß.« Sie küsste mich.

»Leute«, schimpfte Willy, »nehmt euch ein Zimmer.«

»Ich kann dir jederzeit Kira herbeizaubern«, lachte ich.

»Nee«, sagte Willy, »heute lasse ich mich von nichts auf der Welt ablenken, ich bleibe jede Millisekunde bei meiner Schwester, bis ich sie morgen früh an meine Eltern übergebe. Ich hab ihnen vorhin mit Philippes Handy ein Selfie von uns geschickt, sie kommen morgen her, und ab dann lastet die Verantwortung für Emma wieder voll und ganz auf ihren Schultern. Ich mach dann 'ne Kind-ohne-Eltern-Kur.«

Wir lachten.

»Sag mal, du kanntest dich in Baulandia doch gar nicht aus«, sagte Tina. »Hat dir der Jonathan, der dir seinen Körper geliehen hat, irgendwie geholfen?«

»Nee«, sagte ich, »Jonas war auf Standby, aber ich hatte Jojo, meinen Personal Assistant.«

»Wie?«, wunderte sich Tina. »Du hattest einen Typen, der immer für dich da war? So einen Drill Commander?«

»Nein«, lachte ich, »der war eher wie Siri oder Alexa, nur dass er in meinem Kopf war. Die Leute im Digit-All sind alle vernetzt und können ihrem Assistant Anweisungen geben. Wenn ich eine Frage stellte, bekam ich sofort eine Antwort. Zum Beispiel: Jojo, wie spät ist es?«

`Es ist 21:52 Uhr.`

Ich sprang auf.

»Alter!«, schimpfte Willy. Er hätte Emma fast fallen lassen.

»Habt ihr das gehört?«, fragte ich. Meine Hände zitterten.

»Gehört?«, fragte Tina. »Was denn?«

»Die Uhrzeit!«, schrie ich. »Die Uhrzeit!« Ich lief aufgeregt herum. »Das darf nicht sein. Es war alles gut, alles war perfekt.«

»Was ist denn los?«, fragte Willy.

»Jojo, sag mir, bist du da?«

`Ja freilich, wenn ich das so mit lokal angepasster Sprachumgebung sagen darf.`

»Oh nein«, stöhnte ich. »Mein Personal Assistant ist noch in meinem Kopf!«

Tina stand auf. »Ernsthaft?«

Ich nickte. »Das ist ein niemals endender Albtraum. Jojo, sag mir, wie kann ich dich abschalten?«

`Ich fürchte, ich bin in diesem Universum an dich gekettet. Um mich zu deinstal-`

lieren, musst du ins Digit-All zurückkehren. Dafür kann ich dich mit den neuesten Nachrichten aus Baulandia versorgen. Willst du wissen, wer der neue Bachelor ist?

»Nein!«, schrie ich, »das will ich nicht.«

»Was ist denn?«, fragte Tina besorgt.

»Jojo bleibt in meinem Kopf, bis ich mal wieder ins Digit-All gehe«, sagte ich. »Allerdings hab ich überhaupt keinen Bock darauf, in diese abgedrehte Welt zurückzukehren.«

»Wieso ist er überhaupt noch in deinem Kopf?«, fragte Tina.

»Ich weiß es nicht«, antwortete ich. »Jojo dürfte in unserem Universum gar nicht funktionieren.«

Schon mal was von Quantenverschränkung gehört?

»Ja«, sagte ich, »damit wird in *Ant-Man* doch einfach alles erklärt.«

»Vielleicht kann Jojo dir auch in unserer Welt nützlich sein?«, fragte Willy.

Aber klar doch!

»Er sagt ja«, sagte ich.

»Und worüber beklagst du dich?«, fragte Willy. »Du hast jetzt dein Smartphone im Kopf, Alter. Das soll dir ein Lehrer nochmal wegnehmen!«

»Stimmt«, sagte ich mit einem Grinsen. »Mit *Jojo in the brain* sollte mir Spanisch nicht mehr spanisch vorkommen, die nächste Klassenarbeit kann kommen.«

»Na dann ist ja alles gut«, lachte Tina. »Aber bitte, wenn du mit deinem neuen besten Kumpel sprichst, dann in Gedanken, okay?«

»Geht klar«, lachte ich.

Interessieren dich die aktuellsten News aus dem Digit-All?

Warum nicht.

Tiara wird beschuldigt, den selbstgeborenen Pharao bestohlen zu haben. Der Pharao hat zwar keine Beweise gegen sie, aber nach dem Strafgesetzbuch für Schattengeistgeborene genügt schon der Verdacht für eine sofortige Verurteilung. Morgen früh bei Sonnenaufgang wird Tiara in die Wüste geschickt. Seit hundert Achterbahnen gab es in Baulandia keine so grausame Bestrafung mehr.

»Was meinst du damit?« Ich lief unruhig herum.

»Jojo?«, fragte Tina.

Ich nickte.

Tiara wird ohne Wasser in der Mitte der *Wüste der Erkenntnis* ausgesetzt. Diese Wüste ist extrem trocken und so groß wie euer Kontinent Australien. Ihre Überlebenschancen sind gleich null.

»Ich muss nochmal ins Digit-All«, sagte ich. »Tiara ist in Gefahr.«

»Das Mädchen von der Pyramide?«, fragte Tina.

»Ja«, sagte ich, »sie soll morgen in einer Wüste ausgesetzt werden, und ratet mal von wem?«

»Von diesem Pharao, der wie Jäger aussieht?«, fragte Tina. »Der Typ lässt wohl nie locker. Ich komme mit!«

»Nein, das ist zu gefährlich«, widersprach ich.

»Ist mir egal!«, sagte Tina. »Es geht hier immerhin um eine meiner Tinas.«

Ich konnte mir ein Grinsen nicht verkneifen, es hörte sich einfach zu komisch an.

»Na komm«, sagte Tina, »gib dir einen Ruck, außerdem war ich noch nie im Digit-All.«

Ich seufzte. »Na schön.«

»Ich möchte auch mit«, stammelte Willy, »aber ...«

»Bleib du mal bei deiner kleinen Schwester«, sagte ich. »Mit meinem Zauber-Amulett wird das ein kurzer Trip.«

»Wenn du das sagst«, sagte Willy zweifelnd.

»Außerdem musst du Charleen noch ihre vielen Fragen beantworten«, sagte Tina.

»Na klasse«, schimpfte Willy. »Jetzt bleibt das an mir hängen.«

»Du machst das schon«, lachte ich.

»Und was sag ich deinen Eltern?«, fragte Willy. »Hattest du deinem Vater nicht was versprochen?«

»Jaaa«, sagte ich, »aber deswegen muss ich ihn nicht nerven. Das wird ein Spaziergang von fünf Minuten.«

»Das hoffe ich mal für euch«, sagte Willy. »Aber wenn ihr Probleme bekommt, holt mich dazu, okay?«

»Das machen wir«, versprach ich. »Aber das wird nicht nötig sein, das wird total easy.«

»Genau«, lachte Tina, »außerdem ist Quentin auf unserer Seite. Wir treten dem Pharao mal so richtig in den Hintern, der wird was erleben.«

»Auf geht's«, lachte ich, »zum nächsten Abenteuer!«

ENDE

Danksagung

Besonderer Dank gebührt meiner Frau, da sie trotz des alltäglichen Stresses die Zeit gefunden hat, mein Buch zu lektorieren. Ohne ihre Mitwirkung wäre das Buch nicht, wie es jetzt ist.

Mein Sohn inspiriert mich durch seine eigenen oder aufgeschnappten Erlebnisse und auch durch seine Sprache immer wieder zu neuen lustigen Details in meinen Geschichten.

Ich möchte den Teilnehmern des Writers Coaching-Kurses danken, den ich seit 2013 besuche, insbesondere der Kursleiterin Claudia Johanna Bauer. Auch den Teilnehmern an der Schreibreise nach Usedom 2018, wo ich das Buch fertig überarbeitet habe, möchte ich danken.

Dank gebührt auch meiner Illustratorin Sonja K. Richter, die mit ihren wundervollen Bildern die Stimmung wichtiger Schlüsselszenen verstärkt.

Diesmal halfen mir zwei jugendliche Testleser, die ihre Aufgabe ganz fantastisch gemeistert haben. So danke ich Lea und Finn für ihren tollen Einsatz und ihre unglaublich hilfreiche Kritik. Ohne Euch wäre dieses Buch heute ein ganz anderes.

Fakt und Fiktion

Sämtliche in diesem Buch vorkommenden Charaktere, die Handlung, die Burg Grottenfels sowie das Paralleluniversum »Digit-All« sind frei erfunden. Einige der im Buch erwähnten Behörden, Organisationen, Orte, Straßen und Bauwerke gibt oder gab es zwar tatsächlich, aber jegliche Ähnlichkeit mit realen Personen oder Ereignissen an diesen wäre rein zufällig.

Im »Neuen Museum« in Berlin ist dem Autor aber tatsächlich ein Wärter begegnet, der nach eigener Aussage »alles sieht« (der Autor war - ohne es zu merken - an eine Glasscheibe gestoßen und hat diesen Umstand erfolglos bestritten).

Im CERN waren zu keinem Zeitpunkt Menschenopfer an der Shiva-Statue erlaubt, auch wenn das ein Charakter scherzhaft behauptet und entsprechende Videos durch das Internet geistern.

Es ist nicht belegt, dass der Physiker Erwin Schrödinger Katzen gehasst hat, auch wenn sein nach ihm benanntes Gedankenexperiment den Tod einer Katze billigend in Kauf nimmt.

Die Bibel-Zitate aus den von den Helden gefundenen Papyrus-Rollen sind frei erfunden, ebenso der Brief eines Bischofs an Papst Gregor IX. Einige Bibelexperten vermuten aber tatsächlich, dass der Berg Sinai ein Vulkan in Saudi-Arabien ist (siehe Wikipedia-Eintrag zu Hala l-Badr).

Es ist dem Autor mit den aktuell gültigen Naturgesetzen nicht gelungen, durch Abspielen eines Queen-Songs aus Blei Gold zu machen. Bislang ist es nur Queen selbst gelungen, ihre Musik in Gold zu verwandeln, zumindest in Goldene Schallplatten. Der Autor arbeitet aber weiter an dem Thema.

Der Illuminatenorden (lat. illuminati „die Erleuchteten") war eine Geheimgesellschaft, die von 1776 bis zu ihrem Verbot 1784 größtenteils in Bayern existiert hat (Quelle: Wikipedia). Der Autor kann nicht belegen, dass dieser Orden Nachfolger eines keltischen Geheimbundes ist.

Das »böse Internet«, das sogenannte Darknet, ist leider Realität und Kriminelle können dort tatsächlich anonym Straftaten in Auftrag geben sowie Waffen und Drogen kaufen.

Künstliche Intelligenzen sind heute noch weit von der im Buch beschriebenen Leistungsfähigkeit entfernt, diese ist aber in der Zukunft sehr gut vorstellbar. Es liegt an uns, KIs zu sozialen Wesen zu erziehen - oder zu bösartigen Monstern.

Verlag Karim Pieritz

Kinderbücher und mehr!

Jugendbuch-Reihe:	**ISBN**
Hardcover:	
Band 1: Die Jagd nach dem geheimnisvollen Rollsiegel	9783944626413
Band 2: Die Jagd nach dem geheimnisvollen Illuminati-Auge	9783944626437
Taschenbücher:	
Band 1: Die Jagd nach dem geheimnisvollen Rollsiegel	9783944626406
Band 2: Die Jagd nach dem geheimnisvollen Illuminati-Auge	9783944626451
Kurzgeschichten:	
Die Wahrheit in den Wolken	9783944626000
Kinderbuch-Reihe:	
Leuchtturm der Abenteuer Sammelband 1-3	9783944626611
Leuchtturm der Abenteuer Sammelband 4-5	9783944626673
Leuchtturm der Abenteuer 6 Kampf um Himmelblau	9783944626642
Leuchtturm der Abenteuer Geschichten für Erstleser	9783944626222
The Magical Dinosaur Hunt (Deutsch-Englisch)	9783944626314

www.karimpieritz.de

1. Auflage Februar 2019
Erstmals als Hardcover erschienen im Oktober 2018

ISBN 9783944626451

Neue Rechtschreibung
Illustrationen: Sonja Krutyholowa-Richter
Gestaltung: Karim Pieritz
Google Web Fonts: Audiowide (Überschriften)